공주, 폭군을 유혹하다 1

공주 폭군을 유혹하다

1

진숙 장편소설

테라스북

1권

2권

지독하게 연모한다

공중으로 흩어지는 고운 꽃잎 사이에 한 여인이 서 있다. 여인의 손끝으로, 이마 위로, 발아래로 고운 꽃잎이 수도 없이 쏟아졌지만 그 속에 서 있는 여인의 자태가 그 어느 꽃보다 영롱했다.

적당히 부푼 이마와 그 아래 잘 자리 잡은 선명한 눈썹, 별빛을 박아놓은 듯 초롱초롱한 눈망울은 여인의 이목구비를 더욱 또렷이 보이게 했다. 새하얀 피부는 여인의 검고 영롱한 머릿결과 대비되어 더욱 투명하고 청초하게 보였다.

"왜 오시지 않는 거지……?"

눈에 띄게 화려한 용모는 아니었지만, 은은히 빛나는 눈꽃 같은 미색을 지닌 여인이었다. 왠지 모르게 슬쩍 미소를 머금은 듯한 얼굴에서는 고고한 빛마저 감도는 것 같았다.

여인은 입술을 살며시 말아 물며 '필애원(必愛園)'의 입구를 돌아보았다. 그곳을 빤히 바라보던 여인은 이내 작게 한숨을 내쉬며 치맛단을 쥐었다. 그러곤 사뿐사뿐, 필애원 속을 홀로 거닐기 시작했다.

필애원(必愛園).

애써 가꾸지 않아도 봄이면 갖가지의 꽃잎들이 절경을 이루는 꽃동산. 그 동산에 핀 꽃가지들이 하도 아름답고 향기로워 그곳을 함께 거니는 청춘 남녀는 반드시 사랑에 빠진다 하여 붙여진 이름.

여인은 필애원 곳곳을 훑으며 빙그레 미소를 지었다.

"이젠 정말 봄이 끝이 나려나 보다. 이 꽃동산도 곧 초록빛 초원으로 뒤바뀌겠지?"

몇 남지 않은 꽃잎들마저 늦은 봄바람에 휘날리고 있었다. 여인은 제 발아래에 떨어진 복숭아나무 가지를 쥐었다.

"너는 어쩌다 이렇게 똑, 부러졌니?"

여인이 생긋 미소를 띤 채, 복숭아나무 가지에 붙은 조금은 시든 잎을 톡, 톡 떼어나갔다.

"오신다…… 오시지 않는다……."

나뭇잎 점을 보는 여인의 얼굴에 자못 긴장감이 내려앉았다. 나뭇잎을 하나하나 떼어낼 때마다 '오신다', '오시지 않는다'를 반복하며 여인은 걷고 또 걸었다.

"오신다……."

톡, 톡, 나뭇잎을 떼어나가다 보니…….

"어라……."

'오시지 않는다'를 말할 차례였는데, 애석하게도 꽃잎은 하나밖에 남질 않았다. 여인은 잔뜩 볼을 부풀렸다 이내 푸우 내뱉으며 입술을 삐죽였다.

"정녕 오지 않으실 것인가……? 정사가 많이…… 밀리신 것일까?"

남은 나뭇잎 하나를 마저 떼지 못한 채 여인이 머뭇거렸다. 매번 늦긴 하셨지만 발걸음을 하시지 않은 적은 단 한 번도 없었다.

"아직 제대로 된 대답조차 해드리지 못했는데……."

숨길 수 없는 아쉬움이 여인의 마음을 붙들고 길게 늘어졌다. 그러곤 차마 마지막 잎을 떼지 못한 채 '오시지 않는다'를 말하려 입술을 달싹였는데…….

"오셨다, 여기."

서늘한 음성 하나가 여인의 목덜미를 훑었다. 여인은 소스라치게 놀라며 휙, 돌아섰다.

"또 애꿎은 나뭇잎만 떼고 있었던 것이냐, 은설아."

온화할 은(闇). 눈 설(雪).

한겨울에 날리는 은은한 눈꽃을 닮은 이름.

돌아본 은설은 자신을 빤히 내려다보고 있는 사내를 올려다보곤 눈을 동그랗게 떴다. 은설만큼이나 하얗고 깨끗한 피부를 가진 사내였다. 자극적일 정도로 붉은 입술에 웬만한 기방의 여인들보다 몇 곱절이나 더 곱고 색기가 흘러넘치는 얼굴. 길고 곧게 뻗은 눈매는 짙고 선명했지만, 어딘가 모르게 시리고 차가워 보였다. 하지만 그 서늘한 눈매가 참으로 아름다웠다. 너무도 아름다워 처연하기까지 한 눈매였다.

"전하!"

그 사내는 무성한 소문을 안고 사는 조선의 군주, 도윤이었다. 도윤은 은설을 빤히 내려다보았다. 그 눈빛은 어느 때보다 다정했다. 도윤은 은설의 손에서 나뭇가지를 빼앗아 은설이 떼려다가 남은 나뭇잎을 톡 떼었다.

"매번 이렇게 틀리기만 하니 이것은 엉터리가 아니더냐."

도윤은 그 나뭇잎을 은설의 작은 손바닥 위에 올리며 미소를 머금었다. 그의 서늘한 눈매가 속절없이 휘어졌다. 은설이 그런 도윤에게 한 걸음 다가가며 눈을 반짝였다.

"전하, 혹 정사가 많이 밀려 늦으셨습니까?"

"나는 정사를 미루는 게으른 사람이 아니다."

"아님, 또 상선 어르신이 잠행을 나가지 말라 막아섰습니까?"

"나를 막을 자가 궐에 누가 있더냐."

도윤은 터져 나오는 미소를 애써 숨기며 부러 퉁명스레 대꾸했다. 그러자 저를 향해 생긋생긋 웃어 보이던 은설의 어깨가 축 늘어졌다.

도윤은 그런 은설의 하얀 뺨을 조심스럽게 쓸었다.

"내가 널 매번 이리 기다리게 하는구나."

따뜻한 그 음성에 토라졌던 은설의 얼굴이 해사하게 풀어지고 말았다. 은설은 살며시 입술을 말아 물며 제 볼을 쓰다듬는 도윤의 커다란 손을 살그머니 쥐었다.

"그래도 좋습니다. 이렇게 뵈니."

둘은 따스한 햇볕을 맞으며 꽃잎이 무성하게 쏟아지는 꽃길을 나란히 걸었다. 가만히 걷기만 해도 좋았다. 도윤이 제 곁에 바투 다가선 은설을 슬며시 내려다보았다.

"한데……."

"예?"

"이젠 너에게로 오는 이 길이 너무도 멀고 힘들구나. 그러니 다음부턴 네가 입궐토록 하라."

도윤의 말에 가만히 걷던 은설이 화들짝 놀라며 그를 올려다보았다. 도윤은 굳은 얼굴로 정면만 지그시 응시하다, 저를 올려다보는 은설의 시선에 그녀를 물끄러미 내려다보았다.

도윤의 검고 서늘한 눈에 반짝이는 은설이 폭, 담겼다.

"널 궐에서 보고 싶다."

고스란히 전해지는 그의 애달픈 진심이었다. 은설은 절실한 진심을 차마 외면하지 못한 채, 말없이 입술을 말아 물었다.

"너와 함께 행복해보고 싶다는 이 욕심을, 도저히 내 힘으론 밀어낼 수가 없다."

도윤은 세상에서 가장 행복한 미소를 지은 채, 도포 자락에서 어여쁜 옥비녀를 꺼냈다. 그러곤 놀란 은설 앞에 살며시 내밀었다.

"이것이……."

옥비녀를 내려다보는 은설의 눈시울이 붉어졌다.

"은설아, 네가 머리를 올린 모습을 보고 싶구나."

그녀는 젖은 눈으로 차근차근 그의 얼굴을 훑어보았다. 반듯한 눈썹, 가늠할 수 없이 깊고 아득한 눈동자, 곧추선 콧대, 그리고 붉고 탐스러운 입술. 하나도 놓치지 않겠다는 듯, 그녀가 그의 얼굴을 눈길로 뜨겁게 훑었다.

"너와 함께라면, 내가 그렇게 증오하고 경멸하던 궐도, 그리고 피비린내가 나 단 한순간도 편히 쉬어본 적 없던 대전도, 모두 향기로울 것만 같다."

"전하."

"해서, 여생을 남김없이 모조리, 숨 막히는 그곳에서 살아가라 나를 옥죄어도, 기꺼이 그럴 수 있겠다는 확신이…… 태어나 처음으로 들었다."

뜨거운 눈물이 점점 은설을 잠식해나가는 것 같았다.

"하니, 네가 나의…… 숨이 되어주겠느냐. 나의 유일한 여인이 되어, 날 살게 해주겠느냐."

행복한 미소를 짓던 도윤의 얼굴에 긴장감이 드러났다. 그런 도윤을 바라보던 은설이 도윤의 손에 쥐어진 옥비녀를 건네받았다. 도윤이 손수 골랐을 비녀를 내려다보던 은설의 눈시울이 또다시 뜨겁게 젖어갔다.

"은설아, 네가 머리를 올린 모습을 보고 싶구나. 해서 봄이면, 여름이면…… 가을이면, 또 겨울이면 너를 닮은, 너에게 어울리는 비녀를 선물해주고 싶다."

둘의 시선이 보드랍게 얽혔다.

"은애하옵니다, 전하."

바람을 닮은 은설의 음성이 도윤의 가슴 깊숙이 자리 잡았다.

　"나 역시 감히 너를 품에 안고 행복해보고자 한다. 많이, 그리고 지독하게 연모한다, 은설아."

　"은설. 내, 이름을 지어놓았습니다."
　"전하."
　"온화할 은, 눈 설. 우리 공주의 이름이오."
　은설이 태어나기 얼마 전, '은설'이란 이름은 스러져가는 왕의 입에서 힘겹게 터져 나왔다. 더는 온기를 찾을 수 없는 대전에서 시체처럼 용상을 지키고 앉은 왕, 유준은 거친 숨을 몰아쉬었다. 그 곁에 고개를 조아리고 앉은 중전, 홍 씨는 부른 배를 움켜쥐며 입술을 악물었다.
　"아주 예쁜 이름이옵니다, 전하."
　힘을 잃은 지 오래인 왕의 곁엔 언제나 먹잇감을 노리는 늑대들이 도사리고 있었다. 왕을 감시하는 삼엄한 눈들은 허수아비 왕의 질긴 목숨 줄이 언제 끊어지나, 호시탐탐 왕의 목덜미를 노리고 있었다. 왕은 신물이 나는 듯 미간을 찌푸렸다. 그러면서도 두 주먹을 움켜쥐었다.
　"꼭 중전을 닮은 어여쁜 공주를 낳으세요."
　"전하."
　"그 아이만큼은…… 반드시 지켜낼 것입니다."

왕은 가슴 깊숙한 곳에서 끓어오르는 마른기침을 토해내며 돌아누웠다. 남은 날이 며칠이나 될까, 손을 꼽아 세어보다가도 아직 저 반짝이는 눈망울로 저만 바라보고 있는 중전과 그 배 속의 아이가 가여워 쉬이 눈을 감을 수도 없었다.

그때, 상선이 파르르 떨며 탕약을 대령했다.

"전하."

돌아누운 왕은 힘겹게 눈을 떴다.

"내 목숨 줄을 앞당기는 약이로구나."

상선이 탕약을 내려놓았다. 그러곤 기어이 눈물을 보이며 무릎을 꿇고 말았다.

"전하! 부디 성심을 굳게 하시옵소서! 전하께선 이 스러져가는 조선의 유일한 희망이십니다!"

'희망'이란 말에 왕은 비웃음을 흘리며 붉어진 두 눈을 치켜떴다.

"조선은 이미 죽었다. 또한, 나는 그 조선의 희망이 아니다."

"전하!"

"희망은 좌상이겠지. 임금 위의 임금, 하늘 위의 하늘! 오로지 이학수 그자만이 조선을 쥐고 흔들 수 있다. 그러기 위해…… 나는 죽어야 하는 것이고!"

어제보다 더 깊어진 왕의 두통과 기침은 당연했다. 약을 써도 왜 차도를 보이지 않느냐, 중전이 호통을 쳤지만, 그것 역시 당연한 일이었다.

탕약 안에 독이 들어 있다는 것을 모두 알고 있었지만, 차마 막을 수 없었다. 나날이 깊어가는 왕의 병세와 더불어 기울어져가는 임금의 자리는 어느덧 벼랑 끝까지 몰려 있었다.

　왕은 사발에 든 시꺼먼 탕약을 물끄러미 바라봤다. 바라보는 제 속도 시커멓게 타들어가는 것 같았다. 그 곁의 중전은 그만 두 눈을 질끈 감고 말았다.

　"그 탕약을 이리 내어라."

　"전하! 차라리 드시지 마시옵소서! 소신이 이 목숨을 걸고서라도 전하를 지켜드리겠나이다!"

　상선이 소리치며 탕약을 던져버리기 위해 손을 뻗었다.

　"아니, 내놓아라."

　"전하!"

　"내가 죽어야 모든 것이 끝이 난다. 이미 내 몸엔 숱한 독이 퍼져, 이깟 탕약 한 그릇 더는 마시지 않는다 해도, 목숨을 부지할 수 없다는 걸 잘 알고 있다."

　"……전하!"

　"내가 뜸을 들이면 들일수록 중전과 중전의 배 속에 있는 내 마지막 혈육인…… 이 아이만 위험해질 뿐이다."

　슬픔에 젖은 임금이 부들부들 떠는 상선의 손을 잡으며 탕약을 받아 들었다. 그러곤 뜨거운 눈물을 한숨처럼 쏟아내며 단숨에 들이켰다. 가슴이 곧 폭발할 듯 뜨거워지기 시작했고, 왕은 더는 참지 못하고 검붉은 피를 한 움큼 쏟고야 말았다.

　"어의! 어의를 들라 하라. 어의를!"

　중전이 소스라치게 놀라며 피를 토하는 왕을 끌어안았다. 중전은 절망했고, 왕은 조소했다. 왕은 두 눈을 지그시 감은 채 기함하는 중전의 두 손을 맞잡았다.

"되었습니다, 중전."

"전하, 혈을 토하셨습니다. 혈을 보이신 것은 이번이 처음이 아니옵니까!"

"쉬고 싶습니다. 중전의 무릎에 누워."

왕은 중전의 무릎을 베고 누워 숨을 헐떡였다. 하지만 그 얼굴은 모처럼 편안해 보였다. 중전은 미어지는 가슴을 쥐어뜯으며 눈물을 참고 또 참았다. 나날이 쇠약해져가는 왕을 제 무릎에 눕힌 중전은 피로 범벅된 왕의 손을 꼭 맞잡았다.

"신첩은 죽어도 전하와 함께 죽을 것입니다. 반드시…… 이 궐에서 말입니다."

중전의 목소리가 떨렸다.

"좌상이 내 목숨을 앗아가는 대가로 그 아이는 무사할 수 있게 해준다 약조하였으니…… 염려 놓으세요, 중전."

"전하, 이학수는 괴물입니다. 괴물의 말을 어찌 믿을 수 있겠나이까. 신첩 그 약조 따위는 믿지 않사옵니다."

중전은 희미한 미소마저 띠어 보인 채, 임금을 내려다보았다. 임금은 감았던 눈을 뜨, 중전을 슬그머니 올려다보았다.

여전히 고운 여인이었다. 나를 만나지 않았더라면, 그랬더라면 더할 나위 없이 행복하게 살았을 고운 여인.

또다시 자신의 아이를 품고 있는 중전을 바라보며 임금은 하루만 더, 부디 하루만 더 저 여인의 곁에서 머물다 갈 수 있길 바라고 또 바랐다.

"내…… 우리 아이가 무사히 태어나 아장아장 걷고…… 날 아바마마라 부르며 대전을 뛰어다닐 때까지 살 것이오. 해서 아이와 술래잡기도 하고 연날리기도 하며…… 오순도순 여생을 보낼 것입니다."

"예, 꼭 그리하셔야 합니다. 반드시, 우리 아이의 장성을 봐주셔야 합니다, 전하."

그때, 대전을 뒤흔드는 벼락같은 음성이 왕과 중전을 휘감았다.

"전하, 좌의정 대감 들었나이다!"

"중전 마마께서도 계셨나이까."

이학수는 대전으로 들어서며 임금의 곁에 반듯하게 앉아 있는 중전 홍 씨를 바라보았다. 그러곤 피식, 냉소를 지었다.

가만가만 내디디는 한 걸음마다 살기가 뚝뚝 흘렀지만 그는 아무렇지 않은 얼굴로 중전과 임금을 향해 고개를 조아렸다. 제법 부른 중전의 배를 보며 이학수는 비열한 얼굴로 말문을 열었다.

"배가 제법 부르십니다, 중전 마마. 혈색도 좋아 보이시구요."

중전은 제 손에 묻은 왕의 피를 감추며 피식, 웃었다.

"다 좌상의 덕이지요."

"그리 말씀해주시니 몸 둘 바를 모르겠나이다. 순산하셔야지요."

"예, 그리해야지요."

중전 역시 알고 있었다. 자신의 지아비인 임금의 목숨이 바람 앞에 촛불과도 같다는 것을.

하나, 중전은 울지 않았다. 폐서인으로 만들어 출궁을 시켜 좌상과 그들의 손아귀에서 벗어나게 해주기 위해 왕이 일찌감치 손을 쓰려 하였지만 중전이 마다하였다. 임금의 손을 놓지 않은 것은 중전이었다.

―신첩은…… 죽어도 전하와 함께 죽을 것입니다.

정략혼인을 하였지만, 둘은 서로를 연모하였다. 은애하였으며, 서로를 무척이나 의지하고 신뢰하였다.

유준은 무수리 출신인 후궁의 아들로 태어나 적통을 중시하는 궐에서 유일한 임금의 핏줄이 되었다. 해서 후궁의 아들 유준군은 세자로 책봉되었고, 선왕의 뒤를 이은 조선의 국왕으로 옥좌에 앉은 것이었다.

천한 출생은 언제나 유준의 발목을 잡았지만, 유준에겐 뾰족한 수가 없었다. 중전 홍 씨를 궐에 들인 것 역시 이학수였다. 유준의 천한 출생을 빌미로 좌상은 걸핏하면 옥좌를 쥐락펴락하였다. 제대로 된 어른 하나 없던 궐이었기에 이학수는 마음 놓고 활개를 쳤다.

―변변치 않은 혈통의 국왕이라 대소 신료들이 제 여식을 선뜻 국모의 자리에 앉히려 하지 않습니다.

이학수는 또다시 왕의 미천한 출생을 들먹이며 중궁전 역시 제 사람으로 꾸려놓았다. 하지만 영민하고 지혜로운 중전 홍 씨는 시간이 갈수록 이학수가 아닌 불쌍한 왕의 편으로 돌아섰고, 번번이 왕을 대신해서 이학수와, 그리고 그의 무리와 맞서게 되었다.

─너는 너와 너의 가문을 살리는 조건으로 나의 사람이 되기로 약조하였다. 그런데 머리가 굵어졌다 하여 네가 감히 내게 등을 돌려?
─모든 것을 가지고 계신 좌상 어르신이 아니시옵니까. 허니 불쌍한 그분, 그분만은 살려주시옵소서. 쥐 죽은 듯 조용히 궐에서 살아갈 터이니…… 그분과 저, 그리고 제 아이의 목숨만은 부지할 수 있게 해주시옵소서.

하지만 이학수는 중전 홍 씨와 유준을 행복하게 내버려두지 않았다. 자신의 발아래에 있는 임금이었고, 이미 옥새마저 제 손에 넣어 쥐락펴락하고 있었지만, 중전과 왕 사이에서 장자 '휘현'이 태어나면서 사정은 달라졌다.

─주상 전하의 유일한 혈육이신 휘현 대군을 세자로 책봉하시어 왕실의 위엄을 굳건히 하셔야 하옵니다!

잊을 만하면 머리를 추어올리며 이학수의 탐욕을 제지하던 왕의 세력들은 휘현을 세자 자리에 앉히려 하였다. 국본을 바로잡아 나라의 기강을 세워야 한다는 명목이었다. 그것은 오랜 기간 정세를 쥐고 있던 이학수의 자리를 위협하기에 충분했다. 그리고 그 배후엔 중전 홍 씨가 있었다.

중전 홍 씨가 꺼져가는 불씨를 살리듯, 활개를 치는 이학수의 세력을 꺾고 왕실의 위엄을 되찾고자 하는 세력들을 하나둘, 모으기 시작한 것이었다. 유일한 혈육, 세자 휘현을 앞장세워 중전 홍 씨는 왕친들의 마음을 하나로 모았다. 그 사실은 곧 이학수의 귀에도 들려왔다.

─죽여라. 내 앞길에 걸림돌이 되는 자는 그 누구도 살려두지 말아야 할 것이다.

어린 휘현이 세자로 책봉되던 날, 휘현은 독 중독으로 온몸이 새파랗게 질린 채 유명을 달리하고 말았다. 세자를 독살한 것은 공공연한 역모였건만 임금은 아무런 명도 내리지 못하였다. 성균관 유생들 또한 어린 세자의 독살 사건의 전모를 밝히라고 시위하고 나섰지만, 이학수의 몸짓 하나에 채 반나절도 되지 않아 깨끗이 물러나고야 말았다.

상소문을 올리던 대소 신료들 역시 이학수의 칼부림 한 번에 조용히 입을 닫고선 세자의 죽음 앞에 침묵했다. 하나둘 마음을 함께했던 왕친들 역시 이학수에게 반하는 행동은 무모한 짓이었다며 등을 돌리고 말았다.

왕의 편엔 늘 그렇듯 중전만이 홀로 서 있을 뿐이었다. 또한, 늘 그렇듯 이학수는 왕의 위에 서 있을 뿐이었다.

　―어찌, 어찌 죽이셨습니까! 좌상! 그 어린아이가 무슨 죄가
　　있다고……!
　―스러져가는 왕의 아들로 태어난 죄. 또다시 내 뜻에 반하
　　는 행동을 하게 될 시, 네 배 속에 있는 또 다른 왕의 씨마
　　저 죽게 될 것이다.
　―좌상!
　―날 성가시게 하지 마라. 그게 누구든 다 베어낼 것이니.

　중전은 그날의 형형한 눈빛의 이학수를 떠올리며 다시금 이를 악물었다. 작은 발짓을 하는 배 속의 아이를 쓰다듬으며 중전은 흐트러지지 않기 위해 온몸에 힘을 주었다. 마주하고 있는 이학수 따위는 이제 두렵지 않았다.

　이 나라의 왕마저 결국 저자의 손에 스러져가고 있고, 곧 제목숨 역시 왕을 따라 비명에 갈 것이지만, 중전은 의연했다. 배 속에 있는 이 아이 하나만큼은 꼭 지켜내야 했기에 중전은 쉬이 떨 수 없었다.

　"주상 전하의 병세는 어떠한가."

　이학수는 임금의 곁에 서 있는 상선을 올려다보았다. 그의 날카로운 눈매가 형형해졌다.

　"미세하게나마 차도를 보이고 계시옵니다."

"그래. 그것 참 다행입니다, 전하. 조선의 마지막 혈통과도 같은 이 고귀한 아기씨를 품어는 보고 눈을 감으셔야지요."

"그 무슨 망발이십니까, 좌상."

"쯧쯧. 후사가 없으니 이를 어찌합니까, 중전 마마?"

"말씀 가려서 하시지요. 마지막 혈육이라니요. 후사가 없다니요. 아직 주상 전하가 저토록 강건하신데, 후사야 만들면 되는 것 아닙니까?"

"하하, 하하하! 중전 마마도 참, 농이 지나치십니다."

이학수는 크게 소리 내어 웃으며 중전을 흘겨보았다. 하지만 중전은 눈을 아래로 내리간 채, 굳은 표정을 유지하고 있었다. 당장에라도 이 금수만도 못한 놈의 목을 베어버리고 싶었지만, 그럴 수 없었다. 중전은 차오르는 분노를 억누르고 또 억누르며 평온을 유지하였다.

"마마의 산달이 얼마나 남으셨습니까."

"그것은 왜 물으십니까, 좌상."

"중전 마마의 출산은 온 나라의 경사와도 같습니다. 온 백성과 대소 신료들이 중전 마마의 순산을 기원하고 있사온데, 그것을 어찌 묻냐고요."

"……."

"허허. 꼭, 순산을 하십시오, 중전 마마."

'네년이 아이를 출산하자마자, 그 아이는 죽은 목숨일 것이다. 왕자든 공주든, 살지 못할 것이란 말이다. 해서 네 아이의 죽음은 환국을 알리는 시발점이 될 것이오, 아이와 지아비를 잃은 네 곡소리는 새로운 역사가 시작됨을 알리는 경종이 될 것이다. 나와 나의 가문이 이 왕실을 차지하고 내 아들이 군주의 자리에 올라 만백성이 내게 고개를 조아리는 그날이 머지않았단 말이다!'

조선을 쥐고 흔들겠단 그의 야망이 폭주하는 순간이었다.

이학수의 비열한 미소에 중전은 더욱더 배를 감싸 쥐었다. 이학수의 조소 뒤에 감춰진 숨은 뜻을 알기에 중전은 더욱 이를 악물 수밖에 없었다. 중전은 독을 품은 꽃처럼 속내를 숨긴 채 미소를 지었다.

"예. 좌상의 바람대로…… 내 반드시 순산해, 조선의 혈통을 이어나갈 것입니다."

제 1 장

망국의 공주가 태어나다

"먼 길 오시느라 수고 많으셨습니다, 중전 마마."

산사의 주지승은 꽤 배가 불러 있는 중전을 바라보며 고개를 조아렸다. 중전 역시 두 손을 모아 합장하며 산사 안으로 조심스레 발을 내디뎠다.

순산을 기원하는 치성을 드리기 위해 궁인 몇과 함께 산사로 향한 중전을 주지승은 따사로이 맞아주었다.

"스님은 여전하십니다. 어찌 세월을 그리 비켜 가십니까?"

"허허, 다 늙어 이제 기력도 쇠한 노승인 것을요. 중전 마마 안색이 안 좋아 보이십니다. 얼른 따뜻한 곳으로 드시지요."

중전의 둥근 배를 말없이 내려다보며 주지승은 인자한 웃음을 지어 보였다.

"정해놓으신 이름은 있습니까. 귀한 분이신걸요."

"전하께서 어여쁜 공주 이름을 작명해놓으셨습니다. 한데 이 아이가 공주일지, 왕자일지를 몰라……."

중전이 수줍게 웃으며 차가운 두 손을 가지런히 모았다. 그러자 주지승은 그런 중전을 물끄러미 바라보며 인자한 그 웃음을 입매에 여전히 매단 채 고개를 주억거렸다.

"이 나라의 마지막 희망이 될, 어여쁜 공주 마마이십니다."

'공주'란 주지승의 말에 중전은 기쁨을 감추지 못하며 배를 어루만졌다.

금세 뿌옇게 차오른 눈물을 애써 닦아내며 중전은 주지승을 향해 고개를 조아려 보였다.

"스님, 이 아이가 정녕 공주이옵니까?"

"예. 아주 어여쁘고 영민하신 공주님이옵니다."

"이 아이, 그럼 이 아이는…… 살 수 있습니까?"

"마마."

"이 아이는……! 정녕 목숨 줄을 부지할 수가…… 있단 말입니까!"

흥분한 듯 파르르 떨기 시작하는 중전의 찬 손을 가만히 쥐던 주지승은 고개를 가로저었다.

"마마께서 흔들리시면 공주님도 흔들리실 겁니다."

"스님!"

"지금은 그 무엇도 묻지 마시고 순산하시는 것에 만전을 기하소서."

곧 두 사람 앞에 따뜻한 차가 놓였고, 주지승은 중전에게 차를 내밀며 다시금 인자한 미소를 지어 보였다.

그는 아직은 때가 아니라는 듯, 사정없이 흔들리는 중전을 다독이며 말수를 아끼고 또 아꼈다.

"아…… 아아! 아아!"

깊은 어둠이 내려앉은 산사에 중전의 산통을 알리는 비명이 울려 퍼지기 시작했다. 주지승의 방에도 곧 불이 밝혀졌다.

그는 비명이 들려오는 중전의 처소로 헐레벌떡 달렸다.

중전과 함께 온 나인들 역시 우왕좌왕하며 중전의 처소에서 뛰쳐나오기 시작했다.

"중전 마마께서! 이를 어쩌면 좋아!"

"산달이 한 달이나 남았는데 어찌……!"

"산파도 없는 것을요, 어쩌면 좋습니까. 스님!"

중전은 비명을 지르며 방 안을 데굴데굴 구르기 시작했다.

산통이 시작된 것이었다.

곧 중전의 소복 자락에 피가 맺히기 시작했다.

"아이고! 빨리요, 빨리!"

깊은 산속에서 시작된 산통이라!

출산을 위한 기구 하나 제대로 갖춰지지 않은 이곳에서 출산은 무리였지만 산통이 시작되었으니 어쩔 도리가 없었다. 중전과 함께 온 나인들과 여승은 세숫대야에 물을 받아 헝겊을 들고 헐레벌떡 중전에게로 향했다.

"아윽……! 악!"

"마마, 힘을 더 내십시오! 마마!"

"아악! 아악!"

중전은 맨바닥 위에서 출산하기 시작했다. 중전의 비명은 더욱 깊어졌고 나인들의 손은 분주히 움직이기 시작했다.

산파 하나 없이, 제대로 된 출산 도구 하나 없이 시작된 출산.

"마마! 중전 마마!"

"마마! 보입니다! 보입니다, 마마! 조금만 더 힘을 주시어요!"

그때였다.

외마디 비명을 지르던 중전이 의식을 잃음과 동시에 어둠이 내려앉은 산사를 세차게 뒤흔드는 건…….

"으앵! 으애애앵! 으앵!"

아이의 울음소리였다.

중전이, 조선의 마지막 혈육…… 공주를 낳은 것이었다!

"마마…… 정신이 좀 드십니까?"

아이를 낳자마자 혼절을 했던 중전이 희미하게 눈을 뜨자, 주지승은 중전을 향해 고개를 조아렸다.

그제야 의식을 찾은 중전은 거친 숨을 내뱉으며 더듬더듬 손바닥으로 바닥을 훑었다.

"아가, 내 아기!"

무언가에 홀린 사람처럼 아기를 찾는 중전을 향해 주지승은 품에 안고 있던 아이를 안겨주었다.

그제야 중전은 뜨거운 눈물을 왈칵 쏟아내며 제 품에 안긴 아기를 으스러지도록 끌어안았다.

"아가……!"

"공주 마마이시옵니다."

중전은 뜨거운 눈물을 흘리며 새근새근 잠이 든 아기의 얼굴에 제 얼굴을 맞대었다. 꼬물꼬물, 열 손가락을 움직이며 중전의 품에서 잠이 든 아기를 내려다보며 중전은 믿을 수 없다는 듯 고개만 저었다.

중전과 함께 산사로 향했던 주 상궁 또한 눈물을 흘리며 바닥에 고개를 조아렸다.

"중전 마마! 경하드리옵니다!"

"경하드리옵니다!"

여전히 믿기지 않았다. 아무것도 없는 이 산사에서 낳은 공주라니. 게다가 산달이 한 달이나 남았는데 조산이라니. 중전은 흐르는 눈물을 닦으며 깊은 눈으로 아기를 바라보고 있는 주지승을 올려다보았다.

"한 달이나 빨리 출산한 아이입니다. 게다가 산사에서라니요!"

"하마터면 큰일 날 뻔하였습니다. 갑작스러운 출산이라 저희도 경황이 없어……."

"아기는 건강한 것이지? 이 기쁜 소식을 얼른 궐에 전해야겠다."

아이를 기쁨의 눈으로 바라보며 꼭 보듬는 중전의 모습을 주지승은 가만히 바라보았다.

"주위를 물려주시지요, 중전 마마."

깊어진 주지승의 얼굴에 중전은 무언가를 직감하며 주위를 물렸다. 곧 조그마한 방 안엔 주지승과 중전, 그리고 주 상궁 셋만이 홀연히 남게 되었다.

활활 타오르는 초를 멍하니 응시하던 주지승은 어렵사리 입을 열었다.

"공주 마마는 죽을 목숨이옵니다."

"스님!"

또다시 청천벽력 같은 소식이었다. 중전은 주지승의 말에 하늘이 와르르 무너지는 듯 그만 안고 있던 아이를 품에서 놓을 뻔하였다. 주 상궁 역시 이 무슨 억척스러운 운명인가 싶어 입을 떡 벌린 채, 온몸을 파르르 떨었다.

"또다시 내 자식을 좌상의 손에 잃어야 한단 말입니까!"

"송구하옵니다, 중전 마마."

"어찌하면 좋습니까, 어찌요! 부디…… 부디 방도를 알려주시어요."

중전은 무릎까지 꿇으며 주지승을 향해 애원했다. 주 상궁은 황급히 중전을 말렸지만, 중전은 개의치 않았다.

품에 어린 공주를 꼭 끌어안은 채 중전은 뜨거운 눈물을 흘렸다. 마르지도, 닳지도 않는 눈물을 하염없이 흘리며 중전은 애원했다.

"살려주십시오. 스님! 제발…… 제발 이 아이만은!"

"다 하늘의 뜻이 아니겠습니까."

"스님…… 제발!"

"오늘 예정에도 없던 날, 예기치 못한 이곳에서 공주 마마가 탄생하신 것은요."

의미심장한 그 말을 내뱉으며 주지승은 두 눈을 지그시 감았다. 중전은 눈물범벅이 된 얼굴로 제 품에서 여전히 세상모르고 잠이 든 공주를 내려다보았다.

가슴이 뜨거워졌다.

또다시 이 아이를 잃어야만 하는 가혹한 운명에 무릎을 꿇을 순 없었다.

잠든 공주의 얼굴 위로 중전의 눈물이 쏟아졌다.

"하늘의 뜻……이라."

이 아이는 곧 죽을 아이.

해서, 살려야만 했다.

중전의 초점을 잃어가던 눈빛에 한 점, 빛이 일었다.

주지승은 감았던 눈을 떠 중전을 바라보았다. 순간 중전과 주지승의 시선이 세차게 부딪쳤다.

"주 상궁."

"예, 마마."

"이제부터 이 아이는…… 세상에 없는 아이인 것이다."

중전의 말에 주 상궁은 소스라치게 놀라며 두 주먹을 움켜쥐었다. 그 말을 내뱉는 중전 역시 가슴이 찢어지는 듯 고통스럽기 그지없었다.

반 시진 전보다 더 짙은 어둠이 내려앉은 산사에는 들짐승의

구슬픈 울음만이 가득했다.

"살리기 위해 죽일 것이다."

주지승은 묘한 눈빛으로 중전을 응시하다 이내 고개를 푹 떨구곤 합장을 했다. 그의 눈빛은 더욱 깊어졌고 감내할 수 없을 만큼 슬퍼졌다. 그 말을 내뱉는 중전의 마음도 갈기갈기 찢기는 것만 같았다.

"어찌…… 어찌하실 것입니까."

"나인들의 입단속을 시키거라. 나는 오늘 이 아이를 출산하지 않은 것이다."

"예, 마마."

"나는 아직, 이 아이를 배 속에 품고 있어야 한다. 당장 사가로 가서 나의 벗…… 유희를 예로 데려올 수 있겠는가."

"유희…… 마님을요?"

"은밀히 데려와주게."

주 상궁은 그대로 방을 나섰다.

주지승은 감았던 눈을 떠 애써 의연한 얼굴을 해 보이는 중전을 올려다보았다.

"마마."

"지킬 것입니다, 스님. 이대로 돌아간다면 스님 말대로 이 아이는 죽게 될 것입니다. 하니 이 아이는…… 제 손으로 죽여야겠습니다."

중전은 아직 눈도 뜨지 못한 아이를 가슴 깊이 품으며 끓는 분노와 슬픔을 억누르고 또 억눌렀다.

"마마! 어찌! 이런 누추한 곳에서 공주 마마를……!"

주 상궁이 산사를 떠나고 하루도 지나지 않아 중전의 오랜 벗인 유희가 눈물 바람으로 산사에 발을 디뎠다.

약조한 대로 은밀히 산사로 온 유희는 중전에게 먹일 한약 재료들을 잔뜩 들고선 헐레벌떡 발걸음을 한 것이었다.

"유희!"

"마마! 몸은, 어찌 몸은 괜찮으신 겝니까."

오는 내내 눈물을 흘린 탓에 양 볼이 퉁퉁 부은 유희를 중전은 따사로이 맞았다. 아직 부은 젖이 가라앉지 않아, 채 꼭 여미지 못한 유희의 옷섶을 바라보며 중전은 겨우 눈물을 참아 내었다.

"미안하이. 내 자네에게 차마 이런 모습을. 아직 자네도 마음을 추스르지 못하였을 텐데."

"아닙니다, 마마. 소인의 마음까지 중전 마마께서 헤아리실 필요는 없사옵니다."

유희는 손등으로 눈물을 훔치며 연신 고개를 조아렸다. 중전은 그런 유희의 새빨갛게 부은 손을 따뜻하게 잡으며 입술을 파르르 떨었다. 더 초췌해진 중전의 얼굴이 안쓰러웠다.

"아이는 잘 보내주었는가."

힘겹게 그 말을 내뱉으며 중전은 유희의 붉어진 눈시울을 살폈다.

"예, 마마께서 성심을 다해 위로해주신 덕에 무사히 장례를 치렀나이다."

"병고로 비접을 보냈다, 그리 일렀던 아이의 생사는…… 가문에 어찌 전하였는가."

"아직 못난 어미라, 그 마음을 채 추스르지 못하여 돌아가는 대로 아이가 죽었다, 그리 일러야겠지요."

유희의 음성이 애처롭게 떨렸다.

"그래. 자네가 여식을 잃은 지 달포도 채 되지 않았건만 내 출산을 하여 이 갓난아이를 자네 앞에 보이게 해, 마음이 편치 않네."

"그런 말씀 마시옵소서. 공주 마마가 아니옵니까. 온 나라의 경사이옵니다. 경하드리옵니다, 마마."

유희는 병조 판서의 정실부인으로 중전과는 사가 시절부터 절친하던 벗이었다. 예의 바르고 학문에도 남다른 식견을 지닌 영민한 여인으로 사대부가의 여식이었다.

그런 유희도 달포 전, 예쁜 딸아이를 출산하였건만 낳은 지 채 하루도 되지 않아 시름시름 앓기 시작해 친척 집으로 비접을 보내야만 했다.

한양의 그 어떤 의원들도 아이의 병명을 찾지 못했고, 여린 목숨은 그렇게 꺼져가고 있었다.

—집이 지닌 강한 기운 탓에 여린 기를 타고난 아이가 제 기를 뻗지 못해 시름시름 앓는 것이다.

용한 무녀의 말에 따라 잠시 비접을 보냈으나, 아이는 비접을 간 지 이틀 만에 숨을 거두고 말았다.

큰 슬픔에 젖은 벗을 위로하기 위해 중전은 홑몸도 아닌 몸으로 먼 곳까지 은밀히 내려갔었다. 그만큼 둘의 사이는 막역하였다.

"유희……."

"예, 마마."

중전은 어렵사리 절친의 이름을 불렀다. 유희는 비장한 얼굴로 고개를 들었다.

"내 자네에게 차마 할 청은 아니네만…… 자네밖에 없어서 그러네."

중전의 목소리가 가엾게 떨렸다. 유희는 맞잡은 중전의 손을 더욱 세게 쥐었다.

"말씀하소서."

"이 아이…… 죽여야만 하네."

"예, 예?"

죽여야만 한다는 중전의 떨리는 음성에 유희는 소스라치게 놀라며 입술을 질끈 깨물었다.

중전의 검고 맑은 두 눈에서 뜨거운 눈물이 쏟아져 나왔다.

"그렇지 않으면 좌상의 손에 죽을 아이야."

"좌상, 그 금수만도 못한 인간!"

"자네밖에 없네."

"마마."

"이 아이를…… 나 대신 키워주게."

"마마!"

유희는 그대로 바닥에 납작 엎드리고 말았다. 공주를, 이 귀한 공주를 대신 키워달라니, 제 귀를 의심할 수밖에 없었다. 납작 엎드린 유희의 두 손이 파르르 떨려왔다. 듣고도 믿을 수 없는 중전의 말에 유희의 심장이 미친 듯이 뛰기 시작했다.

"나는 오늘 이 아이를 출산한 것이 아니네."

"마마."

"나는 다시 부른 배로 궐로 돌아가, 예정된 산달에 다시금 아이를 출산할 것이네. 물론 죽은 아이를."

"마마, 어찌 그런!"

"그러니 이 아이는 오늘 죽은 것이네. 난 그렇게 이 아이를 살릴 것이야."

"중전 마마."

채 손길이 떨어지지 않았다. 눈짓 하나, 손짓 하나에 고스란히 묻어나는 아이를 향한 뜨거운 모성애를 차마 어찌 끊어낼까. 중전은 떨리는 음성 끝에 분노와 아픔을 뚝뚝 매단 채, 고개를 떨구고 말았다. 유희는 감히 제게 내린 중전의 청을 거역할 수 없어 어떠한 대답도 올리지 못한 채 납작 엎드리고 있을 뿐이었다.

"도와주게. 자네밖에 없네."

"마마!"

"이 아이를 부디 나 대신 키워주게. 귀하게 키울 필요도, 곱게 키울 필요도 없네. 그저 목숨만 부지할 수 있게 돌봐주게나. 내 좌상의 탐욕이 끝을 보이게 되는 날, 국모의 자리에서 벗어날 수 있는 날, 이 아이를 데리러 갈 것이야."

씨가 귀한 왕실의 공주였다. 저대로 왕이 좌상의 손아귀에 죽게 되어 좌상의 사람이 왕의 자리를 꿰찬다면 조선 건국부터 이어져 오던 국본이 흔들리게 되는 것이었다.

유희는 망설였다. 바라만 보아도 벅찬 이 공주를 어찌 자신의 손에서 키워야 할지 막막했다.

"유희 이건…… 중전으로서 내리는 명이 아닌, 자네의 오랜 벗으로서 하는 청일세."

"마마."

"이제 내게 남은 건 이 아이 하나가 전부네. 이마저 잃고…… 지천을 떠도는 원귀가 되고 싶지는 않네. 주상 전하께서도 꼭 지키고 싶어 하는 이 공주를 부디 자네가 살려주게."

중전이 아닌 벗으로서 하는 청이라는 중전의 진심이 담긴 뜨거운 음성에 유희는 그만 두 눈을 질끈 감고야 말았다.

더는 시간을 지체할 수 없었다. 곧 좌상의 사람들이 산사에 은밀히 숨어든다면 모든 계획은 수포가 될 것이었다.

중전은 채 조리되지 않은 몸을 이끌고 산사 밖으로 나섰다. 말라붙은 검은 두 눈동자는 포대기에 꽁꽁 싸인 아이를 놓을 줄 몰랐다. 유희는 중전 대신 공주를 품에 꼭 끌어안은 채, 고개를 조아렸다.

"마마, 당도하면 연통 넣겠나이다."

"오래 걸리진 않을 것이야."

"공주 마마 걱정은 마시고, 마마께서도 얼른 몸 추스르시어 무사 입궐하시옵소서."

"그래. 고마워. 고마우이, 유희."

"제 여식처럼 살뜰히, 그리고 고귀하게 키워낼 것입니다. 제 여식은 아직…… 목숨이 끊어진 것이 아니다, 그리 가문에 일러 공주 마마를 좌상의 눈으로부터 피할 수 있게 하겠나이다."

"유희."

"은설이라…… 하셨지요. 공주 마마의 존함."

"거센 눈보라에도 결코 스러지지 않는 눈의 꽃으로 살아가란, 전하의 간절한 소망이 깃든 이름이네."

"공주 마마만큼 어여쁜 이름입니다."

중전은 유희의 차가운 손을 꼭 쥐었다. 유희의 눈빛에 굳센 힘이 들어섰다. 중전은 그런 유희를 향해 고개를 끄덕이며 입술을 앙다물었다.

"내 자네에게 진 이 빚, 반드시 잊지 않음세."

"빚이 아니옵니다. 마마께서도 언제나 소인을 지켜주지 않으셨사옵니까. 하니, 이번엔 소인이 감히 마마를 지켜드리겠나이다."

그렇게 돌아서는 유희를 중전은 오래도록 바라보았다.

주 상궁은 유희를 태운 가마가 비탈길을 무사히 내려가는 것을 바라보며 힘겹게 입을 열었다.

"마마, 좌상이 이를 알게 된다면…… 공주 마마는 물론이고 병판 대감의 가문까지 내버려두지 않으실 겁니다."

"하나, 유일하게 저 아이를 살릴 방도이지 않는가. 이대로 궐로 돌아간다면 저 아이의 목숨은 위태로워지네."

"약조하지 않았습니까. 공주 마마를 출산하시면 목숨은 부지하게 해주겠다구요."

주 상궁은 멀어져가는 가마를 바라보다 시선을 땅으로 내리깔았다. 중전은 그런 주 상궁을 한 번 응시하다, 이내 까만 하늘을 올려다보며 깊은 한숨을 내쉬었다.

"자네는 그와의 약조라는 것을 믿나."

"마마."

"좌상…… 그와의 약조라는 것은 내가 주상 전하의 손을 잡음과 동시에 효력을 잃은 의미 없는 단어라네."

허망한 듯 고개를 젓는 중전 곁으로 주지승이 조심스레 다가왔다. 중전은 두 손을 모아 간절한 얼굴로 하늘을 올려다보았다. 못난 어미라 채 눈도 뜨지 못한 갓난아기를 품에 떠나보내야만 하는 죄를 반드시 제게 물으시라, 빌고 또 빌었다. 주지승은 하염없이 눈물을 흘리며 하늘만 응시하고 있는 중전을 바라보았다.

"마마, 그러다 귀하신 몸, 상하시겠습니다."

"귀하긴요. 제 자식 하나 지키지 못하는 못난 어미입니다."

"지키기 위해 그리 어려운 결단을 내리신 것이 아니옵니까."

"조선이 이리 힘없고 작고…… 가엾은 나라였습니까?"

"마마."

"몰랐습니다. 국모의 자리에 앉고 보니 조선은, 한낱 추악한 간신의 손아귀에 쉬이 뒤집히는…… 나약한 나라였습디다."

중전의 음성이 속절없이 떨렸다. 그를 바라보는 주지승의 가슴도 무너지는 듯했다.

"바꿀 수 있을 거라고 생각하였습니다. 해서 제게 나쁜 마음을 먹고 접근한 좌상의 손을 선뜻 잡은 것이었습니다. 그것은 좌상의 손을 잡은 것이 아니었지요. 좌상을 발판 삼아 반드시 이 조선을, 이 나라를 태평성대로 이루겠노라, 출신이 천해 천대받고 무시당하는 군주를…… 꼭 강건하게 세워 그 위엄을 되찾게 하겠노라, 그리 마음을 먹고 입궐을 하였던 것이었습니다. 한데……."

허망한 듯 중전이 실소를 터뜨리며 고개를 가로저었다. 움푹 팬 중전의 양 볼에 깊은 그림자가 드리워졌다. 주지승은 감히 중전을 응시하며 울컥 치솟는 분노와 슬픔을 억눌렀다.

"예, 제가 어리석었습니다. 좌상의 등을 밟고 그것을 디뎌 일어서려 하였으나…… 좌상의 손아귀에 목덜미를 잡혀 끝없는 나락으로 추락을 하고 있으니 나라고 별반 다를 것 없는 나약한 존재였습니다."

"마마."

"이제 더 욕심내지 않습니다, 스님."

허탈한 듯, 중전이 그 말을 한숨처럼 쏟아내며 고개를 힘겹게 들어 올렸다.

"세자를 저들의 손에 그렇게 허망하게 빼앗기고 보니 알겠더이다. 내가 반드시 살아야 할 곳도, 죽어 나가야 할 곳도 궐이라는 것을요. 떠나 있더라도 언젠간 반드시 그곳으로 돌아가, 그곳에서 죽을 것입니다. 그리고 반드시 공주 하나만은 내가 지켜내어 그 아이의 자리를 찾아줄 것입니다."

중전은 메마른 손을 모아, 어렴풋이 동이 트는 하늘을 올려다보았다.

제법 쌀쌀한 바람이 산사를 가득 메우고 있었다. 하늘은 금방이라도 뿌연 눈을 세차게 뿌릴 모양으로 잔뜩 흐려져 있었다.

중전의 입에서 마른기침이 터져 나왔다. 그녀는 야윈 주먹을 움켜쥐며 입술이 찢어질 듯 악물었다.

"운명을, 그리고 공주 마마를 믿어보십시오, 마마. 바르게, 그리고 어여쁘게 자라실 것입니다."

"스님."

"마마를 닮아 아주 영민하고 용감한 조선 제일의 여인이 되실 것입니다."

"마마! 마마, 조금만 더 힘을 주십시오!"

산사에서 내려오기 전, 주지승에게 받아온 날에 중전은 산통이 시작되었다고 일러 거짓 출산을 하기 시작했다. 임금이 마련해놓은 산실청에서 출산하는 시늉을 했다. 물론 미리 입을 맞추어놓은 산파 둘과 함께. 젖 먹던 힘까지 내어 온 힘을 다해 소리를 내지르던 중전은 풀썩, 주저앉고 말았다.

"마마……! 중전 마마!"

산실청 뒷문에서 주 상궁의 속닥거림이 들려왔다. 마지막까지 찢어지는 비명을 내지르고 있던 중전의 곁에 주 상궁이 헐레벌떡 가쁜 숨을 몰아쉬며 들어섰다. 그의 품엔 헝겊에 둘러싸인 갓난아기의 시체가 들어 있었다.

"마마! 여기!"

"여자아이가 확실한 것이냐?"

"예, 마마."

주 상궁은 두 손을 벌벌 떨며 갓난아기의 시체를 중전의 품에 안겼다. 중전은 죽은 아기의 얼굴을 들여다보았다. 숨이 끊긴 지 얼마 되지 않은 갓난아기였다.

중전은 이를 악물었다.

"아기야, 너는 무슨 사연이 있어 이리 두 눈을 꼭 감고서 내품에 오게 되었느냐."

"두 시진 전, 눈을 감은 아이라 합니다. 산모 역시 아이를 출산하다 절명하였다…… 하구요. 양반 가문의 여식은 아니옵고 산모와 함께 장사를 치르기 위해 절차를 밟고 있던 아기를 데리고 온 것입니다, 마마."

"일이 모두 끝나거든 이 아기와 죽은 산모의 장사는 심심치 않게 치를 수 있도록 해주어라."

중전은 창백하게 질린 아기의 시체를 가만히 내려다보다 이내 산파에게 건넸다. 그러곤 굳은 얼굴로 고개를 끄덕이며 입술을 악물었다.

중전의 수신호에 따라, 산파들의 손이 분주히 움직이기 시작했다. 곧 죽은 아기의 시체를 비단 보자기에 옮겨 싸며 산파는 가빠지는 호흡을 가다듬었다.

중전은 두 주먹을 움켜쥐고선 제 품을 떠난 공주 은설의 새하얀 얼굴을 떠올렸다.

"주 상궁."

중전이 떨리는 음성으로 주 상궁을 불렀다. 주 상궁은 모든 준비가 되었다는 듯 다부진 음성으로 고개를 들었다. 중전과 주 상궁의 시선이 부딪쳤다. 주 상궁은 가만히 중전의 명을 기다리고 있었다.

"지금부터 딱 반 시진이다."

"예?"

"좌상에게로 가, 내가 사산을 하였다고 일러라."

청천벽력 같은 말이었다.

"주, 중전 마마!"

"그리고 내가 그 사실을 숨기고, 사가에서 계집아이를 하나 빼돌려 공주로 삼으려 한다. 그리 고하며 좌상의 사람으로 들어가거라."

"마마…… 어찌!"

중전의 말에 주 상궁은 기함하며 무릎을 꿇고 말았다.

좌의정의 사람이 되어라, 죽기만큼 싫은 일이었다. 하지만 중전을, 그리고 공주를 지키기 위해선 그 방도밖엔 없다는 것을 주 상궁 역시 알고 있었다. 주 상궁의 얼굴이 일그러졌다.

"중좌는 모두 준비가 되어 있다. 빼돌리려고 한 계집아이는 나의 오라버니가 사가에 데리고 있을 것이며, 이렇게 지금 내가 죽은 아이를 출산한 것 역시 명명백백한 사실이니. 네가 살고자 좌상의 사람이 되기로 했다, 그리 이르며, 내가 지금 너에게 한 이 모든 말을 좌상에게 그대로 전하거라."

"마마……!"

"나의 명을 받잡고 내 사가로 가 그 아이를 데리러 가는 길에 너는 방향을 돌려 좌상에게로 온 것이다, 그리 이르거라. 그래야 네가…… 내게서 도망을 칠 수가 있다. 그래야 너도, 공주도…… 목숨을 부지할 수가 있다."

주 상궁은 눈물을 뚝뚝 흘리며 바닥에 납작 엎드렸다. 죽은 아이를 품에 안고 있던 산파 역시, 고개를 조아리며 끓어오르는 슬픔을 참지 못한 채 눈물을 토해내고 있었다.

산실청 안은 이내 눈물바다가 되었다. 주 상궁은 중전의 곁을 떠나야만 했지만, 쉽사리 발을 떼지 못하고 있었다.

"머뭇거리지 말고 떠나거라."

"소인에겐 참으로 가혹한 일입니다, 중전 마마!"

"반 시진 후에 너는 좌상과, 그리고 의금부와 함께 이 산실청을 들이닥쳐 나를 포박해야만 할 것이다."

중전이 이르는 말 하나하나 모두가 주 상궁의 가슴에 비수처럼 박혔다.

몰락의 길이었다. 그것은 무너짐을 자초하는 일이었다. 중전이 그것을 모를 리가 없었다. 하지만 별다른 대안이 없었다.

"마마, 하나 그렇게 되면 마마는 폐서인을 피하실 수 없게 될 것입니다. 마마의 가문 또한 무너질 수도 있는 일입니다. 어찌 그리 무모한 일을 행하려 하십니까."

"달리 방도가 있느냐."

"……마마."

"폐비가 되어 출궁을 하든, 국모인 채로 송장이 되어 출궁을 하든."

"마마!"

"내가 선택할 수 있는 것이 무엇이 있겠느냐. 해서, 한 걸음 물러나는 것이다."

"물러나는 것이라니요."

중전의 음성이 엷게 떨리고 있었다.

"공주를, 그 아이를 지키기 위해."

"마마께서 전하의 곁에 계시지 않는다면, 주상 전하는 힘을 잃게 될 것입니다."

"평생을 전하의 곁에서 전하를 뫼시고 살아왔다. 하지만 지금 전하의 몸속엔 숱한 독이 퍼져 있지. 사약과도 같은 그 탕약을, 그 속에 독이 들어 있음을 뻔히 알고도 나는 마시지 마라, 거부해라, 그조차 쉬이 막을 수가 없었다. 그런 내가 이제 더는 무엇을 할 수 있겠느냐. 전하께서도 예감하고 계신다."

"마마!"

"이제 모든 것이 끝이 나고 있다는 것을."

어느새 익숙해진 자신과 지아비의 기구한 운명이었다.

중전의 검은 두 눈엔 허망함이 잔뜩 차오르고 있었다.

"하니, 가거라. 내가 산 채로 궐에서 내쳐져야 대의를 품을 수 있다. 또한, 네가 좌상의 사람이 돼야 모두를 지킬 수 있다."

"마마."

"이제 너에게 왕실의 미래가 달린 것이다. 네 뜻을, 그 마음을 숨기고 좌의정의 사람으로 살아라. 복수는 공주가 아닌 내가 할 것이니."

"마마!"

"내가 무사히 복수할 수 있게…… 그때까지 너는, 좌의정의 사람으로 무사히 살아남아야 한다."

중전은 달빛이 푸른 하늘을 올려다보며 눈물을 삼켰다.

"죄인 홍 씨는 들으라! 죽은 공주를 바꿔치기해, 왕실을 농간하고 조정을 혼란에 빠뜨리려 한 죄에 따라서 죄인 홍 씨를 폐서인하고 탐라도로 안치(安置)를, 또한 그를 도왔던 죄인 홍 씨의 오라비인 홍도환을 삭탈관직하고 완도로 안치를 명하는 바다. 그리고 죄인 홍 씨의 재산 또한 모두 압수하여 국고로 환원한다."

중전 홍 씨는 유지를 받들며 왕이 있는 대전을 향해 절을 올렸다. 그를 바라보던 중궁전 나인들은 모두 오열하며 중전의 마지막 모습을 바라보았다.

"사약을 내려도 시원찮은 판국에…… 탐라로 유배라니요. 쯧쯧. 대감의 배포가 이리 작으실 줄은 몰랐습니다."

우의정 주상현은 좌의정 이학수를 향해 못마땅하다는 듯 혀를 찼다. 그러자 이학수는 맨몸으로 궐을 나서는 홍 씨의 뒷모습을 바라보며 조소했다.

"내 아들이 용상을 거머쥐는 건 보고 죽어야 하지 않겠소."

"……아들이라면?"

"내 손으로 직접 병들고 아둔한 저 왕을 죽이고 반정(反正)이란 반듯한 명목 아래 새 조선을 꾸려 내 아드님의 손에 쥐여주는 것을 폐비에게 똑똑히 보여주어야지요."

"정경부인께서 몇 해 전에, 남해에서 출산한 아이가 아들이었소? 이번에도 따님인 줄 알았는데! 오호, 이런 경사가 다 있소, 대감."

주상현은 이학수에게 아첨하며 눈을 게슴츠레 떴다. 그 음성을 모두 듣고 있던 홍 씨는 부들부들 떨며 주먹을 꾹 쥐었다. 그 곁을 지키고 있던 중궁전 나인들은 모두 바닥에 납작 엎드리며 중전을 배웅했다.

"중전 마마……! 강녕하셔야 하옵니다!"

그때였다. 멀찌감치서 떠나는 홍 씨의 모습을 바라보고 있던 왕이 눈물을 흘리며 다가섰다.

"전하."

홍 씨는 의연한 모습으로 왕을 향해 고개를 조아렸다. 왕은 거칠게 숨을 내뱉으며 수척해진 홍 씨의 손을 맞잡았다.

"중전……."

"전하, 강녕 또 강녕하셔야 하옵니다."

"꼭 이렇게까지 해야만 했소. 나를 어찌 이리 못난 지아비로 만드는 것이오."

"신첩, 끝까지 전하 곁에서 전하를 지켜드리지 못하여, 송구하옵니다. 부디 이 못난 신첩을 용서하지 마셔요."

홍 씨는 눈물을 삼키며 환하게 웃어 보였다. 왕은 그런 홍 씨의 야윈 볼을 더듬으며 따라 미소 지었다. 어쩌면 이것이 마지막이 될 서로의 모습이었다. 끝내 죽음에 이르러 스러질 자신이었지만 왕은 중전에게 끝까지 의연한 모습만 보이고 싶었다.

"단 한순간도 내 손을 놓지 않은 것은 중전이었소."

"전하."

"한데 마지막까지 중전은 나를 위합니다. 내 어찌 중전을 탓하겠소."

왕은 뜨거운 옥루를 흘리며 홍 씨의 손을 몇 번이고 쓸었다. 애틋한 두 사람을 차마 바라보지 못한 궁인들은 모두 바닥에 납작 엎드려 눈물만 흘리고 있었다. 홍 씨는 그런 왕의 얼굴을 한참 바라보며 느리게 고개를 끄덕였다.

"신첩은 이대로 궐을 떠나게 되면 전하의 마지막 순간을……
지켜드릴 수 없을지도 모릅니다."

"중전."

"외로울 것입니다. 홀로 두려우실 것입니다, 전하."

끝내 홍 씨는 눈물을 보이고야 말았다. 참았던 눈물이 터지
자, 두 사람은 기다렸다는 듯 뜨겁게 서로를 끌어안았다.

"아니, 나는 행복합니다. 중전."

"전하…… 흑……."

"이토록 그대가, 그리고 나의 공주가…… 이 조선 어딘가에
서 무사히 살아 숨 쉬고 있을 테니까. 그 사실만으로도 나는
벅찹니다."

"그토록 바라셨던 공주를 전하의 품에 한 번 안겨드리지 못
하고 그리 매정하게 보내야만 했던 신첩의 마음을 부디 헤아려
주시옵소서."

"내 죽어서도 그대와 공주를 지킬 것입니다."

왕은 홍 씨의 볼을 타고 흐르는 눈물을 닦으며 기쁘게 미소
지었다. 중전 역시 다시금 환하게 웃으며 왕의 손을 잡았다.

"신첩 반드시, 끝까지 살아남아…… 공주와, 그리고 전하의
명성을 되찾겠습니다."

"중전."

"해서 전하와 왕실의 그 깊은 한(恨)을 반드시 갚아주겠나이
다. 하니 전하께선…… 이생에 남은 한은 모두 여기 두시고 편
히 눈감으셔야 합니다."

"함께해서 행복했소, 중전. 나의 아내로, 그리고 나의 여인으로 살아주어 고맙습니다."

"신첩 또한 전하의 아내로 살아 행복했습니다. 제 지아비로 살아주시어 황송하나이다, 전하."

두 사람은 뜨거운 눈물을 흘리며 부둥켜안았다.

중전 홍 씨의 복수는 그렇게 시작되고 있었다.

제 2 장

공주, 원수의 아들을 만나다

누군가에겐 지옥과도 같았던, 혹 누군가에겐 달콤한 꿀과도 같았던 세월은 지체 없이 흘렀다.

해는 여러 번 바뀌고, 새로운 태양은 떠올랐다.

그리고 그 강렬한 태양 아래로 한 여인이 빠르게 달려가고 있었다.

"아가씨! 은설 아가씨!"

연분홍색의 풍성한 치맛단을 야무지게 움켜쥔 채 저자를 향해 달음박질치던 은설이 저를 부르는 소리에 뒤를 돌아보며 귀엽게 혀를 쏙 내밀었다.

흐드러지게 피어난 꽃잎들이 하늘을, 저잣거리를 수놓고 있었다.

"조금만! 으응?"

그 뒤로는 은설의 몸종으로 보이는 여인이 황급히 뒤따랐다.

"어유, 아가씨! 잠시만 멈춰보시래도요? 뭘 잡수셨길래 저렇게 빠르대?"

그 순간 은설이 가쁜 숨을 몰아쉬며 멈추어 섰다.

"술을 더 가지고 오라! 술을……!"

"여봐라! 임금께서 술을 더 가지고 오라신다!"

"예이! 이번엔 손도 예쁘고 발도 예쁜 조선 팔도 최고의 미색인, 명회가 들었나이다!"

저자 한가운데에서 놀이패들이 한바탕 판을 벌이고 있었다. 은설은 호기심 가득 어린 눈으로 치맛자락을 살짝 움켜쥐곤 까치발을 들었다.

조선 팔도에서 가장 잘 놀기로 유명한 광대가 속한 연희(演戱) 놀이패였다.

그때 헐레벌떡 은설의 곁에 다가선 여종이 덥석 은설의 손목을 쥐었다.

"조금만, 응? 조금만 보고 가자!"

"아니 된다니까요! 안방마님이나 대감마님 아시면 경을 치십니다요!"

"이 판이 올 춘, 마지막 판이라잖어. 이제 가면 또 내년이나 돼야 볼 수 있어. 저기 지방 멀리로 내려간대, 이 놀이패들이. 응? 응?"

"아, 은설 아가씨……!"

은설은 해사하게 미소를 띤 얼굴로 여종을 향해 눈을 찡긋하며 애교를 부렸다. 여종은 '졌다 졌어.' 하는 얼굴로 은설의 손목을 슬그머니 놓았다.

"그럼 아가씨는 지금 호조 참판 댁 아가씨와 수를 놓으러 간 것이니, 따악 반 시진만 보다 가셔야 합니다요?"

"알았어, 알았어."

은설은 대답을 하는 둥 마는 둥 하며 제자리에서 폴짝폴짝 뜀박질했다. 아무래도 장정들이 앞에 주르륵 서 있는 탓에, 놀이패들의 판이 제대로 보이지 않았다. 은설이 여종의 손을 잡고 까치발을 들어 아슬아슬하게 놀이패들의 판을 구경하기 시작했다.

"이 조선의 임금이란 놈은! 허구한 날 계집질에, 툭하면 사람을 죽이고, 패고, 두드려 부수고 말이여! 안 되겠어. 내 이놈의 폭군을! 혼구녕을 내주어야지!"

"하하하, 하하하하!"

놀이패들의 거친 입담에 백성들은 모두 하하, 호호 재미있다는 듯 손뼉을 치며 배를 잡고 웃었다.

사람들이 제법 모여 인산인해를 이룬 저자에선 광대의 생동감 넘치는 손짓 하나하나에 까르르, 웃음꽃이 피어났다. 은설역시 그들을 따라 미소를 지으며 반짝이는 눈을 놀이패들에게서 떼지 못하였다.

"네놈도 독살을 당해 죽은 선왕처럼 독에 중독되게 해주랴?"

"아아! 아니 된다, 나는 독살 당하기 싫단 말이다!"

"그 아둔한 선왕이 독살 당하였으니, 네놈이 그 자리를 꿰찰수 있었던 것이 아니냐!"

판은 절정을 향해 달려가고 있었다. 쿵, 쿵, 쿵, 커져가는 장구 소리를 따라 은설의 가슴도 요란하게 두근거리고 있었다.

스무 해 가까이 지난 선왕의 죽음을 두고 이제야 여러 말들이 오갔다. 그것은 백성들 사이에서 은밀하고도 빠르게 퍼져 나가고 있었다.

대원군인 이학수를 두고 충신이다, 간신이다 하는 대조적인 말들이 따라붙었다.

하지만 그것은 어디까지나 소문일 뿐이었다.

그날의 진실은 오로지 그들만 알고 있을 것이니.

"차라리, 나의 아버지를 옥좌에 앉히겠다!"

"참으로 아둔한 왕이로다, 허허허!"

한데 그런 이학수의 아들인 금상에겐 치명적인 추문이 뒤따르고 있었다. 계집질을 일삼고 술만 마시며 툭하면 나인들을 때리고 궐의 모든 물건을 때려 부수는 흉악한 폭군이라는. 게다가 마음만 먹으면 칼도 제멋대로 휘둘러 궐에서 죽어 나간 궁인들도 꽤 된다는.

하나, 그 모든 것이 절명하였던 선왕의 억울한 원귀가 금상에게 붙었기 때문이라는 소문이 돌고 있었다. 또 다른 한편에선 좌상에게 살육당한 귀신들이 금상에게 빙의되어 폭주하는 것이라는 소문도 스멀스멀 나돌고 있었다.

어쩌면 그것은 좌상의 흉악한 본모습을 알고 있는 자의 입에서 흘러나온 진실일지도 몰랐다. 은설 역시 그 소문을 들은 적이 있었기에 놀이패들의 만담이 현실감 있게 와닿았다.

술에 찌든 폭군을 흉내 내며 술병을 든 광대가 비틀비틀, 갈지 자로 걷자 은설의 가슴이 작게 뛰기 시작했다.

그때였다.

"미친놈들…… 저것들을 모두 의금부로 처넣어 육시를 내어야 할 것이다."

어디선가 깊은 분노가 서린 낮은 음성이 흘러왔다.

은설은 저도 모르게 고개를 돌려 소리가 나는 쪽을 바라보았다. 그곳엔 키가 훤칠한 사내 하나가 삿갓을 깊숙이 눌러쓴 채 입술을 세차게 악물고 있었다.

화를 삼키는 사내의 목울대가 크게 움직였다. 금방이라도 손에 쥔 검으로 놀이패를 베어낼 것 같은 살기마저 느껴졌다.

은설은 정면을 뚫어져라 응시하고 있는 사내를 빤히 올려다보았다.

"아."

서늘한 눈매가 아름다운 사내였다. 다른 이의 시선을 앗아갈 만큼 처연하고 냉랭한 눈빛. 그리고 그 끝에 서린 야릇한 기운은 보는 이의 가슴을 떨게 하기에 충분했다.

계집도 아닌데, 어찌 저리 피부가 하얗고 고울 수가 있을까?

은설은 침을 꼴깍 삼키며 사내에게서 눈을 떼지 못했다. 깊고 아름다운 눈, 그 아래 잘 자리 잡은 굳게 다문 입술 역시 붉고 영롱했다.

"곱다……."

곧은 콧대 위로 음울하게 내려앉은 슬픔은 은설의 가슴을 작게 울렸다.

은설은 저도 모르게 홀린 듯 곱다, 그 말을 내뱉으며 사내를 빤히 응시하고 있었다.

그때였다. 제 얼굴을 누군가 찬찬히 뜯어보고 있다는 불편한 시선을 느낀 사내가 별안간 획, 고개를 돌려 은설을 바라보았다.

저와 사내가 눈이 딱, 마주치고 말았다. 맞닿은 시선은 말로 형용할 수 없을 만큼 시렸다. 은설은 소스라치게 놀라며 제 입을 틀어막았다. 온몸에 열이 화르륵 오르는 것만 같았다. 괜스레 찔려 놀라버린 은설은 황급히 고개를 돌리며 자리를 벗어나기 위해 등을 돌렸다.

그때, 놀이패를 구경하던 무리가 왁자지껄 떠들며 그녀의 앞을 스치고 지났다. 다급하게 돌아서던 은설은 그만 우르르 몰려가는 그들과 부딪혀 휘청, 물러나고 말았다. 그러다 굳은 얼굴로 그녀를 내려다보고 있던 사내의 발을 질끈 밟으며 사내 위로 넘어졌다.

"어어, 어어?"

"앗!"

둘은 보기 좋게 흙바닥 위로 넘어졌다. 은설은 사내의 단단한 가슴팍에 이마를 쿵, 부딪히고 말았다. 동시에 사내의 굳게 묶여 있던 갓끈이 스르륵 풀렸다. 순간, 사내는 벗겨지는 자신의 갓을 꾹 쥐었다. 하마터면 갓으로 깊숙이 가리고 있던 얼굴이 훤히 드러날 뻔한 순간이었다.

"아…… 송, 송구하옵니다."

은설은 곤란하다는 듯 이마를 매만지며 황급히 자리에서 일어났다. 그러곤 몇 번이고 고개를 조아리며 넘어져 있는 사내를 향해 사과했다. 잔뜩 얼굴을 찌푸린 채 그녀를 노려보던 사내 역시 자리에서 벌떡 일어나 제게 쏠리는 사람들의 시선을 피했다. 하지만 이내 절정에 오른 놀이판에 둘을 바라보던 시선들은 거두어졌다.

　얼굴이 빨갛게 달아오른 은설이 황급히 사내에게서 돌아서자, 사내는 그녀의 손목을 거칠게 잡아챘다. 갑작스레 닿는 낯선 온기에 곤란하다는 듯 멈추어 선 그녀가 슬며시 뒤를 돌자, 역시 그가 너무도 살벌한 눈빛으로 그녀를 빤히 내려다보고 있었다.

　"누구냐, 넌."

　은설이 그에게 잡힌 손목을 빼기 위해 몸을 비틀수록 사내의 손아귀엔 어마어마한 힘이 들어갔다. 도망칠 수 없었다. 그대로 그 사내에게 가두어지고만 은설이었다.

　"놓, 놓으시어요!"

　은설은 미간을 잔뜩 찌푸린 채로 사내에게서 벗어나기 위해 뒷걸음질을 쳤는데…….

　"누구냐고 물었다."

　"내가 누군지가 왜 궁금하신데요?"

　"너, 내 얼굴을 훔쳐보고 있던 것 아니었느냐."

　"훔, 훔쳐보다니요! 그저, 소리가 들려 쳐다본 것뿐입니다."

　조금은 무례해 보이는 듯한 사내의 말투에 은설 역시 기분이 나쁘다는 듯 얼굴을 홱 구기며 사내를 쏘아보았다. 그러자 사내의 짙은 눈썹이 위로 삐죽 솟았다, 내려앉았다.

"내 얼굴을 보고 곱다, 중얼거리기까지 하지 않았더냐."

"그것은 그쪽이 곱, 곱게 생겼으니…… 아, 아무튼 훔쳐본 것은 아닙니다. 놓아주세요."

여전히 은설의 손목을 아프게 부여잡은 채로, 사내는 좀 전보다 더 사나운 눈빛을 하고선 은설에게 바투 다가섰다. 제법 가까워진 둘의 거리에 은설은 저도 모르게 움츠러들고 말았다.

"누가 보낸 것이냐. 감히 네까짓 게 누구의 얼굴을 빤히 쳐다보는 것이야. 누구의 사주를 받고 나를 죽이러 온 것이냐."

잔뜩 가라앉은 진중한 음성에 은설은 혹여 자신이 실수라도 한 것일까, 덜컥 겁이 나기 시작했다.

"죽이긴 뭘 죽인다 그러시오? 발을 헛디뎌 넘어진 것뿐인데…… 그것으로 사람이 어찌 죽는다고. 그리고 여기 저자에 쳐다보면 아니 될 사람이 있답니까?"

"뭐라."

"그리고 왜 초면에 반말이오? 댁, 나를 아시오?"

"하, 건방지구나."

제법 말꼬리를 잘라 먹으며 은설이 사내를 형형한 눈빛으로 쏘아보자, 둘의 시선이 아프게 부딪쳤다.

집에 돌아가자고 말리던 여종은 은설이 이런 수모를 겪고 있는지도 모른 채, 어느새 놀이패에 흠뻑 빠져 있었다.

"그래, 네년의 이름이 무엇이냐."

"네년……? 네년이라고 했소, 지금?"

은설이 이를 악물며 제 손목을 여전히 쥐고 있는 남자의 가슴팍을 툭 밀치며 손을 빼냈다.

갑작스러운 은설의 공격에 억, 소리도 내지 못한 사내는 그만 휘청 물러나고 말았다. 그러나 이내 별꼴이야, 하며 돌아서는 은설의 앞을 떡 가로막는 사내였다. 은설의 눈이 점점 커지기 시작했다.

"네년 이름이 무엇이냐고 물었다! 감히 네가 뉘 안전이라고!"

호통치는 사내를 향해 은설은 사내보다 더 큰 음성으로 소리쳤다.

"뉘 안전이 예까진 어인 일이시오? 감히 바라보지도 못할 면상이라면 저잣거리에 그 낯짝을 들이밀면 아니 되지, 안 그렇소? 그리고 나도 년 소리 듣고선 이대로 못 물러나니 당장 사과하시오!"

"무어라. 감히, 감히 네가!"

"그래! 내 이름은 은설인데! 그럼 네놈 이름은 무엇이냐?"

은설은 제 앞을 가로막고 있는 사내에게 바락 소리를 질렀다. 저를 두려워하지 않고 도리어 눈을 똑바로 치켜뜬 채, 씩씩거리며 바라보는 은설을 말없이 내려다보던 사내는 가만히 그 여인의 이름을 입에 담았다.

"은설이라."

"가진 것이 많거나 지체가 높다 하여 사람을 이리 함부로 대하라곤 그 어떠한 공자님도 말씀치 않으셨소. 한데, 지체가 조금 더 높다 하여, 혹은 가진 것이 더 많다 하여 죄 없는 무고한 이를 이렇게 거칠게, 제멋대로 다루다니. 무례가 하늘 높은 줄을 모르고 솟았구려. 참으로 못난 도령이시오!"

은설은 사내를 똑바로 응시한 채, 전혀 기죽지 않은 얼굴로 소리를 질렀다.

사내는 기가 찰 노릇이었다. 제 얼굴을 감히 함부로 바라본 죄를 물어도 마땅치 않을 마당에 오히려 큰소리라니. 이 여인의 대단한 기세를 한풀이라도 꺾어놓고 싶어 제 신분을 발설할까, 사내는 잠시 망설였다.

"네년은 내가 누군지 알고 이토록 고개를 빳빳하게 들고서 바라보느냐."

사내는 조금 전보다 더욱 차갑고 낮은 음성으로 은설을 옥죄었다. 하나 은설은 조금도 동요하지 않은 채 사내에게 바투 다가갔다. 사내의 눈길이 그에게로 향하는 은설의 조그마한 발아래에 머물렀다.

"아까부터 계속 년, 년 하는데, 참으로 껍데기만 멀쩡한 속 빈 강정이구나."

"뭐, 뭐라?"

"아니면 너는 입에 걸레짝을 물고 태어났느냐?"

은설이 입술을 씰룩이며 사내를 향해 단호한 음성으로 일렀다. 저보다 한참이나 더 큰 사내의 얼굴을 바라보느라 제 목이 아프게 꺾인 줄도 모르고선. 사내는 저를 향해 속 빈 강정이라는 둥, 걸레짝을 물고 태어났느냐는 둥 무례한 말을 내뱉는 은설을 충격받은 얼굴로 바라보았다.

대체 어느 가문의 여식이기에 이토록 겁도 없이 사내에게 함부로 덤비는 것인지. 당장에라도 아랫것을 불러 '은설'이란 이름을 가진 이 여식의 가문을 알아내라 명을 내리고 싶었다.

"한 번만 더 내 눈에 띄기만 하시오. 그땐 진짜 가만 안 둬."

"무어라?"

"그 재수 없는 말투. 똑똑히 기억해두겠소, 내가!"

은설은 홱 고개를 돌리며 사내에게서 한 걸음 물러났다. 그러자 사내의 서늘한 음성이 이내 은설의 발목을 잡았다.

"내 이름은 이도윤이다."

'이도윤이다.' 하는 목소리가 제법 깊었다. 은설은 저도 모르게 도윤을 돌아보며 붉은 입술을 앙다물었다.

"언젠간 네가 내 이름에 담긴 의미를 알게 되는 날, 후회하게 될 것이다. 지금의 이 순간을."

서늘한 기운 탓이었을까. 은설은 저도 모르게 몸을 부르르 떨며 저를 똑바로 응시하는 사내의 눈을 차마 바라보지 못했다. 그때, 칼을 찬 다른 사내 하나가 이쪽으로 성큼 다가와 도윤에게 귓속말로 무언가를 일렀다. 곧 도윤은 작게 고개를 끄덕이며 은설에게서 시선을 거두곤 이내 돌아섰다.

도윤의 넓고 커다란 어깨가 은설의 시선에 들어왔다. 저를 뜨겁게 바라보고 있던 도윤의 시선이 거두어지자, 그제야 은설은 도윤을 편히 올려다보았다.

두어 걸음 내디디던 도윤이 별안간 걸음을 멈추곤 은설을 돌아보았다. 도윤의 시선이 갑작스럽게 자신에게 닿자, 은설은 놀란 기색을 숨기지 못했다.

"널 다시 만날 날이 기대되는구나."

서산으로 향하는 태양은 쓸데없이 환했다.

도윤은 눈살을 찌푸리며 갓을 더욱 깊게 눌러썼다. 어쩐지 귓가에선 저를 향해 무례하다 소리치던 은설의 음성이 가실 줄 몰랐다.

"전하……."

그때 근위대장 주환이 조심스레 도윤을 올려다보았다. 그랬다. 도윤이 바로 무성한 소문을 안고 사는 조선의 군주 '이온 (李溫)'이었다.

"아까 그 여인이…… 신경이 쓰이시면 근위대를 풀어 은밀히 알아보라 명할까요."

"되었다. 그냥 성질머리 더러운 여인인 듯하니."

"그래도 대원군 대감이 보낸 첩자일 수도 있습니다."

"첩자가 저리 대놓고 용안을 훔쳐볼까."

도윤은 고개를 저으며 은설의 얼굴을 눈앞에서 지워냈다.

잠행 중이던 도윤은 문득 먼 산을 응시했다. 먼 곳을 바라보는 그의 흑색 눈동자 속에 슬픈 빛이 유영하고 있었다. 모든 만물이 개화하는 따스한 봄이 성큼 다가왔건만 여전히 도윤의 곁에는 시린 기운만 맴돌고 있었다.

그것은 도윤이 머무르는 궐에 다다를수록 짙어졌다. 언제나 왕이 머무르는 곳엔 햇볕 한 점 들지 않는 모양인 듯 서늘함과 쓸쓸함이 깊숙이 배어 있었다. 그리고 찬 기운이 가시지 않는 그 궐엔 얼음보다 더 시린 아름다운 왕이 존재했다.

"전하, 아까 저잣거리에서의 놀이판은 마음에 묻어두지 않으심이……."

주환은 도윤의 안색을 살피며 고개를 조아렸다. 그러자 도윤은 조소하며 제 입술을 세차게 말아 물었다.

"사실이 아니더냐."

"전하."

"백성들이 내가 앉은 용상을 피로 얼룩진…… 선왕의 원이 서린 자리라 이르더구나."

"저자를 떠도는 헛소문일 뿐입니다."

"아니, 그것은 소문이 아닌 사실이지. 지워낼 수 없는 처참한 진실."

"그렇게 전하 스스로를 아프게 하지 마옵소서."

"이도윤이란 아명(兒名)이 있지만, 그 이름으로 살지 못한 채…… 왕이 되면서 얻은 '이온'이란 이름으로 살아가는 동안 내가 감내해야만 했던 고통, 그 모든 것이 사실이고 현실이다."

도윤은 괴로운 듯 입꼬리를 비틀어 올리며 주환을 돌아보았다. 주환은 여전히 고개를 조아린 채 그의 곁을 단단히 지키고 있을 뿐이었다. 결코 녹아 없어지지 않는 단단한 기억이, 그리고 처절한 진실이 태풍이 되어 도윤을 휘감았다.

쓸쓸한 고통이 피었다.

그것 역시 도윤이 감내해야 할 몫이었다.

칼을 쥔 도윤의 손등엔 굵은 힘줄이 선연히 드러났다. 그때, 도윤 앞에 무장한 무사 무리가 당도했다.

"전하를 뵈옵니다."

"이번에도 결코 실수는 없어야 할 것이야."

"예, 전하."

주환은 무사들을 향해 금궤가 든 상자를 은밀히 건넸다. 도윤은 갓을 더욱 깊게 눌러썼다. 금궤를 받아 든 무사들은 주위를 한껏 경계하며 빠르게 사라졌다. 그들을 바라보던 도윤의 가슴에 잠시였지만 고통이 가시는 것 같았다.

"보름달이 뜨기 전까지 탐라에 무사히 도착해야 할 것인데."

"서두르라 명하였으니 보름달이 뜨는 밤까진 당도할 것이옵니다."

도윤이 제 턱 끝을 어루만지며 빠르게 사라지는 무사들을 돌아보았다.

"한데 전하."

도윤을 부르는 주환의 음성이 옅게 떨리고 있었다.

"언제까지 이 위험한 일을 감행할 것이옵니까."

주환의 물음에 앞서 걷던 도윤이 걸음을 일순 멈추었다. 그러곤 꽃잎이 눈처럼 내리는 하늘을 올려다보며 입을 열었다.

"용서받을 순 없겠지. 하나…… 할 수만 있다면 기꺼이 용서를 구하고 싶은 마음이다."

"전하."

"어쩌면 이것 역시 내 마음이 편해지고자 하는 나의 욕심일 지도 모르겠고 이 비극을 끝내고 싶은 바람일지도 모르겠다."

검게 타들어가는 도윤의 마음도 모른 채 꽃잎은 더 고운 곡 선을 그리며 내리고 있었다. 가슴이 무너지고 부서졌다.

"하나 대원군 대감께서 이 사실을 아시면 전하께서도 무사 치 못하실 것이옵니다. 수년 전부터 탐라에 있는 폐비 홍 씨에 게 은밀히 자금을 대주고 있다는 걸 알기라도 하신다면……."

상상만으로도 끔찍하다는 듯 주환이 고개를 내저었다. 하지 만 도윤은 그 모든 것을 감내할 수 있다는 듯 다시금 하늘을 올려다보았다.

금방이라도 땅 위로 쏟아질 것처럼 파란 하늘이었다.

"누가 되었든 이 추악한 악(惡)의 기운을 끊어내 주었으면 한 다."

"전하."

"그것이 한땐 국모였지만 내 아비 때문에 모든 것을 잃고 만 그자였으면 더욱 좋겠고."

"어찌 그런 말씀을……"

"나는 그날을 위해 준비하고 있다. 모든 것을 끊어내고 원래 의 자리를 되찾게 되는 그날을."

"전하께서도 위험해지실 일입니다. 전하의 그 자리도, 어쩌면 전하의 목숨도 위태로워질 수 있음입니다."

"두렵지 않다. 그것 역시 제자리로 돌아가기 위해 거쳐야 할 과정이니."

단호한 도윤의 음성이 공중으로 흩어졌다. 그 사이로 고운 꽃잎이 휘날렸다. 하늘을 올려다보고 선 도윤의 커다란 어깨 위로 꽃잎이 무수히 쏟아졌다.

지그시 눈을 감으며 도윤이 느리게 숨을 내뱉었다.

"나는 원한다. 죽기 전 한 번이라도 이 하늘을 편안한 마음으로 올려다볼 수 있길. 마음에 한 점 죄책감 없이 저 파란 하늘을 두 눈에, 마음에, 마음껏 담고 눈감을 날이 오기를."

"전하."

그 어느 때보다 지독한 외로움이 도윤의 얼굴 위로 피어올랐다. 그때, 도윤은 감았던 눈을 떠 와자지껄 떠드는 소리가 들려오는 저자를 돌아보았다.

저와 제 아비를, 그리고 제 가문을 조롱하는 백성들의 웃음소리였다. 도윤은 씁쓸한 웃음을 지으며 고개를 떨구었다. 무언가 더 말을 잇기 위해 입술을 달싹이던 그는 이내 핏, 조소를 그렸다.

"말해…… 무엇하겠느냐."

포기였다. 언제나처럼 현실에 기권하며 무릎을 꿇는 쪽은 도윤이었다. 하지만 도윤은 단 하나, 그것만은 놓지 않았다.

"하나, 언젠간 이 비운을 끊어낼 날이 오겠지."

제 손으로 베어내어 갈기갈기 찢어버릴 이 피의 자리. 해서 끝없이 이어지고 있는 비극의 숨통을 끊어낼 참이었다. 그것이

제 목숨을 내놓아야 할 비운인 줄 알면서도 도윤은 치열하게 갈구했다.

"서둘러 입궐하자. 대전을 오래 비워두었구나."

"예, 전하."

궐로 향하는 도윤의 등 뒤로 백성들의 게걸스러운 웃음이 뒤따랐다.

❀

어제보다 더 맑은 하늘이 은설을 내려다보고 있었다. 은설은 가만히 손을 들어 흐드러지게 쏟아지는 꽃비를 어루만졌다.

"아가씨, 무슨 생각을 그리하세요?"

그때 은설의 몸종인 여주가 은설의 곁으로 다가섰다. 은설은 미소를 지으며 고개를 느리게 가로저었다.

"아니다, 아무것도."

"혹, 어제 만났다던 그 무례한 사내를 생각하고 계신 건 아니겠지요?"

여주가 빙그레 웃음을 지으며 넌지시 물었다. 그러자 환하게 미소를 짓고 있던 은설의 얼굴이 다시 딱딱하게 굳고 말았다.

"설마! 다신 마주치지 않았으면 한다, 그 무례한 사내는."

사실 어제 저잣거리에서 마주쳤던 무례한 사내의 얼굴을 넌지시 떠올리고 있던 참이었다. 여주에게 속마음을 들킨 것 같아 은설은 서둘러 자리에서 일어났다. 멀쩡하게 생겨서는 뭐 그리 성질이 포악하던지, 여전히 그의 형형하던 눈빛이 눈앞에 아른거리는 것도 같았다.

그때 은설의 어머니인 유희가 사랑채로 들어섰다.

"어머니!"

"예 있었구나."

유희는 환하게 웃으며 은설의 곁으로 다가섰다. 두 사람은 해사하게 웃으며 서로를 바라보았다. 너무도 곱게, 그리고 너무도 어여쁘게 자라난 은설을 흐뭇하게 바라보며 유희가 느리게 고개를 끄덕였다.

"꽃잎이 하도 예쁘게 흩날리고 있어, 잠깐 넋을 놓고 보고 있었습니다."

"그렇구나. 예쁜 꽃비가 내리고 있었구나."

은설의 말에 유희 역시 허공을 무수히 가로지르는 꽃잎을 바라보며 미소를 지었다. 그러곤 가만히 두 손을 모으고 있는 은설의 손을 따스하게 맞잡았다. 은설의 오른손 검지에 끼워진 옥가락지를 내려다보는 유희의 눈이 깊어졌다.

"소녀의 이름이 꼭 이 하얀 꽃잎을 닮았지요?"

"그래, 은설이란 너의 이름은…… 아주 어여쁘고 고귀한 이름이란다."

그 이름이 지닌 바람대로 한 떨기 매화처럼 잘 자란 은설을 바라보며 유희의 가슴이 아려왔다.

―네가 장성해 혼인을 치를 때, 네 손에 끼워주고 싶었던 가

락지였거늘, 이 애비가 못나서, 참으로 바보 천치 같아서…… 그럴 수가 없을 것 같구나.

어디선가 눈물에 얼룩진 선왕의 목소리가 들려오는 것 같았다. 일순 유희의 가슴이 뜨거워졌다.

─부디 행복해지거라. 부디 무사히 살아남거라. 이 애비는 죽어 이 땅에서 육신이 없어진다 할지라도…… 끝내 네 곁에 머물며 너를 지키고, 네 어머니를 지키고, 너와 네 어머니와 함께할 것이다. 사랑한다, 공주야.

피를 토하며 죽어가던 선왕의 마지막 모습이 눈앞에 그려져 유희는 저도 모르게 붉어진 눈가를 황급히 더듬었다.

"어머니? 무슨 생각을 그리 골똘히 하셔요?"

은설의 음성이 깊은 슬픔에 잠겨가는 유희를 붙잡았다.

"아니다, 아무것도. 곧 입궐이지?"

"예, 어머니. 소녀의 입궐이 걱정되어 그러시는 것이지요?"

"은설아."

"어머니와 아버지께서 무슨 걱정을 하시는지 소녀 잘 아옵니다. 오라버니 곁에 딱 달라붙어 염려하시는 일은 없게 할 것이오니 마음 놓으셔요."

은설이 걱정하지 말라는 듯 환하게 웃으며 유희의 손을 잡았지만, 그녀의 가슴에 피어오르는 걱정은 쉬이 떨칠 수 없었다.

"대원군 대감과 그를 따르는 다른 대감들과는 결코 마주하여선 아니 될 것이야."

"잘 아옵니다. 아버지께서 대원군 대감과 정치 신념이 부딪치시니 그리 염려하시는 것이지요? 소녀 역시 경계하고 조심하겠나이다."

모레는 왕실의 벽을 허물고 백성과 소통하기 위해 대원군 이학수가 직접 판을 벌인 족구 시합이 열리는 날이었다. 그날만큼은 특별히 궐에 반가 자제들의 출입을 허했고, 여러 규수들도 참가해 왕이 내리는 광영(光榮)을 기꺼이 받으라, 대원군이 명을 내렸기에 이번만큼은 병판도 은설을 숨길 수 없었다.

수천의 밤을 보내도 그날의 악몽은 가시지 않았기에 병판과 유희는 은설을 더더욱 감추었다. 그래서 이학수나 그의 패거리인 영의정, 우의정의 탄신회에도 은설을 참석시키지 않았지만, 이번만큼은 피할 수 없었다. 더는 이학수의 눈 밖에 나는 행동을 할 수 없었기에 이번 족구 시합만큼은 은설을 기꺼이 참가시키기로 했다.

"대원군을 독대하여선 결단코 아니 될 것이다, 은설아."

"예, 어머니. 명심하겠습니다."

하지만 유희를 옥죄는 긴장감과 걱정스러움은 더욱 그녀를 붙들고 늘어졌다.

제 3 장

근위대장, 이도윤

족구 시합이 열리는 날, 하늘은 그 어느 때보다 맑았다.

은설은 호조 참판의 여식인 민주와 함께 설레는 마음으로 커다란 궐 앞에 섰다. 오랜만에 궐이 시끌벅적, 떠들썩하였다. 곱게 차려입은 반가의 여식들이 저마다 꽃같이 꾸민 채로 궐로 들어서고 있었다.

은설은 으리으리한 궐의 입구를 올려다보며 다물어지지 않는 입을 살며시 벌린 채로, 연신 감탄을 내뱉었다.

"은설아, 너 궐은 처음이지?"

"응. 너무 화려하고 웅장하다. 생각했던 것보다 훨씬 더!"

은설의 올라선 광대에 설렘이 한껏 묻어 있었다. 은설은 미소를 머금은 채로 호조 참판의 여식인 민주와 함께 조심스레 궐 안으로 들어섰다. 그때 제 곁을 지나치는 분 냄새를 폴폴 풍기는 규수 무리의 조잘대는 소리가 은설의 귓가에도 들려왔다.

"금상 전하께서 오늘 우리 중 눈에 띄는 여인에게 후궁 첩지를 내릴 것이래."

"참말이야? 아 그걸 왜 이제 말해! 그럼 더 예쁘게 차려입고 올 것인데!"

"어머, 얘 봐라? 네가 후궁이 될 자격은 있다, 생각하고 그리 말하는 것이니?"

"뭐라구?"

"내 아버지께서 대원군 대감께 직접 청을 넣어 나를 후궁으로 간택해달라 그리 금상 전하께 이르셨어. 그러니 오늘 후궁 간택은 날 위한 자리지."

은설은 자신이 후궁으로 간택될 것이라 말하는 여인을 슬며시 돌아보았다. 코도 뾰족, 턱도 뾰족, 게다가 작고 도톰한 입술도 참으로 가냘픈 것이 여인 중에서도 여인답게 생긴 규수였다. 사내들이 좋아할 상이겠구나, 생각하며 은설은 사뿐히 치맛자락을 쥐었다.

"한데 금상 전하, 매일 밤 술만 드시고 성정도 괴팍한 폭군이라 소문이 자자하잖어. 게다가 후궁이며, 중전 마마께도 손 하나 까딱 않고 조선 팔도의 소문난 미색의 기방 여인들만 가까이한다는 소문도 있구."

"아니야! 매일 밤 중전 마마만 빼고 후궁들만 여럿 불러서 여색을 즐기신다는 소문, 몰라?"

"뭐? 에구머니나!"

"그래서 허구한 날 후궁들만 줄줄이 들어서 이제 궐에 후궁들이 거처할 처소를 지을 땅이 없다잖어!"

은설은 살며시 입술을 앙다물며 규수들에게서 멀어졌다. 은

설의 손을 꾹 쥐고 있던 민주는 멀어지는 규수들을 돌아보며
입술을 떼었다.

"참일까?"

"무엇이?"

"금상 전하와 관련된 저 소문들 말이야."

민주의 물음에 은설이 입술을 말아 물며 걸음을 멈추었다.
바람에 슬쩍슬쩍 나부끼는 치맛자락을 움켜쥔 채, 은설이 깊
은 눈으로 민주를 돌아보았다.

그때, 심드렁한 얼굴로 이쪽으로 향하고 있던 도윤이 그리
멀리 떨어지지 않은 곳에 은설과 민주가 서 있는 것을 보곤 걸
음을 슬쩍 멈추었다.

"궐에 웬 여인들이 이토록 많은 것이냐."

그러곤 성가시다는 듯 주위를 둘러보며 짜증스럽게 이맛살
을 찌푸렸다.

"오늘 경연 때문에 반가의 규수들이 입궐을 한 모양입니다."

"분 냄새라면 궐에서도 지독하게 맡았건만. 어쩐지 오늘따라
머리가 더 깨질 듯 아파진다 했다."

"전하, 어의라도 불러올……."

"내 두통의 원인이 저 여인들이니 저 여인들을 치워야 내 두
통이 가실 것이 아니냐. 그깟 탕약 몇 사발을 더 마신다고 이
지긋지긋한 두통이 가실 성싶으냐."

"송, 송구하옵니다. 전하."

도윤의 날카로운 음성에 궁인들은 죽은 듯이 입을 다물곤

고개를 조아렸다. 도윤은 한껏 찌푸린 얼굴로 은설과 민주를 빤히 응시하였다. 앞으로 나아가 저 여인들을 지나쳐 갈까 하다, 이내 깨질 듯이 밀려오는 두통에 도윤은 등을 돌렸다.

"돌아가자. 여인네라면 헛구역질이 치밀 만큼 내 경멸하니."

그러나 발걸음을 돌리는 도윤의 등 뒤로 은설의 달콤한 음성이 불어왔다.

"금상 전하께선 그 누구보다 총명하시구 늠름한 성군이실 것이야."

그 보드라운 음성이 돌아서는 도윤의 발목을 붙들고 말았다.

총명하고 늠름한 성군이라······.

돌아선 도윤이 조심스레 고개를 돌려 은설을 바라보았다.

"어찌 그리 말해? 너는 금상 전하를 뵌 적이 있는 것이야?"

"아니, 한 번도 없어. 하지만 금상 전하가 여색을 밝히니, 주정뱅이니, 폭군이니 하는 그자들 역시 전하를 직접 뵌 적 없는 자들이잖아. 어찌 한 번도 독대한 적 없는 금상 전하께 그런 억측들을 갖다 붙이는 것인지. 하나, 그것이 만약 사실이라고 해도 나는 믿어."

도윤의 눈가가 파르르 떨렸다. 슬쩍 움켜쥔 주먹에서 스르륵 힘이 풀리고 있었다.

저 달콤한 음성이 어쩐지 익숙했다.

또한, 옆으로 돌아선 저 여인의 고운 얼굴도 낯익었다.

불어오는 봄바람보다 더 간질간질한 여인의 음성에 도윤의 시선이 절로 그 여인에게 묶였다.

"금상 전하께선 그 누구보다 총명하시고 영민하셨어. 아버지께서 늘 그러셨거든. 전하의 성정도 그리고 학식도 조선 제일이라고."

"참말이야?"

"그럼. 하늘에서 인재를 내려주셨다고 백성들이 얼마나 좋아했는데. 전하의 어린 시절을 늘 봐왔던 아버지께서도 가끔 지난날의 전하의 모습을 이야기해주곤 하셔. 한데 그리 변하셨다면 그에 대한 이유가 반드시 있었을 것이야. 어쩌면 매일 밤, 아파하고 계실지도 몰라."

이상하게 저 말이, 알지도 못하는 저 여인의 목소리가 위로가 되는 것 같았다. 그만 가슴 깊이 묻어두었던 서러움이 불쑥, 솟아났다.

도윤은 여인에게서 황급히 고개를 돌렸다. 여인을 계속 바라보다간 그만 울컥 눈물이 쏟아질 것만 같았다.

"그 아픔을 다독여줄 그 누군가가 없으니…… 그 상처를 보듬어 줄 그 무언가가 없으니……."

"……아."

"길을 잃고 헤매고 계신 걸 거야. 난 그리 믿어."

도윤이 비틀거리며 돌아섰다. 그는 이상하게 해이해지려는 마음을 독하게 다잡으며 여인에게서 멀어지기 위해 한 걸음을 더디게 내디뎠다.

그때였다.

"은설이 너는 마음도 참 예뻐. 지금 중전 마마껜 송구하지만 정말 네가 중전이 돼야 했어. 그렇지?"

도윤은 그만 다시 걸음을 멈출 수밖에 없었다.

"그런 말 하지 마. 궐엔 듣는 귀가 많다고 오라버니께서 그러셨잖아."

'은설'이라 하였다!

'은설'이란 마음을 간질이는 그 이상한 이름에 도윤은 고개를 돌려 여인의 얼굴을 확인했다. 그 순간, 여인의 어여쁜 얼굴이 도윤의 가슴에 박혔다.

저자에서 저를 향해 당차게 달려들던 그 여인의 얼굴과 일치되는 순간이었다.

"전하."

저를 부르는 상선의 음성에도 속절없이 해이해지고 말았다. 도윤이 제 곁에 다다른 줄은 꿈에도 모른 채 은설은 해맑은 얼굴로 제 옆모습을 도윤에게 보이고 있었다.

나부끼는 봄바람에 살랑이는 은설의 풍성한 치맛자락부터 등 뒤로 사뿐히 흩날리는 곱게 땋은 머리까지, 은설의 모든 선 하나하나가 다 고왔다.

처음 느껴보는 이상야릇한 감정이었다.

"더는 반가 규수들의 입궐을 윤허하는 일은 없을 것이다. 또한, 오늘 시합은 내 참가하지 않을 것이니 시합장이 아닌 다른 곳으로 길을 잡아라."

도윤의 음성 끝이 옅게 떨리고 있었다. 그러곤 슬쩍 피어오른 그 감정을 힘겹게 잘라냈다. 한낱 일렁이는 춘삼월의 바람에 온 마음이 흔들려 와르르 무너질 만큼 도윤은 감정에 충실한 사람이 아니었다. 아니, 어쩌면 감정에 충실할 수 있는 법을 모르는 사람일지도 몰랐다.

태어나 처음 느껴보는 생경한 느낌에 연신 두 다리가 제멋대로 움직이기 시작했지만, 도윤은 이마저도 묻어두기로 했다. 자신에겐 그런 감정마저 사치였으니까. 그럴 수 있는 사람이 아니었으니까. 더욱이 그래선 안 되는 사람이었으니까.

누군가를 죽이고 얻어낸 자리에 앉은 사람은 그렇게 소소한 행복마저 누려선 안 된다고 생각하는 도윤이었다.

"나의 후궁이 되고자 내 아버지께서 심어놓은 여인이겠지. 저 달콤한 말로 나의 환심을 사, 날 어찌 해보라는……."

"예?"

"가자."

애써 냉정히 돌아서는 도윤의 발걸음이 무거웠다. 다시 슬쩍 돌아본 은설의 얼굴은 여전히 해사했다. 도윤은 세차게 고개를 저었다.

"주상 전하 납시오!"

돌아서는 도윤의 뒤로 상선의 외침이 들려왔다. 은설은 화들짝 놀라며 고개를 조아렸다. 돌아서는 임금의 얼굴이 왠지 모르게 낯익었다.

잊을 수 없는 저 서늘한 눈매가 어쩐지 은설의 가슴에 깊숙이 스며들었다.

은설이 저도 모르게 도윤의 얼굴을 빤히 바라보고 있자, 민주는 소스라치게 놀라며 은설의 손을 잡아끌었다. 그제야 은설은 도윤이 멀어질 때까지 고개를 깊이 조아렸다.

"저분이 금상 전하이신가 봐!"

민주가 떨리는 음성으로 완전히 돌아선 도윤을 향해 말하자 은설은 조아렸던 고개를 들어 저 멀리 사라져가는 도윤을 응시하였다.

"잠깐 보았는데도 그 서늘한 기운, 은설이 너도 느꼈지?"

민주가 몸을 부르르 떨며 은설의 곁에 조금 더 다가섰다. 어째서인지 은설은 멀어져가는 도윤에게서 눈을 떼지 못하였다. 왠지 모르게 익숙한 서늘한 냉기가 기묘하게 피어오르는 것도 같았다.

❄

시합 시작 시간이 다가왔음에도 모습을 드러내지 않는 군주 탓에 시합은 지연되고 있었다. 먼저 와 자리를 잡은 이학수와 그의 무리는 시각이 지체되었음에도 나타나지 않는 도윤을 초조한 마음으로 기다리고 있었다.

"대체 또 무슨 바람이 불어 꼭꼭 숨으신 것일까? 아까 슬쩍 마주쳤었잖아, 우리는?"

민주가 입술을 뾰로통하게 내밀며 숙덕대는 장내를 바라보았다. 은설의 마음 역시 어딘가 모르게 불편해지고 있었다.

"나 잠시 측간 좀……."

"어? 같이 가줄까?"

"아냐, 금방 다녀올게."

은설은 어깰 축 늘어뜨린 채, 시합장을 조심스럽게 벗어났다. 왠지 모르게 이상하게 흘러가는 궐의 분위기 탓에 은설은 괜히 마음이 뒤숭숭해져 먼저 퇴궐이라도 할 참이었다.

"오라버니께 먼저 간다고 인사는 해야 할 텐데."

은설은 연신 주위를 두리번거리며 궐을 헤집고 다녔다. 시합 대기장이 그곳에서 멀지 않아 은설은 제 오라비에게 먼저 퇴궐하겠다, 인사라도 하고 돌아갈 참이었다.

대기장을 찾기 위해 두리번거리던 은설이 막 전각 하나를 끼고 빙그르르 돌을 때였다.

"앗!"

경기복을 입은 한 사내와 딱 맞닥뜨려 뒤로 휘청 넘어지고 말았다.

"으악!"

누군가 제 발목을 우악스럽게 붙들고선 땅속으로 잡아당기는 느낌이 들었다. 은설은 두 눈을 질끈 감은 채 두 팔을 허공 위로 퍼덕였다. 그때, 휘청이며 뒤로 넘어가는 제 허리를 단단한 무언가가 툭, 받쳤다. 은설은 몸이 땅 위로 무참히 곤두박질 쳐질 것이라 예상했던 것과는 달리 편안한, 그리고 따스한 무언가가 제 등허리를 감싸고 있는 것을 느꼈다.

은설은 질끈 감았던 눈을 살며시 떴다. 와장창, 무너지는 것 같던 하늘이 고요해지는 순간이었다.

78

"아."

눈부신 햇살이 제 얼굴 위로 함빡 쏟아져 은설은 눈살을 찌푸리고 말았다. 언뜻 보이는 장신의 사내가 저를 단단히 안아 올리고 있었다. 은설은 낮은 탄식을 내뱉으며 그의 팔을 슬쩍 쥐었다. 저를 구해준 은인이었다.

"아, 고맙습니다."

은설이 사내를 향해 살며시 고개를 조아렸다. 그러곤 그의 품에서 벗어나기 위해 힘을 주었는데, 좀 전보다 더 단단한 힘이 저를 붙잡고 있었다.

은설은 조금 놀란 얼굴로 사내를 바라보았다. 하지만 여전히 강렬한 햇살에 눈을 제대로 뜰 수 없어, 사내의 얼굴을 바라볼 수 없었다. 당황한 은설은 사내의 품 안에서 허둥대었다.

"한 번만 더 눈에 띄면…… 가만두지 않는다 하였는데, 그래서 날 가만두지 않을 것이냐."

그때였다. 은설의 귓전에 익숙한 음성이 바람처럼 불어왔다. 일순, 은설의 가슴이 발아래로 쿵 떨어지는 것 같았다.

어디서 들었더라. 이 차가운 목소리, 서늘한 말투.

은설이 입술을 살며시 깨문 채 여전히 저를 단단히 안아 올리고 있는 사내의 얼굴을 바라보았다.

"참 요란한 만남이다. 그때도 그러하고 지금도 그러하니."

"예, 예?"

"널 다시 만날 날이 내 기대된다 하였더니 역시였군."

"아……! 그 저잣거리?"

"역시나 기대 이상이구나, 너는."

그 허우대만 멀쩡하던 재수 없던 사내?

은설은 그의 음성에 지난날 저자에서의 일들을 떠올렸다.

"이, 이도······."

"이도윤."

은설은 눈을 더욱 크게 뜨며 사내의 팔을 꾹 쥐었다.

그의 얼굴을 확인하고 싶었다. 하지만 강렬하게 쏟아지는 햇볕 탓에 은설은 그의 얼굴을 확인하지 못하고 다시금 고개를 숙이고 말았다.

그때였다. 은설을 단단히 안고 있던 사내가 살며시 그녀를 땅 위에 세워주었다. 은설을 세차게 안아 올릴 때와는 사뭇 달리 조심스러움이 한껏 묻어나는 손길이었다.

"아······?"

그녀의 얼굴 위로 커다란 그림자 하나가 드리워졌다. 놀란 은설이 자신의 얼굴 위를 올려다보자, 그가 자신의 손바닥으로 은설의 이마 위를 가려주고 있었다. 은설의 가슴이 콩닥콩닥, 작게 뛰기 시작했다.

"어찌 그쪽이······."

은설은 제 이마 위를 가리고 있는 그의 커다란 손을 한 번, 그러곤 여전히 굳은 얼굴로 저를 내려다보고 있는 그를 한 번, 번갈아 쳐다보았다.

그때 그 사내가 맞았다.

여전히 냉랭한 저 얼굴, 매서운 눈빛.

은설은 입술을 작게 말아 물며 도윤을 빤히 올려다보았다. 반가의 자제들과 비슷한 경기복을 입은 탓에 은설은 그가 임금임을 전혀 눈치채지 못하고 있었다.

도윤은 무표정한 얼굴로 은설을 지그시 응시했다.

"흠, 흠흠! 도와주신 것은 고맙습니다만, 이리 오래 마주 보고 서 있을 사이는 아니니, 그럼 소녀 먼저 물러가겠나이다."

은설이 시큰둥하게 그를 향해 고개를 숙이고선 빙그르르 돌아섰다. 그러곤 황급히 그에게서 벗어나기 위해 한 걸음을 내디뎠는데 그런 은설 앞을 우두커니 막아서는 도윤이었다.

"예?"

저잣거리에서처럼 또 한 번 막아서는 그를 은설이 놀란 얼굴로 올려다보았다. 은설은 자신을 여전히 빤히 내려다보는 그의 강렬한 눈빛에 조금 주눅이 든 채 좌측으로 한 걸음 비켜났다. 그러자 도윤 역시 은설을 따라 걸음을 옮겼다. 은설은 어이없다는 듯, 다시금 우측으로 한 걸음 물러났다. 그런데 이번에도 도윤이 그녀를 따라와 앞을 가로막았다.

"뭐 하자는 거요?"

그제야 은설이 꾹꾹 억눌렀던 화를 드러냈지만 도윤은 여전히 뒷짐을 진 채 은설의 얼굴만 빤히 내려다볼 뿐이었다.

"왜 이러시는 겁니까? 대체 제 앞길은 왜 자꾸 막아서는 것입니까?"

은설이 마른침을 꿀꺽 삼키며 앞을 단단히 가로막고 서 있는 도윤을 한껏 올려다보았다.

"입궐한 연유가 무엇이냐."

"뭐요?"

다짜고짜 입궐한 연유가 무엇이냐며 싸늘하게 묻는 도윤이었다. 은설은 허, 헛웃음을 내뱉으며 팔짱을 꼈다. 하지만 그의 얼굴은 제법 진지해 보였다.

"혹 너도 다른 여인들처럼 후궁이 되고 싶은 것이냐."

"후궁이라니요?"

금시초문이란 얼굴로 은설이 그를 올려다보았다. 그런데 이상하게도 그 무례한 물음 끝에 뜻 모를 슬픔이 조금 묻어나 있는 것도 같았다. 은설은 도윤을 위아래로 훑었다.

"뭐 하시는 분이시길래 이리도 무례하십니까?"

"묻는 말에 답하라. 너도 후궁이 되길 원하냐, 물었다."

"대체 무슨 말이 하시고 싶은 겁니까? 혹 소녀에게 첫눈에 반하셔서…… 지금 수작이라도 부리는 것입니까?"

도윤의 굳게 다물고 있던 입술도, 애써 힘주고 있던 눈매도 그녀의 귀여운 착각에 그만 와르르 무너지고야 말았다. 도윤은 핏, 헛웃음을 터뜨리며 잔뜩 긴장한 채 뒷짐을 지고 있던 손을 풀었다. 그러곤 여전히 자신을 이상한 사내 취급하며 위아래로 훑고 있는 그녀를 어이없다는 듯 내려다보았다. 하지만 이번엔 은설도 제법 진지했다.

"착각을 아주 재미나게 하는구나."

도윤의 비웃음 섞인 음성에 은설은 그제야 힘주었던 눈을 풀며 흠흠, 헛기침을 내뱉었다.

"하면…… 대체 앞길은 왜 자꾸 막아서는 것입니까?"

"물었던 그 질문 그대로다."

"예?"

"후궁이 되고 싶어 입궐을 한 것이냐, 묻질 않았더냐."

여전히 황당한 '후궁' 소리에 은설은 삐딱하게 선 채로 도윤을 올려다보았다.

생긴 건 멀쩡한데 성정은 저번부터 아주 개차반이란 말이지?

은설은 느리게 고개를 저으며 그를 똑바로 응시했다.

"소녀는 후궁이 되고 싶어 입궐을 한 것이 아니오라, 제 오라버니의 경기를 보려고 입궐을 한 것입니다."

은설이 또박또박 이르며 그에게 한 걸음 다가섰다. 도윤은 그런 은설을 눈 하나 깜빡하지 않은 채 뚫어져라 바라보고 있었다. 일순, 두 사람의 호흡이 치열하게 엉켰다.

"후궁이 되길 원한다면 대원군 대감의 눈에 드는 편이 빠를 것이다."

"또 그 소리요?"

"예서 자꾸만 나와 부딪쳐 연을 만들어 보려 하지 말고."

도윤은 그 말을 힘주어 내뱉으며 돌아섰다. 다시금 싸늘한 냉기가 은설을 휘감는 것 같았다. 은설은 돌아서는 도윤의 뒤통수를 향해 소리쳤다.

"후궁은 대체 누가 후궁이 되고 싶다고 그러는 것이오? 그러는 그쪽이야말로 대관절 정체가 무언데 후궁 소리를 그리도 입에 담는 것이오!"

그때였다. 두어 걸음 물러나던 도윤이 별안간 걸음을 멈추었다. 그러곤 짜증스럽게 얼굴을 구긴 채 황급히 몸을 돌렸다.

"경기 시각이 지체되고 있다. 지체될수록 왕실의 권위가 떨어질 것이니 서둘러 주상을 찾아야 할 것이다."

도윤의 등 뒤로 이학수의 서늘한 음성도 들려왔다. 은설은 급격하게 굳어가는 도윤의 얼굴을 바라보며 그의 등 뒤를 빼꼼 바라보았다.

"헉!"

이학수였다.

이학수가 전각 사이에서 막 모습을 드러내며 이쪽을 향해 걸어오고 있었다. 큰일이었다. 절대 이학수와 독대하지 말란 유희의 음성이 은설의 귓가를 맴돌았다.

"아이참…… 왜 여기서 맞닥뜨려!"

아무래도 몸을 숨겨야만 했다. 은설은 치맛자락을 단단히 움켜쥔 채 연신 주위를 두리번거렸다. 당황한 기색이 역력한 얼굴로 자신의 앞을 빙빙 맴도는 은설을 발견한 도윤은 얼굴을 찌푸렸다.

"정신없게 무엇 하는 것이야."

"이학수 대감을…… 아니, 몸을 숨길 곳을!"

아무래도 숨을 곳을 급히 찾는 모양이었다. 도윤은 자신의 뒤를 한 번, 여전히 정신없이 뱅뱅 도는 은설을 한 번 바라보더니 그녀의 어깨를 톡톡 두드렸다.

"예?"

"따라오라."

'따라오라'는 도윤의 음성에 은설이 하얗게 질린 얼굴로 도윤을 올려다보았다.

"아닙니다. 제가 알아서 하겠습니다."

은설은 도윤을 지나쳐 달음박질이라도 치기 위해 상체를 조금 기울였다.

"그쪽으로 가면 막다른 길인데?"

"앗."

'막다른 길'이란 도윤의 말에 은설이 당황한 얼굴로 그를 돌아보았다. 그러자 도윤은 건조한 얼굴로 은설의 앞에 커다란 손을 척 내밀었다.

"잡거라. 길을 알려줄 것이니."

"하나."

"하면 여기서 대원군 대감과 마주치기라도 하던가."

도윤은 머뭇거리는 은설을 두고 홀로 등을 돌렸다.

잠시 고민하던 은설은 자신 쪽으로 다가오는 대원군과의 거리가 꽤 가까워졌음을 깨닫곤 두 눈을 질끈 감았다.

"하면 신세 좀 지겠사옵니다."

그러곤 돌아서는 그의 옷자락을 슬그머니 쥐었다. 자신의 옷깃을 꼭 붙들고 있는 은설을 가만 내려다보던 도윤은 그녀의 조그마한 손을 잡았다.

두 사람의 손이 자연스럽게 포개졌다.

서로의 온기가 고스란히 전해지는 순간이었다.

도윤은 은설의 손을 잡곤 황급히 전각과 전각 사이 샛길로 빠르게 들어섰다. 그리고 그 순간, 이학수가 두 사람 곁을 아슬아슬하게 지나쳤다. 다행히 이학수는 은설과 도윤을 발견하지 못한 듯 근위대와 멀어져가고 있었다.

"하아…… 하아……."

은설의 손을 쥔 도윤이 빠른 걸음으로 별궁 화원으로 향했다. 하지만 보폭이 큰 도윤을 따라잡자니 은설의 숨이 곧 턱밑까지 차올랐다.

"좀 천천히 가실 순 없사옵니까?"

은설이 거칠게 숨을 내뱉으며 그의 등을 톡톡, 두드렸다. 그제야 정면만 보고 직진하던 도윤이 발걸음을 멈추곤 은설을 돌아보았다. 은설은 손바닥으로 자신의 가슴을 툭툭 치며 힘에 부치는 듯 털썩 주저앉고 말았다. 그러자 도윤은 슬쩍 쥐고 있던 그녀의 손을 놓아주었다.

"무슨 걸음이 그리 빠르신지……."

"몸을 피해야 하던 것 아니었느냐. 하면 빨리 걸어야지 더디게 걷다 들키면 어쩌려고."

"근데 여기는 어딥니까? 이런 곳에 함부로 출입하여도 됩니까?"

은설이 가쁘게 숨을 몰아쉬며 주위를 둘러보았다. 화원인 듯하였다. 곱게 꾸며진 꽃가지들이며 화초들이 앞다투어 피어나 있었다. 은설은 그제야 쭈그렸던 허리를 펴 화원 안을 살며시 살폈다.

"화원이다. 별궁의."

"예?"

"여기는 아무도 출입을 못 하는 곳이니 안심하여도 될 것이다."

'아무도 출입을 못 하는 곳'이란 도윤의 말에 은설이 눈을 동그랗게 떴다. 그러곤 여전히 자신을 건조한 얼굴로 바라보고 있는 그를 올려다보았다.

두 사람의 시선이 모처럼 포개지는 순간이었다.

별궁의 그 어떤 꽃보다 더 어여뻐 보이는 그녀의 얼굴이었다.

조선 제일의 미색이라는 여인들을 숱하게 보아왔던 도윤이었지만 어쩐지 이 여인에게선 그들과는 다른 분위기가 풍기고 있었다.

얼굴도 어여쁘긴 했지만, 이 여인에게선 말로 형용할 수 없는 고귀한 기운이 연신 흘러나오고 있는 것만 같았다.

"아니, 아무도 출입을 못 하는 곳을 그쪽이 어찌 알고 들어온단 말입니까?"

은설은 의아하다는 얼굴로 도윤을 향해 물었다. 그러자 도윤은 당황한 듯 헛기침을 하며 은설에게서 시선을 거두었다.

"내가 궁인……이니까."

"궁인이라니요?"

'궁인'이라는 도윤의 말에 은설은 조금 놀란 얼굴로 그의 행색을 살폈다. 도윤은 은설에게 비스듬히 등을 보이며 이마를 매만졌다.

"근위대장이다."

'근위대장'이라는 말에 은설은 그제야 낮게 탄식을 내뱉으며 고개를 주억거렸다. 그러곤 그에게서 의심의 시선을 거두곤 화원의 꽃들을 돌아보았다. 도윤은 그런 은설의 뒷모습을 지그시 바라보았다.

"한데 근위대장께서 궁인도 출입이 어려운 이 화원에 들락날락해도 되는 것입니까?"

은설이 허리를 숙여 모란을 향해 얼굴을 가까이 가져다 댔다. 미소를 가득 머금은 얼굴로 모란을 한참 바라보던 은설이 별안간 도윤을 돌아보았다. 도윤은 그 자리에 선 채로 은설을 빤히 바라보고 있었다.

"너는 어째서 대원군을 피해 다니는 것이냐?"

그녀의 물음엔 답을 하지 않고 불쑥 물음을 던지는 도윤이었다.

입술을 살며시 깨무는 은설의 얼굴이 미묘하게 굳어갔다.

"그러는 근위대장께선 소녀를 어찌 도와주신 겝니까?"

도윤의 물음을 교묘하게 피하며 이번엔 은설이 되물었다. 그러자 도윤은 이번엔 그녀의 물음을 피할 생각이 없다는 듯 굳은 얼굴로 붉은 입술에 힘을 주었다.

"나도 대원군 그자를 피해야만 했으니까."

도윤의 말에 어쩌면 이 사내와 자신에겐 묘한 교점이 있을 수도 있겠다는 생각이 들었다. 은설이 슬쩍 고개를 끄덕였다.

"나 역시도 그러합니다. 피해야만 했습니다."

"연유는?"

"연유는 모릅니다. 이해가 안 되겠지만…… 어렸을 때부터 그랬습니다."

"연유를 모른다라."

"주위에서 그리하라 이른 것도 있었으나, 실은 본능적으로 대원군 대감을 보면 심장이 너무 뛰고 두 다리가 후들거려 피할 수밖에 없었습니다. 마주하고 싶지가 않았습니다. 두려운 것은 아니나 그자에게서 느껴지는 이상한 기운이 나에게 피하라, 물러나라, 그리 이르고 있었습니다."

은설의 대답에 도윤은 그녀를 오래도록 바라보았다. 그의 차가운 가슴에 뜻 모를 통증이 조금씩 일어나는 것도 같았다. 그녀의 눈을 바라보고 있을수록 단단히 쥐고 있던 그의 이성이 한순간에 흔들리는 것도 같았다. 은설 역시 조금은 깊어진 시선으로 도윤의 눈을 응시했다.

"어찌하였든 오늘은 이래저래 고맙습니다. 근위대장께 신세를 많이 졌습니다."

은설은 자신을 여전히 차분히 내려다보는 도윤을 향해 꾸벅 고개를 숙이며 등을 돌렸다.

그녀의 뒷모습을 보자, 순간 도윤의 가슴이 혼란스러워졌다. 조금 더 머물렀으면, 하는 당황스러운 감정도 불거졌다. 왜 그런 생각이 드는 것일까, 도윤은 당황했다.

그때, 돌아선 은설이 어떻게 돌아가야 할지를 몰라 난감하다는 듯 도윤을 돌아보았다.

"나리께…… 조금 더 신세를 져도 괜찮겠습니까?"

고개를 숙이고 있던 도윤이 얼굴을 들어 그녀를 내려다보았다. 은설이 그를 향해 눈을 반짝이고 있었다. 도윤은 말없이 은설의 곁을 스쳐 지나 앞서 걸었다.

"따라오라."

은설은 그런 도윤의 뒷모습을 찬찬히 훑었다. 첫날의 무례하던 모습이 모두 가신 것은 아니었지만 그래도 생각보단 친절한 사내란 생각이 들었다. 하지만 그에게서 풍기는 싸늘하고 매서운 냉기는 마주하면 할수록 더욱 짙어지고 있었다.

"고맙습니다."

은설이 조그맣게 말하며 앞서가는 그의 뒤를 따랐다.

두 사람은 천천히 화원을 나섰다. 도윤은 꼭 자신의 한 보폭 뒤에서 걷는 은설이 신경 쓰였다.

도윤은 궁인들이 잘 다니지 않은 길로 부러 찾아 걸었다. 성큼성큼, 정면만 응시하며 걷던 도윤의 온 신경은 사실 자신의 뒤를 열심히 따르는 은설에게 쏟아져 있었다. 그러다 문득 좀 전에 숨을 헐떡이며 땅 위에 주저앉던 은설의 모습이 생각나, 무심코 내디디던 자신의 발을 내려다보았다.

'내 걸음걸이가 너무 빨라 힘에 부치는 듯하였는데.'

도윤은 더디게 한 걸음을 내디뎠다. 두 걸음째도 천천히 내디뎠다. 세 걸음째도 평소보다 훨씬 느리게, 훨씬 짧은 보폭으로 내디뎠다. 그런데…….

"아."

도윤의 뒤를 급히 쫓던 은설이 어느샌가 그의 곁에 와 있었다.

"한데, 나리께선 어찌 대원군 대감을 피하시는 것입니까?"

꽤 다부진 음성으로 묻는 은설이었다. 예상치 못한 질문에 도윤은 은설을 바라보고 있던 시선을 다른 곳으로 옮겼다. 그러곤 대수롭지 않게 입을 열었다.

"그자가 싫으니까."

내 아비였지만, 나를 낳아준 아비라지만, 아비라 믿고 싶지 않았으니까. 차라리 그분의 자식이 아니었으면 하고 바랐던 날들이 더 많았으니까.

차마 그 말까지 모조리 내뱉지 못한 도윤은 싫다는 말을 끝으로 입을 굳게 다물었다.

은설은 자신을 바라보고 있지 않지만, 어쩌면 조금 더 차가워졌을 그의 눈빛을 떠올리며 고개를 끄덕였다.

"예. 사람이 싫은 것에 연유가 어디 있겠습니까? 더 말씀하지 않으셔도 소녀는 알겠습니다."

그녀는 도윤이 당황하지 않게 살포시 미소를 그렸다. 도윤은 그저 묵묵히 정면만 바라보고 있는 은설을 내려다보았다. 이렇게 누군가와 나란히 걸어본 적이 언제였던가. 궐 안의 그 누구도 도윤과 어깨를 나란히 할 수는 없었다.

자신의 곁을 허락지 않는 도윤의 굳게 닫힌 마음도 한몫했지만, 서늘한 그의 곁에 다가가기란 참으로 어려운 일이었다. 그것은 이 나라의 왕이라는 이유보다 매서운 그의 눈빛을 마주하기가 껄끄러워서였다.

"저, 보아하니 나리께서도 오늘 시합에 참여하시는 것 같은데 혹, 대기장이 어디인지 알려주실 수 있습니까?"

정면을 응시하던 은설이 별안간 도윤을 바라보았다. 신기했다. 이렇게 누군가와 나란히 서서 '이야기'라는 것을 나누고 있는 자신의 모습이.

대기장을 묻는 그녀를 향해 도윤은 애써 표정을 굳히며 어딘가를 가리켜 보였다. 둘이 처음 마주친 곳에서 멀리 떨어지지 않은 곳이었다.

"아, 고맙습니다."

도윤이 가리키는 곳을 잠시 바라보던 은설은 나지막이 미소를 지으며 고개를 끄덕였다. 그러곤 그를 향해 예를 갖추어 인사를 올리며 발걸음을 옮겼다. 순간, 도윤은 은설의 어깨를 저도 모르게 거머쥐고 말았다.

"아……."

어디서 나온 용기였을까, 아님 객기였을까.

은설의 가녀린 어깨를 향해 갑자스럽게 손을 뻗고 말았다.

도윤이 그만 입술을 질끈 깨물었다.

"예?"

아무 말도 없이 그저 자신의 어깨를 덜컥 쥔 도윤을, 은설이 놀란 얼굴로 돌아보았다.

어느 가문의 규수인가, 묻고 싶었다.

은설이란 이름을 알고 나니 이젠 이 여인의 가문도 알고 싶어졌다. 그러면 다음번엔 이 여인을 조금 더 쉽게 만날 수 있을 것도 같았다. 그런데, 내가 왜 지금 이 여인과의 다음이라는 것을 그리는 것일까.

순간 도윤의 머릿속이 새하얗게 질리고 말았다. 돌아서는 은설을 우선 이리 붙들었으니 무슨 말이라도 해야 할 것 같았는데, 도무지 머릿속이 정리되지 않았다.

처음엔 저를 바라보는 여인의 시선에 자신을 죽이러 온 살수일지도 모른다는 불안감으로 그녀를 막아서고 말았다. 무례하다고 생각할지 몰랐으나, 역시 자신을 빤히 바라보는 이 여인이 무례하다 생각했었으니까.

두 번째는 대원군이 그에게 환심을 사라고, 후궁 후보로 숨겨놓은 여인일지도 모른다는 쾌씸함에 그녀를 막아섰다. 그렇지 않고선 그토록 가슴을 간질이는 모습으로 그의 눈앞을 기웃거릴 수 없었으니까.

하지만 애석하게도 이 여인은 살수도, 또한 대원군이 간택한 후궁도 아니었다. 그저 재미난 우연으로 마주한 신기한 여인일 뿐이었다.

"그쪽으로 가면 대원군이 있을 것이다. 저쪽으로 돌아가거라."

하지만 도윤은 결국, 물어보지 못했다.

"아, 예. 그럼."

아니, 그래서 묻지 못했다. 우연을 가장한 거짓이 아닌, 진실만을 품은 우연이었으니. 그랬기에 이 여인의 가문까지 알게 된다면 마음이 속절없이 무너질 것만 같았다. 도윤은 멀어져가고 있는 여인을 물끄러미 바라보았다.

"누군가와 가까워진다는 것은 또 누군가와 그만큼 멀어져야만 하는 거니까."

잠시 일렁이는 바람에 마음이 뒤뚱 기울었다 제자리를 찾고 있는 것이라, 도윤은 저를 다독였다. 도윤은 미련 없이 등을 돌렸다. 매어둘 미련도, 돌아볼 감정도 없었다. 도윤은 다신 마주할 일이 없을 사람처럼 돌아섰다.

그때, 도윤에게서 멀어지던 은설이 별안간 걸음을 멈추었다. 그러곤 살며시 뒤를 돌아 멀어져가고 있는 그의 뒷모습을 바라보았다.

"너무 외로워 보였어. 그냥 바라보는 것만으로도 나까지 외로워질 만큼."

그의 눈빛이 연신 은설의 눈앞에 아른거렸다. 이상하게 신경이 쓰였다.

"은설아!"

그때였다. 은설의 오라비인 영광이 이쪽을 향해 헐레벌떡 달려오고 있었다. 은설은 해사한 얼굴로 영광을 바라보았다.

"오라버니."

"대체 어딜 갔었던 것이야. 한참을 찾았잖느냐."

"아, 그것이……."

"홀로 돌아다니지 말라 그리 일렀는데, 어찌!"

영광이 거친 숨을 몰아쉬며 은설의 어깨를 세게 쥐었다.

"대기장을 찾다, 대원군 대감을 맞닥뜨릴 뻔하였습니다."

"무어라?"

"한데, 다행히 피했습니다. 근위대장께서 저를 숨겨주셨거든요."

"근위……대장이라니?"

"곤란해하는 제 얼굴을 보더니 저를 데리고 무슨 화원 같은 곳으로 데려가주었어요."

"그게 도대체 무슨 소리냐."

은설의 입에서 흘러나온 말은 영광의 가슴을 철렁 내려앉게 했다. 근위대장은 오늘의 경기에서 제외된 인물이었다. 영광의 머릿속이 뒤죽박죽되었다. 영광은 혼란스러운 얼굴로 그녀를 내려다보았다. 대체 은설이 마주한 사내가 누구란 말인가. 심장이 가쁘게 뛰기 시작했다.

"그 사내는 해서, 어디로 갔느냐."

"저기, 저쪽으로 사라졌는걸요?"

은설이 경기장 쪽을 가리키자 영광은 그쪽을 돌아보았다.

"허리에 무슨 색의 띠를 두르고 있었느냐."

"오라버니와 같은 색이요. 홍색. 아, 키도 제법 컸습니다. 얼굴도 새하얗고. 꼭 여인처럼 용모도 고왔어요. 하나, 그 눈매가 하도 서늘해, 조금 주눅이 들긴 했지만."

"혹 그 사내의 상투에……."

"예. 금빛에 옥빛이 섞인 상투 관을 쓰고 있었어요."

임금이었다.

근위대장, 이도윤   95

은설이 마주한 것은 근위대장이 아닌, 이 나라의 군주이자 대원군의 아들. 그녀가 결코 마주해서는 아니 될, 아니 가까이 해서도 아니 될…… 원수의 아들이었다!

　영광의 서늘한 눈매가 깊어갔다. 마음이 착잡해진 것은 한시적인 것이 아닐 터. 은설이 도윤을 마주했다는 것을 안 순간부터 영광의 머릿속은 뒤죽박죽, 엉망이 되고 말았다.

　"내 오늘 널 궐에 들인 것이 실수인 듯하구나."

　"……예?"

　"어머님과 아버님껜 조금 전의 일은 비밀에 부치는 것이 좋을 것 같다."

　"혹 저 홀로 궐을 돌아다녀 화가 나신 거예요, 오라버니?"

　그녀의 다정한 음성은 또 속절없이 영광을 뒤흔들었다.

　영광은 쳐다보지 말자, 차라리 은설의 저 두 반짝이는 두 눈을 바라보지 말자, 속으로 다짐하며 정면만 굳게 응시하고 있었다. 그러자 은설이 나지막이 미소를 지으며 그의 팔을 살며시 쥐었다.

　"오라버니께서 무엇을 걱정하시는지 소녀 잘 알아요. 하지만…… 염려하시는 일은 없었잖아요. 오라버니와의 약조를 어기고 홀로 궐을 돌아다닌 것은 소녀도 깊이 반성하지만 괜찮았는걸요? 아무 일도 없었어요."

　새하얀 눈을 닮은 아이라 생각했다. 은설이란 그 이름처럼 이 아이의 얼굴을 한참 들여다보고 있으면, 새하얀 눈이 은은하게 내릴 것만 같았다. 눈을 닮은, 결점 없이 하얀 피부도 그랬지만, 이 아이의 눈망울이 꼭 그것을 닮아 있었기에.

너무도 따스하고 폭신할 것 같아 손을 뻗어 만지면 그만 스르륵 녹아버릴 것만 같은, 눈꽃을 닮은 아이.

"네가 만난 그 근위대장은……."

그는 네가 결코 만나선 아니 될 원수의 아들이란 말이다.

차마 그 말은 입 밖으로 나오질 못했다.

영광은 그만두자는 듯, 입술을 굳게 다물곤 그녀에게서 시선을 거두었다. 그러고는 궐을 벗어나기 위해 걸음을 재촉하였다. 그때, 이쪽으로 빠르게 다가오던 주 상궁이 궐을 벗어나는 영광과 은설을 발견했다. 언뜻 스친 은설의 얼굴에 주 상궁의 가슴이 요동치고 말았다.

"공주, 공주…… 마마?"

주 상궁의 몸이 그만 휘청이고 말았다.

어여쁜 여인으로 장성한 은설의 모습에 주 상궁의 눈시울이 붉어졌다.

—살리기 위해 죽일 것이다. 반드시 지키고야 말 것이다.

지난날 폐비가 되었던 중전 홍 씨의 날 선 음성이 주 상궁의 귓전을 아프게 긁는 것만 같았다. 가슴 깊은 곳이 뜨거워졌다. 아프다는 표현 말고는 달리 이 고통스러운 감정을 형용할 길이 없었다.

"공주 마마."

오래 기다렸고, 그랬던 만큼 공주는 너무도 고운 여인으로 장성해 있었다. 이 어여쁜 모습을 마마께서 보신다면 얼마나 기뻐하실까.

단 한순간도 잊지 않았던 가엾은 중전 홍 씨와 마지막 왕의 혈육인 공주 은설이 주 상궁의 가슴을 찢고 불거져 나온 순간이었다.

복수하겠다며, 그 오랜 세월을 이학수 밑에서 참고 기다린 보람이 이제야 빛을 발할 수 있을까.

제 4 장

봄날, 필애원

환복 후 편전으로 돌아온 도윤은 짜증스럽게 얼굴을 찌푸렸다.

─후궁 후보로 다섯 분의 규수가 입궐하였나이다. 직접 보시고…….

온종일 그를 괴롭히던 상선들의 음성이 편전까지 뒤따르는 것 같았다. 도윤은 자신의 가슴을 조이는 듯한 곤룡포를 거칠게 풀어 헤쳤다. 그러곤 쥐고 있던 익선관마저 성가시다는 듯 편전 바닥 위로 내던졌다. 풀어 헤친 곤룡포 사이로 도윤의 단단한 상체 근육이 성난 듯 부풀어 있었다. 도윤은 저도 모르게 주먹을 움켜쥐고 옥좌를 올려다보았다.

"가슴이 답답하여 숨을 쉴 수 없구나. 창을 열어라."

싸늘한 도윤의 음성에 상선은 황급히 편전의 창을 열었다. 어슴푸레한 바람이 밀려 들어왔다. 하지만 그 답답한 속은 여전히 꽉 막힌 채 좀처럼 시원해지지 않았다.

"저 옥좌를 내 손으로 부수어야, 이 속이 시원해질까."

옥좌를 바라보는 그의 눈매가 더욱 서늘해졌다. 살벌한 도윤을 바라보던 상선은 저도 모르게 몸을 부르르 떨며 고개를 조아렸다.

"따뜻한 차라도 올리겠나이다. 두통과 체증이 조금은 가실 것이옵니다."

상선은 급히 편전을 빠져나갔다.

도윤은 곤룡포를 풀어 헤친 채로 터덜터덜 옥좌 위에 앉았다. 그러곤 비스듬하게 고개를 치켜든 채 굳게 닫히는 편전 문을 바라보았다.

텅 빈 편전. 언제나 그랬듯 홀로 남겨진 도윤이었다.

하지만 이제 더는 외롭지도, 또 쓸쓸하지도 않았다. 도윤은 느리게 눈을 감았다. 그러곤 턱을 괸 채, 그 여인의 이름을 입 안에 머금어 보았다.

"은설이라."

그러자 그의 눈앞에 눈꽃을 닮은 듯한 은설의 얼굴이 살며시 그려졌다. 편전을 헤집고 들어서던 바람결에 어쩐지 꽃향기가 묻어 있는 것 같았다. 도윤은 감았던 눈을 살며시 떴다.

넘어지는 저를 안아 올리자, 놀란 눈으로 바라보던 은설의 동그란 눈. 후궁이 되길 원해 입궐을 하였느냐 제 물음에, 잔뜩 찌푸려졌던 은설의 이맛살. 어쩐지 그 여인이 닿았던 그의 가슴에, 그리고 그의 손바닥에 여전히 온기가 남아 있는 것만 같은 착각이 일었다. 일순, 도윤은 헛웃음을 흘리고 말았다.

바람처럼 나타나 바람처럼 사라진 여인이었다. 다신 마주할 일 없는 그 여인을 왜 이 편전까지 끌어들여 떠올리고 있는 것일까. 도윤은 알 수 없다는 얼굴로 고개를 가로저었다. 하지만 이상하게도 은설이란 여인을 떠올리는 순간만큼은 그 갑갑한 속이 조금은 부드럽게 풀어지는 듯한 느낌이 들었다.

"참으로 신기한 여인이다."

도윤은 부러 그녀와의 우연을 더 헤집어 보았다.

저잣거리에서, 그리고 궐에서.

퍽 재미난 우연이었다.

도윤은 나지막이 미소를 띤 채, 턱 끝을 어루만졌다.

그때였다.

"전하, 대원군 대감 납시었사옵니다."

모처럼 마음의 안정을 찾아 휴식을 취하던 도윤의 얼굴이 무자비하게 일그러졌다.

"뫼시어라."

도윤은 싸늘하게 답하며 풀어 헤쳤던 곤룡포를 추스르기 위해 자리에서 일어났다. 편전의 문이 거칠게 열리고 이학수가 휘적휘적 편전 안으로 들어섰다. 도윤은 곤룡포를 미처 여미지 못한 채 이학수와 맞닥뜨렸다.

"오시었습니까."

"무엇을 하고 계시었소, 주상? 대체 여기서 무얼 하고 있었느냐 말입니다!"

못마땅하다는 듯 잔뜩 헤이해져 있는 도윤의 모습을 위아래로 훑던 이학수는 편전 바닥에 내동댕이쳐진 익선관을 발견하고는 한심하다는 듯 도윤을 바라보며 그 익선관을 주웠다.

"어찌 이리 마음의 갈피를 못 잡는 것이오! 오늘이 무슨 날인 줄은 아시었소? 대소 신료들의 자제와 규수들이 궐에 입궐한 날이었습니다!"

"그것을 소자가 몰랐겠습니까. 한데 무슨 일이십니까. 직접 편전까지 발걸음을 하시옵고. 고작 경기에 불참했단 연유로 소자를 혼내시려 예까지 납신 것은 아닐 테고."

도윤은 비아냥거리며 이학수의 손에 쥐어진 익선관을 거칠게 뺏어 들었다. 그러곤 보란 듯이 곤룡포를 거세게 여미었다. 그 모습을 빤히 바라보던 이학수는 입술을 질끈 물었다.

"왕실의 권위를 대체 어디까지 끌어내리실 참이오."

그 말에 곤룡포를 여미던 도윤의 손이 일순, 멈추고 말았다.

"애당초 왕실의 권위라는 것이 존재하기는 했습니까."

"뭐요?"

"내가 등을 보이기만 하면 궁인들은 숙덕대기 바쁩니다. 선왕을 죽이고 그 자리를 차지한 무자비한 가문의 아들이라고요."

"대체 누가 그런 망발을 입에 담는단 말이오! 대체 누가!"

"그뿐인 줄 아십니까? 저잣거리에만 나서도 백성들이 선왕의 죽음과 피로 물든 옥좌를 차지한 왕이 하루가 다르게 미쳐간다는 말들을 아무렇지도 않게 내뱉지요."

"주상!"

"나와 왕실을 조롱하며 배를 잡고 웃습니다. 하나, 그것이 사실이라 소자는 쓰린 속만 붙들고 그 조롱을 외면해야 했지요."

"대체 누가 조선의 지존이신 국왕을 조롱한단 말이오!"

도윤이 이학수를 싸늘하게 바라보며 다시금 옥좌에 앉았다. 그러곤 곁에 놓인 상소문이 적힌 족자를 투박하게 들어 그를 향해 펼쳐 보였다.

"예, 그 지존인 국왕은 그저 이 상소문에 옥새나 찍어주고, 앵무새처럼 경들의 뜻대로 하시오, 그 말만 반복합니다! 뒤에서 들려오는 그런 숙덕거림에 반박조차 하지 못한 채 옥좌를 부지하기에만 급급하단 말입니다!"

"그런 잡소문 하나 다스리지 못하는 것이 주상의 한계가 아니겠습니까?"

이학수의 목소리가 점점 커지고 있었다. 하지만 도윤은 그 외침을 똑바로 마주했다.

"그것은 나의 한계가 아니라 이 자리, 이 옥좌의 한계겠지요."

"주상!"

"잡소문이 아니니까. 그것은 온전한 사실이니까!"

이학수의 속이 타들어갔다. 그는 입술을 질끈 깨문 채 한껏 굳어 있는 도윤의 얼굴을 올려다보았다.

"하면 그런 잡소문 하나 잠재우지 못하는 주상께선 왕실의 권위를 위해 대체 무슨 노력을 하고 있단 말이오?"

"그런 아버지께선 족구 시합을 빌미로 반가의 규수들을 죄다 끌어모아 후궁 첩지를 논하는 것이 왕실의 권위를 위한 최선책이셨습니까."

"후계 구도를 위함이지요. 주상께서 중궁전을 가까이하지도 않으니, 어쩌겠습니까. 후궁을 더 들여서라도 왕실의 번영을 위해 힘써야지. 후사를 보는 것만큼 왕실을 위한 일이 어딨겠소."

도윤 역시 서늘한 눈매를 치켜뜨며 그에게 반박하는 이학수를 바라보았다.

"그것이 정녕 왕실의 번영을 위한 일이라 생각하십니까."

"하면 그것이 왕실을 위한 것이 아닌 무엇을 위한 일이겠소!"

"아버지의 탐욕을 위한 일이겠지요."

"뭐, 뭐요?"

꽤 날카로운 도윤의 음성이 이학수의 가슴을 뜨끔하게 만들었다. 도윤은 그 찰나를 놓치지 않고 더욱 파고들었다.

"나의 후사는 아버지의 그 하늘 높은 줄 모르고 끝없이 치솟는 탐욕을 위한 도구가 되겠지요. 예, 나처럼 말입니다."

"대체 왜 이렇게 변한 것이야! 너는 이 조선에서 그 누구보다 반듯하고 영민한 왕의 재목이었다!"

이학수는 더는 못 들어주겠다는 듯 버럭 소리를 지르며 도윤에게로 다가갔다. 도윤은 자신을 향해 악을 지르는 이학수를 어이가 없다는 듯 바라보며 핏, 조소를 흘렸다.

"압니다. 그랬기에 많은 대소 신료가 소자에게 국운을 걸었겠지요."

"그걸 아는 네가 이렇게 변해? 대체 넌 언제까지 망가질 셈이냐!"

"소자가 아버지의 장자라! 내가, 이학수 대감의 장자였으니까! 그랬으니까 소자는 영민했던 것이고, 반듯했던 것이며…… 왕의 재목이었던 게지요."

"뭐, 뭐라?"

"그것을 소자가 정녕 몰랐을 거라 생각하셨습니까?"

인상을 한껏 찌푸린 도윤 역시, 이제 더는 참을 수 없다는 듯 익선관을 거칠게 벗었다.

이학수의 얼굴이 순식간에 일그러졌다.

"나라서가 아니라! 아버지의 아들이었으니까! 이학수 대감의 장자였으니까!"

도윤은 군주이기 전에 대원군의 아들이었다. 또한 대원군은 도윤의 아비이기 전에 언제나 왕위를 군림했던 막강한 정치가였다. 둘은 조선에서 제일 가까운 사이였지만, 그 누구보다 먼 관계였다. 이학수는 휘청, 물러나며 악에 받친 눈으로 도윤을 올려다보았다.

"차라리 참회하십시오, 참회하며 용서를 구하십시오."

"내가 누구에게 용서를 구하고 참회를 해야 하는 것이야, 왜!"

"하면 소자, 기쁜 마음으로 아버지와 그 뜻을 함께하겠나이다."

이학수는 코웃음을 흘렸다. 그러곤 저를 지나쳐 편전 문 앞에 다다른 도윤을 돌아보며 입꼬리를 비틀었다.

"너는 매번 그렇게 나와 다른 길을 가려 하는구나. 정녕 네가 나의 뜻을 거스르고도 강한 군주가 될 수 있을 것으로 생각하느냐."

"마음대로 생각하십시오. 어차피 곤룡포를 입은 것은 소자이지만, 옥새를 쥐고 있는 것은 아버지이시니…… 이 피비린내 나는 삶의 시작을 아버지 멋대로 시작하게 하였으니……. 예, 좋습니다. 그 처음도, 또한 소자의 삶도 아버지가 모두 쥐고 흔드십시오."

위태로이 서 있는 도윤의 등 위로 외로움이 짙게 내려앉아 있었다.

"하나, 이 삶을 끝내는 마지막만큼은 소자의 것입니다."

"무어라?"

"이 더러운 삶의 종지부는…… 온전히 나의 뜻대로, 내 손으로 찍어낼 것이란 말입니다."

도윤은 주저 없이 편전 문을 거칠게 열어젖히며 휘적휘적 나섰다. 이학수는 절레절레 고개를 가로저으며 피식, 냉소를 터뜨리고 말았다. 언제나 자신과 대립했던 도윤이 그래도 언젠가는 제 뜻을 헤아리길, 자신과 같은 곳을 바라봐주길 원했다. 하지만 끝내 그럴 수 없음을 직감한 이학수는 무언가를 결심한 듯 고개를 끄덕였다.

"주환이 밖에 있느냐."

"예, 대감."

"내일 청국에서 역관 하나가 당도할 것이다. 주환이 네가 나루터로 나가 그 역관을 직접 내게 데리고 오거라."

"예, 알겠습니다."

이학수 역시 미련 없다는 듯 편전을 세차게 나서고 말았다.

✳

다음 날, 병판의 사가에서 은설과 여종이 나란히 저자로 나섰다. 오늘따라 은설의 얼굴은 햇살을 받아 더욱 빛났다.

"대감마님 서책 심부름 가시는 것이지요?"

"빨리 다녀와야겠어. 민주가 새로 산 저고리를 자랑하러 오기로 하였거든."

은설은 그녀의 곁에 쪼르르 달려와 서는 여종, 여주와 함께 저자로 나섰다. 오늘도 저잣거리의 사람들의 얼굴엔 활기와 생동감이 넘쳐났다. 은설은 치맛단을 살며시 쥔 채, 사뿐사뿐 서책 방으로 걸음을 옮겼다.

"아가씨, 그런데 그 소문 들으셨습니까?"

은설의 곁에서 저자로 향하던 여주가 눈을 반짝이며 은설에게로 바투 다가섰다.

"무슨?"

"선왕의 공주가 살아 있대요!"

여주는 은설에게 속닥이며 주위를 은밀히 살폈다. 그러자 은설은 걸음을 우뚝 멈춰 서서는 행여 누가 들을세라 입술을 굳게 다문 채 여주의 손을 잡아끌었다.

"그게 무슨 말이야. 그런 말 함부로 입에 담으면 아니 된다 그랬잖아."

"선왕의 공주가, 죽었다고들 하는데…… 또 살아 있다는 말도 있고!"

"여주 너, 그러다 또 곤혹 치르면 어찌하려고. 되었어. 그런 말은 앞으로 입에 담지 말아."

은설이 고개를 가로저으며 여주의 손목을 더욱 움켜쥐었다. 그러자 여주는 이번엔 좀 전보다 더 낮은 음성으로 속닥이기 시작했다.

"뭐 어때요? 누가 듣는다고. 그리고 이미 저자에선 그 소문이 은밀하게 퍼지고 있다고요. 한데 그 선왕의 공주는…… 정녕 살아 있을까요?"

여주가 호기심이 가득 서린 얼굴로 은설을 빤히 올려다보았다. '공주'라는 단어에 이상하게 은설의 가슴이 요동치기 시작했다. 저와는 관련 없는 단어였건만 어째서 심장이 이토록 이성을 잃고 두근대는 것일까.

은설은 붉은 입술을 굳게 앙다물며 여주를 돌아보았다.

"괜한 말로 곤경에 처하지 말고 그런 소문을 듣거든 마음에만 묻어두어."

"하지만 아가씨, 이런 소문엔 다 이유가 있는 것이라고요. 지금의 금상 전하께서 미쳐 돌아버렸다는 것도 다 분수에 맞지 않는 자리를 탐해서 그런 것이라는 그럴싸한 소문도 파다한데. 정녕 공주 마마께서 살아 계실 수도 있는 것이 아니어요?"

여주가 무언가를 더 말하려 입술을 달싹이는 순간…….

"앗!"

무장한 한 사내가 은설과 세차게 부딪히고 말았다.

"아가씨! 괜찮으셔요?"

동시에 바닥에 고꾸라진 두 남녀는 미간을 찌푸리며 서로를 바라보았다. 눈 밑까지 복면을 바짝 당겨 쓴 사내가 은설을 거칠게 바라보더니 이내 눈동자가 커졌다.

"괜찮으십니까?"

은설은 황급히 자리에서 일어나며 넘어진 사내를 내려다보았다. 놀란 눈으로 그녀를 빤히 응시하고 있는 사내의 서늘한 눈매가 어딘가 낯익은 느낌이었다.

은설은 고개를 갸웃거리며 사내에게서 눈을 떼지 못했다.

어디서 보았더라……? 이 눈매, 꽤 낯이 익은데.

은설의 눈이 사내의 반쯤 가려진 얼굴 위를 뜨겁게 훑기 시작했다.

"잡아라! 저기다!"

그때, 사내를 쫓는 듯한 무리의 날카로운 음성에 사내는 미처 은설에게 말 한마디 건네지 못한 채, 달아나고 말았다.

"아!"

빠르게 사라지는 사내의 뒷모습을 허망하게 바라보며 은설은 구겨진 옷가지를 털어냈다.

"분명…… 낯이 익은 얼굴이었는데."

그러곤 그 뒤를 잽싸게 쫓는 무장한 사내들을 바라보며 은설이 걱정스럽게 입술을 말아 물었다.

"무슨 연유로 저리 쫓기고 계신 건지."

"아가씨, 괜찮으셔요? 어휴, 치마 다 버렸네!"

여주는 은설의 구겨진 옷가지를 손바닥으로 털어주며 황급히 그녀를 부축했다.

"안방마님 아시면 또 걱정을 산더미처럼 하실 것이어요! 얼른 갑시다."

자신을 재촉하는 여주를 바라보며 느리게 고개를 끄덕이는 순간 은설의 뇌리를 스치고 지나는 건조한 음성 하나.

―내 이름은 이도윤이다.

은설은 도윤이 이미 사라지고 흙바람만 일고 있는 황망한 저잣거리를 황급히 돌아보았다.

"아시는 분이세요?"

"아! 아무래도 그분이신 것 같은데."

은설의 눈가가 촉촉하게 젖어갔다. 자신과 부딪혔던 그 사내가 근위대장이라는 것을 깨달았을 땐 이미 도윤은 사라진 후였다. 왠지 모를 서운함이 밀려왔다.

"누구신데요?"

"근위대장 나리."

"예에? 아가씨께서 근위대장 나리는 또 어찌 아신답니까?"

"그런 것이…… 있어."

은설은 쓸쓸한 미소를 입매에 걸며 어깨를 축 늘어뜨렸다. 근위대장 나리께서 어찌 저리 쫓겨 다니는 신세가 되신 것일까. 은설은 도윤이 사라진 곳을 빤히 응시하며 걱정스러운 얼굴을 했다. 그러자 여주가 은설의 팔을 슬며시 잡아끌었다.

"아가씨 이러다 늦겠어요, 얼른 가서요."

"응. 그러자꾸나."

은설은 다시 서책 방으로 향하기 위해 발걸음을 옮겼다. 하지만 이상하게도 도윤의 그 서늘한 눈매가 눈앞에서 떨쳐지지 않았다. 은설은 연거푸 한숨을 내쉬며 머릿속에서 도윤을 지워내기 위해 세차게 고개를 저었다.

"그런데 아가씨, 참으로 그 공주가 살아 있으면 너무도 불행한 운명이 아닙니까?"

"또 그 소리인 것이야? 살아 있는지 죽었는지도 모르는 분이 아니더냐."

아무렇지 않은 척, 그렇게 담담히 대꾸하였지만 어쩐지 은설도 가슴속에서 그 공주라는 인물을 연신 그려보고 있었다.

정말…… 만약에 정말로 공주가 살아 있다면?

바지런히 걷던 은설이 별안간 걸음을 멈추고 말았다.

"아가씨, 왜요?"

여주가 물었지만 은설은 대꾸도 하지 못하고 생각에 잠겼다. 정말 선왕의 공주가 살아 있다면, 참으로 불쌍한 여인이지 않을까. 제 아비도 제 오라비도 모두 대원군의 손에 죽임을 당하고 그것도 모자라 제 어미는 중죄인이 되어 스무 해가 다 되도록 탐라에서 유배 생활을 하고 있으니.

제 가문은 모두 멸하였을 것이고, 반정이란 옳은 명분 아래 제 아비의, 그리고 제 오라비의 옥좌 역시 모두 빼앗기고 말았으니…… 살아도 살아 있다 말할 수 없을 터였다.

"무슨 생각을 그리하셔요?"

여주가 고개를 푹 숙인 채, 느리게 눈만 깜빡이는 은설의 소맷단을 슬며시 쥐었다. 그러자 은설은 아니라는 듯 고개를 절레절레 저으며 다시금 발걸음을 옮겼다.

한데 살아 있다면…… 어디에서 그 목숨을 부지하고 있는 것일까.

대원군이 선왕의 공주가 살아 있다는 것을 알면 반드시 죽이려 할 텐데 어디에서 자취를 꽁꽁 감춘 채 살아가고 있는 것일까?

하면, 살아서…… 복수를 꿈꾸고 있는 것일까.

폐서인이 된 홍 씨와 복수를 해 옥좌를 다시 찾아올 그날을 도모하고 있는 것일까.

"안색이 왜 그런데요, 아가씨? 어디 아프셔요?"

여주가 슬며시 은설의 동그란 이마 위에 손을 얹었다. 그제야 은설은 깊이 잠겼던 생각에서 벗어나 피식, 미소를 지었다.

"아프긴. 내 잠시 무슨 생각을 하느라."

내가 왜 한 번도 보지 못한, 살아 있는지조차 불분명한 그 여인을 마음에 깊이 담아두는 것일까. 절레절레 고개를 젓던 은설은 그 생각마저 떨치려는 듯 입술에 힘을 주었다.

"아까 그 근위대장 나리라도 생각하셨어요? 뭘 그리 골똘히 생각해요, 아가씨도 참."

"근위대장은…… 무슨! 생각도 하지 않았다."

은설이 해사한 미소를 한껏 머금으며 고개를 저었다. 선왕의 공주를 한참 생각하다 보니 어느덧 서책 방 앞에 다다라 있었다.

"예서 잠시만. 얼른 다녀올게."

"예, 아가씨."

은설이 치맛자락을 사뿐히 쥐어 서책 방 안으로 들어섰다. 서책 방 특유의 종이 냄새가 은설의 코끝에 머물렀다.

들어서는 은설을 빤히 바라보는 서적상의 생경한 시선에 은설은 사뿐히 고개를 숙였다.

"병판 댁에서 왔소."

서적상은 손뼉을 딱 치고선 "잠시만 기다리슈." 하고는 어딘가로 들어섰다. 은설은 가만히 고개를 끄덕이며 몸을 빙그르르 돌렸다. 그러곤 서책이라도 구경을 하고 있을까 해서 사뿐사뿐 책방 깊숙이 들어섰다.

그곳에는 갖가지의 서책들이 가지런히 놓여 있었다.

은설은 하얀 손가락을 뻗어 책등을 연신 쓸어보았다.

"하아, 하아…… 하아."

그때 서책 방 안으로 누군가가 빠르게 들어섰다.

우당탕탕, 하는 소란스러운 소리와 함께 별안간 들려오는 거친 숨소리에 은설이 화들짝 놀라며 고개를 돌렸다. 한 사내가 거친 날숨을 내뱉으며 짜증스럽게 이맛살을 찌푸리고 있었다. 그리고 그 순간, 책방 밖으로는 칼을 찬 사내들이 뿌연 흙바람을 일으키며 달려가고 있었다.

"하아, 하아……."

아마도 저 사내들에게 쫓기다 이곳으로 몸을 피하러 들어온 듯했다. 은설이 저를 빤히 바라보고 있는지도 모른 채 사내는 연신 뜨거운 호흡을 내뱉으며 이마 줄기를 타고 흐르는 땀을 우악스럽게 닦아냈다.

복면을 써 눈만 내놓은 채, 땀범벅이 된 사내는 여전히 경계를 늦추지 않고 책방 밖만 살피고 있었다. 오늘따라 복면을 쓴 사내들이 저잣거리 여기저기 출몰하는 것이, 나라에 무슨 일이라도 생긴 걸까 싶은 은설이었다. 은설은 그 사내를 말없이 바라보다 품에서 손수건 하나를 꺼내 조심스레 내밀었다.

"여기…… 땀을 좀 닦으시어요."

별안간 자신의 가슴을 파고드는 은설의 고운 음성에 사내가 화들짝 놀라며 뒤를 돌았다. 은설은 사뿐 고개를 숙인 채, 사내를 향해 손을 뻗었다.

"쫓기는 신세인 듯한데, 안심하세요. 저는 괜찮습니다."

"……아."

은설이 내민 손수건을 빤히 바라보던 사내가 그 형형한 눈빛을 치켜뜨며 은설의 얼굴을 확인하였다.

"……아?"

그런데 그 순간 사내의 눈빛이 요란스럽게 흔들렸다.

"너는……."

사내의 음성 끝이 파르르 떨리고 있었다. 은설 역시 자신을 보고 놀라는 사내를 올려다보았다. 두 사람의 시선이 대담하게 부딪쳤다.

"또 너구나."

사내가 쓰고 있던 복면을 조심스레 벗었다. 그러자 훤히 드러나는 사내의 얼굴에 은설 역시 놀라지 않을 수가 없었다. 마치 약속이라도 한 듯 다시금 마주한 도윤이었다. 은설은 반색하며 "나리!"라고 부르고는 이내 환한 웃음을 머금었다.

"한낱 바람이라 그리 일렀다. 한데 또 어찌 네가 내 앞에 있는 것이냐."

"나리께선 어찌…… 이곳에."

"왜 또 네가…… 나를 마주하고 있는 것이냐 물었다."

도윤의 깊은 음성에 반가움과 두려움이 묘하게 섞여 있었다. 다시 만나 반갑긴 하나, 연신 부딪히는 이 얄궂은 운명에 도윤은 제 몸을 잠식해 나가는 두려움을 떨칠 수 없었다. 은설은 그의 물음에 방긋 미소를 띤 채, 살며시 미끈한 입술을 깨물었다.

"바람처럼 나타난 것은 나리이신데 어찌 제게 또 나타났느냐 물으시옵니까."

그 역시 그럴까, 이 희한한 운명을 신기해하고 있을까. 은설이 눈을 반짝이며 그녀를 뚫어져라 바라보고 있는 도윤을 올려다보았다.

도윤 역시 아무런 대답도 하지 못했다. 그저 잔해처럼 남았던 거친 호흡을 가다듬기에 애썼다. 그런 도윤을 물끄러미 바라보던 은설이 그의 손에 제 손수건을 꼭 쥐어주었다.

"근위대장께서 어찌 도망을 다니는 것이어요?"

"……알 것 없다."

퉁명스레 말하면서도 도윤은 그녀가 쥐어준 손수건에서 시선을 떼지 못했다. 은설은 자신의 시선을 피하는 도윤을 빤히 바라보았다. 흐르는 땀방울을 닦지 못한 채 손수건만 연신 내려다보고 있는 그를 바라보던 은설은 그 수건을 툭, 다시금 뺏었다.

"닦는 법을 모르시는 것이옵니까?"

은설이 직접 그의 흐르는 땀을 톡, 톡 닦아주었다. 도윤의 눈빛이 세차게 흔들리고 말았다. 제 땀을 손수 닦아주다 언뜻언뜻 자신의 이마에 닿는 그녀의 온기에 그의 가슴이 흔들리고 말았다.

"되었다. 놓거라."

도윤이 은설의 손목을 지그시 쥐었지만, 그녀는 그의 이마에 맺혔던 땀방울을 모두 닦아내고서야 그 손길을 거두었다.

"저번에 궐에서 받은 호의를 되돌려주려는 것뿐이니 거절치 마셔요."

이미 제어할 수 없으리만큼 뛰어대는 가슴에 도윤은 은설에게서 한 걸음 물러날 수밖에 없었다. 바투 다가섰다간, 그 심장 소리를 그녀에게 고스란히 들킬 것만 같았기에 도윤은 숨

죽이며 물러날 수밖에 없었다.

은설의 검고 반짝이는 눈망울이 도윤의 떨리는 시선과 부딪혔다.

"근위대장…… 아니지요?"

"무어라?"

"제게 거짓을 고하신 것이지요?"

눈망울을 반짝이며 묻던 은설이 이내 환한 웃음을 팟, 터뜨렸다. 파랗고 맑은 하늘 위로 꽃비가 쏟아지는 것 같았다. 말로 형용할 수 없는 아름다움이 설렘이 되어 도윤의 가슴을 파고드는 순간이었다.

"거짓이라니, 나는 거짓을 말하는 사람이 아니다."

그 말을 하는 순간에도 거짓을 말하고 있었으면서.

도윤은 재미있다는 듯 미소를 놓지 않는 그녀를 물끄러미 내려다보았다.

"그럼 어찌 근위대장께서 이런 차림으로 쫓기고 계신단 말씀이어요?"

그녀의 물음에 도윤이 별안간 자신의 복장을 살폈다. 비단옷이 아닌 허름한 무명의 무사 복에 칼까지 차고 있는 무장의 모습이라니. 근위대장보다는 살수에 가까운 차림이었다.

도윤은 멋쩍은 듯 헛기침을 하며 제 옷에 묻은 흙더미를 툭툭, 털어냈다.

"그러는 넌, 왜 또 여기서 알짱거리다 나와 마주친 것이냐"

"알짱거리다니요. 심부름을 하러 책방에 들른 것뿐입니다.

오해하지 마셔요. 또 제 앞을 가로막으시며 날 죽이러 왔느냐, 후궁이 되고 싶으냐, 그리 엄포를 놓지 마시구."

그 말을 하면서도 은설은 퍽 귀엽게 미소 짓고 있었다. 날 죽이러 왔느냐, 후궁이 되고 싶으냐, 하는 은설의 음성은 꼭 도윤을 따라 하는 모양새인 듯, 제법 낮고 근엄했다. 그 모습이 귀엽기도 하고 우스꽝스럽기도 해, 도윤은 그만 저도 모르게 핏, 웃음을 터뜨리고 말았다.

"……어라? 웃으신 것입니까? 나리께서도 웃을 줄 아시는 모양입니다?"

그때, 조금은 경계를 허문 듯한 도윤의 옆으로 좀 전에 그를 쫓던 사내들이 우르르 쏟아져 나오기 시작했다.

"이 근방에 숨었을 것이다. 찾아라."

도윤을 찾으려는 듯 사내들이 여기저기 저잣거리를 들쑤시고 다니는 모양이었다. 자신을 찾는 음성에 도윤은 복면을 다시금 코 밑까지 덮으며 황급히 돌아섰다. 은설은 위태로운 그를 물끄러미 바라보다, 이내 책방 밖을 선뜻 나서지 못한 채 머뭇거리는 그의 옷깃을 슬며시 쥐었다.

"따라오시어요. 이번엔 제가 나리를 도와야 할 것 같습니다만."

퍽 다부진 음성으로 은설이 고갯짓을 해 보였다. 그러자 도윤은 그런 은설을 물끄러미 내려다보곤 이내 책방 밖을 다시금 돌아보았다. 아무래도 서책 방을 곧장 빠져나가는 것은 위험할 것 같았다. 그때, 병판이 부탁한 책을 모두 찾은 듯 서적상이 은설을 불렀다.

은설은 머뭇거리는 그의 손목을 잡아끌었다.

"혹시 여기 뒷문 같은 것이 있소?"

그러곤 놀란 도윤과 함께 서적상에게로 가 뒷문을 찾았다. 서적상은 가만히 복면을 뒤집어쓰고 있는 도윤의 행색을 살피더니 연유조차 묻지 않고 조용히 손가락으로 문 하나를 가리켜 보였다.

"저 문을 열고 들어서면 통로가 하나 나올 것이오. 그 통로를 따라 쭉 가다 보면 또 다른 쪽문 하나가 나올 것인데, 그 문을 열고 나가면 동산 같은 것이 하나 나올 것이오. 그 길을 따라 나가면 되오."

"아, 고맙소."

은설은 옅은 미소를 띠며 그의 손목을 쥐었다. 그러곤 책방 밖에서 저를 기다리고 있는 여주를 향해 입을 열었다.

"여주야, 이리 오거라. 이쪽으로 가자꾸나."

"예……?"

여주는 은설의 곁에 선 도윤을 경계 가득한 눈초리로 살피며 그녀의 곁에 바짝 다가섰다. 그러곤 은설이 꼭 쥐고 있는 도윤의 손목을 내려다보며 은설과 도윤을 수상쩍은 눈으로 돌아보았다.

도윤과 여주가 미처 말릴 새도 없이 은설은 서적상이 가르쳐준 문을 휙 열어젖혔다. 그러곤 그 속으로 도윤을 빠르게 잡아당겼다.

"아, 이런 곳이 있다니……."

서적상이 일러준 대로 퀴퀴한 냄새가 나는 통로를 따라가다 마지막 문을 열어젖히니, 환한 햇살이 한꺼번에 쏟아졌다. 그 뒤를 묵묵히 따르던 도윤은 갑작스레 들이닥치는 햇살에 미간을 살짝 찌푸렸다. 은설 역시 눈살을 슬쩍 찌푸린 채 그의 손을 슬그머니 놓았다.

와자지껄한 저잣거리와 달리 찬란한 고요함이 반짝이는 곳이었다. 드넓게 펼쳐진 동산 위로 곱게 드리워진 색색의 꽃을 바라보니, 감탄이 절로 나왔다.

"아."

꽃동산이었다. 한양에 이런 곳이 있었다니, 은설이 몸을 조금 떨었다. 그 곁에 선 도윤 역시 경탄하며 꽃동산을 돌아보았다.

"아가씨는 여긴 처음 와보지요?"

놀란 얼굴의 은설을 돌아보던 여주가 넌지시 말을 건넸다. 그 목소리에 곁에 묵묵히 서 있던 도윤도 슬며시 여주를 돌아보았다.

"예가 유명한 꽃동산이어요. 봄이면 갖가지 꽃들이 가꾸지도 않아도 절로 이리 곱게 피어나지 뭡니까? 해서……."

"해서?"

"서로 호감을 품고 있는 남녀가 이 꽃길을 함께 거닐면 반드시 사랑에 빠진다 하여, 필애원(必愛園)이라 불리잖아요."

그 말을 하는 여주의 목소리가 어쩐지 은밀했다. 은설은 흠, 흠, 헛기침을 하며 여주의 옆구리를 쿡 찔렀다. 도윤 역시 당황한 듯 크게 헛기침을 내뱉으며 고개를 반대편으로 돌렸다. 둘 사이에 흐르는 묘한 기류에 여주는 킥킥, 웃음을 삼키며 한 걸음 물러났다.

"너, 왜 물러나는 것이야?"

은설은 눈을 동그랗게 뜨며 여주를 돌아보았다.

"그럼 쇤네는 먼저 물러가겠나이다."

평소와 달리 예를 과하게 갖춘 여주는 흡사 궐의 최고 상궁처럼 반듯하게 허리를 숙여 은설을 향해 꾸벅였다. 은설은 더욱 황당하단 얼굴로 그녀의 손목을 슬며시 쥐었다.

"왜 이러는 것이⋯⋯야?"

"왜 이러는 것이기는요. 쇤네, 눈치껏 아가씨와 나리의 달짝지근한 봄을 위해 빠져준다는 것이지요."

그 목소리도 제법 상궁처럼 근엄하고 무게 있어 보였다. 하지만 애써 웃음을 밀어 넣는 그 얼굴에, 은설은 그만 양 볼을 빨갛게 붉히고 말았다.

"여주, 너⋯⋯."

은설이 무언가 말하며 여주를 다그치려 했다.

"그럼 쇤네는 눈치가 있는 몸종으로서, 아가씨의 행복을 위하여⋯⋯."

"여, 여주야! 어딜, 어딜⋯⋯ 가, 가는⋯⋯."

"걱정하지 말고 편히 얘기 나누고 오셔요! 안방마님께는 제가 잘 말씀드릴게요!"

"여주야! 그런 게 아니⋯⋯."

여주는 단단히 오해를 한 채로 은설이 말을 마치기도 전에 달아나기 시작했다. 빠르게 멀어져가는 여주의 뒷모습을 아연한 얼굴로 응시하던 은설은 그만 허탈한 한숨을 내뱉고야 말았다. 그러곤 도윤에게서 등을 진 채로 얼굴을 붉혔다.

　이상하게 심장이 쿵, 쿵, 쿵, 요동치는 듯했다. 자연스럽게 돌아서서 도윤을 바라볼 용기가 어쩐지 쏙, 사라지고 말았다. 이게 다 홀로 오해를 한 채 이상한 말을 남기고 간 여주 때문이었다.

　고요히 흐르는 정적이 더 이상했다. 은설이 슬며시 입술을 깨물며 쭈뼛쭈뼛 몸을 돌렸다. 그러자 도윤이 은설을 빤히 내려다보고 있었다. 뜨거운 것에라도 닿은 듯, 도윤의 시선이 닿은 그녀의 얼굴 곳곳이 빨갛게 달아오르기 시작했다. 둘은 말을 잊은 채 시선만 서로를 향하여 마주 보고 섰다. 달큼하고 간지러운 바람이 일었다.

　"필애원이라."

　양 볼이 불그스름하게 상기된 은설을 빤히 응시하던 도윤이 그 붉은 입술을 달싹였다. 얼굴의 반을 가리고서 서늘한 눈매만 드러내놓고 있자, 그에게서 더욱 찬 공기가 뿜어져 나오는 듯했다. 시선을 압도하는 까맣고 깊은 눈동자에선 그 특유의 서늘함과 매서움이 진하게 묻어났다.

　은설은 저도 모르게 몸을 떨었다. 그 눈이, 그 차가운 시선이 그만 은설을 옭아매고 말았다. 그때, 도윤이 은설에게 한 걸음 다가가며 얼굴을 가리고 있던 복면을 벗었다.

"반드시 사랑에 빠진다."

느리게 그 말을 내뱉던 도윤이 피식, 보드라운 미소를 입매에 그렸다. 그러곤 딱딱하게 굳은 은설의 어깨에 커다란 제 손을 살며시 얹으며 말을 이어나갔다.

"나와 그리되어도 괜찮겠느냐. 사랑에 빠져버려도."

일순, 은설의 말랑말랑해진 심장이 발아래로 쿵 떨어지고 말았다.

"예……?"

잘못 들었을 리가 없는데, 그녀의 귀를 의심하게 만드는 말이었다. 은설은 그 커다란 눈을 연신 깜빡이며 당황한 기색을 감추지 못했다.

"감당할 수 있겠느냐, 물었다."

흔들리는 은설의 동공을 마주하고 있는 도윤의 심장은 이미 속절없이 무너지고 있었다. 코를 보드랍게 간지럽히는 향기로운 꽃 내음이 두 사람 사이를 은밀히 파고들었다.

근위대장께서 농이라도 하는 것일까.

은설은 어떠한 대꾸도 하지 못한 채, 그의 안색을 살폈다.

농을 할 때도 저리 진중하게 하는 것일까.

일순, 은설의 머릿속이 뒤죽박죽 엉키고 말았다.

하지만 그의 얼굴은 여전히 건조했고 메말라 있었다.

"농이다."

"……아."

"농과 진담도 구분 못 하는 것이냐."

멍한 은설을 내버려둔 채 그가 빙그르르 돌아섰다. 제멋대로 사람의 마음속을 헤집어놓더니, 이번엔 농이라며 제멋대로 선을 긋곤 돌아서버린다.

참으로 속을 알 수 없는 사람이었다. 은설은 저를 두고 먼저 돌아서버리는 도윤의 뒷모습을 빤히 바라보았다. 하지만 돌아선 도윤의 얼굴 역시, 홍당무처럼 빨개지고 말았다. 도윤은 황급히 복면으로 얼굴을 가렸다.

저도 모르게 가빠지는 호흡을 애써 밀어 넣으며 도윤은 담담한 척, 어깨를 더욱 곧게 펴고 앞서 걸었다. 복면이 없었다면 그 마음을 모두 들키고 말았을 것이다.

'한데, 들킬…… 내 마음이라는 것은 또 무엇이더냐.'

기가 막힌다는 듯, 도윤은 자리에 멈춰 선 채 핏, 웃음을 흘리고 말았다. 어이가 없었다. 그 마음을 모두 들킬까, 좀 전까지 염려하며 저 여인에게서 등을 돌렸건만 돌이켜보니 그 마음은 또 무엇일까 조금도 짐작할 수가 없었다. 무슨 마음을, 어떤 마음을 들키길 염려했던 것일까.

"농을 그리 진지하게 하시면, 그것이 농인지 누가 알겠어요?"

그때였다. 넋을 놓고 바닥을 응시하고 있는 도윤 곁에 은설이 불쑥 나타났다. 얼굴이 빨개진 도윤은 흠칫 놀라며 자신의 곁을 돌아보았다.

은설이 퍽 귀엽게 입술을 삐죽이며 도윤을 올려다보고 있었다. 마음이 이상하게 아릿해졌다.

"나리께선 농을 그렇게 진지하게 하시어요?"

도윤을 빤히 올려다보며 빨간 입술을 오물거리는 은설의 얼굴이 점점 가슴 깊이 박히는 듯했다.

"그래, 나는 농을 그리한다."

"……치. 너무해."

좀전까지 이학수의 무사들에게 쫓겨 달아날 때의 긴장감은 찾을 수 없었다. 도윤은 어쩐지 온몸에서 힘이 스르륵, 풀리는 것만 같았다.

"한데 혹, 좀 전에 사가에서 힘껏 내달리시다 웬 여인과 부딪히지 않으셨습니까?"

은설의 말에 도윤은 조금 전의 상황을 되짚어 보았다. 그러다 그녀와 부딪힌 것을 기억해낸 도윤이 느리게 고개를 끄덕였다.

"그랬다. 너와 부딪혔지, 내가."

"역시 그랬군요. 참으로 별난 우연입니다."

"그러게…… 왜 또 너였을까."

왜 하고많은 사람 중, 이 여인과 매번 부딪히고 마주하는지. 도윤은 깊은 생각에 잠긴 듯, 그녀를 한참 내려다보았다.

"여기서 저잣거리는 먼 것이냐."

"아닙니다. 조금만 더 걸어가면 나올 법도 한데……."

은설이 말끝을 흐리며 주위를 둘러보았다. 드넓게 펼쳐진 동산엔 무수한 꽃들만 피어나 있을 뿐, 여러 갈림길 중 어디로 가야 저잣거리가 나오는지 도통 감이 잡히질 않았다.

"초행인 것이냐."

"예. 나리께서는."

"당연히 초행이다."

은설은 난감하다는 듯 어깨를 잠시 들썩였다. 그러곤 고개를 휘휘 돌아보며 익숙한 초가가 보이진 않을까, 까치발을 들었다. 그때 우측 멀지 않은 곳에 있는 초가 한 채가 눈에 들어왔다. 우선은 그리로 가야 할 것 같았다.

"저쪽으로, 우선은 저쪽으로 가보시지요?"

은설이 생긋 웃으며 앞서 걸었다. 도윤은 그런 은설을 뒤따라 걸었다. 어쩌다 보니…… 필애원이란 그 동산을 함께 넘게 된 둘이었다. 여주가 괜한 소리를 한 탓에 꽃동산을 넘는 한 걸음, 한 걸음이 무척이나 신경 쓰이는 둘이었다. 앞서 걷는 은설의 뒷모습을 물끄러미 바라보며 뒤따라 걷던 도윤은 은설의 양옆으로 곱게 피어난 꽃들을 저도 모르게 응시했다.

'반드시 사랑에 빠진다……'

그 말이 이상하게도 도윤의 귓전에 꽃향기처럼 몽글몽글 피어났다. 도윤은 검을 쥔 손에 바짝 힘을 준 채, 은설에게서 두어 걸음 떨어져 걸었다. 그렇게 둘은 묵묵히 걸었다.

"한데 나리."

별안간 앞서 걷던 은설이 도윤을 돌아보았다. 묵묵히 걷던 도윤의 눈빛이 순간 반짝였다. 저를 돌아보는 은설의 얼굴이 퍽 진지했다.

"말하라."

괜히 더 퉁명스레, 도윤이 운을 떼었다. 그러자 은설은 그런 도윤을 빤히 바라보기만 했다. 제법 멀었던 둘의 거리가 꽤 가까워졌다.

"나리."

은설이 다시금 도윤을 불렀다. 그러자 도윤은 느리게 고개를 끄덕였다.

"어쩌지요?"

"무엇이 말이냐."

"반드시 사랑에 빠진다는 그 말."

'사랑'이란 말에 도윤의 숨이 덜컥 멎을 것만 같았다. 이 여인이, 지금 무슨 말을 하려는 것일까. 도윤의 시선이 그녀의 빨갛고 매끈한 입술 위에 머물렀다. 은설은 느리게 눈을 깜빡이며 한 걸음, 더 가까이 도윤에게로 다가섰다.

"나리를 은애하게 되어버린 것 같아요. 정말, 여주의 말대로 필애원이…… 맞나 봅니다."

뜻밖의 말을 하며 그녀가 팟, 박꽃 같은 미소를 터뜨렸다. 도윤의 심장이 그대로 쿵, 곤두박질치고 말았다. 도윤은 자못 심각한 얼굴로 그녀를 내려다보았다. 한없이 서늘하기만 하던 그 눈매가 당황한 듯 동그래지자 은설은 그제야 재미있다는 듯, 꺄르르 웃음을 터뜨리며 한 걸음 물러났다.

"그렇지요? 이리 진지하게 얘기를 하니 그것이 농인지, 진심인지, 나리께서도 분간이 가질 않으시지요?"

"아."

"농입니다, 농. 하하하."

은설이 장난스레 미소를 머금은 채로 뒤로 두어 걸음 더 물러났다. 홀로 진지하게 마음을 헤집었던 도윤의 볼이 상기되고 말았다. 그 순간, 은설이 자신의 치맛단을 질끈 밟고 휘청 뒤로 넘어지려 하였다.

"어…… 어어?"

그런 은설을 도윤이 세차게 잡아 자신의 품으로 끌어당겼다. 휘청이는 은설을 이번에도 단단히 안은 도윤이었다. 민들레 홀씨처럼 사뿐, 나부끼던 은설이 도윤의 품 안으로 쏙, 날아들었다. 일순, 두 사람의 뜨거운 호흡이 매듭을 지었다.

한 송이 꽃인 줄 알았건만, 사람이었다. 너무도 어여쁘고 향기로워 꽃이 아닐까, 꽃잎이 바람에 휘날리다 제 곁으로 온 것이 아닐까 싶었는데, 아니었다. 그의 품에 안겨, 그 조그마한 손으로 도윤을 꾹 쥐고 있는 것은 사람이었다. 고운 여인이었다.

"매번 이리 넘어지려 하는구나."

"……아."

"안을 수밖에 없게."

단조로운 음성 속에 다채로운 꽃이 피어나는 듯했다. 그리 말하며 도윤이 오래도록 그녀를 응시했다. 은설은 저를 뜨겁게 바라보는 도윤의 시선에 심장이 터져나갈 것만 같아 그에게서 벗어나기 위해 힘을 주었다. 도윤은 그런 은설을 더욱 세게 쥐었다. 은설의 눈이 점점 커지고 말았다.

"나……리."

"안길 땐 네 마음대로 안길지라도, 벗어날 땐 마음대로 벗어날 수 없다."

한없이 서늘하고 차가운 시선으로 은설을 뚫어져라 응시하고 있으면서 그 목소리는 왜, 저토록 끝없이 슬프고 애달파 마음을 찌르르 아프게 하는 걸까.

은설은 차라리 슬픔에 잠긴 모습이라 단언하는 것이 나을 것 같다는 생각이 들었다. 차가움 뒤에 차마 숨겨지지 않는 저 슬픈 빛이 연신 그녀의 가슴을 시리게 만들었으니까.

자신을 바라보는 은설의 시선이 덩달아 깊어지자, 도윤은 그녀를 가만히 품에서 놓아주었다.

"너는 농을 할 줄 모르는구나."

그러고 나서 도윤은 돌아섰다.

남겨진 은설은 그를 물끄러미 바라보았다. 저 단단하고 너른 품에 두 번이나 안겼다고 생각하니, 얼굴이 화끈거려 숨이 가쁠 지경이었다.

멀어지던 도윤이 문득 걸음을 멈추곤 조심스레 은설을 돌아보았다. 은설은 행여 또 치맛단을 질끈 밟고 넘어질까, 사뿐히 치맛단을 쥔 채 조심조심 발아래를 살피며 도윤 쪽으로 다가오고 있었다.

그 모습이 앙증맞고 귀여워 그는 눈을 뗄 수가 없었다. 그러다 문득, 두 사람의 시선이 또다시 단단히 얽히고 말았다. 도윤은 '흠, 흠' 어색한 기침을 내뱉으며 그녀의 시선을 피했다. 두 사람은 마치 약속이라도 한 듯, 황급히 먼 산을 바라보았다.

"농은, 나처럼 하는 것이다. 농인지 아닌지 분간치 못하게."

그러자 은설은 도윤을 향해 재미있다는 듯 설핏 미소를 지었다.

"그것은 진심이지, 농이 아니지요. 농은, 농이라고 분간할 수 있게 하셔야 오해가 없지 않겠어요?"

생긋 미소를 짓던 은설이 어느덧 도윤의 곁까지 바투 다가섰다. 도윤은 그런 은설을 물끄러미 응시하다 다시 등을 돌려 앞서 걸었다.

"얼른 가자. 입궐할 시각이 다가오는 듯하니."

"입궐을 하셔야 하옵니까?"

"그럼. 먹고살려면 일을 해야지."

그리 퉁명스레 이르며 돌아서는 도윤의 입매에선 어쩐지 기분 좋은 미소가 가시질 않았다.

"바래다주셔서 감사합니다."

병판의 사가에 다다르자, 은설은 도윤을 향해 꾸벅 고개를 숙여 보였다.

"예가…… 너의 집인 것이냐."

도윤의 깊고 검은 눈동자에 호기심이 설핏 스미고 있었다. 은설은 해사한 얼굴로 고개를 끄덕였다.

"예. 소녀. 병판 대감의 여식입니다."

"하면, 이곳이……."

은설의 말에 도윤의 눈이 잠시 커졌다.

병판이라면…… 지금은 폐서인이 되어 유배 생활을 하는 폐비 홍 씨의 절친한 벗이 병판의 안사람일 터.

궁인들이 숙덕이는 소리를 건너 들었을 땐, 폐비 홍 씨를 마지막까지 보살펴주었던 사람이 병판의 부인이라고 하였다. 게다가 도윤의 아버지인 이학수 역시, 무척이나 경계하고 거리를 두는 사람 역시 병판이었고.

병판의 여식이 어린 시절 죽을 뻔한 위기를 넘겼다고도, 이학수를 통해 들은 적이 있었는데 혹시 그럼 그 죽을 위기를 넘긴 아이가 이 여인이란 말인가. 자신을 순수한 얼굴로 올려다보고 있는 은설을, 도윤은 오래도록 바라보았다.

도윤은 병판의 사가를 물끄러미 올려다보았다. 어쩌면 이곳은 이젠 잊혀져가고 있는 선왕과 폐비 홍 씨, 그리고 세상의 빛도 보지 못한 채 죽었다는 선왕의 공주에 대한 숨겨진 이야기를 알고 있을 수도 있을 것 같았다.

도윤의 가슴이 뻐근해짐과 동시에 두근거리기 시작했다.

하필이면…… 왜, 병판의 여식일까.

차라리 이학수에게 연줄이 닿은, 궐에 널린 후궁과 마찬가지로 그렇고 그런 가문의 여식이었다면, 그랬더라면…….

"마음이 너에게 조금 더 기울지 않을 수 있었을까."

"네?"

"역시 아니다, 아무것도."

이 상황이 난감하기만 하였다. 마음의 소리가 제멋대로 튀어나오자 도윤은 당황하며 고개를 저었다.

첫눈에 반했다는 표현이 옳을까 싶을 정도로 한눈에 들어선 저 여인이었건만.

저 여인의 몸짓 하나, 표정 하나, 웃음 하나 모두가 의미가 되어 제 가슴에 박히고 있건만.

그것만으로도 충분히 흔들리고 마음이 잠식되어가 혼란스럽고 당황스럽건만.

왜, 어찌, 가문까지 이리 엮여 거부할 수 없이 제 속을 쥐고 흔들고 있단 말인가.

도윤은 젖어가는 눈빛으로 하염없이 병판의 사가를 올려다보고 있었다.

"네게 닿을 수 있는 바람이라면 또 우연처럼 널 만날 수 있을까."

"예?"

알 수 없는 말로 은설의 가슴을 어지럽히는 그였다. 고적한 눈빛으로 그녀를 지그시 내려다보는 그의 얼굴이 슬퍼 보였다.

"그곳에서 말이다, 또다시 바람처럼 널 만날 수 있을까 해서."

만나고 싶었다.

그녀와 다음이라는 것을 기약이라도 하고 싶었다. 하지만 그럴 수 없는 도윤이었다. 그저 눈짓으로 손짓으로 부지런히 그녀와의 다음을 기약했다.

그의 진심이 그녀에게 닿을지는 의문이었지만, 도윤은 바라보았다. 여전히 해사한 그녀의 얼굴을, 또한 언젠간 다시 만날 수 있을까 하는 기대를.

그러자 그의 덤덤한 시선을 응시하던 은설이 조심스럽게 입술을 열었다.

"원래 인연이라는 것은 가랑비와 같다 했사옵니다."

"가랑비라."

"예. 그것의 시작점조차 모호하지만 그 속까지 함빡 젖고 마는 가랑비요."

"아."

"가랑비에 옷 젖는 줄 모르듯, 연은 그렇게 예고도 없이 찾아와 속절없이 적시고 말지요."

그 음성이 잔잔한 파동처럼 도윤의 가슴을 파고들었다.

둘은 서로를 오래도록 바라보았다.

"나리와 소녀가 정말 인연이라면 닿을 수 있지 않겠습니까."

그 말을 끝으로 정말 땅 위로 보슬비가 내렸다.

갑작스러운 보슬비에 놀랄 법도 했지만, 둘은 여전히 평온한 얼굴로 서로를 바라보고 있었다.

도윤은 손을 뻗어 자신의 손바닥 위로 촉촉하게 떨어지는 보슬비를 내려다보았다.

"젖은 이 옷을 탓하며 나무라기엔 너무도 곱고 빛나는 빗방울이 아니더냐."

그의 매끈한 잇새에서 흘러내린 말이 그녀의 가슴에 닿았다.

도윤에겐 달콤한 밤이 지났다. 지난밤 도윤의 낯선 행보는 궐 안 곳곳에 화두로 떠올라 있었다. 그 소식은 독수공방하며 매일 밤을 홀로 지새우는 중전의 귀에도 다다랐고, 각 후궁의 처소에도 빠짐없이 전해졌다. 궐의 모든 여인은 기함하며 대전으로 향했다.

"전하께서 달라지셨답니다."

"……이젠 우리의 침소 수발도 받아주시겠지요?"

"침소 수발이 웬 말입니까, 형님. 저는 그저 전하께서 눈길 한 번 주면 소원이 없겠습니다."

중전 김 씨 역시 치맛자락을 휘날리며 대전으로 성큼성큼 향했다. 달라졌다는 도윤의 동태를 살피기 위해 한껏 치장한 모습이었다. 대전 앞에는 이미 미월당을 포함한 후궁 여럿이 문후를 여쭙기 위해 줄을 서 있었다. 중전은 기함하며 굳고 말았다.

"중전 마마 납시오!"

그녀는 대전 마당에 주르륵 서 있는 꽃다운 후궁들을 돌아보며 기가 찬 듯 헛웃음을 흘렸다.

"앗……!"

그제야 중전이 왔음을 눈치챈 후궁들이 화들짝 놀라며 중전을 돌아보았다.

"여기에 다…… 모여 있었소?"

중전 김 씨는 어이없다는 듯 조소를 머금었다. 그러곤 당황하며 고개를 조아리는 후궁들을 향해 입꼬리를 한껏 비틀었다.

"······중, 중전 마마!"

중전 김 씨의 얼굴이 짜증스럽게 찌푸려졌다.

"마마, 납시셨나이까."

그때 후궁들 속에서 고고하게 고개를 치켜들고 있던 미월당 최 소의(昭儀)가 중전을 향해 예를 갖추어 고개를 조아렸다. 단연 돋보이는 미색에 화려한 당의까지. 중전 김 씨는 질끈 입술을 악물며 최 소의의 앞으로 성큼 다가섰다.

"최 소의, 자네도 있었는가?"

"전하께 문후를 여쭙는데, 빠질 수가 있겠습니까."

최 소의는 여전히 고고한 웃음을 머금은 채로 중전을 마주했다. 다른 후궁들은 그런 최 소의의 당돌한 기세에 주춤 놀라며 더욱더 고개를 조아릴 뿐이었다.

중전 김 씨의 입꼬리가 삐죽 올라섰다.

"그래도 난 자네는 이런 저급한 행동에 어울리지 않는 품계라 생각하였는데. 내명부에 소속된 이들이 내명부의 수장인 내게는 문후를 여쭙지 아니하고 주상 전하께······ 문후를 여쭈러 이리 줄을 서 있다?"

애써 담대하게 그 말을 내뱉던 중전의 음성 끝이 묘하게 떨렸다.

"그래도 소의 정도의 품계를 지녔으면 이 미숙한 후궁들에게 모범을 보이고, 잘못된 길을 가려 하면 자네가 앞장서 이들을 이끌어줄 것이라 내 믿었건만."

"……마마, 그것이 아니오라."

"그저 전하의 눈길 한 번 얻고자, 아침 댓바람부터 사가의 첩실들도 하지 않을 법한 행실이라니."

"마마."

"게다가 온갖 치장에 분내까지 폴폴 풍기며 대전 앞마당에 주르륵 늘어선 후궁들 꼴이며. 거기에 내명부 수장인 나의 다음으로 품계가 높은 소의라는 자네가 여기에 끼어 있다니. 내 억장이 무너져 말이 나오지가 않네."

중전의 말에 최 소의의 얼굴이 딱딱하게 굳어지고 말았다. 활짝 그렸던 웃음이 싹 가시었다.

"중전 마마, 뭔가 오해가……."

"자네들도 너무하네. 매일 아침 몸이 안 좋아, 체기가 있어, 고뿔이 걸려, 갖은 이유를 들어 내게는 문후를 여쭙지도 않더니만. 아, 그간 금상 전하께 아양을 떨기 위해 아침 댓바람부터 치장하고 대전으로 발걸음을 해야 해, 바빴던 모양입니다?"

"중, 중전 마마!"

중전의 비아냥에 후궁들은 어찌할 바를 모른 채 몸을 떨었다. 그 앞에 우두커니 서 있던 최 소의는 치맛자락만 찢어져라 꾹 움켜쥔 채로 흙바닥만 노려보고 있었다. 중전은 그런 최 소의를 바라보았다.

"아, 이유가 아니라…… 핑계였나 봅니다."

중전의 날이 잔뜩 선 말에, 최 소의는 중전을 똑바로 응시했다.

"그러는 중전 마마께서도 어지간히 급하셨나 봅니다."

"……뭐라?"

더는 참고 있을 수 없다는 듯 최 소의가 이를 질끈 악물었다. 중전을 바라보고 있는 그 눈매도 좀 전보다 더 차가웠다.

"전하께서 중전 마마께는 연통을 넣을 때만 대전으로 납시어라, 그리 명을 내린 것으로 알고 있사온데 어찌 그 명을 어기고 이리 발걸음을 하시었습니까? 이러다 전하께 더 밉보이면 어쩌시……!"

그때였다. 건방진 말투로 중전의 눈을 똑바로 응시하며 거침없이 말을 내뱉던 최 소의의 뺨을 그대로 중전이 내리쳤다. 세찬 마찰음과 함께, 최 소의의 고개가 애처롭게 돌아가고 말았다. 그를 바라보고 있던 후궁들과 궁인들은 모두 기함하며 굳어버리고 말았다.

"감히 후궁 따위가 중전인 나를 멸시해?"

그리고 그 순간…….

"이게 대체 무슨 추태요!"

대전을 나서던 도윤은 버럭 소리를 지르고 말았다. 앞마당에 줄지어 서 있던 후궁들은 도윤의 등장에 모두 고개를 조아렸다. 중전에게 뺨을 세게 맞은 미월당, 최 소의는 이때가 기회다 싶어 황급히 바닥에 엎어졌다. 자신의 발아래에 납작 엎드려 곡소리를 내는 최 소의를 중전이 당황해하며 내려다보았다.

"중전 마마……! 소인을! 벌하여 주시옵소서!"

"아, 아니 왜 이러는 것이야!"

닭똥 같은 눈물을 뚝, 뚝 흘리며 어깨가 들썩이도록 울부짖는 최 소의를 도윤 역시 굳은 얼굴로 바라보았다. 중전은 어쩔줄 몰라하며 제게로 휘적휘적 다가오는 도윤을 바라보았다. 곧 중전 곁에 당도한 도윤은 엉엉 울부짖는 최 소의를 빤히 내려다보았다. 후궁들과 궁인들은 모두 숨을 죽인 채 도윤의 말을 기다리고 있었다.

"대체 아침부터 이것들이 다 무슨……."

비싯, 도윤의 잇새를 흐르는 헛웃음이 차가웠다.

"송, 송구하옵니다, 전하. 그것이 아니옵고…… 왕실의 기강이 해이해진 듯하여."

"해이해지면 이리 대전의 앞마당에서, 그것도 궁인들이 모두 보는 앞에서 임금을 보필하는 후궁의 뺨을 그리 가혹하게 내리쳐도 괜찮다는 것이오?"

도윤의 벼락과도 같은 음성에 중전은 그만 털썩, 무너지고 말았다.

"국모라는 여인이, 이토록 투기도 많고…… 마음이 넓지 못하니 어찌 내명부의 수장으로 위엄이 서고, 존경을 받고, 왕실의 기강이라는 것을 다잡을 수 있겠소."

"아니옵니다. 투기가 아니옵니다, 전하!"

젊은 왕, 혈기가 왕성한 임금이었건만 도윤은 지금껏 침소 수발을, 그 어떤 여인에게도 윤허하지 않았다.

중전의 자리가 비었기에 당연한 듯 그들이 바라는 대로 영의정의 장녀인 김 씨를 그 자리에 앉혔을 뿐, 거기엔 도윤의 어떠한 의미도 마음도 담기지 않았다.

한 점의 사심도 없었고, 오히려 도윤과 중전 김 씨 사이엔 결계와도 같은 결코 허물 수 없는 단단한 벽이 쌓여 있을 뿐이었다. 또한 도윤에겐 권력 다툼을 하듯 여러 후궁이 있었는데, 모두가 대원군과 영의정에 줄을 댄 대소 신료들의 장녀, 차녀, 질녀들이었다.

그는 그 많은 후궁 역시 털끝 하나 건드리지 않았다. 오히려 궐에서 마주치기라도 하면 아양을 떨어대는 그들을 경멸하는 듯한 냉기 어린 시선으로 무시할 뿐이었다. 도윤의 질책을 온몸으로 받은 중전은 이를 악물었다.

"국모란 자리는 전하의 여인만이 앉을 수 있는 자리입니다. 어찌…… 소첩을 이리 냉대하실 수가 있단 말입니까."

중전의 눈에는 어느덧 그렁그렁 눈물이 맺히기 시작하였다.

"나의 여인만이 앉을 수 있는 자리라. 하면, 그 자리에서 물러나야겠소이다, 중전."

"전…… 전하!"

"그대는 나의 여인이 아니지 않소. 대원군과 그대의 아버지의 여인이겠지."

"전하!"

"단 한순간도 그대는, 아니, 이 궐에는 내 여인이 될 사람은 없소. 아시겠소들?"

도윤의 말에 대전 앞에 늘어섰던 후궁들은 모두 돌바닥 위에 무릎을 꿇고 말았다. 중전은 이를 악물었다. 말을 마친 도윤은 싸늘하게 돌아섰다. 그러다 하릴없이 눈물만 뚝, 뚝, 흘리고 있는 최 소의를 발견했다.

"그 울음 그치고 일어나라."

도윤은 얼굴도 이름도 잘 알지 못하는 최 소의를 향해 건조하게 일렀다. 하지만 최 소의의 생각은 달랐다. 도윤이 이번만큼은 제 편을 들었기에, 그 넓은 곁을 내어줄 요량이라 생각하였다.

"전하……."

도윤을 부르는 최 소의의 음성이 간드러졌다.

"아, 소첩이 잠시 놀라……."

살며시 도윤의 단단한 그 팔을 쥐었는데……. 도윤은 냉정하게 그 손을 뿌리쳤다.

"네게…… 일어나라 하였지, 나를 만져도 좋다 허한 적은 없다."

"저, 전하."

"다시는 그런 가증스러운 눈물 따위를 이 대전에 한 방울도 흘려선 아니 될 것이다."

도윤은 싸늘하게 돌아서며 그 말을 남겼다. 최 소의는 충격받은 얼굴로 제게 싸늘히 등을 보이는 도윤을 바라보았다. 믿을 수가 없었다. 꽃 같은 제 미모에도 눈 하나 깜빡하지 않는다는 것이, 믿기 어려웠다. 도윤은 모두 벌벌 떨며 고개를 조아리고 있는 여러 후궁들을 향해 싸늘한 어조로 운을 뗴었다.

"다시는 내 연통 없인 여기 있는 그 누구도 대전 근처에 얼씬거리지 말아야 할 것이다. 서열 다툼이 하고 싶거든, 내명부 안에서 그대들끼리 하라. 이 시각 이후로 내 눈앞에 얼씬거린다거나, 경거망동하여 내 귀에 그 이름이 들려올 시, 그것이 누구라도, 누구의 여식이라도! 내 좌시하지 않을 것이니!"

"전하……!"

"안 그래도 궐에 후궁들이 넘쳐, 재정 문제나 두통을 유발하는 분 냄새로 골치가 아팠던 찰나인데, 이참에 그 머릿수를 줄일 생각이니 처신들을 잘하여야 할 것이다."

미련 없이 돌아서고 마는 도윤이었다.

정무를 마치고 대전으로 돌아서던 도윤은 문득 걸음을 멈추었다. 그러곤 그의 피부를 보드랍게 감싸는 봄바람을 가만 느끼며 별궁 화원 쪽으로 발걸음을 옮겼다.

"아침부터 분내를 맡았더니 속이 울렁거린다. 바람을 좀 쐬어야겠구나."

상선과 주환은 그런 도윤을 말없이 뒤따랐다. 말없이 걷기만 하던 도윤이 별안간 주환을 돌아보았다.

"필애원이라는 곳을 아느냐."

"필애원이라면…… 혹, 저잣거리에서 조금 떨어진 꽃동산을 말씀하시는 것이옵니까."

도윤이 느리게 고개를 끄덕였다. 그 얼굴에 걷잡을 수 없는 슬픔이 일었다. 그를 바라보고 있던 유준은 더욱 고개를 조아리며 입매에 힘을 주었다.

"해가 저물고도 아름다울까. 그 빛을 다 잃어도 빛날 수 있을까."

도윤이 화원으로 향하는 걸음을 멈춘 채, 찬란히 빛나고 있는 해를 올려다보았다. 꿈만 같았던, 어제의 일이 어렴풋이 피어오르고 있었다.

"넌 그곳을 해가 지고도 가본 적이 있느냐."

"소인은 아직 없사옵니다."

"궁금하구나. 그때처럼…… 고울지."

피식, 도윤이 씁쓸한 웃음을 입가에 머금은 채 고개를 끄덕였다. 그러곤 지그시 눈을 감은 채, 온몸의 감각을 바람에 맡겼다. 꽃향기를 잔뜩 머금은 바람이 필애원에서 이어져 오는 것 같았다. 가슴이 한껏 부풀었다.

그의 매끈한 입술이 슬쩍 벌어졌다.

"궁금하다. 꿈만 같았던 그 시간이 정말 꿈이 아니라 현실이었을까. 내가 잠깐 꿈을 꾼 것은 아닐까. 여전히 그곳은 아름다울까."

그는 감았던 눈을 떴다.

검은 눈동자에 그날의 추억이 피었다.

"아니, 실은 보고 싶은 것이다."

"예?"

"나는 그 여인이."

"전하."

"정말 그 여인의 말대로 나도 모르게 젖어가고 있나보다. 그녀라는 가랑비에."

그 순간, 도윤의 눈앞에 해사한 은설의 얼굴이 그려졌다.

제 5 장

장옷 아래에서

다음 날도, 그다음 날도 은설의 얼굴엔 그림자만 드리워져 있었다. 밤새 퍼붓던 굵은 빗방울은 해가 솟자, 구슬 비로 뒤바뀌어 별채 앞마당을 촉촉이 적시고 있었다.

은설은 젖은 창을 활짝 열고 턱을 괴었다. 물기를 머금은 바람이 훅 끼쳐왔다. 그녀는 저도 모르게 아랫입술을 꾹 깨물었다.

"나리는 잘 돌아가셨겠지? 행여 돌아가시는 길에 그 무사들에게 들킨 것은 아니겠지?"

며칠이 지났건만 은설은 지난날의 도윤을 잊지 못하고 있었다. 그의 쓸쓸한 뒷모습이 연신 눈앞에 아른거려 마음이 편치 않았다. 그때, 여주가 별채의 문을 열고 조심스레 들어왔다.

"아가씨, 고뿔 걸리셔요. 이틀 내내 비가 쏟아져 바람이 차갑습니다."

그러곤 곱게 쌓인 보자기를 바닥에 내려놓으며 은설을 불렀다.

"무엇인데?"

"이거 오늘 부원군 대감 탄신 연회에 입고 갈 연회 옷!"

"아이참, 정말 가야 해? 별로 가고 싶지 않은데……."

은설은 볼멘소리를 하며 보자기 앞에 자리를 잡고 앉았다. 그러곤 매듭지어진 보자기를 풀어나가기 시작했다.

"안방마님께서 아가씨를 처음 선보이는 자리라고 참으로 예쁜 옷으로 골랐어요. 그죠?"

은설은 건조한 얼굴로 저고리를 쓸어보았다. 영 내키지 않았지만 어쩔 수 없었다.

"그래도 다행이지 뭡니까? 오늘 연회는 가면 쓰고 노는 자리라면서요? 어휴, 젊은이들 비위 맞춘다고 부원군 대감께서 별의별 연회를 다 만드네요."

여주는 킥킥대며 은설에게 복면을 쥐어주었다.

"그 때문에 어머니 아버지께서 나를 그리 큰 연회장에 보내주시는 거겠지. 언제 내가 그런 대감들 탄신일에 얼굴을 비춘 적 있었니?"

그녀는 여주가 건네는 옅은 검은색의 복면을 받아 들고선 이리저리 살폈다. 눈만 겨우 드러낼 정도의 복면이었다.

"하긴. 대원군, 영의정, 좌의정, 우의정…… 한자리하시는 대감들의 연회에 가기는커녕 그분들 얼굴도 못 마주치게 했었는데, 이번엔 가면 연회라 대감마님이나 안방마님께서 허락해주셨나 봐요."

여주가 은설보다 더 들뜬 얼굴로 어깨를 들썩였다. 그러곤 저고리와 치마를 들어 은설에게 대보며 히죽 웃었다.

지금의 부원군은 이학수의 최측근이었다. 좌상 이학수가 대원군 자리에 오르자, 그날 반정의 공을 치하하듯 김태호의 딸을 중전으로 삼았다. 그렇게 저들은, 저들만의 세상을 꾸려 부귀와 명성을 모두 누려가고 있었다.

대원군 이학수와 한패인 부원군의 연회에 은설을 참석시키고 싶지 않았지만 더는 그들의 눈 밖에 나는 행동을 하면 아니 된다는 병판의 말에 유희는 하는 수 없이 연회에 참석하기로 한 것이었다. 그 마음을 누구보다 잘 알기에 은설은 고운 옷을 받아 들고도 마음이 무거울 수밖에 없었다.

"시답잖은 연회로 백성들의 환심을 사보겠다."

상참을 마치고 대전으로 향하던 도윤은 오늘 저녁, 부원군의 사가에서 부원군의 탄신일을 축하하는 가면 연회가 열린다는 소식을 전해 들곤 조소했다.

"도성의 한 지체 한다는 양반가들은 죄다 모이겠군."

"대원군 대감도 참석하신다 합니다."

그는 혀를 차며 못마땅하다는 듯 곤룡포를 획, 젖혔다. 그러곤 대전으로 향하는 발걸음을 재촉했다. 주환이 그런 그를 바짝 따라붙어 주위를 삼엄하게 경계했다.

"하오시면…… 금일 밤이 어떻겠습니까."

"대원군의 사가에 잠입하는 것 말이더냐."

주환의 은밀한 음성에 도윤의 눈빛이 기민하게 반짝였다.

며칠 전, 청국에서 당도한 역관의 행보가 영 수상쩍었다. 주환이 그 역관을 이학수의 사가에 데려놓음과 동시에 그 역관은 감쪽같이 자취를 감추었다. 대체 무슨 꿍꿍이인지, 도윤은 알아야만 했다.

"예. 때마침 가면 연회도 열린다고 하니 오늘만큼은 저잣거리에 가면을 쓴 자들이 넘쳐날 것입니다. 평범하게 변복을 하고 가면을 쓰면 위장하기에 딱일 것입니다."

"가면을 쓰고 잠입을 해서 혹 쫓기는 신세가 되더라도 연회에 참가하는 것으로 그들의 눈을 피하자?"

"예, 전하."

주환의 말에 도윤이 나지막이 고개를 끄덕였다. 가타부타 말할 겨를이 없었다. 도윤의 슬쩍 벌어진 잇새에서 잔뜩 가라앉은 음성이 흘러나왔다.

"채비하라."

그는 두 주먹을 움켜쥐었다.

무성하게 우거진 버드나무 밑으로 가면을 쓴 은설이 느리게 지나갔다. 그 뒤를 따르던 영광은 은설을 바라보며 한숨을 내쉬었다.

"은설아."

영광의 부름에 한참 걷던 은설이 멈추어 섰다.

"아버지께서도 걱정하셨다."

어렵사리 말을 꺼내며 영광이 그녀의 안색을 살폈다. 눈만 슬쩍 내놓은 그녀의 자태는 그 어느 때보다 고왔다.

"늘 그래왔듯 부원군과 대원군을 독대하는 일은 없었으면 한다고 신신당부를 하셨다."

"조심하겠습니다."

그 말을 끝으로 그녀는 곧은 자세로 등을 돌렸다.

앞서가는 그녀를 영광이 진득이 바라보았다. 그의 얼굴이 걱정으로 연신 찌푸려졌다. 그에게 있어 은설은 소중하고도 존귀한 존재였다. 그것이 공주라서도 아니고, 품을 수 없는 꽃이라서도 아니었다. 그녀는 자신이 지켜야 할, 유일무이한 존재였다.

때마침 두 사람은 부원군의 사가에 당도했다. 둘은 으리으리한 저택에 한 번 놀라고, 그 사가에 있는 가면을 쓴 사람들의 수에 또 한 번 놀라고 말았다.

"우와…… 한양에 사는 젊은 규수와 도령들은 죄다 모였나 봅니다."

은설이 조금 상기된 얼굴로 영광을 돌아보았다. 영광은 연신 그녀가 걱정되어 근심 어린 얼굴로 주변만 살피고 있었다.

고소한 기름 냄새와 갖가지 음식 냄새가 잔뜩 풍겨 나왔다.

영광은 그녀에게 더욱 가까이 다가갔다.

"내 곁에만 딱 붙어 있어야 한다."

"예, 오라버니."

걱정과 달리 은설은 밝은 얼굴이었다. 부푼 마음으로 부원군의 사가로 들어서는 은설의 모습에, 연회를 즐기고 있던 청춘 남녀들의 시선이 모두 그녀에게로 향했다.

화려한 수가 놓인 비단옷을 입은 것도 아니었건만 은은한 빛이 감도는 것만 같은 그녀의 고운 자태는 이내 연회장을 수군거리게 했다. 평소 외출이 잦은 은설이 아니었기에 그녀의 얼굴을 아는 이도 몇 명 없었지만, 가면으로 얼굴의 반을 가린 탓에 그녀의 정체는 더욱 불분명해졌다.

"어머, 누구야? 진짜 예쁘다."

"한양에 저런 미인이 있었어?"

고운 자태의 그녀를 두고 여인들은 투기 어린 눈빛을 쏘아댔고, 사내들은 황홀한 듯 입을 떡 벌리고 말았다. 영광은 그런 부담스러운 시선이 혹 은설을 난처하게 할까 염려되었다. 그래서 최대한 그녀를 자신의 곁에 숨긴 채 안채로 들어섰다.

"은설이 너는 여기 잠깐 있거라."

한껏 경계의 눈으로 주변을 훑던 영광이 은설의 어깨를 쥐었다. 그녀의 커다란 눈이 영광의 얼굴에 닿았다.

"준비한 선물만 전해드리고 급히 나올 것이니."

"예, 오라버니."

그녀는 영광에게 안심하라는 듯 가면을 다시금 고쳐 쓰며 환하게 웃어 보였다. 좀 전부터 그녀를 바라보던 규수들의 달갑지 않은 시선과 도령들의 호기심 가득한 눈빛이 내내 마음에 걸리던 영광이었다.

"그럼 빨리 다녀올 테니 저 뒤에서 기다리고 있거라. 혹시 모르니 사람들의 눈을 피해 있는 것이 좋을 듯싶구나."

곧 영광은 떨어지지 않은 발걸음을 옮겼다.

홀로 남겨진 은설은 살며시 전각을 돌아 뒷마당으로 향했다.

한바탕 비가 내린 뒤 밀려오는 시원하고도 쌉싸래한 흙냄새가 가면 뒤의 코끝에 머물렀다. 은설은 기분 좋게 웃으며 밤하늘을 올려다보았다.

와자지껄 떠드는 소리가 전각 너머로 들려왔다.

인적이 드문 곳, 그녀는 장독 곁에 자리를 잡고 앉았다. 슬쩍 불어오는 바람에 그녀의 복면이 휘날렸다. 그때였다.

쿵—.

담벼락 앞에 쭈그리고 앉아 있던 그녀의 옆으로 검은 무언가가 둔탁한 소리를 내며 떨어졌다. 소스라치게 놀란 은설이 자리에서 벌떡 일어났다.

"앗!"

그러자 어둠 속에서 그 커다란 그림자가 꿈틀거렸다. 긴박한 신음도 새어 나왔다. 가까이 가서 정체를 확인하고 싶었지만, 사지가 떨려 움직일 수가 없었다. 놀란 그녀가 사람들을 불러오기 위해 황급히 등을 돌리려던 그때…….

"멈춰 서."

손 하나가 어둠 속에서 불쑥 튀어나와 달아나는 그녀를 잡아챘다. 서늘한 열기가 그녀의 등 뒤에 바짝 붙었다. 그러곤 고꾸라지듯 흙바닥 위로 쓰러지는 그를 은설이 얼결에 받아 안았다.

"이보시오! 이보시오!"

복면으로 얼굴의 반을 가린 사내가 은설의 팔을 쥐었다. 그때, 달을 가리고 있던 먹구름이 걷히자 다사로운 달빛이 쏟아졌다. 그러자 어둠 속에 단단히 숨어 있던 사내의 눈이 드러났다.

"정신 차리시오! 이보시오!"

"쉿."

그녀가 사내를 다급하게 부르자, 복면 사이로 '쉿' 하는 은밀한 소리가 새어 나왔다. 그러곤 놀라 채 입을 다물지 못하는 은설의 매끈한 입술 위에 사내의 검지가 불쑥 닿았다.

익숙한 체취와 눈에 익은 장면에 그녀가 흠칫 가슴을 떨었다. 두 눈을 꾹 감고 있던 사내가 눈을 떴다. 그 순간, 둘은 서로를 알아보곤 소스라치게 놀랄 수밖에 없었다.

"나리……?"

가슴이 너무 뛰어 아무런 말도 할 수가 없었다.

"대체 이게 무슨!"

"그러게. 대체 이 무슨 얄궂은 운명이냐."

"나리, 또 어찌 이런 모습으로!"

불규칙하게 호흡이 흐트러진 채, 온몸이 뜨겁게 달아올라 있는 그를 은설이 자신의 무릎에 단단히 뉘었다. 그러다 행여 누가 올까, 은설은 다급히 뒤를 돌아보았다. 연신 주위를 두리번거리는 모양새가 꼭 다람쥐 같았다.

"나리, 이게 어찌 된 일입니까. 왜 멀쩡한 문을 두고 담을 넘어 다니시는 것이어요? 혹 저번처럼 누군가에게 쫓기고 계신 것이에요?"

다급하게 도윤을 내려다보는 그녀의 얼굴엔 근심이 가득했다. 도윤은 느리게 눈을 깜빡이며 그런 그녀를 찬찬히 올려다보았다.

"하나씩 묻거라. 숨 넘어가겠다."

피식, 바람 빠진 웃음을 짓던 도윤이 호흡을 가다듬으며 그녀의 무릎에서 일어났다. 그러곤 도망을 오다 접질린 듯한 발목을 쥐며 주변을 살폈다.

"발목이 불편하시어요?"

"조금."

그러자 은설은 씩씩하게 자리에서 일어나더니 그를 향해 앙증맞은 손을 척 내밀었다.

"잡으시어요."

"어찌하려고?"

호기로운 그녀의 모습에 도윤의 복면 뒤로 가려진 입가에선 미소가 떠날 줄 몰랐다.

"아무리 봐도 이상하다니까? 근위대장 아닌 것 같아."

"아닌 줄 알면 손을 내밀지 말아야지, 내가 어떤 사람인지 확신도 없으면서 손부터 내미는 것이냐."

"말 않으실 것이지요? 왜 담을 넘었는지, 그리고 왜 쫓기고 계신 것인지."

그녀의 뾰로통한 음성에 도윤은 그저 옷매무시만 가다듬을 뿐이었다. 그러다 여전히 자신을 향해 손을 내밀고 있는 그녀를 문득 돌아보았다. 복면으로 얼굴을 가린 그녀의 모습은 고혹적이었다. 툴툴대는 모습은 퍽 귀엽기도 했다. 어스레한 달빛이 그녀의 반쯤 가린 얼굴 위로 은밀하게 스며들었다.

"하면 더는 묻지 않을 것이니, 잡으셔요."

"나와 함께 도망이라도 칠 요량이냐."

"그럼 어찌합니까? 발목까지 다친 나리를 이리 두고 저 홀로 가버려요?"

"내가 누군지 불분명하다면서. 어찌 나를 믿고?"

도윤이 너스레를 떨 듯 그녀를 바라보았다.

"근위대장이니 금부도사니 하는 직책은 중하지 않습니다. 다만 이도윤이란 이름을 가진 사내가 제게 어떤 의미로 다가오느냐가 더 중요하지요."

입술을 삐죽이던 은설이 그의 앞으로 한 걸음 더 다가갔다. 이 나라의 군주인 자신을 '사내'라 칭한 유일한 여인이었다.

"그럼 실례 좀 하겠습니다."

순간이었다. 은설이 도윤의 옥빛 두루마기를 젖혀버린 것은. 그녀의 얼굴을 찬찬히 뜯어보는 도윤의 눈빛이 격렬해졌다.

"무엇을 하고 싶은 것이냐. 왜 옷을 벗기는 것이야."

자신의 두루마기를 벗기는 그녀의 손목을 지그시 쥐는 도윤이었다. 그의 뜨거운 입김이 은설의 볼을 쓰다듬었다.

"벗으셔야지요. 변복을 할 수 없으니 저들에 눈에 익은 이 두루마기라도 벗어야 그들의 눈을 피할 수 있을 것 아닙니까?"

도윤의 가슴이 몇 번이고 곤두박질쳤다. 자신의 가슴팍에 닿는 그녀의 조그마한 손길이 그를 뜨겁게 달아오르게 했다.

"제가 뭐 나리를 덮치기라도 하는 줄 알았습니까?"

그 순간…….

"연회장 안으로 들어섰다. 놈을 잡아라!"

담벼락 너머에서 들려오는 거친 음성에 두 사람의 시선이 세차게 부딪쳤다. 그러곤 서로 먼저랄 것도 없이 손을 맞잡은 채, 사람들이 북적이는 연회장 안으로 숨어들었다.

술에 취한 것인지, 분위기에 취한 것인지, 연회장 안의 청춘 남녀들은 흐르는 가야금 소리에 맞추어 사뿐사뿐 어깨춤을 추고 있었다. 개중엔 서로 뜨겁게 달라붙어 정(情)을 나누는 연인들도 있었다.

"바짝 붙거라."

도윤은 갓을 깊이 눌러쓰며 그녀의 손을 뜨겁게 잡았다. 은설 역시 복면을 바투 눈 밑으로 끌어당기며 도윤의 곁에 섰다.

그 순간, 부원군의 사가 안으로 잠입한 무장한 살수들이 도윤을 찾기 위해 혈안이 되어 있었다. 하지만 죄다 복면을 쓰고 비틀거리는 사람들 속에서 도윤을 찾기란 무리였다.

"발목을 다쳤을 것이다. 절뚝이는 이를 찾아라!"

그 생생한 음성이 두 사람의 목덜미를 훑었다. 도윤은 그만 그 자리에 멈춰 서고야 말았다. 그때, 살수 무리가 절뚝이던 도윤을 발견하곤 눈을 반짝였다.

"어찌…… 어찌하지요?"

은설이 난감하다는 듯, 그를 올려다보았다. 그의 서늘한 눈
매가 은설을 고독하게 응시하고 있었다.

"날 두고 도망치거라. 나 때문에 너까지 괜한 곤경에 처할 수
있음이다."

"나리."

"나는 내 한 몸 재주껏 지킬 수 있으니."

덩달아 곤란해질까 봐 은설이 걱정되어 도윤은 황급히 그녀
를 두고 돌아섰다. 그때, 자신의 곁까지 제법 다가온 살수를
느낀 은설은 자신이 쥐고 있던 장옷을 휙 펼쳐 들었다. 그러곤
순식간에 자신과 그의 머리 위로 장옷을 둘렀다.

얇은 장옷 아래, 뜨겁게 맞닿은 둘이었다.

"아!"

놀란 도윤이 눈을 동그랗게 뜨고 그녀를 내려다보았다. 자
신보다 훨씬 더 키가 큰 그를 가리기 위해 은설이 열심히 까치
발을 들었다. 그러곤 두 팔을 힘껏 뻗어 장옷으로 그의 얼굴을
가리느라 낑낑댔다. 그 모습이 귀엽고 고마워 도윤은 슬그머니
그녀가 쥐고 있던 장옷을 대신 들었다.

두 사람의 손끝이 아슬아슬하게 부딪혔다.

둘의 시선 또한 뜨겁게 닿았다.

장옷 아래서 마치 아찔한 밀회라도 즐기는 듯한 야릇한 모습
의 두 사람이었다.

때마침 다가온 살수들은 갑작스러운 두 사람의 애정 행각에

얼굴을 붉히며 돌아섰다.

뜨겁게 내뱉는 두 사람의 날숨에 긴장감이 역력했다.

그녀의 목덜미에 도윤의 열기가 닿았다.

"하아…… 하앗."

슬쩍 내려다본 장옷 밑으론 돌아가는 살수들의 발이 보였다. 은설은 그제야 안도의 한숨을 내쉬며 푹, 주저앉고 말았다.

"괜찮은 것이냐."

살수들이 모두 사라진 것을 확인한 도윤은 슬며시 장옷을 내렸다. 그러곤 넋이 나간 듯 바닥에 주저앉아 있는 그녀를 지그시 내려다보았다.

"어찌 날 도와준 것이냐."

도윤은 그녀를 향해 커다란 손을 내밀었다. 그 손을 살며시 잡은 은설이 휘청이며 자리에서 일어났다.

"대체 나리의 정체는 무엇입니까?"

겨우 그 말을 내뱉은 은설이 파르르 떨며 주위를 훑었다. 삼엄하게 다가오던 살수들이 물러난 뒤였다. 그래도 다행이다 싶었다.

"근위대장이라 하지 않았더냐."

"하면 무엇 때문에 이리 쫓기는 신세입니까? 알다가도 모르겠습니다."

말끝을 흐리는 그녀의 손을 다시금 맞잡는 도윤이었다.

"나를 의심하는 것이냐. 믿지도 못하는 사내를 어찌 도운 것이야. 도망가라 하지 않았더냐."

그 말에 은설은 자신과 손을 맞잡고 있는 도윤의 손을 내려다보았다. 그러곤 발목을 다친 그를 묵묵히 부축했다.

둘은 부원군의 사가에서 멀어졌다. 그제야 은설이 굳게 다물었던 입을 열었다.

"나리를 의심하는 것은 아닙니다. 매번 마주칠 때마다 위험에 빠진 모습이 위태로워 그러는 것이지요. 다치지만 마셔요. 묻지도 의심도 않을 테니, 차라리 지금까지처럼 쫓기는 신세 때마다 소녀와 우연히 마주쳤으면 좋겠습니다. 하면, 소녀가 나리를 도울 수 있으니."

정면을 응시한 채 바지런히 걷던 은설이 입을 열었다. 슬쩍 내려다본 그녀의 얼굴 위로 달빛이 쏟아지고 있었다. 도윤의 가슴이 뭉클해졌다.

예상 밖의 말이 그를 또 한 번 위로하는 순간이었다.

"어째서."

"어째서라뇨. 걱정되니 그러는 것이지요."

흙길을 따라 다정히 걷는 두 사람의 등 뒤로 그림자가 길게 드리웠다. 도윤은 오래도록 그녀에게서 시선을 떼지 못했다.

"내가 걱정되는 것이냐?"

"그럼 걱정이 안 되겠습니까? 그걸 지금 말이라고……."

입술을 삐죽이는 그녀가 예뻐 보였다.

태어나 처음으로 자신을 아무 이유 없이 걱정해주는 이를 만났다는 것이, 그의 가슴을 벅차게 했다.

오랫동안 그녀를 가까이에서 보고 싶었다.

늦은 시각까지 이어진 연회의 밤은 새벽이 다가올수록 무르익어갔다.

둘의 밤도 깊어갔다.

"발목을 치료해드리겠습니다."

궐에서 멀리 떨어지지 않은 주막에 들어선 두 사람.

접질린 도윤의 발목이 못내 마음에 걸렸던 은설은 밖에서 간단히 약초를 구해 방 안으로 들어섰다.

"되었다. 조금 접질린 것뿐이니."

"그대로 돌아가시겠다고요? 그러다 살수들을 다시 만나면 어쩌시려고."

은설은 정성껏 달여 온 탕약과 약초를 들고 도윤의 곁에 앉았다. 그러다 걱정스러운 얼굴로 그의 발목을 내려다보다 이내 찧은 약초를 복숭아뼈 위에 곱게 발랐다. 세심하게 발목을 살피는 그녀를 도윤이 지그시 내려다보았다.

"어찌 돌아가실 것입니까?"

"궐 앞에서 일행이 날 기다리고 있을 것이다."

"다음번엔 또 어떤 모습으로 나리를 뵙게 될지, 걱정입니다."

그녀의 음성 끝에 진심이 묻어났다.

몇 번의 우연으로 마주한 그녀였지만 그 우연이 결코, 가볍지 않아 도윤의 얼굴도 덩달아 굳어지고 말았다. 말없이 자신의 발목을 살피는 그녀가 고맙기도 했고 훌쩍 떠날까 두렵기도 했다. 점점 기우는 그 마음이 처음보다 무거워지고 있었다.

그녀를 우연처럼 마주할 때마다 눈덩이처럼 불어나는 감정이었다. 하지만 도윤은 그녀를 더 알아야 했다.

제어할 수 없을 만큼 커지는 이 마음을 이대로 두어도 좋을 만큼 믿어도 되는 여인일지, 기꺼이 잡은 그 손을 평생 놓지 않으리라 다짐해도 좋을 만큼 제게 진심인 여인일지.

그에겐 아직 확신이 없었다.

"다음번엔 위태로운 모습을 보이지 않을 것이다."

슬쩍 그 말을 흘리는 그의 얼굴이 자못 진지했다.

갑작스러운 그의 말에 은설이 흠칫 놀라며 손을 멈추었다.

동시에 그녀의 얼굴에 해사한 웃음꽃이 피었다. 수줍은 듯 양 볼을 붉히며 고개를 푹 숙이던 그녀가 작게 고갯짓을 했다.

"예, 기대하고 있겠습니다."

"정녕 내가 두렵지 않으냐. 근위대장이라고는 하였지만, 날 어찌 믿고."

"피. 어차피 한배를 탄걸요? 한데 나리, 뭐…… 대역 죄인이라거나, 탈옥 죄인인 것은 아니지요? 해서 그리 쫓기는 신세인 것은 아니지요?"

머뭇거리며 묻는 그녀가 귀여웠다. 더듬더듬 그 말을 내뱉으면서도 그녀의 맑은 눈동자는 연신 도윤의 안색을 훑고 있었다. 상상도 못 한 질문을 쏟아내고 있는 그녀였다. 역시나, 재미있는 여인이었다.

"하면, 이제라도 날 여기 두고 도망이라도 갈 것이냐?"

"그러기야 하겠느냐마는. 소녀도 알고는 있어야 하지 않겠습니까? 소녀가 돕고 있는 나리가 무슨 죄로 쫓기는 신세인지. 그래야 소녀도 혹, 나중에 공범으로 관아에 잡혀가도 덜 억울하지요?"

"그래도 도망간다는 말은 않는구나. 의리 하나는 내 인정하마."

그는 피식, 웃으며 갓끈을 어루만졌다. 그러곤 의중을 알 수 없는 묘한 얼굴의 은설을 내려다보며 깊은 생각에 잠겼다.

"얼른 돌아가거라. 이제부턴 나 혼자 갈 것이니."

경계를 늦추지 않은 채, 도윤이 복면을 고쳐 썼다. 그 곁을 따르던 은설이 걱정스러운 얼굴로 그를 바라보았다.

그녀의 눈빛에 담긴 염려가 제법 깊었다.

"하나, 나리. 아직 발목이 성치 않습니다."

"더는 너를 곤란케 할 수 없음이야. 이 정도 호의를 받은 걸로 족하다."

쉬이 돌아서지 못하는 그녀의 어깨를 다독이는 그였다. 괜찮다고 말하는 순간에도 그녀는 걱정 어린 얼굴로 그를 놓을 줄 몰랐다.

"무사하셔야 합니다."

"어디 죽으러 가느냐? 내 집으로 돌아가는 것이다. 염려 말거라."

그녀의 염려가 퍽 귀여워 그는 피식, 헛웃음을 흘리고 말았다. 어둠이 제법 깊어지자 공기도 좀 전보다 서늘해졌다.

"나는 괜찮으니 어서 가래도."

그 말에 은설은 하는 수 없이 돌아섰다. 괜찮다는 듯, 고개를 끄덕이던 도윤이 잽싸게 어둠 속으로 사라져갔다. 그 모습을 바라보던 그녀의 가슴이 답답해졌다.

달빛을 지표 삼아 터덜터덜 걷던 그녀의 눈앞에 영광이 헐레벌떡 다가와 섰다.

"아, 오라버니."

넋을 놓고 하염없이 걷던 그녀가 그제야 정신을 차린 듯, 입술을 말아 물었다.

땀범벅이 된 그가 은설의 어깨를 세차게 쥐었다.

"대체 어딜 갔던 것이야! 대체!"

"오라버니…… 미안해요. 잠시 일이 생겨서."

"부원군 연회장도 쑥대밭이 되었었다. 대원군 사가를 습격한 도적 떼가 연회장 안에 숨어들었단 소문이 돌아, 한때 연회가 중단되기도 하였다."

"그랬……습니까?"

그 말을 듣는 은설의 얼굴이 급격히 굳어졌다.

대원군의 사가를 습격한 도적 떼라…….

그것은 도윤을 두고 하는 소리일 것이었다. 근위대장 나리께서 무슨 연유로 대원군의 사가를 피습하였단 말일까. 어지러워지는 그녀의 얼굴을 바라보며 영광은 확신했다.

"혹, 그 사내를 도운 것이냐."

"……예?"

"너는 안 보이고 거기서 옥빛 두루마기를 하나 발견하였지."

딱딱히 굳은 영광이 뒤에 감추고 있던 두루마기를 펼쳐 들었다.

도윤의 것이었다.

은설의 얼굴이 잿빛이 되고 말았다.

"그 도적놈이 웬 여자와 함께 사라지는 것을 봤다는 이야기도 들려오더구나. 복면으로 얼굴을 가린 탓에 그 도적도, 그를 숨긴 여인의 얼굴도 보지 못했다는 말이 대다수였다. 내가 다행이다, 안도해야 하는 부분인 것이냐."

정곡을 찌르는 그의 말에 은설은 그만 고개를 푹 숙였다.

변명이라도 하길 바랐건만, 난감하다는 듯 침묵을 유지하는 그녀의 모습에 영광의 가슴이 무너졌다.

"정녕 어찌하려고 네가!"

"그저 한두 번 우연히 만나, 곤경에 처한 것을 외면치 못해 도운 것이 다입니다."

"정체가 누구인지는 알고 도운 것이냐?"

"……모르옵니다."

지켜주고 싶었다, 그의 비밀을.

느리게 고개를 젓는 그녀가 야속했다.

영광의 깊은 날숨에서 짙은 떨림이 묻어났다.

"어쩌려고 그러는 것이야, 대체 어찌! 대원군과 관련이 있는 자다. 한데 네가 그와 엮여서 될 일인 것이야?"

"어머니와 아버지는 모르게 해주세요. 걱정하실 겁니다."

"그걸 알면서 그를 도운 것이냐?"

"송구하옵니다."

"다신 없어야 할 것이다. 그자를 돕는 일도, 또한 그자와 마주하는 일도."

그녀에게 한 번도 화를 낸 적 없던 영광이었기에 은설은 지금 그가 화가 많이 났음을 알 수 있었다. 다신 그자와 마주하지 말라는 노기 어린 그의 말에 은설은 아무런 대답도 하지 못한 채, 입술만 꾹 다물고 있었다.

그녀의 얼굴이 어두워졌다.

그보다 더 어두워지는 건 영광의 마음이었다.

그때, 터덜터덜 영광을 따라 사가로 들어서는 은설의 뒤를 눈 하나가 바삐 좇았다.

"병판의 여식이라……."

무장한 살수 하나가 은설의 뒷모습을 빤히 바라보고 있었다. 마치 피 냄새를 맡고 어슬렁거리는 들짐승처럼.

제 6 장

인정(人情)과 연정(戀情) 사이

날이 밝자, 도윤은 기다렸다는 듯 상참을 위해 편전으로 나섰다. 편전으로 향하는 도윤의 발걸음은 그 어느 때보다 위풍당당했다.

"주상 전하 납시오!"

도윤의 등장에 숙덕대던 대소 신료들 모두가 고개를 조아렸다. 모두 편전으로 들어서는 도윤의 발목만 응시했다. 그들의 의심 섞인 시선은 도윤에게도 고스란히 전해졌다.

"부원군, 간밤의 탄신 연회는 잘 치르셨소. 내 밀린 정사만 갈무리 짓고 연회에 참석하려 했으나, 공교롭게도 내 일이 많아 직접 축하하러 가지 못하였습니다."

도윤이 애써 표정을 감추며 옥좌에 앉았다. 그러곤 나지막이 미소를 띤 채, 부원군을 내려다보았다.

"천부당만부당한 말씀이십니다. 전하께서 성심껏 마음 써주신 덕에 소신, 무사히 연회를 치렀나이다. 다 전하의 은덕이옵니다."

"내가 한 것이 무엇 있다고. 그저 연회의 흥을 돋우고자 청국에서 가져온 술 몇 병 내어준 것뿐인 것을."

심드렁하게 말을 하는 도윤의 얼굴에 조소가 흘렀다. 그 순간에도 신하들은 옥좌에 앉은 도윤의 발목을 살피기에 급급했다. 도윤은 피식, 입꼬리를 말아 올리며 두 손을 모아 허리를 구부렸다.

"한데…… 과인의 발목에 무어라도 묻었습니까? 어찌 과인의 얼굴이 아닌 이 발목만 뚫어져라 바라들 보는 것인지, 참으로 의아스럽소."

그의 말에 그제야 황급히 고개를 조아리는 신하들이었다. 그중 이학수의 최측근인 좌의정이 한 발 앞으로 나서며 도윤을 향해 고개를 빳빳이 치켜들었다.

"전하! 아뢰옵기 황공하오나, 간밤에 대원군의 사가에 무장한 무사들이 습격하였다 하옵니다!"

그의 말에 고개를 조아리고 있던 신하들이 다시금 숙덕대며 도윤을 바라보았다.

도윤의 얼굴에 비웃음이 슬쩍 일었다 사라졌다. 그는 어이없다는 듯 고개를 가로저으며 혀를 끌끌 찼다.

"그래. 해서 대원군 사가에 입은 피해가 어땠다 합니까."

능청스레 그 말을 하는 도윤을 좌상이 지그시 응시했다.

"때마침 순찰을 돌고 있던 대원군 대감의 경비들이 발견하고 황급히 뒤를 쫓았다 하옵니다."

"한데."

"그자들이 부원군의 연회장으로 숨어들어 눈을 피했다 합니다."

"오호. 아무런 목적도, 뚜렷한 의지도 없이 그저 호기에 대원군의 재물을 털어볼까 잠입한 좀도둑이었겠습니다?"

"그런 것이 아니오라…… 무언가를 캐내고자 하는 자들의 피습이었지요."

"피습이라."

"예. 분명 무언가를 알고 잠입해 그것을 캐내려 하는 자들의 수상한 움직임이었습니다. 하마터면 대원군의 사가가 그 허접스러운 무사들의 손에 파헤쳐질 뻔하였으니, 이 얼마나 참혹한 일입니까!"

'피습'이란 말에 능청스럽게 걱정스러운 얼굴을 하던 도윤의 표정이 이내 딱딱하게 굳고 말았다. 그는 기울였던 상체를 들어 옥좌에 기대고는 싸늘한 시선으로 숙덕대는 신하들을 내려다보며 붉은 입술을 열었다.

"하면 무언가를 숨기고는 있었나 봅니다. 내 아버지께서."

"……예, 예?"

"경의 말이 딱 그렇지 않소. 무언가를 캐내고자 하는 자들의 피습이었다면 그들도 내 아버지께서 숨기는 것이 있다는 것을 알고 있었던 것이 아니겠소?"

"그것이 아니오라!"

"아닌 게 아니라, 그것이 맞는 것이지!"

"전하!"

그제야 도윤은 호통을 치며 옥좌에서 일어났다. 그러곤 황급히 바닥에 엎드리는 좌상을 차갑게 내려다보며 피식, 냉소를 흘렸다.

"허접스러운 무사들의 손에 파헤침을 당하는 것이 대체 왜 참혹까지 할 일일까!"

"전하!"

"그저 재물을 노리고 습격한 좀도둑이 아니다, 단정 짓고 말하는 모양새들이 꼭 대원군의 자식인 나도 모르는 그 무언가를…… 경들은 알고 있는 눈칩니다."

"전하! 오해십니다!"

"아님, 이 왕도 모르는 무언가를 백성들은 알고 있다든가."

"전하!"

"그것이 아니고서야 이리도 호들갑을 떨 이유가 없지 않소?"

그러자 좌상을 따라 신하들 역시 빠르게 편전 바닥에 무릎을 꿇고 고개를 조아렸다. 대원군의 최측근들은 이때다 싶어 모두 한목소리를 냈다.

"호들갑이 아닙니다, 전하! 대원군의 사가를 피습했다는 것은 필시, 전하의 안위를 위협하는 자들의 움직임입니다!"

"나를 위협하는 움직임이다?"

"그렇습니다, 전하! 대원군의 사가를 피습한 자들이 대전을 습격하지 말란 법이 어딨습니까!"

그 말에 잠자코 고개를 조아리고 있던 좌상이 다시금 입을 열었다.

"대원군의 사가가 습격당했다는 것은 대전의 문이 열린 것과 다름없음입니다! 하니 부디 전하께서 이번 일을 발본색원하시고 친히 국청을 윤허하시어 왕실의 기강을 기꺼이 흐트러뜨린 그들을 추포해, 왕실의 위엄을 보여주시옵소서!"

"윤허하여 주시옵소서!"

기어이 도윤의 심기를 거스르는 그들이었다.

말없이 그들을 내려다보고 있던 도윤이 상소문이 소복이 쌓인 상을 우악스럽게 걷어찼다.

상소가 적힌 족자가 편전 바닥으로 처참하게 내동댕이쳐졌다. 고개를 추어올리는 좌상의 앞에도 수없이 많은 상소문이 쏟아졌다.

좌상의 얼굴이 딱딱하게 굳었다.

"듣자 듣자 하니 내 부아가 치밀어 들어줄 수가 없군!"

"전, 전하!"

그때, 벼락같은 음성으로 편전을 뒤흔들던 도윤이 갑자기 곁에 있던 근위대의 칼을 뽑아 좌상의 목에 날카롭게 겨누었다.

윤허하여달라며 아우성치던 신하들의 입이 굳게 닫히는 순간이었다.

자신의 목 아래 바로, 서늘한 칼끝이 치밀자 좌상은 그만 억, 소리도 내지 못한 채 부들부들 떨고 말았다.

"어찌 대원군의 사가가 한 번 털린 것을, 나의 대전이 털린 것에 비유하는가."

"전, 전하 그, 그것은……!"

"왕이…… 대원군인가?"

"전하! 그것이 아니오라!"

"아님, 경이 역심을 품은 것인가?"

"역, 역심이라니요. 전하!"

"하면 어찌 좀도둑 하나에 대원군의 사가가 피습당한 것에 대전의 안위까지 들먹이며 국청을 윤허하라 마라 참견이야! 대체 대원군의 사가에 무엇이 들었길래 이리도 난리냔 말이오!"

도윤은 포효하며 칼을 내리쳤다.

챙—.

서늘한 마찰음이 들려옴과 동시에 좌상의 앞에 널브러졌던 상소문이 갈기갈기 찢겼다. 그 칼날에 자신이 베인 듯, 좌상은 그만 휘청 쓰러지고 말았다. 바들바들 떨던 좌상이 다시금 도윤을 향해 무릎을 꿇었다.

"전하! 소신의 뜻은 그것이 아니오라……!"

"그것이 아니오라, 아니오라, 아니오라! 하면 대체 경들의 뜻은 무엇이란 말이오! 내 발목을 연신 훔쳐보던 경들의 의문스러운 시선을 내 물었건만, 어찌 대원군의 사가를 턴 도적놈들 이야기가 흘러나온 것이오. 내 발목과 그 도적놈이 무슨 연관이라도 있소?"

그의 날카로운 음성이 바들바들 떨고 있는 신하들의 목을 몇 번이고 베어냈다. 감히 그 누구도 나서서 도윤을 제지할 수 없었다.

"경이 한번 얘기해보시오."

"······전, 전하."

"내 발목과 그 도적놈이 무슨 관련이 있는지."

도윤은 주위를 둘러보다, 역시나 겁에 질린 채 고개만 조아리고 있는 좌상을 향해 다시금 물었다. 하지만 좌상은 머뭇거리며 쉽게 답을 올리지 못하고 있었다. 그러자 도윤은 허리를 구부려 바닥에 납작 엎드린 그를 향해 싸늘하게 말했다.

"도적놈을 잡아라, 당장이라도 내 명이 떨어지면 달려가 도적놈들을 끌어올 기세로 국청을 윤허하라 청을 하던 경의 기세가 어찌 한풀 꺾였느냔 말입니다!"

본전도 찾지 못한 채, 삭탈관직 위기에 처한 좌상이었다.

아무런 대답도 하지 못한 채 부들부들 떨기만 하는 그를 한심하다는 듯 내려다보던 도윤이 손에 쥐고 있던 칼을 편전 바닥에 내팽개쳤다. 그러곤 입술을 악물며 신하들을 향해 소리쳤다.

"백성들의 삶이 얼마나 고단하면 좀도둑이 생겨나 연회가 열린 틈을 타, 대원군의 사가를 턴 것일까! 그렇다면 고단한 백성들의 삶을 윤택하게 할 방법에 대해 논의하자 했어야지. 한데 경들은 순서가 틀리지 않았소?"

"전하!"

"어찌 도적놈 하나에 대원군의 사가가 위험에 처할 뻔했고 그것이 나아가 이 대전을 위협할 것이란 말로 이어진단 말이오?"

여전히 노기가 가라앉지 않은 도윤의 음성이었다. 굳게 말아 쥔 주먹은 당장이라도 편전 바닥을 내려칠 듯, 잔뜩 성이 난 채였다.

"과인은 대원군의 사가가 피습당했다는 소리를 들었을 때 제일 먼저 어째서 좀도둑이 생겨난 것일까, 왜 피습을 하였을까, 그 도적놈의 사정이 무엇일까, 그것부터 떠올랐소. 한데 경들은 단순한 도적질일 수도 있는 그 일을, 어째서 무언가 알고 캐내고자 하는 자들의 소행이라 확신을 하고 말하는 것이오!"

싸늘하게 신하들을 돌아보던 도윤이 입술을 질끈 악물었다. 그러곤 보란 듯이 휘적휘적 편전을 가로질렀다.

고개를 조아린 신하들의 시선이 자연스럽게 도윤의 발목으로 향했다. 그러다 아무런 거리낌 없이 자연스럽게 내딛는 도윤의 발걸음에 아차, 하는 얼굴로 서로를 바라보았다.

"과인이 안일한 것이오…… 아님, 경들이 무언가를 알고 있는 것이오?"

"전하!"

"이를 두고 딱, 동상이몽(同牀異夢)이라고 하는 것이겠지. 경들과 내가 가까워질 수 없는 이유이기도 하고."

그 말을 남긴 채, 도윤은 편전을 빠져나왔다. 그의 뒤를 연신 쫓는 신하들의 서늘한 눈초리엔 짙은 패색(敗色)이 묻어났다.

"좌상, 오늘은 우리가 경솔했소이다."

"저리 발목이 멀쩡한 주상이 아닙니까? 당했습니다, 우리가."

"분명 연회로 숨어든 자객이 발목을 부상 당하였다 하였는데."

멀어지는 도윤을 바라보는 좌상의 눈이 깊어졌다.

"아가씨, 어디 가셔요?"

"민주와 꽃꽂이를 하기로 하였어. 금방 다녀올 테니 너는 나서지 않아도 돼."

"영광 도련님께서 아가씨 곁에서 한시도 떨어지지 말라 하셨습니다."

사가를 나서는 은설의 곁을 여주가 바짝 붙어 섰다. 그런 여주를 넌지시 내려다보던 은설이 피식, 웃었다.

"요 바로 앞에 가는 것인데도?"

"당연하죠. 도련님께서 한시도 눈을 떼지 마라, 하셨습니다."

은설이 다부진 음성으로 그녀의 곁에 다가서는 여주를 내려다보던 그 순간, 유희가 마당을 가로질러 그녀들 곁으로 다가왔다.

"여주야, 심부름을 좀 다녀와야겠다."

"……예? 저는 지금 아가씨와 함께 민주 아가씨 댁에 가야 하는데."

"오랜만에 곳간 정리를 하려는데 일손이 부족하구나. 은설이 넌 호조참판 댁에 가는 것이니?"

"예, 어머니."

"잘되었다. 호조참판 부인께 이걸 전해드리고 오너라. 말린 문어인데 저번에 참판 대감께서 맛나게 드셨다 하더구나."

유희가 비단 보자기에 싸인 상자를 내밀자 은설이 그것을 정

172

성스레 받아 들었다.

"다녀올게. 내 걱정은 말고."

"안 되는데…… 쇤네도 가야 하는데."

"코앞인데 뭘 그러느냐? 새삼스럽게. 너 괜히 일하기 싫어서 핑곗거리 늘어놓는 것이지?"

머뭇거리는 여주를 향해 유희가 빙그레 웃었다. 그러자 은설은 괜찮다는 듯 고개를 끄덕이며 사가를 나섰다.

선선한 바람이 불었다.

괜스레 기분이 들떴다. 그러다 어젯밤 자신을 향해 다신 도윤을 만나지 말라 강경하게 이르던 영광이 떠올라 슬쩍 걸음이 늘어졌다.

"그래도 전후 사정은 들어보고 멀리해야 하지 않을까. 마냥 나쁜 사람 같지는 않던데."

그녀가 막 집에서 멀어져 인적이 드문 샛길로 들어섰을 때였다. 웬 장정 여럿이 은설을 에워쌌다. 그러곤 그녀가 억, 소리도 내기 전에 헝겊으로 그녀의 얼굴을 감쌌다. 그녀가 장정들의 손에 납치당한 것은 한순간이었다.

"전하, 친히 대원군 대감께 입궐하시라 전갈을 넣으면 될 일을 어찌 직접 납신단 말입니까."

"생각해보면 말이다, 내가 아버지의 집에 사사로이 드나드는 것이 이상한 일이 아니던가."

"예?"

"간밤에 그런 일이 있었으면 분명 아버지께서도 날 의심하고 계실 것이다. 상참에서 내 발목을 바라보던 이들의 눈이 심상찮았거든."

"……하오시면 더욱 신중을 기하시는 것이."

한바탕 소란이 끝나자마자 도윤은 또다시 궐을 나서기 위해 말에 올라탔다. 이번엔 잠행이 아닌 이학수의 사가로 친히 발걸음을 하기 위한 것이었다. 말에 올라탄 도윤이 갓을 깊게 눌러쓰며 자신을 따라나서겠다는 궁인들을 모두 물렸다. 그러곤 주환과 단둘이 궐을 나섰다.

"오늘은 임금도, 자객도 아닌, 아들로서 찾는 사가다."

"전하."

"명색이 아버지의 집이 털렸다는데 잠자코 궐을 지키고 있는 것 역시, 아들의 도리가 아니지. 내 발목이 멀쩡하다는 것을 그들에게 보여주었으니 대원군의 사가를 찾아가 위로의 말을 건네는 모습도 보여야 내가 그들의 의심에서 완벽히 벗어나지 않겠는가."

도윤은 허탈한 듯 그 말을 내뱉으며 고삐를 바투 쥐었다. 그러곤 대원군의 사가로 향하는 길을 평소와 달리 잡았다.

"어찌 이리로 가십니까, 전하?"

"왕이 궐을 나섰다, 동네방네 소문낼 일 있느냐. 서둘러 다녀와 입궐할 것이니, 오늘은 지름길로 향하자꾸나."

인적이 드문 숲이 우거진 지름길로 방향을 잡는 그였다. 그리고 그 뒤를 묵묵히 뒤따르던 주환이었다. 한적한 숲길이 이어졌고 둘은 묵묵히 흙길을 따라갔다.

"이거 놓지 못하십니까?"

그런데 그때 웬 여인의 다급한 음성이 들려왔다. 일순, 도윤과 주환의 시선이 엉켰다. 둘은 약속이라도 한 듯 말을 멈추고 숨을 죽였다.

"네년과 함께 있는 것을 보았다! 그놈의 정체를 말하지 않으면 네년은 이곳에서 소리 소문 없이 죽을 것이다!"

"감히 내가 누군지 알고 이런 패악질을 부린단 말이오! 나는 병판 대감의 여식이오! 나를 이리 겁박하고 납치했다는 것을 내 아버지께서 아시면 가만히 있을 성싶소?"

병판 대감의 여식이라 고래고래 소리치는 귀에 익은 여인의 음성에 도윤은 그만 숨이 멎을 뻔했다.

"간밤에 네놈이 숨겨준 그놈이 이놈이 맞느냐?"

"모른다! 나는 모른다 하지 않았더냐. 이거 놓아라!"

도윤과 주환은 한껏 몸을 낮춘 채 소리가 나는 쪽으로 다가갔다. 그러자 풀숲 사이로 무뢰배들에게 둘러싸여 곤경에 처한 은설의 모습이 보였다. 한껏 흐트러진 채, 장정 여럿에게 둘러싸인 그녀였다. 도윤의 가슴이 와르르 무너지고 말았다.

"저 개, 돼지만도 못한 새끼들을!"

"전하, 나서면 아니 되옵니다! 저들은 전하의 정체를 알고 있는 자들입니다!"

"놓아라. 그러면 저 여인이 나 때문에 저리 곤경에 처하는 것을 보고만 있으란 말이냐?"

자신을 막아서는 주환을 거칠게 밀어내며 도윤이 칼을 뽑았다. 그때였다. 서늘한 칼이 은설의 목에 겨누어졌다. 눈에 익은 칼이었다. 이학수가 보낸 살수였다.

"말하라."

"무엇을 말이오!"

살수의 위협에도 그녀는 의연했다. 자신의 목에 칼이 겨누어졌지만, 그 기세만큼은 꺾일 줄 몰랐다.

칼을 뽑아 든 도윤의 손에 어마어마한 힘이 들어갔다. 당장이라도 달려가 그 살수의 목을 칠 듯, 그의 손등에 서슬 퍼런 힘줄이 선연하게 드러났다.

"어젯밤. 네가 숨겨준 그자. 이렇게 생긴 이가 맞느냐."

입술을 굳게 악문 은설의 얼굴 앞에 도윤의 얼굴이 그려진 종이 하나가 불쑥 내밀어졌다.

그의 가슴이 철렁했다. 만약 은설이 사실을 고하게 되면 영락없이 곤경에 처하게 될 도윤이었다.

도윤의 얼굴이 그려진 종이를 한참 바라보던 그녀의 눈빛이 세차게 요동쳤다.

"사실대로 고하면 목숨만은 살려줄 것이다."

그녀를 재촉하듯, 살수가 다시금 은설의 목에 칼을 바투 겨누었다. 그러자 곧 그녀의 굳게 닫힌 입술이 파르르 떨리며 벌어졌다.

"모른다 하지 않았더냐."

그녀는 자신을 더욱 옥죄는 살수를 향해 바락 소리를 질렀다. 그 모습을 바라보던 도윤의 애가 탔다.

"이년이!"

"네놈들이 백번을 물어도 나는 해줄 말이 없다!"

당돌한 그녀의 말에 살수는 어이없다는 듯 헛웃음을 흘렸다.

목숨이 경각에 달린 매우 급한 순간에도 끝까지 도윤을 보호하는 은설이었다. 그것을 모조리 바라보고 있던 도윤의 눈에 눈물이 차올랐다. 그녀를 믿어도 될까, 은애하는 마음을 키워도 될까, 그녀에게로 기울었던 그 마음을 의심했던 자신이 한심해지는 순간이었다.

"너를 은애하지 않을 수 없구나."

끝까지 고집을 꺾지 않는 은설을 황당하다는 듯 내려다보던 살수가 은설을 그대로 이학수에게 끌고 갈 요량으로 우악스럽게 잡아끌었다. 그 순간……

"그 손 멈추지 못할까!"

주환이 칼을 들어 살수를 향해 달렸다. 도윤은 손에 이는 땀을 닦아내며 이학수의 살수를 하나씩 쳐내는 주환을 응시했다. 왕인 자신의 존재를 이미 알고 있는 그들에게 용안을 직접 드러낼 수는 없었다.

"달아나시지요, 아가씨!"

도윤은 달아나란 주환의 말에 혼비백산하여 달아나는 은설의 뒤를 따랐다. 하지만 그녀는 다리에 힘이 풀리는지 자꾸만 고꾸라졌다. 갓을 깊게 눌러 쓴 도윤이 또 넘어지는 그녀를 안아 올렸다.

"나……나리?"

그는 아무 말 없이 고개를 끄덕이고는 그녀를 품에 안고 달렸다.

"저쪽이다. 잡아라!"

살수의 음성이 둘을 연신 쫓았지만, 그 순간 말에 올라탄 두 사람은 살수들에게서 멀어져갔다. 도윤의 품에 안긴 은설이 그제야 안도의 눈물을 흘렸다. 자신의 뒤에서 꼭 끌어안는 자세로 말의 고삐를 당기며 말하는 그의 음성이 그녀의 눈물을 어루만졌다.

"이제 다 괜찮을 것이다."

둘을 나란히 태운 말은 힘껏 달렸다. 슬픔에 차 눈물을 흘리는 그녀 뒤에서 도윤이 그녀를 굳건히 지키고 있었다. 도윤은 다신 그녀가 자신 때문에 눈물을 흘리게 하지 않겠다는 다짐을 가슴에 새기고 있었다.

우는 그녀를 말없이 다독이기를 한참 반복하던 그때, 둘을 태운 말이 필애원에 멈춰 섰다. 먼저 내린 도윤이 눈물을 훌쩍이는 은설을 향해 손을 내밀었다. 그 손을 원망 어린 눈으로 내려다보던 그녀가 입술을 삐죽였다.

"다시는 나리를 돕지 않을 것입니다."

"그래…… 그러지 말아라, 이젠."

"얼마나 무서웠는지 아십니까? 대체 무슨 죄를 지은 대역 죄인이길래 저리 험악하게 생긴 살수들이 따라다닌답니까?"

그녀가 다시금 가슴을 쓸어내리며 도윤을 믿지 않게 흘겨보았다. 도윤은 피식, 미소를 지으며 눈물을 닦아내는 그녀를 바라보았다. 그러다 그녀의 가느다란 허리를 조심스럽게 잡는 도윤이었다. 놀란 은설이 저도 모르게 입술을 질끈 깨물며 그의 어깨를 쥐었다. 도윤의 커다란 손이 그녀를 땅에 내려주었다.

"다시는 너를 곤경에 처하게 하지 않을 것이다. 약속하마. 그리고 다신 나를 돕지도 말아라."

"나리."

"이젠 네 도움이 필요 없도록 쉽게 위험해지지 않을 것이다. 그것도 약속하마."

그의 따스한 눈길이 은설의 젖은 눈을, 코끝을, 양 볼을 끊임없이 만졌다. 다정하고도 그윽한 그의 시선에 은설의 볼이 빨갛게 상기되었다. 곧 도윤의 손끝이 여전히 젖어 있는 그녀의 눈가를 쓸었다. 눈물을 모두 닦아내는 듯, 그 손길은 꽤 다정스러웠다.

"오지랖만 넓은 줄 알았더니 용감무쌍하기도 하구나."

"그대로 죽는구나 싶었습니다. 용감무쌍은 아닙니다. 무서워 까무러칠 뻔하였으니까요."

"나 때문에 네가 큰 곤욕을 치렀다. 미안하구나."

"미안하면…… 다신 위태로워지지 마세요."

"차라리 내 정체를 발설하지 그랬느냐. 어찌 위험해지길 자처한 것이야."

걱정스러운 도윤의 음성에 그녀는 그만 고개를 푹 숙이고 말았다. 도윤은 그런 그녀의 손을 다시금 맞잡았다. 그녀를 훑는 그의 시선이 뜨거웠다.

"그러면…… 다신 나리를 볼 수 없게 될까 봐 무서워 그랬습니다."

"은설아."

"내가 위험해지는 것보다 나 때문에 나리께서 위험해져, 다신 볼 수 없을 것 같아서. 그래서……."

은설의 말에 도윤은 그만 그녀를 품에 끌어안고 말았다. 그 마음이 걷잡을 수 없을 만큼 깊어지고 있었다.

"참으로 바보 같다, 너는."

"나리."

"나는 함부로 위험해지지 않는다. 또한, 죽지도 않는다."

다부진 그의 말에 그의 품에 안겨 남은 눈물을 훔치던 그녀가 피식, 웃고야 말았다. 그러곤 슬쩍 고개를 들어 그를 올려다보았다.

"죽지 않는 사람이 어디 있습니까?"

"쉬이 죽지 않는다는 표현을 그리한 것이지."

"장담할 수 없는 것이 사람의 삶입니다."

"그 장담할 수 없는 것에 이젠 기꺼이 내 마음을 담아볼까 한다."

도윤은 결심한 듯 고개를 끄덕이며 은설의 손을 잡았다. 끊임없이 추억이 이어지고 있는 그곳의 바람은 여전했다. 여전히

180

보드라웠고 여전히 달콤했다. 하지만 그보다 더 보드랍고 달콤한 것은, 그녀였다.

"종일 마음이 아팠다. 나를 옥죄는 현실이, 그리고 피비린내 나는 삶이 적나라하게 나를 덮쳐왔거든."

"무슨 일이 있으셨습니까?"

나란히 걷는 두 사람의 거리는 그 어느 때보다 가까웠다.

"나란 사람이, 그리고 내가 앉은 그 자리가 얼마나 참혹하고 비참한 곳인지, 또 한 번 나는 그들과 싸우고 겨루며 내 현실을 직시했다. 괴로운 마음을 안고 숲을 누비다 너를 발견했고, 나 때문에 곤경에 처한 너를 보며 우습게도 나는 마음의 안식을 얻었다."

"나리."

"나 때문에 위태로워진 너를 보며, 그런 나를 지키는 너의 의연함을 보며 위로를 받았다. 또 한 번."

알 수 없는 그의 말에 그녀가 의심스러운 눈길로 그를 바라보았지만 더는 묻지 않았다. 처음 마주했을 때부터 그는 비밀투성이의 사내였으니까. 은설은 그저 나지막이 고개를 끄덕이며 그와 발걸음을 나란히 했다.

"이리 늦게 귀가하여도 괜찮은 것이냐."

저잣거리 구경을 하고 집으로 돌아가는 길.

도윤이 그녀를 지그시 내려다보며 물었다. 그러자 그녀는 개의치 않다는 듯 고개를 끄덕였다.

어둑어둑해진 밤하늘에 휘영청 하얀 달이 떠올랐다.

달보다 더 고운 미소가 그녀의 얼굴 위로 떠올라 있었다.

"밤이 꽤 깊어졌다. 앞장서거라, 집까지 데려다주고 갈 터이니."

도윤의 말에 말없이 걷던 은설은 걸음을 멈추었다. 그러곤 발그레해진 얼굴로 도윤을 바라보았다. 저를 한참 바라보는 은설의 시선에 도윤 역시 걷던 걸음을 멈추었다.

"왜 그러는 것이냐?"

"괜찮습니다. 속히 돌아가시지요, 나리."

"홀로 가긴 위험한 어둠이다. 나는 괜찮으니 앞장서라."

도윤이 살며시 은설의 어깨를 쥐었다. 그녀의 시선이 조금 떨리고 있었다.

"정말 괜찮은데……."

은설은 하는 수 없이 발걸음을 옮겼다. 도윤은 그런 은설의 모습을 빤히 내려다보았다.

왁자지껄하던 마을도 모두 잠자리에 든 듯, 조용했다.

잔잔히 흐르는 정적 사이로 말없이 걷던 두 사람이 별안간 걸음을 멈추곤 서로를 바라보았다.

"나리."

"물어볼 것이 있다."

마치 약속이라도 한 듯 둘은 동시에 서로를 바라보았다. 갑작스레 마주친 시선에 둘은 흠칫 놀라고 말았다.

"예, 하문하소서."

은설이 놀란 가슴을 가다듬으며 도윤을 바라보았다.

"내가 널 또 찾아도 괜찮겠느냐."

뜻밖의 말이 은설의 가슴을 파고들었다. 한껏 진지한 그의 음성에 은설의 눈동자가 가늘게 떨리고 말았다.

"또 찾으신다, 함은……."

"그 말 그대로다. 다음을 기약하자는 말."

은설의 곱게 다문 잇새로 탄식이 흘러나왔다.

잔잔한 적막 속으로 굉음을 내며 그녀의 가슴이 쿵, 하고 곤두박질치는 것 같았다. 은설은 조아렸던 고개를 들어 도윤을 올려다보았다. 엇비슷하게 마주 선 두 사람의 시선이 교차하는 순간이었다.

"나리를 뒤따르는 눈이 삼엄합니다. 괜찮으시겠습니까?"

은설이 작게 미소 지으며 도윤을 뚫어져라 응시했다. 세상 그 어느 빛보다 찬란하고 황홀한 빛이 그녀의 얼굴 위로 피어오르는 순간이었다. 도윤은 피식, 웃음을 흘리며 밤하늘을 올려다보았다. 시선 한 번 맞닿았을 뿐인데, 온몸에 열이 오르는 것 같았다. 후끈거리는 열기가 그의 가슴을 더욱 안달 나게 하고 있었다.

"해서 더 나은 방도가 무엇일까 생각하고 있다."

"예?"

"어찌하면 너와 나, 모두를 지키고 그 마음도 지키고 봄 향기를 이어갈 수 있을까 하는."

그의 말에 은설의 가슴이 사뭇 떨리기 시작했다. 진지한 그의 얼굴도, 또한 가슴을 떨리게 하는 잔뜩 가라앉은 음성도 모두 이 밤의 어둠과 적절했다. 두 사람은 서로를 지그시 바라보았다. 금방이라도 넘쳐흐를 것만 같은 행복이었다.

둘은 달빛이 곱게 드리운 흙길을 나란히 걸었다.

"언제가 좋겠느냐."

묵묵히 걷던 도윤이 은설을 돌아보았다.

"음……."

머뭇거리는 그녀를 말없이 바라보던 도윤이 갓끈을 슬쩍 어루만지며 뒷짐을 지었다. 그러곤 무어라 말하기 위해 그 붉은 입술을 슬쩍 열었다.

"나흘 뒤, 술시. 필애원에서 보자."

그가 명확한 음성으로 다음을 일렀다. 은설의 입가에 웃음이 번져나갔다. 그녀는 조심스럽게 고개를 끄덕이며 그를 올려다보았다. 역시나 다정한 눈길로 자신을 내려다보고 있는 그였다.

"그래, 서둘러 들어가 보아라. 낮에 그런 일이 있었으니 아무래도 집안이 발칵 뒤집혔을 것이야."

"예, 나리도 속히 돌아가셔요."

"그래."

채 떨어지지 않는 발걸음을 돌리는 둘이었다. 그러다 남은 미련에 두 사람은 동시에 서로를 돌아보았다. 거짓말처럼 마주친 시선이 반가웠다. 둘은 또다시 핏, 웃음을 터뜨리고야 말았다.

"나올 것이냐, 필애원에."

두어 걸음 물러난 그가 그녀를 향해 물었다. 그러자 그녀는 알 듯 말 듯 묘한 웃음기 띤 얼굴로 그를 묵묵히 바라보았다.

"나리."

"나는 널 보아야겠다."

그의 말에 그제야 웃으며 고개를 끄덕이는 은설이었다.

"소녀는 바쁜 몸이니, 일각이라도 늦으시면 가차 없이 가버릴 것입니다? 하니 늦지 않고 오셔야 합니다, 나리."

그녀의 너스레가 기분 좋게 밤공기를 갈랐다.

도윤은 환하게 웃으며 코끝을 어루만졌다. 그러곤 손을 휘휘, 흔들며 돌아섰다.

멀어지는 그를 바라보며 은설이 나지막이 중얼거렸다.

"소녀 역시 나리를 뵈어야겠습니다. 해서 이 마음이 단순한 인정(人情)인지, 그 사이로 피어난 연정(戀情)인지, 알아야겠습니다."

은설의 가슴이 오래도록 떨렸다.

은근한 설렘 역시 오래도록 가실 줄을 몰랐다.

제 7 장

중전과의 합방

  다음 날, 도윤은 국사를 돌보느라 해가 뉘엿뉘엿 질 때쯤에
야 편전을 나설 수 있었다.

  조금 지친 듯한 얼굴로 도윤이 뻐근한 어깨를 주물렀다. 그
때, 도윤을 기다리고 있던 주환이 그에게 바투 다가섰다.

  "전하, 잠시 드릴 말씀이……."

  은밀한 그의 음성에 도윤의 얼굴이 슬쩍 구겨졌다. 그는 주
위를 물리고는 주환과 단둘이 산보를 나섰다.

  "전하, 아뢰옵기 황공하오나 궐에 흐르는 소문이 심상치 않
습니다."

  "무슨 소문."

  일순 그의 이맛살이 짜증스럽게 찌푸려졌다. 그를 바라보는
주환의 시선이 더욱 조심스러웠다.

  "전하께서 사가에 정인을 숨겨두고 사사로이 드나들며 정을
나눈다는……."

  해괴망측한 그 말에 잠시 당황한 듯 머뭇거리던 도윤이 이내

팟, 웃음을 터뜨리고야 말았다.

소문의 근원을 찾아 경을 쳐도 모자랄 판에, 웃음이라니.

그의 뜻밖의 반응에 주환이 더 당황한 얼굴로 고개를 조아렸다.

"재미있는 소문이구나. 한데 틀린 말은 아니지 않더냐."

"전하…… 하오나, 이 사실이 대원군 대감의 귀에도 들어가게 된다면."

"후계 구도를 운운하며 국왕의 자격을 논하는 아버지시니 영 고까운 소문은 아닐 것이다."

"그 때문에 중전 마마와의 합방일이 오늘 급히 정해진 듯하옵니다."

중전과의 합방이란 말에 웃음기 가득했던 그의 얼굴에 먹구름이 끼고 말았다.

언제나 학을 떼며 거부했던 중전과의 합방이었다. 옥좌에 오르고 나서 단 한 번도 치러지지 않은 합궁 행사였다. 하지만 이번엔 달랐다. 관상감에 일러 날을 받은, 대대적인 행사로 치러질 첫 합방이었다.

"관상감에서 날이 나왔다던가. 언제인가."

"예, 사흘 뒤라 하옵니다. 전하, 한데 사흘 뒤는……."

"그래, 그 여인과 처음으로 만날 날을 약조한 때다."

주환이 더 걱정스러운 얼굴로 용안을 살폈지만, 그는 어쩐지 덤덤했다. 아무리 중전과의 중대한 합방이었지만 그 어심엔 변함이 없었다.

"당연히 만나러 가야지. 그 여인을."

"이번만큼은 전하께 어려운 길이 되지 않을까 싶습니다."

"내게 쉬운 일이란 없다. 하지만 기꺼이 행할 것이다. 그 여인에게 가는 길만큼은 누구도 막을 수 없을 것이니."

두 주먹을 움켜쥐는 그의 얼굴은 그 어느 때보다 확신에 차 있었다.

"소문이 나기 전에 입궐을 시켜야겠다."

"……쉬운 일이 아닐 것입니다. 중전 마마께서 쉽게 받아들이지 않을 것입니다."

쉬이 걷히지 않는 은설에 대한 그리움이었다.

눈을 감아도, 눈을 떠도 자꾸만 그려지는 그녀의 말간 얼굴에 그는 지워내기를 포기한 듯, 미소마저 띤 채 그녀를 그렸다.

"왕의 여인으로 삼을 것이다. 유일한. 그 누구도 넘보지 못하고, 그 누구도 될 수 없는, 조선에 단 한 명뿐인 왕의 여인."

그의 타오르는 눈길 속에는 오직 그녀의 얼굴만이 담겼다.

"아버지 입궐하여 계시나."

"예, 지금 중궁전에 들었나이다."

"하면 중궁전으로 향하자."

그는 대전으로 향하던 발걸음을 돌려 중궁전으로 향했다.

갑작스러운 도윤의 중궁전 행에 주환은 당황한 듯 그의 눈치를 살폈다. 의중을 가늠할 수 없으리만큼 태연한 용안이었다.

대기하고 있던 상선과 함께 오랜만에 중궁전으로 향하는 도윤이었다. 중궁전으로 향하는 그의 발걸음이 무거웠지만, 그는 더욱 허리를 곧게 폈다.

"주상 전하 납……!"

"쉿."

그때였다. 연통도 없이 중궁전으로 향하던 도윤의 발걸음이 뚝 멈추었다. 중궁전에서 멀리 떨어지지 않은 미월당에서 한 나인이 어슬렁거리는 것을 발견한 것이다.

그 수상한 움직임에 도윤은 본능적으로 발걸음을 늦추었다. 그 나인은 연신 미월당의 근처를 의문스럽게 헤집고 다녔다.

"어느 전 나인이냐."

"중궁전 나인인 듯하옵니다."

상선의 말에 잔뜩 찌푸려졌던 용안이 희한하게 밝아졌다. 꼭 그의 얼굴에 기회의 빛이라도 스민 듯했다.

"당장, 저 나인을 붙들어라."

도윤의 명이 떨어지자마자 대전 나인들이 그 중궁전 나인을 포박했다.

은밀히 미월당을 훔쳐보고 있던 중궁전 나인은 화들짝 놀라며 바닥에 고꾸라지고 말았다. 그를 덤덤한 눈으로 바라보던 도윤이 터덜터덜, 그녀에게로 다가갔다.

"저, 전하……!"

무표정한 그의 얼굴을 마주하자 중궁전 나인은 그대로 납작 엎드렸다. 한껏 조아린 고개가 덜덜덜 애처롭게 떨리고 있었다.

"어디 소속이냐."

고저 없는 음성으로 도윤이 입을 열었다. 그러자 머뭇거리는 나인을 향해 대전 상궁이 크게 호통쳤다.

"당장 고하지 못할까? 감히 뉘 안전이라고!"

"중……중궁전 나인이옵니다, 전하!"

중궁전 나인이란 말에, 원하는 답이라도 얻은 듯 도윤의 입꼬리가 피식 올라섰다. 곤룡포 소맷자락 밑으로 그의 주먹이 굳게 말렸다. 그는 두 눈을 질끈 감은 채, 사시나무 떨듯 떨기만 하는 중궁전 나인을 싸늘하게 내려다보았다.

"예서 무엇을 하고 있었던 것이냐."

중궁전 나인은 품에 든 부적을 더욱 감추며 이를 악물었다. 이것은 행여 최 소의가 저보다 먼저 회임할까 싶어, 중전이 나인에게 회임을 방해하는 부적을 묻어놓으라 시킨 것이었다.

쉬이 대답을 올리지 못하고 얼버무리는 그녀를 대전 상궁이 수상쩍게 내려다보며 다시금 벼락같이 화를 냈다.

"네년이 물고를 당하기로 작정한 것이냐? 바른대로 고하지 못할까!"

"죽, 죽여주시옵소서!"

그저 기웃거리던 나인을 잡아 무엇을 하고 있었느냐 물었을 뿐인데 이리도 놀라며 죽여달라 하다니. 도윤의 얼굴이 짜증스럽게 일그러졌다.

"전하, 어찌하올까요."

대전 상궁이 도윤을 향해 고개를 조아렸다. 중궁전 나인은 여전히 흙바닥 위에 엎드린 채로 벌벌 떨고 있었다.

도윤의 눈이 깊어졌다.

"무엇을 하고 있었는지 바른대로 고하면 일을 크게 벌이지 않을 것이다."

조용조용 이르는 그의 음성엔 범접할 수 없는 위엄이 묻어 있었다.

파르르 떨던 중궁전 나인은 슬그머니 고개를 들었다. 그러곤 감히 용안을 마주하다 그만 두 눈을 질끈 감고 말았다.

"중, 중전 마마께서 미, 미월당을 살, 살피라 하시어서……."

중전과 미월당이라. 대척점 같은 두 곳이 어찌 한입에서 나올 수 있단 말일까.

그의 눈빛이 의뭉스럽게 반짝이기 시작했다. 급변하는 용안에 중궁전 나인은 아차 싶어, 황급히 입을 다물었다. 싸늘하게 그녀를 내려다보던 도윤이 허리를 굽혔다.

"미월당을 중전께서 왜."

"그, 그것이…… 저, 전하."

"어허! 네 윗전까지 끌어들여 거짓을 고하는 것이냐!"

"천부당만부당하옵니다, 전하! 거짓이 아니오라 소인은 그저 중전 마마의 명을 받잡고……! 앗!"

가만히 있어도 등골이 오싹해질 만큼 서늘한 기세의 도윤이었다. 그런 그가 버럭 소리를 지르자 중궁전 나인은 까무러치듯 바닥에 엎드리며 정황을 술술 고하고야 말았다.

"중전의 명이라니."

"미, 미월당을 살, 살피고……."

"고작 궁녀 하나 때문에 내 걸음이 지체되어야 하느냐. 속히 고하지 못할까!"

호랑이보다 더 무서운 군주였다. 두 눈을 질끈 감은 채 떨기만 하던 중궁전 나인은 결국 울음을 터뜨리고야 말았다.

"중전 마마께서 무사 합, 합방을 기원하는 부, 부적을 놓으라 하시어……."

"부적이라? 합방을 기원하는?"

하지만 그녀는 차마 미월당의 후사 생산을 막는 부적이란 말을 입에 담지 못했다. 그녀의 말에 도윤의 이맛살이 다시금 찌푸려졌다.

"무사 합방을 기원하는 부적을 왜 중궁전도 대전도 아닌 미월당에 놓는단 말인가."

"전하……! 쇤네는 모르옵니다. 그저 중전 마마의 명을 받잡고 부적만 받은 것이라, 이 부적의 용도는 소상히 모르옵고, 다만 합, 합방을 위한 부적이라고만 전해 들었사옵니다. 부디 목숨만은 살려주시옵소서, 전하!"

닭똥 같은 눈물을 뚝뚝 흘리며 살려달라 애원하는 나인이었다. 숙였던 허리를 펴는 그의 얼굴이 딱딱하게 굳었다. 그러곤 곁에 있는 대전 상궁을 향해 낮게 일렀다.

"이 궁녀에게서 부적을 찾아내서 중궁전으로 가지고 오거라."

"예, 전하."

싸늘한 시선으로 고개를 조아린 나인을 내려다보던 도윤은 중궁전으로 급히 발걸음을 옮겼다.

수를 놓던 은설의 손이 일순 멈추었다. 그러다 꽁꽁 닫아두었던 창을 열어 하늘을 올려다보았다.

말간 해는 질 줄을 모르고 있었다.

"어찌 오늘따라 해가 이리 긴 것이야."

입술을 삐죽이던 그녀가 아예 창가에 자리를 잡고 턱을 괴었다. 그러다 피식, 저도 모르게 터지는 웃음에 슬쩍 입술을 깨물고 말았다.

"술시에 필애원에서라……."

그녀의 왼쪽 뺨에 보조개가 쏙 패었다.

"사흘 뒤에 나리를 뵈면 무엇을 드려야 할까?"

그녀는 좋은 생각이라도 난 모양으로 손뼉을 딱 쳤다. 그러곤 문갑을 열어 노리개와 방울을 꺼냈다. 때마침, 그녀의 방 안으로 들어서던 여주가 창가에 딱 달라붙어 있는 은설을 발견하곤 고개를 갸웃거렸다.

"뭐 하시게요, 아가씨?"

"선물!"

"선물? 영광 도련님 생신, 아직 멀었는데?"

생뚱맞은 그녀의 말에 여주가 고개를 갸웃했다.

노리개를 방바닥에 늘어놓고 적당한 것을 고르는 듯, 은설이 제법 진지한 얼굴로 내려다보고 있었다.

"음, 어떤 색이 좋을까? 여기 이것들은 죄다 여인네들의 노리개 같은데……."

골똘히 생각에 잠기던 그녀가 문갑 깊숙이 넣어두었던 다른 노리개들을 꺼냈다. 그중, 푸른빛의 솔이 달린 노리개를 찾아 바닥에 놓았다.

"방울은 뭐 하시려고요?"

"만들 것이 있어."

빙그레 웃던 은설은 방울을 노리개에 매달았다. 그러곤 꼼꼼하게 바느질로 둘을 엮어 하나로 만들었다. 고운 노리개에 조그마한 방울을 다니, 산들산들 불어오는 바람에 딸랑딸랑 방울이 작게 울어댔다. 그녀가 만족스러운 듯 미소를 머금었다.

"되었다. 이제 여기에 좋은 향만 입히면 될 듯싶구나."

"이게 뭐예요, 아가씨?"

여주가 눈을 동그랗게 뜨고 노리개를 들었다.

푸른빛의 솔과 옥빛의 방울이 제법 어우러졌다.

"춘몽(春夢) 방울."

작게 울어대는 방울 소리가 고왔다. 그것을 바라보는 그녀의 눈망울에도 웃음이 서려 있었다. 손가락 하나를 들어 그 방울을 몇 번 쓰다듬던 그녀가 슬쩍 입술을 말아 물었다.

"아기 노리개여요? 누가 아기를 낳았나?"

의뭉스레 은설의 눈치를 살피던 여주가 물었다. 그러자 은설은 조심스레 고개를 가로저으며 노리개를 비단 보자기에 곱게 쌌다.

"드릴 사람이 있어. 이것이 아주 필요한 사람."

"다 큰 어른이 이 방울 노리개가 왜 필요해요?"

"방울은 원래 딸랑딸랑 울 때마다, 마음에 품은 바람을 크게 소리쳐 내어보라는 뜻을 담고 있지."

"그런데요?"

"속에 아주 무거운 것을 감추느라 그 흔한 바람도 품지 못하시는 분이 계시거든."

그 말을 하는 그녀의 눈앞에 도윤의 얼굴이 그려졌다.

무슨 비밀을 꽁꽁 감추고 있길래 늘 그리 얼굴을 가리고 변복을 하고 담을 넘고 다니는지. 그가 가진 비밀이 두렵기도 했지만, 그렇게 살아야만 하는 그의 인생이 너무 가엾었다. 그 속에 커다란 비밀을 감추고 자신의 본모습을 쉬이 드러낼 수 없는 삶이, 너무도 답답하고 무거울 것 같았다.

그의 짐을 나누어 들 순 없어도 조금이라도 덜어주고 싶었다. 그래서 이 작은 방울에 깃든 의미를 그에게 전해준다면 조금은 그 마음이 가벼워질 수 있을까, 기대해보는 그녀였다.

"혹…… 그때 그 금위대장이라는 나리?"

조금 상기된 얼굴로 묻는 여주를 넌지시 바라보던 은설은 그저 말없이 미소만 지었다.

"합방이 정해져 속이 시원하겠습니다, 중전."

"시원하다마다요. 이번엔 반드시 합방을 이루어내어 세자를 잉태해 아버님의 품에 안겨드리겠나이다."

"허허허. 말만 들어도 웃음이 납니다그려."

다과상을 사이에 두고 모처럼 화기애애한 분위기를 자아내는 두 사람이었다.

찻잔을 쥐는 중전의 입꼬리에선 미소가 가시질 않았다. 그토록 고대하던 합방을 눈앞에 두고 있었다.

"이번만큼은 주상께서도 합방을 쉬이 거부하지 못할 것입니다, 중전."

"전하께서도 속히 후사를 보시어 왕실의 안위를 더욱 굳건히 하셔야지요."

"왕자를 낳으세요. 왕자 생산만이 중전을, 또한 주상을 지킬 수 있음입니다."

두 사람은 같은 마음으로 고개를 끄덕였다. 그 얼굴엔 서로가 이루고자 하는 욕망이 얼룩져 있었다. 모든 것이 순탄하게 흘러가는 듯했다.

그때였다.

"주상 전하 납시오!"

중궁전 밖에서 뜻밖의 음성이 흘렀다. 찻잔을 쥐고 있던 중전의 눈이 커졌다. 덩달아 그 앞에 있던 이학수 역시 차를 한 모금 마시다, 굳고 말았다. 입안에 머금은 차가 어쩐지 쓰게 느껴졌다.

"모시어라."

중전은 그대로 자리에서 일어났다. 그때, 중궁전의 문이 열리고 덤덤한 얼굴의 도윤이 들어섰다. 여전히 찻잔을 쥐고 있는 이학수의 얼굴이 딱딱해졌다.

"아버지께서도 계셨습니까."

중궁전 안으로 든 도윤이 이학수를 직시하며 조소했다.

"납시셨습니까, 전하."

은은한 미소를 잃지 않고 도윤을 향해 고개를 조아리는 중전을 그가 물끄러미 내려다보았다.

"소자가 다복한 시간에 눈치 없이 끼어들었습니다."

나지막한 음성의 도윤을 중전이 넌지시 올려다보았다. 그러곤 잊지 않고 슬쩍 눈웃음을 지으며 정(情)을 붙이기 위해 애썼다.

"아니지, 이젠 이 늙은이가 눈치 없이 끼어든 셈이 아니겠습니까. 합방일도 정해졌으니 두 분이 오랜만에 오붓한 시간 보내시지요."

그 말을 능글맞게 내뱉으며 이학수가 자리에서 일어났다. 그러곤 중궁전을 나서기 위해 끙, 소리를 내며 도윤을 스쳐 지나갔다.

"하온데. 이번 합방도 어려울 듯싶습니다."

뜻밖의 말에 이학수의 얼굴이 잔뜩 구겨졌다. 그러곤 자신의 곁에 우두커니 서 있는 도윤을 홱 올려다보았다.

"그 무슨 해괴망측한 소립니까, 주상?"

"아니 그래도 지금 그 해괴망측한 소리에 대해 중전과 소상히 이야기를 나눠보려던 참이었습니다."

"뭐요?"

"그럼 자리를 좀 비켜주시겠습니까, 아버지."

일촉즉발의 대치였다. 그 가운데에 선 중전은 차오르는 분노에 치맛자락을 꾹 쥐었다.

"합방으로 발걸음하신 것이면 아버님과 함께 의논을 나누는 것이……."

이번 합방만큼은 중전도 물러나지 않을 생각이었다. 따라서 그것을 그르치러 온 것이라면 중전은 이학수를 등에 업고 도윤과 맞설 생각이었다. 그녀의 말에 도윤은 피식, 냉소를 터뜨리고 말았다.

"감당할 수 있겠습니까, 중전? 내 입에서 무슨 말이 나올 줄 알고."

평소와는 다른 눈빛의 도윤이었다. 증오와 경멸만 스민 것이 아닌 절호의 기회를 포착한 듯한 묘한 승리감도 엿보였다.

"대체 이번엔 또 무슨 핑계로 합방을 미루실 참입니까, 주상."

나가려던 이학수도 가세해 도윤을 압박했다. 하지만 여유로운 그였다.

"핑계일지 합당한 연유일지는 이야기를 나누어보면 알 일이지요. 하면 아버님께서도 같이 들으시겠습니까?"

그의 이상하리만큼 유유(悠悠)한 모습에 중전의 가슴이 서늘해졌다. 도윤의 얼굴을 진득이 살피는 그녀의 눈빛이 제법 진지했다.

"못 들을 것도 없지요."

이학수 역시, 지지 않고 도윤을 응시했다. 이학수를 바라보던 도윤의 삼엄한 눈빛이 중전에게로 옮겨갔다.

"하면, 오다 마주친 중궁전 나인의 이야기로 시작해보려 하는데 괜찮으시겠습니까, 중전?"

중궁전 나인이란 말에 딱딱히 굳어 있던 중전의 얼굴이 파리하게 질리고 말았다.

'아……? 중궁전 나인이라면.'

그녀의 입꼬리가 미묘하게 일그러졌다. 도윤 역시 그 찰나를 놓치지 않았다. 중전은 이학수가 들기 조금 전, 오늘 새벽 부적을 심어 놓을 마땅한 장소를 찾아보고 오란 자신의 명에 급히 미월당으로 나간 나인을 떠올렸다. 오다 마주친 나인이라 하면 필시 그를 두고 한 말일 것이었다.

거대한 산이 무너지는 듯했다.

"중궁전 나인이라니?"

아무것도 모르는 이학수는 도윤이 또 무슨 꿍꿍이를 벌이려는 것일까, 얼굴부터 구겨지고 있었다.

"아닙니다, 아버님. 전하와 둘이 이야기를 나누게 해주소서."

황급히 고개를 조아리는 중전의 안색이 어두워졌다. 슬쩍 입술을 말아 문 도윤은 뒷짐을 진 채, 이학수를 돌아보았다. 무슨 일인지 궁금했지만, 중전의 청에 이학수는 마지못해 중궁전을 빠져나갔다. 중전은 그대로 무너지고 말았다.

"전하."

도윤의 입에서 무슨 말이 흘러나올지 예감이라도 했는지 그녀는 젖은 눈으로 도윤을 올려다보았다. 하지만 그의 얼굴은 여전히 덤덤했다.

"내가 무슨 말을 했다고 벌써 눈물입니까."

구겨지려는 이맛살을 겨우 유지하며 도윤이 싸늘하게 그녀를 내려다보았다.

"신첩은 전하와의 합방을 무사히 기원하기 위하여……"

"기원하기 위하여 미월당에 부적을 놓으려 했습니까?"

"전, 전하……! 부적이라니요! 가당치 않사옵니다!"

"가당치 않다? 그럼, 미월당엔 나인을 왜 보낸 것이오?"

서늘하기 짝이 없는 그의 음성에 중전의 가슴이 오그라드는 것 같았다. 하지만 의연해야 했다. 자칫하다 미월당의 후사를 막기 위해 부적을 놓았다는 것이 알려지기라도 한다면 투기라는 명분으로 폐위 위기에 처할 수 있음이었다.

"그, 그것은 치성을 드릴 마, 마땅한 신당(神堂)을 찾고 있었던지라……"

그녀의 음성 끝이 여러 갈래로 흩어지고 있었다.

"이 신성한 궐에서! 게다가 관상감에 일러 가장 최적의 날을 꼽아 받아놓은 합방을 앞두고서 그런 민가에서나 할 법한 해괴망측한 무술이라니!"

"전하! 왕, 왕자 생산을 위하여 그리하였사옵니다!"

"왕자 생산이 언제부터 무당의 술법으로 해낼 수 있는 것이었습니까? 그대와 내가 정성을 다해 덕(德)을 쌓는다면 기꺼이 얻어지는 것이 후사거늘!"

도윤의 호통이 중궁전을 뒤흔들었다. 중궁전 나인들도, 또한 주 상궁도 모두 고개를 조아린 채, 숨소리마저 죽이고 있었다.

"대전 상궁은 가지고 오라!"

그 호통 한 번에 죽은 듯 고개만 조아리고 있던 중전이 희번 덕 눈을 치켜떴다. 대전 상궁이 도윤에게 건넨 것은 다름 아닌 자신이 나인에게 주었던 부적이었다.

"그럼 이것은 무엇에 쓰는 부적입니까?"

"……전하!"

"나를 바보로 아시오?"

"천부당만부당이옵니다!"

"내 당장 성수청에 있는 국무를 들라 해, 이 부적의 용도를 아뢰라 명을 내려야겠소?"

"죽여주시옵소서, 전하! 하오나 신첩……! 정녕 전하와 왕실 의 번영을 위해 그리한 것입니다!"

중전은 오열하며 소리쳤다. 그녀를 바라보는 도윤의 얼굴이 무자비하게 일그러졌다. 손에 쥔 부적을 어이없다는 듯 바라보 던 그가 엎드린 그녀 위로 부적을 휙 던졌다.

부적은 중전의 머리를 스치고 바닥에 내팽개쳐졌다.

"투기요. 국모로서 제일로 삼가야 할 투기. 마땅히 폐위 절 차를 밟아도 그 누구도 반발하지 못할 투기!"

도윤은 불쾌하다는 듯 치를 떨었다. '폐위'라는 살벌한 말에 중전은 그만 무너지고 말았다. 중궁전 나인들 역시 중전을 따라 바닥에 납작 엎드렸다.

그 속에서 주 상궁도 묵묵히 고개를 조아리고 있었다.

"어찌하겠소?"

"전하…… 살, 살려만 주시옵소서! 신첩은…… 정녕 그런 뜻이 아니오고."

"이 사실을 그대로 내 아버님께 전하고 대소 신료들에게 전해 그대의 폐위 절차를 밟을까요?"

진심도 정성도 깃들지 않은 무성의한 음성이었다. 당장이라도 중궁전 자리를 갈아치우는 것쯤은 우습다는 듯한 어조였다. 중전은 이를 악물었다. 그러곤 젖은 얼굴을 들어 도윤을 똑바로 응시했다.

"원하시는 대로 하겠사옵니다. 하니…… 부디 폐위만은 거두어주시옵소서."

"원하는 대로 다 하겠다?"

"신첩 이대로는 물러날 수 없습니다. 투기는 추호도 아니옵고 그저 천금 같은 합방의 기회를 잡아 왕자를 생산하고자 하는 신첩의 욕심이 컸사옵니다. 하니, 한 번만…… 눈감아주시오면."

부들부들 떠는 그녀를 내려다보는 도윤의 눈빛이 반짝였다.

그를 바라보던 주 상궁의 낯빛도 미묘하게 반전되었다.

"실수라. 그럼 이번 합방 무산은 중전께서 솜씨 한번 발휘해야겠소이다."

"전하…… 하나! 이번 합방은 다신 없을 기회라!"

"선택하시오. 투기로 폐위가 되든, 아니면 이번 합방을 중전께서 미뤄주시든. 한데 말입니다, 과인은 중전이 어느 선택을 내려도 얻는 것이 없단 말이지."

"전하?"

"중전께서 폐위된다면 자동으로 합방은 없는 것이 되겠고, 합방을 미룬다 해도 언제든 다시 치러야 할 것인데. 그렇게 되면 과인이 얻는 것이 없지 않소? 그저 그대에게 기회 한 번 더 주는 셈이 되는 것이니."

평정심을 유지하려 애썼지만 중전은 또 한 번 냉가슴이 되고 말았다. 애써 추어올렸던 고개가 절로 떨어졌다. 마치 자신의 목숨 줄을 쥐고 팽팽히 줄다리기를 하는 모양새였다.

"원하시는 것이 무엇이옵니까."

그 말을 내뱉는 그녀의 가슴이 수차례 곤두박질쳤다.

한시적인 침묵이 이어졌다.

중궁전 안에는 청국에서 들여온 갖가지의 세간들이 사치를 뽐내고 있었다.

"중전께선 여러 후궁을 거느리고 있지. 그 위상에 걸맞게 참으로 위용스러운 전각입니다."

"전하의 여인들이옵니다. 저를 도와 내명부 일을 해나가고 있을 뿐, 제가 어찌 전하의 여인을 거느리고 있다 할 수 있겠나이까."

살얼음판을 디디는 듯 한마디 한마디가 조심스러운 그녀였다. 그러자 그녀를 묵직하게 내려다보는 도윤이었다. 그녀의 눈가에 맺힌 눈물이 가증의 끝을 보였다.

"하나, 정작 내 수발을 드는 여인은 없으니 그저 내명부의 수장인 그대의 신하들이 아니겠소?"

"전하……!"

"한데 정작 이 궐 안에 나의 여인, 왕의 여인이란 명목으로 그대가 후궁 첩지를 내린 여인이 있소?"

간담이 서늘해지고 말았다. 일순 잊고 있었던 소문 속의 여인이 중전의 머릿속에 안개처럼 피어올랐다.

"작금의 후궁들은 모두 왕의 여인이란 명목으로 신첩이 전하를 가까이서 보필하라, 기쁜 마음으로 교지를 내린 것이옵니다."

"그것이 아니라 내 아버님의 종용으로 어쩔 수 없이 교지를 허한 것이겠지."

"……전하!"

"하면 중전의 그 말씀대로 나를 위한 여인에게 기쁜 마음으로 후궁 교지를 내려줄 수 있소?"

"후궁 교지라니요, 전하?"

아차 했던 순간이 그녀의 뒤통수를 가격하고 있었다. 한낱 투기로 인해 모든 일을 그르치게 될 그녀였다. 비통하고 원통하여 목 놓아 울부짖고 싶은 심정이었다.

"소문의 그 여인, 내 따로 설명치 않아도 충분히 알고 있으리라 생각하오."

"전하!"

"중전께서 내명부의 수장으로 기꺼이 후궁 교지를 내려주는 자애(慈愛)를 베풀어줄 수 있겠습니까."

무너져 내린 산이 그녀의 몸을 덮치는 순간이었다. 하지만 거절할 수 없는 그녀였다. 지금 그녀가 할 수 있는 건, 투기에 눈이 멀어 이 모든 것을 그르친 지난날의 자신을 탓하는 것뿐이었다.

"하면 저의 안위는 보장받을 수 있는 것이옵니까."

부들부들 떨던 그녀가 이를 악물며 도윤을 바라보았다.

"그대가 아닌, 그대가 가진 이 교태전(交泰殿)의 안위를 보장받는 것이겠지."

하지만 돌아서는 도윤은 끝까지 냉정했다. 하는 수 없이 그녀가 입술을 열었다.

"그 여인의 거처를 신첩께 알려주시면 신첩, 기꺼이 그 여인에게 마땅한 후궁의…… 교지를 내리겠사옵니다."

울며 겨자 먹기로 약조를 하는 그녀였다. 그러자 그는 뒷짐을 진 채, 다시금 가치 높은 세간들로 꾸며진 중궁전을 훑었다. 그 모습을 가슴 깊숙이 새기기라도 하듯, 하나도 놓지 않고 바라보는 그녀였다.

"부디 이 화려한 교태전에 걸맞은 주인이 되시오, 중전. 그럼 과인은 중전의 솜씨 발휘를 기대하고 있겠습니다. 가자."

도윤은 그대로 돌아섰다.

홀로 남겨진 중전은 엎드린 채로 발악하고야 말았다.

"아아악!"

그러자 중궁전 나인들이 중전 앞으로 다가와 함께 눈물을 흘렸다.

"중전 마마……!"

바닥을 내려치는 그녀의 손아귀에 어마어마한 힘이 들어갔다. 그녀는 도윤이 빠져나간 문을 응시하며 입술이 찢어질 것처럼 깨물었다.

"불비불명(不飛不鳴)이라 하였습니다, 전하. 날지도 않고 울지도 않으며 때를 기다리는 것이지요……. 예, 지금은 전하의 뜻대로 신첩, 날지도 않고 울지도 않겠습니다. 몸을 낮추어 그때만을 기다리겠나이다. 결코, 이대로 물러나지 않을 거란 말입니다, 으아아악!"

중전과의 합방 날이 밝았다.

도윤에겐 은설과 필애원에서 보자고 약조한 날이었다.

중전과의 합방은 아직까지는 차질 없이 준비되고 있는 듯했다. 모두 들뜬 얼굴로 궐 안을 배회하며 합방을 준비하였지만, 중궁전은 초상집 분위기였다.

그리고 마침내, 날이 저물어가자 중전은 합방을 공식적으로 미루어야겠음을 알려왔다. 몸이 미령해 왕을 온전히 모실 수 없다는 명목이었다. 그 소식은 미월당, 그리고 각 후궁 처소를 넘어 대전에도 닿았다.

"전하, 중전 마마께서 좀 전에 합방을 다른 날로 미루어야겠다는 전갈을 보내왔사옵니다."

당연한 절차라는 듯, 그 소식을 들은 도윤은 한 점 동요 없이 침착했다. 언제나처럼 상소문을 읽는 그의 얼굴엔 아무런 감정이 없었다.

"오늘 잠행을 나갈 것이다."

도윤은 술시에 만날 은설을 떠올렸다.

이젠 그녀를 지키는 일만 남은 것이었다.

"하나, 전하. 오늘은 궐에 계시는 것이……. 중전 마마께서도 합방을 미루실 만큼 몸이 좋지 않다 공식적으로 알리기도 하였고, 또한 오늘은 궐의 온 궁인들이 대전과 중궁전에 눈과 귀를 기울이고 있을 것입니다."

그제야 상소문만 바라보던 그가 고개를 들어 주환을 내려다보았다. 그의 눈빛이 뜨겁게 타올랐다.

"하나, 궐의 온 궁인들도 알고 있을 것이지. 내게 여인이 있다는 것을."

"……전하."

"기꺼이 그 소문에 부응을 해주어야지. 그래야 그 여인이 입궐하였을 때 잡음이 일지 않을 것이다. 이 말 많고 탈 많은 구중궁궐에서 그 여인을 지킬 방도는 나의 굳건한 성총(聖寵), 그거 하나뿐일 테니. 그렇고 그런 후궁과는 다른 여인임을 그들에게 새겨줄 것이다."

그 말이 끝남과 동시에 대전 밖의 상선이 이학수의 입궐을 알려왔다.

"전하, 대원군 대감께서 드셨사옵니다."

보나 마나 중전과의 합방 때문에 노발대발했을 이학수였다.

도윤은 이를 악물었다. 나중에 다시 찾아달라, 말을 하기 위해 입술을 달싹이는 순간, 대전의 문이 무자비하게 열리고야 말았다. 도윤은 대전으로 휘적휘적 들어서는 이학수를 향해 버럭 소리를 질렀다.

"문을 열어라, 대원군 대감을 모시라 허한 적이 없는데 어찌 대전의 문이 마음대로 열리는 것이야!"

벼락같은 그의 음성에 대전 나인들은 모두 바닥에 납작 엎드리고 말았다. 순식간에 공기가 싸해졌다.

"하긴, 언제나 왕의 위에서 군림하시던 아버지셨지요. 하니 이깟 대전 문 따위 여는 것은 별것이 아니겠습니다."

금방이라도 두 사람이 엉겨 붙어 불꽃을 터뜨릴 것만 같았다. 고개를 조아린 궁인들은 모두 조마조마한 마음으로 벌벌 떨고 있었다.

"결국, 뜻대로 합방을 미루었습니다?"

조소하는 이학수였다. 하지만 그를 바라보는 도윤의 입가엔 그보다 더 치열한 비웃음이 그려졌다.

"비통하게도 이번은 소자의 뜻이 아닌 중궁전의 뜻입니다."

"주상의 뜻을 받든 중전이시겠지!"

"누누이 밝혀온 어심입니다!"

두 사람의 숨이 맹렬하게 얽혔다.

마주 본 그 시선에도 서로를 향한 지독한 원망이 서려 있었다. 나날이 손에 잡혀주지 않은 도윤에게 이미 지칠 대로 지쳐버렸다는 듯, 이학수가 냉소를 흘리고 말았다. 하지만 도윤 역시 그보다 더 지친 얼굴로 입을 열었다.

"그래서 중전과 소자가 결코, 하나가 될 수 없음이겠지요. 이리 마음이 맞지 않아서야."

"맞춰가는 것이 부부의 도리요, 사사로운 정 하나에 휘둘리지 않고 기꺼이 합방해 후사를 보는 것 또한 군주로서 마땅히 해야 할 일입니다, 주상."

"소자가 그리해도 좋다, 이른 적은 단 한 번도 없었습니다. 비어 있는 중전의 자리를 아버지의 사람으로 채웠지만, 그마저 소자 허락한 적이 없었습니다."

애써 분기(憤氣)를 떨치려는 듯한 도윤이었다. 그는 파르르 떨리는 음성을 가다듬으며 이학수를 똑바로 응시했다. 말로 형용할 수 없는 긴장감이 흘렀다.

"중전께서 몸이 미령하시어 합방을 미루셨지요. 그럼 슬픈 빛이라도 내보이셔야지, 그렇게 반색하셔서야 되겠습니까?"

이학수가 탄식처럼 그 말을 내뱉었다. 그러자 그를 바라보던 도윤이 입꼬리를 비틀었다.

"소자는 이까짓 일로 기쁘지가 않습니다. 중전께서 합방을 직접 일그러뜨리지 않았어도 소자의 손으로 반드시 그르쳤을 합방이었습니다. 당연한 일에 기쁨을 비추다니요. 가당치 않습니다."

"주상!"

"한데, 슬픈 빛이라도 내보이라니 소자 아버지를 위해 그 정도쯤은 해드리지요."

그러곤 대전 밖을 향해 호통치듯 소리를 질렀다.

"상선! 지금 당장 어의를 불러 중전께서 몸이 어디가 어떻게 미령하신지 소상히 밝혀 나에게 아뢰어야 할 것이다. 또한! 중전께서 건강을 회복하실 수 있게 만전을 기해야 할 것이다. 하나, 오늘의 합방은 중전께서 몸이 쇠약해 안타깝게도 무산되었음을 공식적으로 알리는 바다!"

"주상!"

"과인 역시, 중전의 건강이 염려되며 오늘의 합방이 무산된 것을 참으로 비통하게 생각하니 과인의 염려를 담아 어의와 중궁전 궁인들은 중전을 살뜰히 보살펴야 할 것이다."

이학수가 들으라는 듯 그리 소리치던 도윤의 눈이 딱딱하게 굳은 이학수에게로 향했다.

두 사람은 말없이 서로를 바라보았다.

진노보다 더 살벌한 침묵이었다.

"이제 되셨습니까?"

소리치던 도윤의 입꼬리에 어쩐지 통쾌한 웃음이 걸렸다.

그의 뜨거운 눈동자에 담긴 이학수의 얼굴이 일그러지고 있었다.

"이것이 소자가 중전을 위해 내비칠 수 있는 최선의 슬픔입니다."

제 8 장

나는 이 나라의 군주다

해가 지자마자 은설은 설레는 마음으로 제일 고운 옷을 꺼내 입고선 필애원으로 향했다.

밤공기가 꽤 서늘했지만, 마음은 너무도 따뜻해 손에 땀이 날 지경이었다. 품속에 지닌, 도윤에게 주려고 준비한 '춘몽 방울'에선 은은한 꽃 향이 날리고 있었다.

"나리께서 좋아하셔야 할 텐데."

잔뜩 부푼 마음으로 필애원에서 도윤을 기다리는 은설의 숨결이 연신 떨렸다.

도윤이 도착하지 않은 필애원은 고요했다.

"조금 늦으시려나?"

미소를 담은 그녀의 입술이 조심스럽게 움직였다. 어둠 속을 훑는 그녀의 눈동자도 분주해졌다. 그렇게 도윤을 기다린 지, 한 시진이 훌쩍 지나가고야 말았다. 초조한 마음으로 입구만 돌아보던 그녀는 작은 풀잎 소리에도 깜짝깜짝 놀라고 있었다.

"술시가 아니었나……, 어째서 오시지 않는 것이지."

기다리는 시간이 길어질수록 그녀의 마음에도 불안이 깊어졌다.

혹 이곳으로 오다 무슨 일이 생긴 것은 아닐지, 아니면 자신이 시간을 착각해서 이미 왔다 간 것은 아닐지.

이런저런 생각에 그를 기다리는 자신이 바보스럽기도 했고, 미련스럽게 느껴지기도 했다.

"그저…… 농으로 하신 말일까?"

기대로 잔뜩 부풀었던 그 마음이 이젠 실망이 되어 그녀를 한없이 가라앉게 했다. 풀썩, 입술을 삐죽이던 그녀가 그만 주저앉고 말았다.

돌아가야 할까, 오시지 않는 걸까.

부정적인 생각들이 그녀의 머릿속을, 그리고 가슴속을 자꾸만 헤집었다. 그러다 나뭇가지 하나를 들어 흙바닥 위에 그의 이름을 적어가기 시작했다.

"피……. 술시에 보기로 해놓고, 오신다 하였으면서……."

한숨과 아쉬움이 그녀의 작은 등 뒤로 쏟아졌다. 무릎에 얼굴을 묻은 채, 하염없이 '도윤'의 이름만 흙바닥 위에 적어갔다. 어느덧 도윤의 이름이 빼곡하게 적혔다. 쥐고 있던 나뭇가지를 손에서 놓으며 그녀가 자신의 무릎을 감싸 안았다.

"딱 열 개만 세고 일어나는 것이야……. 딱 열 개."

그녀는 두 눈을 지그시 감은 채 속으로 열 개를 세어나갔다. 그 와중에도 산들바람은 끝없이 그녀의 몸을 감쌌고 은은한 꽃향기는 코끝을 어루만졌다.

"여덟, 아홉……."

아홉까지 세었건만 차마 '열'을 내뱉지 못하는 그녀였다. 열을 모두 헤아리고도 눈을 떴을 때 그가 없으면 괜스레 서운함에 눈물이 쏟아질 것도 같았다.

"아홉…… 아홉."

그렇게 그녀가 머뭇거리며 눈꺼풀만 파르르 떨고 있던 그때……

"열."

낮은 음성 하나가 고요하던 그녀의 세상을 뒤흔들었다. 화들짝 놀란 그녀가 하, 짧게 숨을 내뱉으며 눈을 번쩍 떴다.

그녀의 앞에 거짓말같이 그가 나타나 자신을 바라보고 있었다. 나지막이 미소를 머금은 도윤이 그녀처럼 허리를 구부리고 앉아 한쪽 턱을 괴고선 그녀를 말없이 응시하고 있었다.

갑작스럽게 그와 시선이 마주친 그녀는 그만 그대로 쿵, 엉덩방아를 찧고 말았다.

"오래 기다렸느냐."

"나리……"

"은설아."

넘어졌음에도 그녀의 시선은 여전히 도윤을 향해 있었다. 그녀의 당황한 눈동자에 미소를 그리고 있는 그가 담겼다. 그런 그녀가 귀여워 그는 웃음을 터뜨리고 말았다.

"오는 길에 일이 생겨 조금 지체되었다. 네가 돌아갔을까 봐, 어찌나 마음을 졸였던지."

그제야 자신 앞에 선 그의 형체가 꿈이 아닌 생시라는 것이 느껴지는 그녀였다. 놀란 얼굴로 그를 바라보기만 하던 은설이 손을 뻗어 그의 옷자락을 쥐었다.

"소녀도 방금 당도했습니다."

수줍은 듯 은설이 슬쩍 고개를 조아리며 입술을 열었다. 오지 않으면 어쩌나, 오늘이 아니었던 것은 아닐까? 수없이 마음을 졸이며 기다렸던 그 초조함이 그를 마주하자 거짓말처럼 사라지고 말았다. 그가 와주었다는 것만으로도, 그래서 이렇게 마주하고 있다는 것만으로도 벅찬 그녀였다.

오늘도 달 아래에서 예쁘게 반짝이는 그녀를 가만히 내려다보던 그가 피식, 웃었다.

"거짓을 말하고 있구나."

"……예?"

"이렇게 이 흙바닥에 내 이름이 빼곡한 걸 보니, 오래 기다린 모양이다."

도윤의 발아래엔 은설이 적은 도윤의 이름이 빼곡했다. 그것을 바라보던 그가 참지 못하고 웃음을 터뜨리고 말았다. 밀려오는 창피함에 그녀가 황급히 이름을 지워냈다. 그러곤 입술을 질끈 깨문 채, 달아오른 얼굴을 식혔다.

"혹 소녀가 시간을 잘못 들어 나리를 기다리게 한 것은 아닐까, 아니면 어긋나버린 것이 아닐까 그것이 염려되었을 뿐…… 기다림이 길어져 야속한 마음이 든 것은 아니었습니다."

나지막이 자신의 마음을 전하는 그녀는 언제나처럼 고왔다.

도윤은 손을 들어 그녀의 머리를 따스하게 쓰다듬었다. 그녀를 만나러 오기 위해 헤집어야 했던 지난날들이 주마등처럼 스쳤다. 중전을 넘고 이학수를 넘어, 필애원으로 향하던 그의 걸음엔 무수한 고뇌와 책임감이 묻어 있었다.

"일이 생겨 조금 지체되었을 뿐 나는 너를 만나러 오는 이 길을 주저한 것이 아니다. 하니, 괘념치 말아라."

그의 눈이 묘하게 빛나고 있었다.

두 사람은 오랫동안 눈을 맞추었다.

"너를 만나러 오는 그 길만큼 향기롭고 설레고 기쁜 길이 없었다. 해서 이제야 알 것 같구나."

도윤의 눈동자가 빛났다.

반짝임 속에 강한 확신도 일었다.

"막연하던 그 마음이 왜 마음속 깊은 곳에서 나를 쥐고 흔들었던가. 연유조차 몰랐던 그 마음에 왜 나는 속절없이 떨어야 했던가. 이제야 알 것만 같다."

"……나리."

"아무래도 내가 널 연모, 그 비슷한 것을 하는 모양이다."

그의 동공이 떨렸다. 확신에 찬 눈으로 말한 그의 고백은 그녀의 가슴을 떨게 하기에 충분했다.

두근두근, 가쁘게 뛰기 시작하는 심장은 곧 그녀의 숨결을 옅게 흔들었다. 자신의 마음을 확실하게 알아차리자, 그가 그녀에게 한 걸음 더 다가갔다.

"태어나 처음 느껴보는 떨림이고, 처음 느껴보는 설렘이다.

그리고 그 떨림과 설렘이······."

"나리."

"오롯이 널 향해 있다."

그녀의 눈가가 점점 붉어졌다.

머릿속에 그리고 마음속에, 그의 고백이 뜨겁게 퍼져갔다.

"놀랐느냐."

"아니, 조, 조금은 갑작스러워······."

당황한 그녀를 말없이 내려다보던 그가 등을 돌려 떠오른 달 주변에 피어 있는 물안개를 바라보며 뒷짐을 졌다. 그런 그의 널따란 등을 응시하던 은설이 그에게로 다가갔다.

같은 곳을 바라보는 두 사람이었다.

"물안개가 피어 달빛이 흐립니다. 한데, 그마저도 예뻐요."

"그렇구나. 저 물안개가 달을 더 고요하게 하고 있구나."

"소녀도 좋습니다."

잔잔한 그녀의 음성이 그의 시선을 앗았다.

달을 올려다보던 그의 고개가 그녀에게로 향했다.

"이렇게 나리와 함께 올려다보는 달이, 그리고······."

그 순간, 두 사람의 시선이 포개졌다.

달을 감싸는 물안개처럼, 그녀의 눈길이 고요한 그를 감싸 안았다.

"나리가 좋습니다."

그의 눈에 비친 그녀가 지금 이 순간······ 세상 그 어느 꽃보다 아름다웠다.

오랜만에 긴 휴가를 내고 탐라로 향하는 배에 몸을 실은 주 상궁의 얼굴이 어두웠다. 그녀의 손엔 소문 속에 사는 '왕의 여인'의 가문과 이름이 적힌 밀서가 들려 있었다. 중전이 그녀에게 은밀히 알아보라 전한 것이었다. 그 밀서를 가슴 깊숙이 넣으며 그녀가 힘겹게 하늘을 올려다보았다.

여러 해가 넘도록 찾지 못한 폐비 홍 씨를 이제야 찾는 그녀였다. 그동안 이학수의 사람으로 살며 몸을 낮추고 때를 기다리던 그녀가 이젠 가엾은 홍 씨를 도와 이학수의 목을 칠 시기가 다가온 것이었다.

탐라의 바람은 차가웠고 거셌다.

그녀를 실은 배가 탐라의 부두에 닿았다.

머뭇거리던 그녀의 가슴이 이내 거세게 뛰기 시작했다. 그녀는 폐비 홍 씨가 거처하고 있는 초가 앞에 멈춰 섰다. 다 무너져가는 초가의 위태로운 모습이 그녀의 가슴을 갈기갈기 찢었다. 울지 않으려 애썼는데, 차오르는 눈물에 입술을 악물고야 말았다.

그때였다.

"마마, 고뿔이 더 심해지시겠습니다. 얼른 안으로 드세요."

초가 안에서 쇠약한 음성 하나가 들려왔다. 그 뒤로 초가 안으로 힘겹게 들어서는 폐비 홍 씨의 뒷모습도 보였다.

주 상궁의 가슴이 철렁, 내려앉았다.

"마마!"

저도 모르게 홍 씨를 부르짖는 그녀의 음성이 천 갈래 만 갈래로 흩어지고 있었다. 홍 씨를 부축하던 백발의 김 상궁이 주 상궁을 돌아보았다. 동시에 폐비 홍 씨도 고개를 돌렸다. 세 사람의 시선이 숨 가쁘게 얽혀들었다.

"쉰네이옵니다…… 마마!"

"주…… 상궁?"

이젠 군사들의 경계마저 허물어진 초라한 유배지였다. 세월을 고스란히 받아낸 듯 이젠 그 찬란한 빛마저 잃은 폐비 홍 씨가 예전처럼 인자하게 웃고 있었다.

"쉰네가 너무도 늦었습니다. 강녕하시었습니까?"

속절없이 흐르는 눈물을 연신 닦아내며 주 상궁이 홍 씨의 손을 맞잡았다. 그러자 홍 씨는 희미하게 고개를 끄덕이며 말없이 주 상궁의 손등을 몇 번이고 쓸었다. 허망하게 흐른 세월 앞에 두 사람은 그제야 마주 볼 수가 있게 된 것이었다.

주 상궁은 그대로 무너지고 말았다. 흙바닥 위에 납작 엎드려, 마음 깊숙이에서 끓어오르는 애통함을 감출 길이 없어 울고야 말았다. 그런 그녀를 이해한다는 듯, 홍 씨는 미소를 그린 얼굴로 고개를 위아래로 흔들었다.

"이제야 내가 자네를 마주하게 되었네."

"쉰네가…… 흐윽…… 쉰네가 너무 늦게 마마를 찾아뵈었사옵니다!"

"일이 늦어질 것이라고는 생각하였다. 자네가 무던히도 애써 주었네. 최고 상궁에 올랐다는 전갈을 들었다."

"마마."

"그 지옥 같은 시간을 어찌 견뎌내었는가. 나보다 어쩌면 자네가 더 괴롭고 아픈 나날들을 보낸 것이 아닐까."

"흐윽……."

"가끔 자네를 떠올리면 이 가슴이 찢어지게 아파 눈물을 멈출 수가 없었네."

"감히 마마의 슬픔과 비통함에 견주겠나이까."

주 상궁은 고개를 조아리며 눈물을 훔쳤다. 홍 씨는 모두 다 헤아릴 수 있다는 듯 고개만 연신 끄덕이며 많이 늙은 주 상궁을 빤히 응시하였다.

"마마, 왜 공주 마마를 뵈러 한양에 오시지 않으셨습니까. 쇤네가 귀하게 얻은 천금의 기회였던 것을요."

"한 번 보면…… 두 번 보고 싶고, 두 번 보면 내 품에 안고 싶고…… 내 품에 안으면 영영 놓고 싶지 않을 것 같아……."

"마마."

"그래, 아직은 내 마음이 나약하고 모질지 못해 피하고 만 것이지."

홍 씨는 추억에 잠긴 듯 촉촉하게 젖어오는 눈가를 더듬었다. 주 상궁 역시 주책없이 흐르는 눈물을 손등으로 닦아냈다.

"공주 마마께선 너무도 어여쁜 여인으로 장성하셨나이다."

"공주를, 우리 은설이를…… 본 적이 있는가?"

한 점 동요 없던 그녀의 안색이 별안간 뜨겁게 달아오르고 있었다. 입에 담는 것만으로도 고통스러운 '은설'이란 이름이었다. 휘청이는 홍 씨를 바라보던 주 상궁은 참으로 어여쁘게 장성한 은설을 떠올렸다.

"얼마나 어여쁘신데요. 키도 마마보다 한 뼘이나 더 크시옵고, 마마를 닮은 보조개도 어여쁘시고……."

차마 말을 잇지 못하는 주 상궁을 바라보던 홍 씨는 그만 가슴이 벅차올라 다시금 눈물을 흘리고야 말았다. 딸을 향한 지독한 그리움에, 그리고 잘 자라주었단 기쁨에 하염없이 눈물이 흘렀다.

"우리 은설이가 벌써 그만큼이나 자랐단 말이야? 나보다 한 뼘이나 더……."

눈물이 채 마르지 않은 얼굴로 그녀가 행복에 겨운 미소를 지어 보였다. 그러자 그 곁을 지키고 있던 김 상궁도 눈물을 훔치고야 말았다.

"시집가실 나이가 되었습니다, 공주 마마께서도."

"벌써 그리되었는가."

"병판 대감 댁에서 예쁨과 사랑을 담뿍 받고 자라 밝고 영민한 아가씨로 성장하시었으니, 이제 좋은 짝을 만나 백년해로를 해야겠지요."

홍 씨는 주 상궁의 말을 가만히 들으며 저도 모르게 한숨을 내쉬었다. 주 상궁은 그녀의 안색을 가만히 살피다 힘겹게, 운을 떼었다.

"한데 마마, 정녕 공주 마마께 평생 그 사실을 숨기실 요량입니까?"

주 상궁의 조심스러운 질문에 홍 씨의 말아 쥔 주먹이 파르르 떨렸다.

이젠 결정을 내려야만 했다. 혼기에 찬 공주를 정녕 공주의 신분으로 회복시키지 않은 채 그렇게 지금처럼 살게 할 것인지, 아니면 이학수의 가문을 치고 공주의 신분을 회복시켜 그에 따르는 부마를 간택하고 공주로서 남은 생을 살게 할 것인지. 하지만 애석하게도 아직 하늘은 그녀의 편에 서지 않고 있었다.

먹먹한 눈으로 주 상궁을 훑던 홍 씨가 차마 떨어지지 않는 입을 억지로 열었다.

"아니 그래도 내 자네를 만나면 얘기를 해야지, 했었다네."

"말씀하소서."

"청국에서 몰래 반정 세력을 모으고 있던 내 오라비가……비통하게 눈을 감았다고 하는구나."

주 상궁의 숨이 턱, 막히는 순간이었다.

묵묵히 은설의 사가로 향하던 도윤이 그녀를 돌아보았다.

저자의 밤은 고요했다.

눈을 반짝이며 저자를 구경하던 은설은 자신의 곁에 서 있는 그를 올려다보았다. 도윤이 무표정한 얼굴로 그녀를 내려다보고 있었다.

"소녀의 얼굴에 뭐라도 묻었습니까?"

그녀가 낮은 미소를 그리며 물었다.

"너는 원래 그토록 솔직한 여인인 것이냐."

"소녀가 솔직하옵니까?"

그녀가 작게 웃음을 터뜨리며 그를 바라보았다. 그러자 그는 묵묵히 고개를 끄덕이며 그녀를 내려다보았다. 그때, 날리는 바람결에 어디선가 불어온 배꽃 잎 한 장이 그녀의 정수리에 사뿐히 내려앉았다. 그러자 도윤은 피식, 웃음을 터뜨리며 고개를 반대편으로 돌리고 말았다.

"왜 웃으시어요?"

그녀가 동그란 눈을 반짝이며 웃음을 터뜨리는 그를 바라보았다.

"어여뻐서."

"……예?"

그의 말에 그녀의 양 볼이 붉게 달아올랐다.

그는 손을 뻗어 그녀의 머리 위에 앉은 꽃잎을 떼어냈다. 그러곤 그녀의 손바닥 위에 올려놓았다.

"이것이."

"아."

그제야 그녀도 그를 따라 웃음을 터뜨렸다. 그러곤 멋쩍은 듯 자신의 머리칼을 쓸었다.

"그리고…… 너도."

도윤은 그 말을 내뱉고선 쑥스러운 듯 헛기침을 했다. 그러곤 온몸이 달아오른 그녀를 두고 성큼성큼 앞서 걸었다.

두 사람의 심장이 제멋대로 요동치고 있었다.

"너를 보고 있으면 참으로 부럽다."

"무엇이요?"

"무엇이든 솔직하게 드러나는 네 감정과 솔직하게 드러낼 수 있는 용기와 힘. 나는 그것이 부럽구나, 무척이나."

그의 말에 그녀가 슬며시 그의 손을 잡았다. 놀란 그가 바삐 걷던 걸음을 멈추고는 그녀를 돌아보았다. 그녀가 수줍게 웃으며 좀 전의 배꽃 잎 한 장을 그의 손에 쥐어주었다.

"여기요. 제 용기와 힘을 나리께 드렸으니 이젠 나리께서도 솔직해질 수 있을 것이옵니다."

"……아."

그녀는 그의 손바닥 위에 놓인 꽃잎을 지그시 바라보며 말을 이어갔다.

"나리께서도 사랑받을 수 있고 행복할 수 있는 사람입니다. 하니, 이제부터라도 아프지 말고 행복하게 사셨으면 좋겠습니다."

반짝이는 그녀의 눈망울이, 다정한 그녀의 음성이, 그의 가슴을 몇 번이나 무너뜨리고 있었다. 그는 참지 못하고 그녀의 어깨를 쥐었다.

"한데, 싫다."

"……예?"

"혼자서는."

"아."

"네가 내 곁에서 나의 힘이 되어주어야겠다."

그 말을 하는 그의 얼굴은 제법 진지했다.

지옥 같던 그의 삶을 한순간에 꽃동산으로 만든 것이 그녀였다. 더욱이 놓고 싶지 않았다. 그녀도, 그리고 이젠 그녀와 행복해질 수 있겠다는 확신도. 그의 강경한 확신이 담긴 듯, 그가 그녀를 한껏 끌어안았다. 그녀를 끌어안은 그의 가슴이 터질 듯 뜨거워졌다.

이젠 더 끌고 싶지 않았다. 그녀를 자신의 온 삶을 걸어 자신의 손으로 지켜내고 싶었다.

"네가 준 이 용기로 이젠 말할까 한다."

"나리?"

"나는 이도윤이다. 해서 너에게 온전히 이도윤이란 사내로 다가가고자 한다."

알 수 없는 말들을 늘어놓는 그는 아파 보였다.

그녀의 가슴 한편이 저렸다.

"그것이 무슨……."

모든 만물이 정지한 듯, 바짝 굳은 그녀가 그를 빤히 응시했다.

"나는 사랑받으며 살 수 있는 삶이 아니다. 내가 가진 삶은 불행한 삶이다."

그의 깊은 음성에 은설이 고개를 들었다.

"한데 그런 내가 너와 우연처럼 몇 번을 마주하고 보니 참으로 이기적이게도 헛된 기대 같은 것이 자꾸만 내 마음에 부풀었다."

태어나 처음으로 느껴보는 이 설렘과 행복은 그의 온몸을 속절없이 잠식해 나가고 있었다.

"사랑받으며 행복하게 살 수 없는 내가. 결코, 평범하게 살아서는 아니 되는 내가 태어나 한 번쯤은 평범한 사내로 사랑도 느끼고 행복도 느끼며 살아도 되지는 않을까."

"나리."

"그래도 되지 않을까 하는 욕심이 생겼다."

한없이 슬퍼진 시선으로 도윤이 은설을 바라보았다. 은설 역시 그의 시선을 피하지 않고 고스란히 받아내었다.

"세상 사람들이 다 손가락질하고 미워하고 또한 더럽고 피비린내 나는 그 자리가."

"아……."

"정말 어쩌면 이 조선에서 단 한 명에게만큼은 사랑받을 수 있지 않을까 하는 바람."

도윤이 지금 무슨 말을 하는 것일까, 총명하게 반짝이던 은설의 눈동자가 속절없이 요동치기 시작했다.

설렘으로 가득했던 그 심장도 가쁘게 뛰기 시작했다.

은설은 떨리는 눈동자로 그의 곧은 입술만 응시했다.

두 사람은 숨소리도 죽인 채, 온전히 서로만 바라보았다.

달빛을 머금은 고요함 속에선 오로지 풀벌레 소리만이 이어지고 있었다. 그때였다.

"나는."

도윤이 굳은 얼굴로 드디어 침묵을 깨고 붉은 입술을 열었다. 은설이 가슴을 작게 떨며 그를 바라보았다.

"이 나라의 군주다."

고요하던 땅이, 뒤집히는 순간이었다. 그의 매끈한 입술 사이로 흘러나온 말은 은설을 충격에 빠뜨리기에 충분했다. 어안이 벙벙한 얼굴로 도윤을 바라보던 그녀는 그제야 '군주'라는 말에 한껏 놀라 고개를 조아렸다. 그러곤 황급히 흙바닥 위로 무릎을 꿇었다.

"앗, 전하! 감히 용안을…… 뵈옵니다!"

은설은 너무 놀라, 말조차 더듬거리며 어찌할 바를 몰랐다. 그런 그녀를 묵묵히 내려다보던 그의 눈이 젖어갔다.

"소, 소녀는 나리…… 아니, 전하께서……."

그는 한쪽 무릎을 굽히고는 그녀에게로 다가섰다.

"일어나라."

"전하!"

"내가 누구라고 해도 놀라지 않을 것이라 말한 것은 너였다."

"하나, 그것은 전하가 전하이신 줄 모르고 소녀가 헛, 헛소리를…… 아니, 헛소리가 아니오라……."

입술이 멋대로 움직이고 있었다. 은설은 황급히 입을 틀어막으며 두 눈을 질끈 감고야 말았다. 눈앞이 아득해졌다.

도윤은 그런 그녀의 한쪽 어깨를 가만히 쥐었다. 자신을 보며 화들짝 놀라 속절없이 떨고 있는 은설을 내려다보는 도윤의 가슴이 아파왔다. 역시나 그의 정체를 알고 나니 도윤이 두려워진 것일까. 괜찮다, 다정하게 말하던 그 여인은 지금 그의 발아래에 무릎을 꿇고 고개를 조아리고 있었다.

'이 여인 역시 다른 이들처럼 나란 존재가 두려워 달아나고 말 것인가.'

도윤의 목이 메어왔다.

그녀가 얼른 무슨 말이라도 해주길 바랐다.

"전하."

"말하라. 너도 내가 두려운 것이냐."

그의 젖은 음성에 은설은 조아렸던 고개를 들었다. 하지만 그녀의 얼굴엔 여전히 두려움과 충격이 한데 뒤섞여 있었다.

"전하, 몰라뵈어 송구하옵니다."

힘겹게 치켜든 시선 앞엔 도윤의 슬픈 얼굴이 저를 마주하고 있었다. 은설은 손바닥에 힘을 주어 무너지지 않기 위해 애썼다. 도윤의 슬픈 얼굴이 그녀를 빤히 응시하다 이내 툭, 아래로 떨구어지고 말았다.

"헛된 바람이었구나. 역시 난 그런 용기를 가져선 아니 되는 것이었는데."

도윤이 허탈한 듯 자리에서 일어났다. 그러곤 터덜터덜, 등을 돌려 무릎을 꿇고 있는 은설에게서 두어 걸음 물러났다.

보드랍기 그지없던 그 봄바람조차 이젠 날카로운 비수가 되어 도윤을 아프게 스치는 것만 같았다.

상처받은 얼굴로 돌아선 도윤은 차마 그 나머지 걸음조차 떼지 못한 채 밤하늘만 올려다보고 있었다.

그때, 은설이 별안간 그의 앞에 조심스레 다가와 섰다. 도윤은 조금 놀란 얼굴로 은설을 내려다보았다. 머뭇거리던 그녀가 제 치맛자락을 만지작거리며 작게 말을 이어나갔다.

"하나만 감히…… 여쭙겠나이다."

여전히 자신 없는 듯 은설이 고개를 조금 숙인 채 도윤을 향해 정중히 물었다. 도윤은 표정을 한껏 굳힌 채 입을 열었다.

"말하라."

"전하께서 금위대장이 아닌…… 이 나라의 군주라 하셔도 소녀에게 했던 말들은…… 변하지 않는 것이옵니까? 어떤 마음으로 소녀가 감히 전하를…… 뵈어야 할지 알 길이 없어 감히 여쭙나이다."

떨리는 그녀의 음성이 애처로워 보였다. 하지만 자신에게 다시 다가와준 그녀가 고마웠다. 도윤은 입술을 굳게 다문 채 그녀를 지그시 내려다보았다.

"변함이 없는 것인지…… 그 어심이 알고 싶사옵니다."

은설은 주먹을 곱게 말아 쥔 채 도윤을 올려다보았다. 그 역시 그런 은설을 깊은 얼굴로 내려다보고 있었다. 그녀의 물음에 도윤이 조금은 생각에 잠긴 얼굴로 입술만 깨물다, 이내 그 붉은 입술을 떼었다.

"다음을 기약하고 싶은 마음."

"전하."

"다음이라는 것을 바라고 원하는 마음. 너를 자꾸만 보아도 좋을 것 같다는 마음."

은설의 얼굴이 점점 붉게 물들어갔다.

그의 음성은 어느 때보다 자상했고 진지했고 달콤했다.

그녀가 용기를 내어 도윤을 오랫동안 응시했다.

"해서 너도 이런 나의 마음과 같았으면 하는 마음."

"전하."

"단 한순간도 변하지 않는 이 마음. 이것이 금위대장도 왕도 아닌 이도윤이란 이름을 가진 사내가 너에게 품은 마음이다."

❄

폐비 홍 씨의 입에서 흘러나온 말은 주 상궁을 충격에 빠뜨리기에 충분했다.

오래전 함께 유배지에 보내졌던 홍 씨의 오라비인 홍도한은 이학수의 삼엄한 경계를 피해 왕친들과 이학수에 반하는 세력과 몰래 접선하곤 했었다. 그러다 두 해 전, 도윤의 탄생일에 시행된 특별 사면 정책에 따라 도한은 죄인의 신분을 벗게 되었다. 그 후 그는 복수를 갈구하며 그 세력을 확장하기 위해 청국으로 떠났었다. 반드시 세력을 모아 중전 마마의 한을 풀어주겠노라, 밀서 하나만 남긴 채 떠난 그가 어느 날부터 그 소식마저 뚝 끊기고 말았다. 그러다 올해 겨울 그의 측근으로부터 도한이 비명횡사했다는 전갈을 받은 것이었다.

세상이 무너지는 것만 같았다. 그만 믿고 모든 계획을 도모하고 있던 홍 씨의 한쪽 날개가 꺾이는 순간이었다.

"그간 오라비를 따랐던 세력들은…… 여전히 남아 나의 복수를 돕겠다, 칼날을 갈고 있지만 사실상 올해 치르기로 하였던 거사는 기약 없이 미루어지고 만 것이다."

"마마, 하면!"

홍 씨는 고심에 빠진 듯 메마른 이마를 어루만지며 한숨을 옅게 내쉬었다.

"은설이에게 모두 고하고 궐을 쳐, 이학수와 그의 아들인 군주의 목을 베어내어 왕친 중에서 몰래 세자 수업을 받고 있던 아이 하나를 그 자리에 앉히곤 모든 것을 제자리로 돌리려 하였건만. 그래, 오라비를 따르던 세력들도 뿔뿔이 흩어져 지금은 그 소식조차 알 길이 없고, 이따금 닿는 소식통이라곤 이 빠진 호랑이와 다름없는 왕친들 몇뿐이니. 오라비가 쥐고 있던 그 거대한 군사들은 어디로 사라진 것이며, 모두 어디로 흩어져 그 뜻을 품고 있는 것인지……. 여인이자 죄인인 나의 몸으로는 도저히 다시금 그 세력을 모을 수가 없어 기약 없이 흐르는 세월만 안타깝게 바라보고 있네."

주 상궁은 안타까움에 탄식을 내뱉으며 저도 모르게 두 손을 모았다. 담담히 그 말을 내뱉는 홍 씨의 속은 얼마나 새까맣게 타들어가고 있을지, 주 상궁은 깊은 시선으로 그녀를 바라보는 것으로 위로를 대신했다.

"이 비통함을 어찌!"

"해서 은설이에겐 끝내 비밀에 부쳐야 할 듯싶네."

"마마."

"은설이에게 꼭 공주 신분을…… 회복시켜주고 싶었는데. 궐에서 당의를 입고 공주 마마라 불리며 제게 맞는 가문의 부마와 함께 백년해로하는 것을 보고 눈을 감고 싶었는데, 이마저도 다 욕심이 되었구나."

"하면 마마, 이대로 복수는 묻어둘 것입니까!"

"다른 방도를 택해야겠지."

안타까운 얼굴로 자신을 바라보는 주 상궁을 향해 그녀는 마음을 다잡았다.

"이학수의 아들. 이도윤, 그의 목을 내 직접 베어낼 것이다."

"마마."

"군사를 모아 그 세력을 추스르는 데 온 힘을 다 바칠 것이나, 그마저 끝내 성공하지 못한다면, 내가 직접 그 아들의 목을 칠 것이다."

"독을 이용하실 것입니까."

주 상궁은 언제든 홍 씨를 도울 생각이 있다는 듯, 나지막이 그 말을 내뱉으며 주먹을 꾹 쥐어 보였다. 홍 씨는 지난날, 비상 중독으로 스러져간 지아비 유준을 떠올리며 두 눈을 지그시 감았다.

"똑같이 갚아주어야지. 군사들로 그의 가문을 말끔히 처치하지 못한다면 내 그자의 아들만이라도 선왕 전하께서 그리 눈을 감으셨던 것처럼, 서서히 죽음에 이르게 하고 말 것이다."

홍 씨는 감았던 눈을 떠, 저를 가만히 올려다보고 있는 주 상궁을 마주했다. 주 상궁 역시, 그의 마음을 헤아릴 수 있다는 듯 다부지게 고개를 끄덕이며 입술을 앙다물었다.

"명령만 하시옵소서. 비상은 언제든 구할 수 있으니 손수 쉰네가 그자의 탕약에 비상을 풀어 넣을 것입니다."

"그리고 그 마지막 찰나의 숨통은 반드시 내 손으로 끊어놓을 것이야. 이학수가 보는 앞에서 독에 중독이 되어 기력을 펼치지 못하는 제 아들을…… 내 손으로 베어내고 나도 그 자리에서 자결할 것이다."

"마마!"

악에 받친 듯 그 말을 내뱉던 홍 씨의 눈시울이 붉어졌다. 주 상궁은 고개를 조아리며 끝까지 그 뜻을 함께하겠다는 듯 바닥에 납작 엎드렸다.

"나를 위하는, 그리고 내 오라비와 남아 있던 내 가문을 위로해주듯 연신 우리 가문의 뒤를 봐주었던 군주이지만. 그래, 내 그자에게 반감은 없었네. 어쩌면 그자도 미쳐 폭군이 되어간다는 소문에 가엾은 인간일 수도 있겠다, 동정심마저 들었으니."

"마마."

"하나 사사로운 감정에 엮여 용서하고 말고의 문제가 아니다. 그자는 내 아들과 내 지아비를 죽인, 그리고 나의 모든 것을 빼앗고 하나 남은 내 여식인 공주마저 저런 기구한 삶을 살게 만든…… 원수의 아들이니!"

도윤은 움츠러들지 않았다. 어떠한 마음이냐는 그녀의 물음에 도윤은 그 어느 때보다 다부진 눈빛으로 그녀를 응시하였다. 은설은 침착해야 한다고, 두근거리는 제 심장을 다독이며 안정을 되찾으려 했지만 힘들었다.

은설의 눈앞이 자꾸만 아득해져 갔다. 양 뺨은 금방이라도 터질 듯 붉게 달아올라 있었다. 금위대장인 줄로만 알았던 그가 국왕이라는 것도 채 와닿지 못했건만. 멀게만 느껴졌던 어심이 이리 가까이에 있을 줄이야. 은설은 느리게 눈을 깜빡이며 그를 빤히 응시했다.

"이번엔 내가 물어도 되겠느냐."

멍하니 서 있는 은설을 향해 도윤이 붉은 입술을 떼었다.

"너는 그래도 내가 두렵지 않은 것이냐."

솔직한 네 마음이 궁금하다, 그 말도 덧붙이고 싶었지만 아무래도 거기까지는 용기가 나지 않았다. 무슨 생각을 하는 것일까, 은설의 눈꺼풀이 느리게 깜빡이고 있었다. 자신을 빤히 바라보고 있는 그녀의 시선 속에 무엇이 담겨 있는지 도윤은 전혀 알 수 없었다. 하지만 그 질문이 은설에게 닿는 순간…….

'어머니, 아버지…… 오라버니……!'

그녀의 머릿속엔 이학수와 그의 측근들과 한사코 마주치지 말라며 언제나 자신을 걱정하던 가족들이 떠올랐다.

"전하……."

그를 부르는 음성 끝이 가늘게 떨리고 있었다. 그녀의 머뭇거림이 그의 가슴에 통증이 되어 번져가고 있었다. 그를 바라보는 그녀의 시선도 갈피를 못 잡고 있었다. 머뭇거리는 것이었다. 떨고 있는 것이었다. 그만 도윤이 픗, 헛웃음을 터뜨리며 고개를 숙이고 말았다.

"전하…… 전하가 두려운 것은 결코 아닙니다. 하나……."

머뭇거릴 수밖에 없었다. 떨 수밖에 없는 그녀였다. 그녀의 눈가가 당혹스러움에 붉어졌다. 난감하다는 듯, 그녀가 고개를 사선으로 떨어뜨렸다. 하지만 그 순간…… 그가 손을 뻗어 그녀의 눈가를 쓸어주었다.

두 사람의 시선이 부딪혔다.

이젠 그가 그녀를 위로해주고 있었다.

"기다릴 것이다. 너의 마음이 내 마음과 같아지기를. 너에게 멋대로 내 정체를 밝힌 것도 나였고, 너에게 멋대로 마음을 준 것도 나였다."

"전하."

"하니 기다려야지. 네가 내 정체를 온전히 받아들이고도 내 마음을 가질 수 있는 그날까지."

언제나 자신을 위로해주고 지켜준 그녀처럼 그도 이젠 그녀를 위로해줄 것이었다. 다 괜찮을 거라며, 그를 위해 만들었던 '춘몽 방울'은 여전히 그녀의 품에 남아 있었다. 그에게 그것을 건네며 자신의 마음도 함께 주려 했건만, 그녀는 그에게 방울을 줄 수 없었다. 차마 건네주지를 못하고 있었다.

"송구……하옵니다."

송구하단 말로 대답을 대신하는 그녀였다. 그가 이해한다는 듯 느리게 고개를 끄덕였다.

"나에게 오는 길은 두 가지가 있다. 하늘인 내가 땅이 되는 길."

"……전하."

"또는 네가 달이 되는 길."

애써 위로하며 그녀를 보듬어준 것은 그였지만, 그의 음성도 떨리고 있었다. 아쉬움이, 애절함이 처절하게 그를 잠식했지만, 그는 담담해지기로 했다.

"나는 기꺼이 너와 함께할 것이다. 네 마음이 정리되면 나를 만나러 나와다오."

그가 그녀를 놓았다. 그러곤 한 걸음 물러나, 잔잔한 미소를 띠었다.

"보름달이 뜨는 밤, 같은 시각, 같은 장소에서 널 기다리마. 나오지 않아도 괜찮다. 부담 가질 필요 없다."

기다리겠다는 그 약조에도 그녀는 묵묵부답이었다.

아무런 말도 할 수 없는 그녀의 가슴도 타들어갔다. 그는 그녀의 어깨를 작게 두드리며 돌아섰다. 도윤이 등을 돌린 뒤에야 그녀는 그를 편안하게 바라볼 수 있었다.

"전하…… 어찌 전하십니까. 어찌, 군주십니까."

병판과 유희가 이 사실을 안다면 펄쩍 뛸 것이 분명했다. 그렇게 이학수 무리들과 독대하지 못하게 자신을 꽁꽁 감추며 지켜왔던 지난 세월이 주마등처럼 스쳤다. 그녀의 눈앞이 아득해졌다. 그때였다.

"너."

충격을 받은 듯, 목구멍이 꽉 막힌 음성이 은설을 불렀다. 그녀는 황급히 눈물을 훔치며 뒤를 돌아보았다. 파리하게 질린, 영광이 문 앞에서 그녀를 기다리고 있었다.

"오, 오라버니……?"

영광의 음성에 그제야 그녀는 아차, 하는 얼굴로 고개를 들었다. 어디서부터 어디까지 보고 들은 것일까. 태어나 처음 보는 그의 화난 얼굴에 그녀의 가슴이 철렁, 내려앉고 말았다.

"너…… 지금 대체…… 주상 전하와!"

말을 잇지 못하는 그를 차마 응시하지 못한 그녀가 그만 고개를 숙이고야 말았다.

"죄송해요, 오라버니. 소녀도 몰랐습니다."

"보고도 믿을 수 없는 저 광경이…… 그럼 참이란 말이냐. 헛것도 꿈도 아닌 생시란 말이냐!"

그의 가슴이 무너졌다. 어떻게든 막아야 했는데, 결국 서로를 향하고 있는 가혹한 운명이었다. 영광이 아무런 말도 하지 못하는 그녀를 거칠게 잡았다.

"아니지……? 내가 잘못 본 것이지?"

곤란하다는 듯 연신 바닥만 훑던 그녀의 시선이 별안간 영광을 올려다보았다. 자못 심각해 보이는 그녀의 얼굴에 영광도 덩달아 진지해졌다. 그녀는 죄지은 것처럼, 고개를 푹 숙였다.

"아니 된다. 절대."

임금의 고백에도 아무런 대답을 올리지 못하였는데 이미 영광은 안 된다, 단언하고 있었다. 그녀가 젖은 얼굴을 들었다.

"절대 엮여서는 아니 되는 자다."

"소녀도 혼란스럽고 가슴이 미어집니다. 하니, 오늘은 그저……."

"흔들리지 않느냐. 군주라고 해도! 지존이라는 걸 알아도! 너는 지금 흔들리고 있는 것이 아니더냐!"

소리치는 그를 향해 그녀가 입술을 악물었다.

"왜 아니 된다고만 하십니까!"

"은설아!"

"소녀도 힘듭니다! 하지만 아무리 헤아리고 백만 번을 되짚어봐도 아니 되는 이유를 모르겠습니다!"

"……너."

"왕이라서요? 고독한 사랑이 될 것이라서요? 지존을 사랑하면 아니 되는 것이라서요?"

울부짖는 그녀를 향해 영광이 두 주먹을 움켜쥐었다. 그러곤 가슴 깊이 묻어두었던 그 참혹한 비극을 끌어내는 그였다.

"아니 되는 이유를 말해주면 그만둘 것이냐?"

"오라버니!"

"그자는!"

일순, 분기가 치미는 듯 영광의 입술이 파르르 떨렸다.

"이학수의 아들이니까. 너를 끝내 죽게 만들 테니까!"

"그것이 무슨."

혼란의 소용돌이 속에 갇혀버린 은설이었다. 그녀를 바라보는 그의 눈도 젖어갔다. 목 끝까지 차오른 말이 그의 입속을 맴돌았다.

'중전인 네 어머니를 폐위시키고 왕인 네 아버지를 죽인 원수의 아들이니까.'

하지만 차마 내뱉지는 못하는 그였다. 그 말이, 그 비밀이 그녀를 무던히도 아프게 할 테니까. 지독한 슬픔과 고통에 짓눌리게 될 테니까.

"오라버니."

"그자가 얼마나 비열하고 잔인한 자인 줄 모르느냐?"

변명 같은 말을 내뱉고는 그가 황급히 등을 돌렸다.

"그것은 그분의 아버지시지, 그분이 아니시잖아요."

"같은 피가 흐르는 자다. 언제 어느 때 그 어심이 변해 널 죽음으로 내몰지 모른단 말이다."

평소 그답지 않게 위태롭게 휘청이고 있었다.

"그래서 전하를…… 감히 주상 전하를 은애라도 한다는 것이냐?"

"감히 은애하게 되었으니 그분의 마음을 쉬이 받지 못하는 것이 아니겠습니까."

"제발 그만!"

간절한 그녀의 말에 영광은 아무런 말도 할 수가 없었다. 비통한 심정으로 그녀를 지켰던 나날들이 결국, 애꿎은 운명 하나에 모두 으스러지고 말 것인가. 여전히 영문도 모른 채, 힘겨워하는 그녀를 바라보고 있자니 영광의 억장이 무너졌다.

"궐에는…… 수많은 전하의 여인들이 있다."

"압니다."

"전하 하나만을 바라보다 눈을 감는 여인이 몇인 줄을 아느냐. 게다가 전하께선 이미 중전 마마를 맞으셨고, 또한 후궁 역시 거느리고 계신다. 왕으로서도 사내로서도…… 너에겐 아픔만 남길 분이시다."

왜 하고많은 인연 중, 하필 원수의 아들인 것이야. 그의 애간장이 타들어가는 것 같았다. 하지만 그를 바라보는 그녀의 가슴도 무너지고 있었다.

"왕으로서도, 또한 사내로서도 가엾고 안타까운 분이십니다."

"은설아."

"제가 지켜드리고 싶어요. 그분의 곁에서요."

"한여름 밤의 꿈처럼 잠시 피었다 흔적도 없이 사라질 연모다. 오래도록 쥐고 있지 못할 그분의 한시적인 마음에 어찌 네 명운을 걸겠단 것이야."

그의 안타까운 시선이 은설의 눈에, 입에, 그리고 볼에 끊임없이 닿았다. 하지만 그녀는 그럴수록 끊임없이 도윤이 그리웠다.

"하늘 같은 어심을 감히 갖고 싶단 욕망도 아니옵고, 중궁전을 차지해 권력을 쥐겠단 야망도 아니옵니다."

"하면 네가 후궁이라도 되겠다는 것이냐!"

마음이 미어져 언성을 높일 수밖에 없었다. 한 나라의 공주가 후궁이라니. 그것도 원수의 아들인 군주의 정비(正妃)도 아닌 한낱 후궁이라니. 피를 토하며 스러져간 선왕이 알면 땅속에서 기함하며 벌떡 일어날 일이었다. 영광의 고함에 그녀는 가만히 고개를 조아렸다.

"후궁이 되는 것은 어려운 일이 아니지요……. 하나, 나로 인해 비통에 잠기실 어머니와 아버지가 걱정입니다."

마음이 무너져 더는 말을 이을 수가 없었다. 그는 그녀를 그대로 두고 터덜터덜, 정처 없이 걷고 말았다.

"오라버니!"

넋이 나간 듯 자신에게서 멀어지는 영광을 바라보는 그녀의 마음도 속상함에 무거워졌다. 그녀는 그만 스르륵 주저앉고 말았다.

"이럴 것 같아서 대답하지 못했던 것입니다, 전하. 정녕 전하와 소녀는 은애할 수 없는 사이일까요."

가슴이 답답해 쉬이 잠들 수 없는 밤이었다.

한양으로 돌아오는 배 안에서 주 상궁은 연신 눈물만 훔쳤다. 철석같이 믿었던 도환의 존재가 사라지고 말았다니. 어쩌면 하늘은 이렇게도 무심할까.

그녀는 먹먹한 눈으로 하늘을 올려다보았다.

"우리 중전 마마…… 공주 마마 가엾어서 어쩌누."

지난날, 올해는 꼭 넘기지 않을 것이라며 이제 공주의 곁으로 갈 수 있겠다는 기쁜 마음이 다분했던 홍 씨의 밀서가 떠올랐다. 동시에 거사가 물거품이 되었다며 담담하게 말하던 그녀의 처연한 음성도 떠올랐다.

한숨만 연거푸 터져 나왔다. 이학수를 직접 칠 수 있는 절호의 기회를 날렸으니 복수를 다시 도모해야만 했다.

주 상궁은 이학수를 죽일 수 없다면 그의 아들인 이도윤만이라도 죽이겠다는 홍 씨의 포부를 가슴에 새겼다. 그 대의(大義)에 자신의 목숨을 바쳐서라도 그녀의 한을 풀어줄 생각이었다. 주 상궁은 마른 한숨을 내쉬며 가슴 깊숙이 품었던 중전 김 씨의 밀서를 끄집어냈다.

왕의 여인이 적힌 밀서.

한양에 당도하는 대로 이 여인을 은밀히 보고 오라는 그녀의 명을 받잡아야 했기에 주 상궁은 뻐근한 눈으로 밀서를 펼쳐 들었다.

> 병조판서(兵曹判書) 신주혁의 여식,
> 신은설

그 이름을 보는 순간 그녀는 그대로 굳어버리고 말았다.

"신……은설이라니!"

몇 번을 보아도 그 밀서에 새겨진 이름은 공주, 은설을 가리키고 있었다. 너무 놀란 그녀는 입을 다물지 못했다.

"공주…… 공주 마마라니……! 공주 마마라니!"

차라리 자신의 눈이 잘못된 것이길 바라며 그녀는 몇 번이고 자신의 눈을 더듬고 비비기를 반복했다. 하지만 뿌연 시선 사이로 선명하게 떠오르는 은설의 이름에 그녀의 눈물이 터져 나오고 말았다. 절대, 닿아서는 안 될 운명이 닿고 만 것이었다. 피바람을 부를 참혹한 비극에, 결국 스러지고 말 죽음에 가엾은 공주가 뛰어든 것이었다.

밀서를 쥔 주 상궁의 손이 미친 듯이 떨리기 시작했다. 눈앞이 캄캄해지는 사이로 야윈 폐비 홍 씨와 피를 토하며 죽어가던 선왕의 얼굴이 나타났다. 피어보기도 전에 독살당한 세자의 모습도 떠올랐다.

마른 가슴을 내려치던 그녀가 애석하기만 한 하늘을 올려다보며 흐느꼈다.

"제발…… 그 연모를 멈춰주세요, 공주 마마!"

제 9 장

청혼, 그리고 교지

보름달이 떠오르기까지는 사흘 정도가 남아 있었다.

온전히 부풀지 못한 달을 올려다보던 은설이 가슴속에서 '춘몽 방울'을 꺼냈다. 그때, 은설이 침소에 드는 것을 돕기 위해 별채로 들던 여주가 눈을 동그랗게 떴다.

"얼레? 아가씨 그것 여태 갖고 계셨어요?"

"주지 못했구나."

"왜요? 어제 그것을 주러 나갔다 밤이슬 맞고 오신 거 아니었어요?"

이부자리를 곱게 쓸던 여주가 자리를 잡고 앉았다. 근심 가득한 은설의 얼굴을 가만히 바라보는 여주의 눈이 의뭉스레 커졌다.

"그랬지. 그랬었지."

"왜 그런데요? 평소 아가씨답지 않게 잔뜩 우울해져서는?"

"그러게…… 왜 그럴까."

"얼레. 어디 아프세요?"

"그런가. 아픈가, 내가."

의욕을 잃은 채 어깨만 축 늘어뜨리고 있는 그녀의 모습은 안쓰럽기까지 했다. 여주가 무릎걸음으로 그녀의 곁에 다가가 그녀의 처진 어깨를 주물렀다.

"힘내세요, 아가씨. 그것이 못나게 생겼다고 타박이라도 맞은 모양인데……."

"그런 것이 아니거든?"

그제야 은설이 여주를 휙 돌아보며 입술을 삐죽였다. 그녀의 반응에 여주가 킥킥대며 춘몽 방울을 받아 들었다.

은설은 다시금 턱을 괴며 별채 밖을 내다보았다. 갑갑한 자신의 가슴만큼이나 밤안개가 잔뜩 내려앉아 있었다.

"은애하는 마음이…… 해(害)가 될 수 있을까?"

"어찌 은애하는 마음이 해가 됩니까?"

"손바닥 뒤집듯 뒤집히는 그 연모에 내 모든 운명을 거는 것은…… 멍청한 짓이겠지?"

은설이 여주를 지그시 돌아보았다. 그러자 덩달아 심각한 얼굴로 여주가 턱을 괴었다.

"은애한단 그 마음을 못 믿으시는 거군요?"

"……그런 걸까, 내가? 믿음이 부족해서?"

"손바닥 뒤집듯 뒤집히는 연모라면 그거는 그거대로 은애하는 마음이고 연모이지요? 그 연모가 처음과 같지 않다면 그 마음이야 쓰라리고 아프겠지만, 은애하고 열렬히 연모하고 행복하게 정을 나누었다는 것만으로도 벅찬 추억이 되지 않을까요?"

"……아."

"해서 연모가 아름다운 것이고 따스한 것이지요. 그 추억이
너무 예쁘니까."

여주는 소녀처럼 얼굴을 붉혔다. 그러곤 옷고름을 돌돌 말
아 몸을 배배 꼬았다.

"쇤네도 그런 연모 한번 해봤으면 소원이 없겠네요."

"……언젠간 스러질 연모인데도?"

"아가씨도 참. 구더기 무서워 장 못 담근답니까? 끝이 두려워
시작도 못 해보면 평생 독수공방하셔야 하게요? 아니면 혼기(婚
期)가 꽉 차서 노총각한테 억지로 시집을 간다던가!"

여주의 너스레에 은설이 그만 핏, 웃음을 터뜨리고야 말았다.

"우리 아가씨가 참말로 은애라는 것을 하기는 하는 모양입니
다?"

"어찌?"

"이런 고민도 다 그분을 너무 연모해서 생겨난 고민이지요?"

"아."

"헤어지기 싫은데 헤어지면 어쩌지? 나는 평생 사랑할 수 있
는데 날 버리시면 어쩌지? 한데요, 그게 무서워 그분과 정 한
번 못 나눠보고 평생 홀로 마음 앓이 하다 끝내고 싶으세요?"

정곡을 찌르는 여주의 말에 그녀의 얼굴에 홍조가 일었다.

그 눈동자가 반짝, 빛이 나는 순간이었다.

"손도 잡아보고, 품에도 안겨보고요, 입술도! 어, 찐하게 맞

춰보고! 그래야 후회가 없지요?"

"너, 너도 참! 못하는 소리가 없어."

은설의 얼굴이 붉게 달아올랐다.

그와 입맞춤이라니……!

다시금 설렘과 묘하게 벅찬 감정이 피어났다.

눈앞에 그려지는 그의 근사한 얼굴에 그녀는 그만 입술을 질끈 깨물고야 말았다. 그러곤 손에 쥐었던 춘몽 방울을 들어 가만히 들여다보았다. 밤바람이 방울을 사뿐 흔들자 방울 소리가 퍼져나갔다.

'보름달이 뜨는 밤…… 그땐 이 방울을 전하게 드릴 수 있을까요?'

고민과 고뇌로 어떻게 흘러갔는지 모를 사흘의 날이 흘렀다.

해가 지고 날이 어둑해지자 먹구름도 밀려왔다.

종일 고민에 잠겼던 은설은 유희의 심부름을 다녀오며 잔뜩 흐려진 하늘을 올려다보았다.

"결국…… 약조한 날이 다가왔구나."

여전히 갈피를 잡지 못한 그녀의 마음이 갈대처럼 흔들렸다. 세찬 빗줄기를 한바탕 요란스럽게 흩뿌릴 기세의 하늘이 야속했다.

"전하께선 필시…… 나오실 것인데. 내가 안 나가면 어떡하

246

나. 이 비를 홀딱 맞으시겠지?"

하늘을 올려다보는 그녀의 눈동자도 먹먹해졌다. 그때, 유희
가 마당으로 들어서는 은설을 불러 세웠다.

"다녀오는 것이야?"

"아, 예. 어머니."

"얼른 씻고 오거라. 당숙님들이 곧 당도하신다니 모처럼 모
여 밥 한 끼 하자꾸나."

"……아, 오늘이었어요?"

새까맣게 잊고 있었다.

오늘은 남해에서 당숙님들이 상경하는 날이었다.

은설의 얼굴이 딱딱하게 군자 유희가 피식 웃었다.

"그렇게 내가 일렀는데 그걸 고새 까먹었어?"

"아, 잊고 있었어요. 한데 저 오늘은……."

도윤과의 약조가 떠올랐다.

약조한 시각이 다가오고 있는데 복병이 생겨버린 것이다. 생
각지도 못한 당숙님들의 방문이 그와의 약조를 가로막고 있었
다. 머뭇거리며 어쩔 줄 몰라 하는 그녀를 유희가 걱정스럽게
바라보았다.

"왜? 무슨 일이라도 있니?"

하지만 은설은 차마 주군과의 약조가 있다는 말은 내뱉지
못했다. 그의 연모를 받아들인다면 응당, 유희에게 제일 먼저
일러야 할 일이었다. 은설의 시선이 불안하게 흔들리고 있었
다. 끝내 축복받지 못할 연모가 될 거란 두려움이 그녀를 덮쳤

다. 그녀는 하는 수 없이 한숨을 내쉬며 고개를 가로저었다.

"……아, 아니어요. 하면 소녀 씻고 오겠사옵니다."

넋이 나간 얼굴로 그녀가 돌아섰다. 터덜터덜 별채로 향하는 은설의 가슴은 쇳덩이를 매단 듯 무거워지고 있었다. 그러다 우뚝, 걸음을 멈춰 선 그녀의 머리 위로 굵은 빗줄기가 후두둑 떨어졌다.

"큰일이네…… 이를 어찌하면 좋아."

예상했던 대로 한바탕 장대비가 내릴 모양이었다. 그 순간, 깊은 한숨을 내쉬며 그녀가 작게 가슴을 떨자, 그 품에 들었던 방울이 '딸랑' 울렸다.

그녀를 더 고민하게 만드는 소리였다.

치맛자락을 굳게 움켜쥐며 그녀가 휘휘 고개를 내저었다.

"오늘은 어찌 되었든 전하를 만나러 가지 못할 날이야. 전하께서도 이 비를 뚫고 잠행을 나오시기도 힘들 것이고."

그녀는 천근만근 무거워진 발걸음으로 별채에 들어섰다.

빗줄기가 제법 굵어져 있었다.

"아가씨! 당숙님들 당도하였습니다! 얼른 나오셔요!"

옷을 갈아입고 별채에 가만히 앉아 있던 그녀를 부르는 여주의 음성이었다. 하지만 그녀는 자리에서 일어날 수 없었다.

바닥에 곱게 놓인 '춘몽 방울'을 하염없이 내려다보는 그녀의 눈이 먹먹해졌다. 곧 별채의 문이 열리고 흠뻑 젖은 여주가 옷 깃에 묻은 비를 털어냈다.

"무슨 비가 이리이리, 험악하게 내리는지. 아가씨 뭐 하세요?"

"고민."

"무슨 고민. 아⋯⋯?"

그러다 근심 어린 얼굴로 방울을 내려다보는 은설을 발견한 여주가 우뚝 멈춰 서고 말았다.

"오늘은 아니 되어요. 남해에서 당숙님들이 죄다 올라오셨는데⋯⋯ 어찌."

"오늘이 아니면 평생 그분의 마음을 받지 못할 것이다."

"다음을 기약하면 되잖아요."

"다음을 기약할 수 없는 분이시다."

"그 마음이 닿고 있는데 어찌 다음을 기약할 수 없어요?"

여주가 이해할 수 없다는 듯 은설의 앞에 앉았다. 넋이 나간 듯 방울만 내려다보던 그녀가 그제야 고개를 들어 여주를 바라보았다. 여주를 바라보는 그녀의 시선이 비에 젖은 듯, 축축해져 있었다.

"마음이 있어도 닿지 못할 곳에 계신 분이거든."

"아가씨."

"해서 고민했고⋯⋯ 해서 차마 받지 못했고⋯⋯ 해서, 채 주지 못했던 마음이었다."

도통 알 수 없는 말을 늘어놓는 은설을 여주가 한참 동안 바라보았다. 그때, 하늘이 쪼개질 듯 요란스러운 벼락이 내리쳤다.

콰광—.

여주가 흠칫 놀라며 창밖을 바라보았다. 은설의 가슴이 쿵, 쿵, 쿵, 몇 번이고 내려앉길 반복했다.

"여주야."

그녀가 젖은 눈으로 창밖을 응시했다. 한양을 집어삼킬 듯 내리는 장대비와 천둥 번개가 그녀의 여린 몸을 뒤흔들었다.

"나 안 되겠어."

결심한 듯 춘몽 방울을 굳게 쥐는 그녀였다.

그녀가 휘청이며 자리에서 일어났다.

"오늘은 정녕 아니 된다니까요? 그러다 안방마님, 대감마님이 아가씨 정인 생긴 거, 알아차린다니까요?"

여주가 은설의 팔을 슬며시 쥐었다. 하지만 그녀는 자신의 팔을 쥐는 여주의 손을 조심스럽게 떼었다.

"홀로 이 비를 맞게 할 순 없어. 더는 그분을 외롭게 해서는 안 될 것 같아. 우산만이라도 건네드리고 올게."

"아가씨!"

"아무리 생각해도 이 빗속에 홀로 계실 그분이 걱정되어 안 되겠어."

그대로 별채의 문을 열고 뛰쳐나가는 은설이었다. 한 손에 '춘몽 방울'을 꼭 쥔 채, 다른 한 손엔 우산을 쥔 채 그녀는 거침없이 빗속을 뚫고 나갔다.

"조금만…… 조금만 기다려주세요, 전하!"

✿

한 손에 우산을 쥐었지만 소용없었다.

세찬 비바람에 은설의 몸이 속절없이 젖어 들었다. 그녀는 치맛자락을 꾹 쥔 채, 죽을힘을 다해 필애원으로 달렸다.

"하아, 하아."

빗속으로 열기가 뿜어져 나왔다. 그녀가 거센 비를 뚫고 필애원에 당도하자, 무성하던 꽃잎들도 비바람에 씻겨 바닥에 흩뿌려져 있었다. 이상하게 그녀의 가슴이 저릿했다.

"가신 걸까……."

어둠이 짙게 내려앉은 필애원에 조심스럽게 들어섰지만, 그 어느 곳에서도 인기척은 들리지 않았다. 필애원 깊숙이 들어설수록 도윤의 흔적은 어디에도 보이지 않았다. 그녀의 가슴이 철렁, 내려앉았다.

"두 시진이나 지나긴 했으니…… 돌아가셨나 보다."

아님, 어쩌면 때 아닌 폭우에 잠행을 나오시지 않았을 수도 있었다. 그녀는 어깨를 축 늘어뜨리며 허망한 듯 한숨을 내쉬었다. 그러다 다시 입구로 돌아가기 위해 느리게 몸을 돌리자, 커다란 느티나무 아래 희뿌연 사람 형체가 드러났다. 돌아서던 그녀가 황급히 발길을 멈추었다.

"전……하!"

도윤이었다. 머리부터 발끝까지 젖은 그가 멍하니 정면을 바라보고 있었다. 그의 모습이 그녀의 눈동자에 담기자, 그녀의 가슴이 걷잡을 수 없이 뛰기 시작했다. 그는 곁에 우산을 두고도 쓰지 않은 채, 내리는 비를 모두 맞고 있었다. 속상함에 그녀의 얼굴이 일그러졌다.

은설은 조심스럽게 그에게로 다가갔다. 그 한 걸음, 한 걸음이 너무도 살 떨리고 마음이 저려 무너지려는 것을 몇 번이고 참아냈다.

"전하."

젖은 그가 선명하게 보일 정도로 둘의 거리가 좁혀지자, 그녀가 떨리는 음성으로 그를 불렀다. 하지만 거친 빗소리에 그녀의 목소리는 그에게까지 닿지 못했다. 그녀의 부름에도 그는 사색에 잠긴 얼굴로 정면만 바라보고 있을 뿐이었다. 그녀가 다시금 한 걸음, 그에게 더 다가갔다. 그러곤 조금 전보다 더 확신에 찬 음성으로 그를 불렀다.

"전하."

그제야 그의 반듯한 고개가 돌아갔다. 젖은 몸보다 더 아프게 젖어버린 그의 시선이 그녀의 얼굴을 응시했다.

"송구하옵니다."

그 말을 내뱉는 그녀가 그만 울음을 터뜨리고 말았다. 대체 언제부터 이 비를 맞고 계셨던 것일까. 모두 젖어버린 그를 보자 눈물부터 흐르고 말았다.

도윤은 손을 뻗어 그녀의 젖은 얼굴을 어루만졌다. 차가운 그의 손이 그녀의 뺨에 닿았다. 두 사람의 물기 어린 시선이 서로를 마주 보았다. 그제야 그의 눈동자에 선명한 빛이 들었다.

"꿈인 줄 알았다."

겨우 내뱉은 말이 그것이었다. 잠긴 그의 음성이 겨우 그 말을 내뱉으며 그녀를 쥐었다.

"헛것이라도 보는 줄 알았다. 네가 너무 그리워서."

그 말에 은설은 나지막이 미소를 지었다. 그러곤 젖은 얼굴로 느리게 고개를 가로저었다.

"꿈도 아니옵고, 헛것도 아니옵니다. 늦어서 송구하옵니다. 어찌 이리도 비가 세차게 내리는데 우산도 쓰지 않고 소녀를 기다리고 계셨사옵니까. 그러다 옥체 상하시면 어쩌시려고……"

속상하다는 듯 그녀가 자신의 우산을 도윤에게 씌워주었다. 그러자 그 우산을 받아 들어, 다시 그녀의 머리 위로 씌워주는 그였다. 그의 얼굴에 안도감이 돌았다.

"벌을 받는 줄 알았다."

"전하."

"내가 너무 나쁜 사람이라…… 누군가를 죽이고 얻어낸 내 자리라 하늘이 내게 벌을 내리는 줄 알았다."

투박한 빗소리 사이에서도 선명하게 피어오르는 그의 음성이었다. 애절하다 못해 처절하기까지 한 그 음성 끝엔 지독한 슬픔도 서려 있었다.

"해서 다신 널 못 볼 줄 알았다."

"소녀가 많이 늦었지요."

"평생 널 그리워하며 마음을 앓아라, 그런 벌이 내게 주어진 줄 알았다."

"전하……."

"그래서 갈 수 없었다. 너를 그리워하는 이 마음을 거둘 수 없어서."

창백한 그의 얼굴 위로 빗물이 사정없이 쏟아졌다. 은설은 저도 모르게 손을 뻗어 가엾은 그 용안을 어루만졌다. 그녀의 작지만 따스한 손이 그의 뺨에 닿자, 그의 눈꺼풀이 파르르 떨렸다. 그러곤 그 손 위로 도윤이 손을 뜨겁게 포개었다.

"어찌 하늘이 전하께 벌을 내리신단 말입니까."

"은설아."

"전하가 어찌…… 나쁜 사람이라 하십니까."

가엾은 군주였다.

무성한 소문 속에서 외로이 살아가는 그였다. 단단히 굳어 있던 그의 근육이 스르륵 풀어지는 느낌이었다.

한없이 보드랍고 따스한 그녀가 그를 위로하자, 몸 위로 수없이 쏟아지는 거친 빗방울도 아프지 않았다. 젖어가는 그 몸도 차갑지 않았다. 그녀를 향한 그의 마음은 더욱 뜨거워지고 있었다.

"망설였습니다. 두렵지 않았다고 하면 거짓이겠지요."

"그 마음 모두 헤아리마. 널 두렵게 하지 않을 것이다."

"전하……."

머뭇거리며 그 말을 하는 그녀의 눈이 연신 그를 쓰다듬었
다. 그때였다.

"앗!"

필애원의 풀숲에서 수상한 움직임 하나가 도윤의 눈에 띄었
다. 도윤은 그대로 뒤돌아섰다. 그러곤 슬쩍 거두었던 너울을
다시 길게 늘어뜨리며 얼굴을 숨겼다. 빗속을 분주히 가르는
도윤의 거친 숨소리가 위태로워 보였다.

갑작스레 몸을 숨기는 그를 바라보던 은설은 자신의 등 뒤를
돌아보았다. 그때, 숲 깊숙이 후다닥 사라지는 수상한 움직임
을 그녀 역시 발견했다. 은설은 말없이 그의 손을 잡았다. 잔
뜩 예민해진 그가 흠칫 놀라며 은설을 돌아보았다.

"전하, 우선 몸을 숨겨야 할 것 같습니다."

맞잡은 두 사람의 손 위로 비가 뜨겁게 내리쳤다.

그는 고개를 끄덕이며 그녀를 잡아끌었다.

"떨어지지 말거라."

필애원을 황급히 나서는 둘을 수상한 그림자도 은밀히 쫓고
있었다.

그렇게 위험한 동행이 시작되었다.

"은설이가 안 보이는데 어찌 된 것이냐."

영광이 별채로 들어서며 얼굴을 굳혔다. 그 앞에서 어찌할

바를 모른 채 서성이던 여주가 급히 고개를 조아렸다.

"도, 도련님……."

영광을 발견하자 하얗게 질리는 여주였다.

그의 눈이 매섭게 빛났다.

"안에 없는 것이야?"

"그것이…… 그러니까."

"당숙님들이 찾으시는데 어찌하려고!"

머뭇거리는 그녀의 모습에 그의 가슴이 철렁했다. 그때, '꽈-광'하고 벼락이 내리쳤다. 그의 마음도 수천 갈래로 찢기는 순간이었다.

"나간 것이야? 설마 이 빗속을?"

"급히 전, 전해드릴 것이 있다고 해서요."

"누구에게 무엇을 전해."

"그것까지는…… 쇤네도 잘……."

급격히 굳어지는 그의 얼굴을 바라보는 그녀가 난처하다는 듯 이맛살을 찌푸렸다. 설마 또 왕을 만나러 간 것일까. 만나선 아니 될 그자를 또 마주하러 간 것일까. 그의 억장이 무너지고 있었다.

"요새 은설이가 만나는 사람이 누구더냐."

"예? 그, 그것도 쇤네는 잘 모르옵니다."

"알고 있는 대로 말하거라. 네 아가씨의 안위가 달린 문제다."

"……안위라뇨?"

'안위'라는 그의 말에 여주의 눈이 두려움으로 물들어갔다. 그 찰나를 놓치지 않고 그가 여주에게 더욱 다가갔다.

"은설이가 지금 만나고 있는 사람이 아주 위험한 사람일 수도 있다."

"에구머니나! 위험한 사람이라뇨, 도련님?"

"소문이 좋지 않은 자다. 은설이가 몰래 만나고 있는 그자. 내가 얼핏 본 적이 있어서 그런다."

"……근위대장이라고 들었습니다. 나쁜 사람 같지는 않았는데."

'근위대장'이란 말에 영광은 지난날, 궁에서 은설이 마주쳤다는 왕이 생각났다. 그리고 일전에 집 앞에서 왕과 독대하고 있던 그녀의 모습도 떠올랐다. 설마 했던 순간이 현실이 되는 순간이었다. 그의 양어깨에 쇳덩이가 매달린 듯 한없이 무거워지고 말았다.

영광은 그대로 집을 나섰다. 어떻게든 막아야 했다. 더는 깊어지는 둘 사이를 좌시하고만 있을 수 없었다.

"도련님! 도련님!"

"어머니와 아버지껜 함구하거라. 내가 은설이를 찾아올 것이니."

마음이 급해 자꾸만 헛발질을 했다. 비도 지독하게 내리는데, 대체 이 빗속을 뚫고 어딜 간 것인지. 마음이 참담해져 제대로 걸을 수조차 없었다.

"대체 왜 이렇게 속을 상하게 하는 것이냐, 은설아."

무작정 저잣거리로 뛰쳐나와 길거리를 헤매고 있었지만, 어디로 가야 할지 막막하기만 했다. 빗줄기는 갈수록 굵어지는데 그녀가 어디에 있을지, 가늠조차 되지 않았다. 가슴이 타들어가는 듯, 입안이 바짝바짝 말랐다.

그의 눈동자가 연신 빗속 어딘가를 훑었다.

초조함이 거센 파도가 되어 밀려왔다.

"사람을 붙였으니 곧, 병판의 여식이 맞는지 밝혀지겠지요."

"희한하게 병판의 여식과 매번 이리 부딪히는구나. 그때 내 집에 잠입했던 그자를 숨겨준 것도 그 여인이라 하지 않았더냐."

"예, 나리."

"하나, 내 눈으로 보기 전까진 믿을 수 없지. 주상이 숨겨둔 그 여인이 그의 여식이 맞는지 아니면 속임수를 쓰고 있는 것인지."

"들려오는 소문에 따르면 아무래도 그 가문의 여식이 맞을 것입니다."

"반드시 내 앞에 데리고 와야 할 것이다. 내 두 눈으로 직접 보고 확인해야겠다."

왕은 또다시 잠행을 나갔다고 했다. 아무래도 소문처럼 도윤에게 여인이 생긴 듯싶었다.

그 소식을 들은 이학수의 얼굴이 딱딱하게 굳었다. 왕의 숨겨둔 여인이 병판의 여식이란 소문도 있고 아니란 말도 있어, 그는 직접 눈으로 확인해야만 했다. 병판의 여식이라면 지난날, 부원군의 탄신 연회 때 자신의 사가에 잠입했던 무사를 숨겨준 여인이었다. 그 말은 그가 알고자 하는 모든 것들이 그녀를 중심으로 흘러가고 있다는 것이었다.

그 여인에게 숨겨진 비밀을 반드시 알아야만 했다.

두 눈을 지그시 감은 채 빗소리를 듣고 있던 이학수가 별안간 눈을 떴다.

"병판의 여식이면 중전을 통해 후궁 첩지를 내리라 하고, 병판의 여식이 아니라면 쥐도 새도 모르게 죽여야 할 것이다."

"예, 대감마님."

"또한, 그 병판을 내게 당장 끌고 와야 할 것이야. 주상 모르게."

병판의 여식임이 밝혀지면 그 누구보다 빠르게 병판의 가문을 자신의 사람으로 잠식시킬 그였다.

지난날, 폐비 홍 씨와 선왕의 세력과 친밀하게 지냈다던 그의 약점을 쥐고 흔든다면 작금의 후궁들처럼 그 가문 역시 완벽한 자신의 사람으로 만들 수 있을 것이었다. 그것이 가장 비열하고도 확실한 방법이었다.

"감히 왕을 사랑했으면 그에 따른 막대한 책임을 져야 할 것이니."

이학수에게 있어 도윤은 아들이기 전에, 자신의 가문을 책임질 사람이었다. 그랬기에 그 가문의 명성에 먹칠하는 행동은 용서할 수 없었다. 그의 거무튀튀한 입술이 신경질적으로 벌어졌다.

"궐에 차고 넘치는 것이 후궁이라지만, 모두 나의 사람이거나 내게 득(得)을 줄 수 있는 가문이어야 한다. 양반 지체 하나 없는 평민 나부랭이가 감히 군주를 넘보아서는 아니 될 일이지. 내 가문이 어떤 가문인데…… 그런 천것에서 후사를 볼 수는 없는 법이야."

평온해 보이던 그의 얼굴이 무자비하게 일그러졌다. 지그시 말아 쥐었던 그 주먹에도 어마어마한 힘이 들어섰다.

중전과의 합방도 매번 고사하는 그였다. 또한, 고개만 조금 돌려도 닿을 거리에 있는 후궁들이었건만, 국혼 이후 궐의 여인 그 누구에게도 눈길 한 번 주지 않았다. 그랬기에 그의 후사 문제는 이학수에게 있어 가장 큰 골칫덩이였다. 그런데 일단, 제일의 고민인 그 후사 문제를 해결해줄 수 있는 '여인'이 생겼다니. 이것이 이학수에게 득이 될 것인지, 해가 될 것인지 아직 모를 일이었다.

"내 가문이 궐에서 쭉 살아남을 수 있는 방도는 후사를 이어가는 것, 그것 딱 하나뿐이지."

"후사 문제로 대감마님께서 골머리를 많이 앓으십니다."

그의 곁에서 고개를 조아리고 있던 살수 대장이 더욱 머리를 숙였다. 그러자 끝없이 내리는 비를 물끄러미 바라보던 이학수가 손끝을 말아 쥐었다.

"주상의 씨로 이른 시일 내에 세자를 책봉하지 않으면 곳곳에 거머리들처럼 내 사람에게 붙어 기회만 엿보는 왕가(王家)들이 고개를 치켜들 것이다."

"하지만 혹, 전하께서 지금 밀회를 하는 그 여인을 입궐시키어 중전의 자리에 앉히겠다 하며 대감마님과 또다시 척을 지려 한다면 어찌하실 것이옵니까."

그의 목소리는 은밀하고도 차분했다. 그 음성이 이학수의 귓가에 닿자, 그의 얼굴이 다시금 일그러졌다. 중궁전은 사사로운 정으로 감히 교체되어서는 아니 될 자리였다.

"그것은 아니 되지."

"하나, 요즘 들어 부쩍 대감마님께 반하는 행동을 많이 하는 전하십니다."

"내가 손쓰지 못해 두고만 보는 것이 아니다."

"하면 대감마님……."

"중궁전만큼은 주상의 뜻대로 어찌할 수 없음이다. 지금 중전 김씨 가문만큼 우리 가문에 도움을 줄 수 있는 세력은 없다. 그리고 우리 가문의 약점 또한 제일 잘 알고 있는 세력이니 쉬이 손을 놓을 수 없음이지."

"약점이라 하시면."

빗줄기는 더욱 거세졌다. 그 사이로 이학수의 날카로운 음성이 더욱 거칠게 일었다.

"조선 건국부터 이어져 오던 왕가의 순수 혈통이 아니라는 것."

"대감마님, 하나 피는 아닐지 몰라도 대감마님의 가문이 조선 건국 이래 왕가를 제외한 가장 강력한 세력을 지닌 문중(門中)이 아니옵니까."

"때론 권력보다 피가 더 강력할 때가 있다. 그것은 민심을 자극하고 숨어있던 왕의 세력들을 일으킬 가장 강하고도 유일한 시발점이 될 수 있음이지. 하니 그것이 내 발목을 움켜쥐기 전에 짓밟아야만 한다."

조선 제일의 권력을 쥐고 있음에도 그는 언제나 목이 말랐다. 어떠한 것으로 해소될 수 없는 그 갈증은, 그를 더욱 안달 나게 했고 초조하게 했다.

"하아, 하아……!"

고요한 저잣거리는 둘의 거친 숨소리로 분주해졌다.

참방참방, 곳곳에 생긴 물웅덩이를 디디는 두 사람의 발소리가 다급했다. 어쩐지 빗속을 가르며 뛰는 둘의 모습이 위태로워 보이기도 했다.

그때, 마치 약속이라도 한 듯 둘은 물레방앗간으로 뛰어 들어갔다. 어둠 속으로 순식간에 몸을 숨긴 둘은 황급히 방앗간 안으로 들어가 몸을 낮추었다. 밖에선 둘을 놓친 실수가 주위를 빠르게 훑으며 얼굴을 일그러뜨리고 있었다.

은설은 저도 모르게 세차게 내뿜어지는 숨소리를 죽이기 위해 입을 틀어막았다. 그 모습을 바라보던 도윤은 그런 그녀의 손을 잡았다.

"괜찮다, 이젠."

"전하……."

살수는 방앗간에서 멀어져갔다. 먹잇감을 놓쳐버린 맹수였다. 비장한 그 뒷모습이 허탈함으로 얼룩져갔다. 그 모습을 빤히 응시하던 도윤이 털썩, 벽에 기댔다.

"전하…… 괜찮으시옵니까."

"내 아버지가 보낸 사람이다."

"……대원군 대감께서요?"

"아무래도 내게 여인이 생겼단 소문을 들은 모양이구나."

그의 안색이 파리하게 질려갔다. 이학수가 눈치채고 손을 쓰기 전에 그녀를 입궐시켜야만 했다. 그의 책임감이 막중해졌다. 불안한 듯, 연신 밖을 살피는 그녀를 지그시 내려다보던 그가 그녀의 작은 어깨를 쥐었다.

"두려워할 것 없다. 내가 널 지킬 것이니."

젖은 그의 얼굴이 안쓰러워 보였다. 그녀는 손을 뻗어 그의 젖은 얼굴을 닦아내었다. 그러자 그가 그녀의 작은 손을 쥐었다. 그의 날숨이 뜨겁게 젖어 있었다. 그를 바라보는 그녀의 눈동자도 아슬아슬하게 떨렸다. 그때였다.

쿵—!

밖에서 방앗간의 벽이 뒤흔들리는 듯한 굉음이 들려옴과 동시에 도윤은 은설을 자신의 품에 가두었다. 그녀의 작은 몸이 그의 커다란 가슴팍에 밀착되는 순간이었다. 은설의 작은 몸이 무자비하게 떨리기 시작했다. 도윤의 커다란 손이 그녀의 머리를 꼭 끌어안고 있었다.

그리고 얼마의 시간이 지났을까. 잠잠해진 주변의 공기에 그녀가 꼭 감았던 눈을 떴다.

"전하……."

그녀의 양 볼이 능금 빛으로 물들어갔다. 서로를 바라보는 두 사람의 입술이 닿을 듯, 말 듯 아슬아슬한 거리를 유지하고 있었다. 그녀가 흠칫 놀라며 그에게 기댔던 상체를 들었다. 하지만 그의 단단한 손이 그녀를 더욱 세게 가두었다.

"아."

그녀의 잇새로 짧은 탄식이 흘렀다. 긴장감으로 그녀의 입술이 바짝 타들어가는 듯했다.

"이제 널 안아도 좋다, 내게 허락해주는 것이냐."

"전하."

"네가 나오지 않을까, 염려되고 걱정되었던 그 마음이, 널 기다리는 동안 나를 애태웠던 그 초조함이, 너를 보는 순간 모두 녹아내리고 말았다."

그의 음성이 깊게 가라앉았다. 그녀를 담은 그의 눈동자도 그 어느 때보다 진중하고 깊었다.

"이렇게 너와 위태로워지고 위험해지는 순간에도 나는 널 놓을 수가 없다."

"……전하."

"다시 너를 보아야겠다, 안아야겠다…… 오직 그 생각만이 내 머릿속을 온통 채우고 있다."

그녀의 목이 메어왔다. 하지만 그를 시선에서 놓을 수 없었다. 그녀 역시 필애원으로 향하기까지 머뭇거리고 가슴 졸였던 시간이 무색해지고 말았다. 그를 다시 마주한 순간, 그 고민은 모두 사라지고 '은애'의 감정만 남게 된 것이었다. 그것은 더욱 뜨겁게 불타올라 그녀의 가슴을 데우고 있었다. 그의 옷깃을 쥔 그녀의 손이 달아올랐다.

"곧 너에게 선물 하나가 당도할 것이다."

"……선물이라니요?"

"교지."

그녀가 눈을 반짝이며 그를 응시했다.

"나를 위해 입궐하여 줄 수 있겠느냐?"

'입궐'이란 명료한 단어가 지닌 무거운 의미가 그녀를 감쌌다. 오직 그녀 하나만을 갈구하는 뜨거운 애정이었다.

"전하."

"나의 단 하나뿐인 여인이 되어주거라. 궐에서 널 기다리고 있으마."

그녀의 가슴이 터질 듯 뛰기 시작했다. 그 순간, 그의 눈길이 그녀의 매끈한 입술을 담대하게 훑기 시작했다. 그녀 역시, 자신의 입술을 바라보는 그의 뜨거운 시선을 고스란히 느꼈다. 잔잔하던 호흡이 일순, 흐트러지고 말았다.

"감히…… 소녀가 그래도 되겠사옵니까?"

"아니, 감히 내가 너를 원하는 것이다."

그 말을 끝으로 그의 뜨겁게 달아오른 입술이 그녀의 엷게 떨리는 입술 위에 포개졌다. 순간, 힘이 풀린 그녀가 그의 품으로 스르륵 무너지자, 그가 그녀의 허리를 단단히 쥐었다. 그러곤 한 치의 틈도 허락지 않겠다는 듯 그녀를 잡아당겼다.

그의 열기가, 그리고 그가 가진 위엄이, 그녀를 원하는 욕망이 그녀를 뜨겁게 잠식해 나갔다. 입술과 입술 사이로 치열한 애정이 오갔다.

그녀의 감은 두 눈꺼풀이 파르르 떨렸다. 하지만 그런 그녀를 이끄는 그의 손길은 다정하고도 저돌적이었다. 그렇게 서로의 마음을 확인하는 둘이었다. 이내, 두 사람은 뜨겁게 호흡을 내뱉으며 눈을 떴다.

첫 입맞춤을 나눈 후 처음 바라보는 서로의 얼굴이었다.

상기된 그녀의 얼굴과 어쩐지 아쉬움이 남는 듯이 젖어 있는 그의 눈이었다. 도윤이 자신의 흔적이 남은 그녀의 입술을 검지로 쓸었다. 그러다 피식, 낮은 미소를 터뜨리며 그녀를 다시금 품에 안았다.

"꿈이 아니겠지…… 꿈은 아닐 것이야."

잠꼬대처럼 그가 중얼거렸다. 그러곤 아이처럼 그녀의 목덜미를 파고드는 그에게선 좋은 향이 났다. 그가 그래주었던 것처럼, 이번에는 은설이 그의 널따란 등을 쓰다듬었다. 자신의 입술을 탐하던 그때와 달리 어리광을 부리는 모습이 귀여웠다. 그녀 역시 나지막이 미소를 지었다.

"청혼은…… 네 마음이 굳어지면 교지와 상관없이 할 것이다."

"전하."

"그리고 내일 다시 필애원에서 만나자꾸나."

잔뜩 가라앉은 그의 음성은 그 어느 때보다 포근했다.

그가 고개를 들어 그녀를 응시했다.

"네가 입궐하면 당분간은 함께 필애원에 나서기 힘들 것이니, 입궐 전에 필애원 구경을 실컷 해두자꾸나. 저잣거리에서 네가 좋아하는 족편도 마음껏 먹고."

"좋습니다, 그리 하겠습니다."

"너는 그렇고 그런 여인이 아니다. 내가 처음으로 마음을 주고 은애할, 나의 유일한 여인이니."

이리도 따스하고 멋있는 사내를 은애하게 된 것이 너무도 다행이라는 생각이 들었다. 그녀는 자신의 가슴팍에서 그를 위해 만들었던 '춘몽 방울'을 조심스럽게 꺼냈다.

"전하, 이것."

"이것이 무엇이냐."

그는 비단 보자기에 싸인 그것을 조심스레 쥐었다. 찬찬히 보자기를 풀자, 방울이 달린 노리개 하나가 나왔다.

"방울이 아니더냐?"

"예. 춘몽 방울이라는 것이어요. 들어보시었습니까?"

그녀가 수줍게 입술을 열었다.

"아기들의 노리개로도 쓰이는 것인데. 이 방울에서 딸랑딸랑 소리가 날 때마다…… 마음에 품은 바람을 크게 소리쳐 내어보라는 뜻을 지닌 노리개이옵니다."

"아."

"또한, 이 방울 아래에 달린 푸른 술에선 그윽한 꽃향기가 나는데, 이것을 창틀에 달아놓으면 바람이 은은하게 불 때마다 꽃향기가 다가와…… 좋은 꿈을 꾸게 해준다 하여 춘몽 방울이라 불리지요."

"이런 것이 있었구나."

"예, 사가에선 좋은 꿈을 꾸고 나쁜 꿈은 꾸지 말라고 부적처럼 창에 매달아놓기도 하고, 어린 아가들에게 이 또랑또랑 울리는 방울 소리처럼 품에 담은 목소리를 바깥으로 모두 쏟아내어라, 매어두기도 하지요."

노리개를 바라보는 그의 시선이 깊어졌다. 다정한 그녀의 음성이 그의 가슴을 연신 다독였다.

"한데, 이것을 왜……."

그가 깊어진 시선으로 그녀를 바라보았다.

"전하께 꼭 필요한 것이 아니겠습니까?"

"……내게?"

"이걸 창에 달아두시고 침소에 드시면 한결 편히 주무실 수 있을 것이옵니다."

"아."

"그리고 이 방울이 울어대는 동안만큼은 전하께서 속에 꾹 담아두었던 말을 방울 소리와 함께 뱉어내셨으면 해서요."

그녀의 말에 도윤은 할 말을 잃고선 제 손바닥 위에 올려진 춘몽 방울을 내려다보았다. 마음이, 이상하게 따끔거리고 뜨거워지고 있는 것 같았다.

"전하께 드리고 싶습니다. 지금은 당장 소녀가 전하가 계신 곳에서 함께할 수가 없으니 저의 바람과 저의 마음을 여기에 담아 드리고 싶사옵니다."

그녀의 말에 가만히 고개를 끄덕이며 노리개를 손에 꼭 쥐는 그였다.

"좋은 꿈을 꿀 수 있을 것만 같다."

"……전하."

"네가 준 것이니."

노리개를 쥔 품에서 그녀를 닮은 꽃향기가 퍼졌다.

그는 미소를 감출 수 없었다.

대궐 앞에서 기다리고 있던 주환은 나란히 걸어오는 도윤과 은설을 발견하곤 황급히 고개를 조아렸다.

밤새 한양을 집어삼킬 듯 요동치던 비바람도 어느덧 멎어 있었다.

은설은 달려오는 주환을 향해 꾸벅 고개를 숙여 보였다. 그러곤 도윤을 바라보며 설핏, 미소를 머금었다.

"하면 내일 뵙겠습니다, 전하."

"위험할 테니 주환이 네가 직접 데려다주고 오너라."

아쉬운 마음에 둘은 선뜻 돌아서지 못하고 있었다. 서로를 바라보는 그 애틋한 시선만으로도 서로를 향한 둘의 충분한 연모를 엿볼 수 있었다.

"내일 보자꾸나, 은설아."

"예, 전하."

도윤이 그녀의 어깨를 작게 토닥였다.

"당장 입궐하지 않아도 괜찮으니 나의 제안에 대해선 차근차근 생각해보아도 좋다."

"소녀의 마음을 헤아려주시어 감사하옵니다."

고개를 조아리며 은설이 그에게서 돌아섰다. 그 모습을 도윤이 빤히 바라보다, 궐 안으로 들어섰다. 그때, 그림자 하나가 은설 앞에 우두커니 멈춰섰다. 그녀가 놀란 얼굴로 고개를 들자 그곳에 뜻밖의 얼굴이 있었다.

"오라버니?"

영광이 허탈한 듯 어깰 늘어뜨린 채 은설을 내려다보고 있었다. 난감하다는 듯 그를 바라보던 그녀가 곁에 서 있던 주환을 돌아보았다.

"제 오라비입니다. 오라버니와 함께 돌아갈 것이니 전하를 부탁드릴게요."

"아…… 예, 아가씨."

둘의 눈치를 살피던 주환이 다시 궐로 돌아섰다. 남은 두 사람은 감정의 골이 깊은 사람처럼 선뜻 말을 섞지 못하고 있었다. 그녀를 말없이 내려다보던 영광이 먼저 입을 열었다.

"기어이 네가 해서는 안 될 짓을 하고 있구나."

그 말에 그녀가 하염없이 바닥만 응시하고 있던 얼굴을 들었다.

"무슨 말이라도 해보아라. 내 속이 지금 얼마나 문드러지고 있는지 알고 있느냐."

그의 음성에 물기가 어려 있었다. 대체 무엇을 어찌해야 할까, 그도 갈피를 잡지 못하는 듯 흔들렸다.

"송구하옵니다."

첫 마디가 송구하다니. 그러면서 눈물이 그렁그렁한 얼굴로 자신을 바라보는 그녀가 태어나 처음으로 야속한 순간이었다.

그녀를 향한 자신의 마음이 연모라는 것을 깨달았던 순간보다, 그녀를 지키기 위해선 그 연모를 평생 숨겨야만 한다는 것을 깨우친 순간보다 더 지독한 아픔이 그를 덮쳐왔다.

그는 빨개진 눈으로 자신을 바라보는 그녀를 차마 마주하지 못했다. 눈길을 피하며 그가 먼 곳만 응시하던 그때, 그녀가 살며시 그의 옷깃을 쥐었다.

"오라버니는 이해해줘요. 응?"

"은설아."

"오라버니만큼은…… 축복해주면 아니 됩니까?"

그녀 역시 이미 알고 있었다.

명약관화(明若觀火)라. 불을 보듯 뻔하게 질책이 이어질 만남이었다. 집에 곧 후궁 교지가 당도할 것이니, 더 늦기 전에 말

을 해야만 했다. 자신의 입으로 먼저 알리고 싶었다. 마른하늘
에 날벼락이 떨어지는 듯한 충격을 어머니와 아버지에게 줄 수
는 없었다. 애원하듯 자신에게 축복을 바라는 그녀를 힘겹게
바라보는 영광이었다.

"축복이라 하였느냐."

그녀가 안쓰럽기도 했다. 자신의 비극적인 운명도 모른 채,
감히 사랑해선 아니 될 사람을 사랑해버린 그녀가 가엾었다.
이 비극의 책임을 묻는다면 차라리 야속한 하늘에 있을 것이
었다.

"너도 이미 알고 있지 않느냐. 너의 은애가 축복받을 수 없
다는 것을."

"소녀가 모두 짊어지겠습니다. 어머니, 아버지의 아픔도. 또
한, 감히 왕을 사랑해서 소녀가 얻게 될 아픔도."

"은설아."

"모두 소녀가 책임지겠습니다. 하니…… 오라버니만큼은 소
녀를 나무라지 말아주세요. 그래도 내 편 하나쯤은 있어야, 소
녀가 힘이 나지 않겠습니까."

젖은 눈으로 애써 미소를 지어 보이는 그녀가 참으로 야속하
게도 예뻐 보였다. 그래서 그 가슴이 더욱 찢어지는 듯했다.

"나는 언제나 네 편이다. 하지만…… 네 아픔이 뻔히 보이는
연모다. 나는 네가 이쯤에서 그만두었으면 한다."

하늘이 무너져도 공주인 이 여인만은 지키겠다, 홀로 연모의
마음을 키우면서 가슴에 새겼던 다짐이 떠올랐다. 그랬기에 그

는 막을 수 있는 데까지 막을 것이었다.

"아픔이 두려워 접어버리기엔 그 마음이 더 상처를 입을 것 같습니다."

"한 치 앞도 장담할 수 없는 것이 궐이고, 그 궐의 주인이 네가 연모하게 된 사내다."

"그 장담할 수 없는 한 치에…… 소녀는 명운을 건 것이 아닙니다."

"하, 너 정말."

"소녀는 명운이 아닌 이 마음을 건 것이지요."

그는 확고한 그녀의 마음에 더 이상 말을 잇지 못했다. 비를 얼마나 맞은 것일까, 그제야 채 마르지 못한 그녀의 모습이 눈길에 들었다.

"비를 맞고 다닌 것이냐."

"……조금 맞았습니다."

"얼른 가자. 고뿔에 걸리겠다."

언제나처럼 그녀 앞에선 한없이 약해지고 마는 그였기에, 그는 무너지는 속을 붙잡으며 애써 발걸음을 돌리고야 말았다. 그녀에게 자신이 아닌 다른 연모의 상대가 생겼다는 사실이 슬픈 것은 아니었다. 하지만 그 역시 그 연모로 아파질 그녀가 걱정되어 쉬이 마음을 놓을 수 없었다.

집으로 돌아가는 두 사람의 발걸음은 그 어느 때보다 더뎠다.

제 10 장

처음 보내는 밤

날이 밝자, 도윤은 기다렸다는 듯 궐을 나섰다.

은설에게 줄 비녀를 사기 위해 그는 부푼 가슴을 안고 홀로 저잣거리에 섰다.

길게 늘어뜨린 너울 뒤로 그의 얼굴이 상기되었다. 그녀와 함께 저잣거리를 거닐 때와는 다르게 묘한 긴장감과 짜릿함도 피어났다. 자신을 알아보지 못한 채, 곁을 무수히 지나치는 백성들이 신기했다. 그런 그를 멀리서 호위하고 있는 주환의 눈은 더욱 삼엄해지고 있었다.

"나리! 이것 좀 보고 가셔요!"

좌판 위에 즐비하게 놓인 갖가지 비녀들과 장신구들이 그의 눈을 사로잡았다.

"청국에서 막 건너온 장신구들이랍니다? 정인들한테 선물하기 딱 좋은 물건들입죠."

장사치의 들뜬 음성이 그의 발목을 붙들었다.

그가 설레는 마음으로 비녀를 살폈다.

"청혼할 때 쓸 것인데 마땅한 비녀가 있는지……."

말끝을 흐리는 그의 음성에선 막 사랑을 시작한 사내의 짙은 설렘이 묻어났다.

"어휴, 참으로 낭만적인 나리십니다. 청혼 선물로 비녀라니."

그가 멋쩍은 듯 헛기침하며 갓끈을 어루만졌다.

"무엇이 좋을까……. 오호! 이것이 좋겠습니다, 나리."

곧, 장사치가 건넨 비녀는 예쁜 옥비녀였다.

그의 눈이 반짝였다.

"은은하면서도 우아한 옥빛을 뽐내는 것이 보진 못했지만, 꼭 나리의 정인님을 닮은 듯합니다."

그 말을 들은 그가 흡족한 듯 미소를 지었다.

정말 은설을 닮은 듯한 은은하고도 아름다운 옥비녀였다.

옥비녀를 쥔 그의 손에 힘이 들어갔다. 이 비녀를 꽂은 은설의 모습을 상상하니 심장이 콩닥콩닥 뛰기 시작했다.

잔잔하고도 선명한 그 미색에 어울릴 옥비녀였다.

그는 단아하게 머릴 틀어 올린 채, 자신을 향해 미소를 짓고 있는 그녀의 모습을 떠올렸다. 상상만으로도 가슴이 뛰었다. 오롯이 자신만을 위해 머리를 틀어 올린 그녀가 빨리 보고 싶었다.

"좋은 선물이 될 것입니다. 청혼도 꼭 성공하실 것이고요."

덩달아 흐뭇한 미소를 짓고 있던 장사치도 가슴이 뛰는 것만 같았다. 너울 뒤의 그의 얼굴에 꼭 해사한 웃음꽃이 피었을 것 같았다. 값을 치르고 곱게 싼 비녀를 품에 넣는 그의 모습

이 행복해 보였다. 그리고 그 모습을 멀리서 지켜보던 주 상궁
은 이를 악물었다. 상반되는 두 사람의 얼굴이었다. 곧 울음을
터뜨릴 듯, 주 상궁의 얼굴이 붉으락푸르락해졌다.

"이대로는 안 되겠습니다."

막아야만 했다. 곧 병판 댁을 찾아가 중궁전에서 교지를 내
릴 것이란 말을 전해야만 했다. 주 상궁은 더 늦기 전에 이 사
실을 병판과 유희에게 알리고 함께 은설의 입궐을 막을 생각이
었다.

굳은 얼굴로 병판의 집을 향해 걸어가는 주 상궁을 누군가
가 가로막고 섰다. 놀란 그녀의 얼굴이 자신의 앞에 드리운 커
다란 그림자를 올려다보았다.

"아……!"

"영광 나리?"

그보다 더 굳은 얼굴의 영광이 주 상궁을 가로막고 서 있었
다.

"주 상궁 마마님, 잠깐 이야기 좀."

"예. 안 그래도 공주 마마 때문에 상의드릴 일이 있습니다."

잔뜩 먹구름이 낀 듯, 어두운 얼굴의 둘은 조심스럽게 저자
를 거닐었다.

"어머니, 아버지를 뵈러 가시는 길이었지요."

"아…… 혹 나리께서도 공주 마마의 일을 짐작하고 계신 것
입니까?"

그녀가 놀란 얼굴로 영광을 돌아보았다. 그러자 그가 입을

꾹 다문 채 고개를 끄덕였다. 그녀는 저도 모르게 깊은 한숨을 내쉬고야 말았다.

"나리께선 어찌 아신 것입니까."

"함께 있는 것을 보았습니다."

"아…… 이 일을 어찌하면 좋겠습니까. 중전 마마께서 이미 공주 마마의 가문까지 파악해 은밀히 교지를 내릴 준비를 하고 계십니다."

"중전 마마께서 어찌 은설이의 입궐을 허락하시었습니까. 투기 많고 샘 많은 마마라 들었는데."

영광에겐 투기 많은 중궁전이 혹시나 하는, 실낱같은 희망이 있었다. 그녀가 은설의 입궐을 거부할 것이라 믿었는데 후궁 교지라니. 하나 남은 희망이 처참히 짓밟히는 기분이었다.

"전하께서 손을 쓰셨습니다. 아무래도 공주 마마의 입궐을 위해 계획하신 모양입니다."

그 정도로 그녀가 절실했을까. 위험을 무릅쓰면서까지 그녀의 입궐을 위해 애쓴 주군이 원망스러우면서도 의외란 생각이 스쳤다. 잔인하게 얻어낸 자리에서 참혹한 삶을 살아온 그에게도 '연모'라는 아름다운 감정은 존재했다. 그리고 그 가엾은 마음은 더 가엾은 여인에게 향하고 있는 것이었다.

"어찌하실 생각입니까, 주 상궁 마마님."

가라앉은 그의 목소리가 조금은 지쳐 보였다.

"막아야지요. 막을 생각입니다."

"쉬이 막아질 마음이 아니었습니다."

"탐라에 계신 마마께선 이미 반정을 도모하고 계시옵니다."

그 말에 영광은 안타깝다는 듯 탄식을 내뱉었다.

"한데 공주 마마께서 후궁이라니요. 공주 마마께서 후궁이
되신다면, 탐라에 계신 마마께서 반정을 도모하였을 때 공주
마마는 자연스레 폐출 당할 것입니다. 왕의 여인이란 이유로
요. 그 가문 또한 멸하고 말겠지요. 하지만 그보다 마마께서
어찌 후궁이 되신 공주 마마를 뻔히 보고도 반정을 일으킬 수
있으시겠습니까. 반정은 물론이거니와 죽은 선왕 전하와 마마
의 한도 풀 수가 없습니다."

"그런 비극은 막아야지요. 하지만 저도 막아보려 했으나 확
고한 두 사람입니다."

마주 선 두 사람의 얼굴은 그 어느 때보다 엄숙했다. 그들은
하늘이 우리의 편에 서지 않는다면 기꺼이 그 하늘을 등지고
맞설 생각이었다.

"탐라에 계신 마마께선 공주 마마께서 지금처럼 아무것도
모르고 사시길 바랍니다. 하지만 이젠 아니지요. 공주 마마를
막을 방도는 단 하나입니다."

"설마."

"모든 진실을 밝히는 것. 그것만이 공주 마마를 막을 수 있
는 길입니다."

그의 눈이 금세 붉어지고 말았다. 진실을 숨기기 위해 고군
분투했던 시간이 허망하게 느껴졌다. 끝내 모르길 바랐던, 그
래서 그녀가 꼭 행복하기만을 바랐던 그의 바람이 물거품이

되는 순간이었다.

그녀가 얼마나 아파할지 짐작조차 되지 않아 가슴이 먹먹해 아무런 말도 할 수가 없었다. 하지만 그만큼이나 주 상궁 역시 가슴이 미어졌다. 그러나 불행의 소용돌이에 휘말리려는 그녀를 막기 위해선 기꺼이 그녀를 아프게 해야만 했다.

"하면…… 오늘은 이만 돌아가주십시오. 은설이가 직접 어머니, 아버지께 말씀드리고, 어머니, 아버지께서도 충분히 생각할 시간을 갖고 결정을 내려…… 진실을 알리더라도 그분들께서 직접 하실 수 있게 해주십시오."

"예, 나리. 그러겠습니다."

슬픈 눈의 그를 한참 바라보던 주 상궁은 고개를 조아렸다.

모두를 위해 평생 묻어두어야 했던 그날의 진실이 서서히 수면 위로 떠오르고 있었다.

비가 언제 내렸느냐는 듯 해가 말갛게 떴다.

나뭇잎에 맺힌 물방울들은 빛을 받으며 반짝였다.

도윤과 약속한 시각이 다가오자 은설은 여주를 시켜 영광의 옷가지를 몰래 별채로 들고 왔다. 잔뜩 긴장한 얼굴의 여주가 영광의 옷가지를 보따리에 칭칭 감싸고는 별채로 뛰어들었다.

"아가씨, 여기!"

"오라버니는?"

"일찌감치 출타하고 안 계시지요."

"휴, 다행이다."

"한데…… 이것으로 뭘 하려고요?"

영광의 옷가지를 바닥에 놓으며 여주가 허리춤에 손을 올렸다. 그러곤 눈을 반짝이며 옷가지를 풀어 헤치는 은설을 멀뚱히 바라보았다. 그러자 은설은 영광의 두루마기를 펼쳐 들어 자신의 몸에 맞추어 보았다. 커도 한참 큰 그의 옷이었다.

"어라? 아가씨가 입으시게요?"

"응. 나 남장하고 나갈 거야."

"남……장?"

그녀가 배시시 웃으며 눈을 찡긋거렸다. 그러더니 입고 있던 치마와 저고리를 벗어 영광의 옷을 주섬주섬 입기 시작했다.

"대체 남자 옷은 왜요?"

"그럴 만한 사정이 있다. 이것 좀 해줘."

옷이 너무 커서 훌러덩, 벗겨지려는 걸 은설이 손으로 움켜 쥐었다. 그러곤 바닥에 널브러진 고무줄을 주워 허리에 칭칭 맸다. 그런 그녀를 의뭉스럽게 바라보던 여주가 하는 수 없이 그녀를 돕기 시작했다.

"하여튼 아가씨. 요즘 수상해요!"

"수상할 것 하나 없어."

"안 하던 짓을 하고 그래요, 왜. 사람 불안하게."

"사정이 생겨 잠깐 남장을 하고 나서는 것이니 괘념치 말아."

"이 꼴을 하고, 응? 나갔다가 안방마님이라도 마주치시면 쇤네도 까딱하면 콱."

여주가 자신의 목을 손날로 긋는 시늉을 했다. 그러자 은설
이 핏, 웃음을 터뜨리며 긴 소맷자락을 접어 손을 쏙 뺐다.

"콱. 될 일 없어."

영광의 옷을 다 입은 그녀의 모습은 우스꽝스럽기 짝이 없었
다. 소맷단을 접어도 치렁치렁 기다란 도포 자락 하며 까딱하
면 바닥에 끌릴 법한 두루마기에 조금은 헐렁한 갓신까지. 바
지가 벗겨지지 않게 허리춤의 고무줄을 바짝 조이며 은설이
긴 머리를 꼼꼼하게 틀어 올렸다. 그러곤 망건으로 머리를 단
단히 동여매며 갓을 야무지게 썼다. 모든 것이 크고 헐렁해 보
였지만 그것대로 나름 만족하는 그녀였다.

"나 그럼 얼른 다녀올게!"

"아가씨, 정말 그 모습으로 밖을 나가신다고요?"

"어때? 난 줄 모르겠지?"

"아가씨인 줄은 꿈에도 모르겠지만 창피할 것 같은데…….
얼굴이나 제대로 들고 다니겠어요?"

걱정하는 여주를 뒤로한 채, 은설은 빠르게 별채를 나섰다.

"차림이 어때서? 나름 옥골선풍(玉骨仙風)의 선비 같지 않으
니?"

넉살을 부리는 그녀를 어이없다는 듯 바라보던 여주가 고개
를 절레절레 저었다.

"청빈(淸貧)한 선비님 같긴 한데 영…… 재물과 관직은 없어
보이는 모양새긴 하네요."

그녀의 말에 은설이 밉지 않게 눈을 흘기며 마당을 쏜살같이 가로질렀다. 여주의 한숨 소리가 그녀의 등 뒤로 길게 늘어졌다. 은설은 자꾸만 벗겨지려는 갓을 꾹 쥔 채, 종종걸음으로 필애원으로 향했다. 그러다 아차 싶어 우뚝 멈춰 섰다.

주변의 시선을 의식한 듯, 제법 근엄하게 헛기침을 내뱉으며 주위를 살폈다. 그러곤 뒷짐을 진 채 허리도 꼿꼿하게 폈다.

머릿속에 도윤의 근엄하고 무게 있는 걸음걸이 모양새를 떠올렸다. 자신의 차림새를 한 번 내려다보고, 그의 모습을 떠올리며 무게감 있게 한 걸음을 내디뎠다.

하지만 걸을 때마다 신이 자꾸만 미끄덩미끄덩 벗겨졌다. 겨우 구한 남자 갖신을 신긴 했지만 역시 손 두 마디가 쏙 들어설 정도로 큼지막했다.

"어이쿠."

식은땀이 삐질 흘렀다. 한 손엔 바지춤을, 다른 한 손엔 갓끈을 움켜쥔 채 그녀는 부지런히 걸었다. 그렇게 낑낑대며 걷다 보니 어느덧 필애원 근처에 다다랐다.

그녀는 은밀하게 고개를 숙이며 곁눈질로 주위를 살폈다. 혹 그때처럼 자신의 뒤를 쫓는 이학수의 사람이 있을까 싶어 조심, 또 조심하는 그녀였다.

"없지……? 없는 것이지?"

나지막이 중얼거리며 그녀가 한 걸음, 한 걸음을 신중히 내디뎠다. 그런데, 그때…….

"으악!"

갑자기 풀숲에서 무언가가 툭 튀어나와 그녀를 덮쳤다.

"중전 마마, 대원군 대감께서 알현을 청하시옵니다."

"모시어라."

중전은 자리에서 일어났다.

언제나처럼 굳은 얼굴의 이학수가 그녀를 마주했다.

"오시었습니까, 아버님."

"사색을 즐기시던 중이 아니었습니까. 괜히 내가 눈치 없이 들른 것은 아닙니까."

마음에도 없는 소리를 늘어놓으며 이학수가 자리에 앉았다. 중전 역시, 속내를 감추며 은은한 미소로 이학수를 맞았다.

"그럴 리가 있겠사옵니까. 아버님께서 이리 들러주실 때마다 무척 반갑사옵니다."

그때, 주 상궁이 차를 내오기 위해 중궁전을 나섰다. 그러자 묵묵히 고개만 끄덕이고 있던 이학수가 무겁게 입을 열었다.

"내 돌려 말하지 않으리다."

"편히 말씀하소서, 아버님."

"주상에게 숨겨둔 여인이 있다지요."

왜 그 말을 진작 꺼내지 않았나 싶은 그녀였다. 조금 놀랐긴 했지만, 그녀는 담담하려 애썼다.

"그저 궁궐 담을 타고 흐르는 소문일 뿐입니다."

"아니 땐 굴뚝에 연기 나겠습니까."

"무성한 소문이 돌고 도는 것이 이 궐입니다, 아버님. 요즘 따라 전하께서 부쩍 잠행이 잦아지신 탓에 그런 소문이 뒤따르나 봅니다."

의중을 헤아릴 수 없는 눈으로 이학수가 중전을 응시했다. 그의 입꼬리가 미묘하게 떨리고 있었다.

"알고 있는 것이 있으면 내게도 말씀해주세요, 중전."

"그저 이 궐에만 앉아 들려오는 소문만 들을 뿐, 제가 아버님 보다 더 알고 있을 것이 무엇 있겠습니까."

이학수는 반드시 그 소문 속의 여인이 입궐하기 전에 그 여인을 찾아야만 했다. 그래서 후궁 교지가 내려지기 전, 그 여인과 그 여인의 가문을 철저하게 자신의 사람으로 만들어 피치 못할 훗날까지 염려하고 있어야 했다.

하지만 중전 역시 그녀 나름대로 꿍꿍이가 있었다. 아무것도 모른다는 순진한 얼굴로 그녀가 빙그레 미소를 지었다.

"그 소문 속의 여인이 실존한다면 언젠간 궐에 모습을 드러내지 않겠습니까."

"중전의 입지를 흔들 만한 인물이면 사전에 차단하고, 후사를 생산할 가치가 없는 신분의 여인이면 불임 약이라도 먹여 중전보다 먼저 회임하는 불상사를 막아야지요. 그러려면 어느 가문의 여식인지, 신분은 또 어떠한지, 내가 먼저 알고 난 뒤에야 입궐하는 것이 순서가 아니겠습니까, 중전."

'그게 아니지요. 그 여인을 철저히 아버님의 사람으로 만들

어 이용하려는 것이겠지요.'

그녀가 그 말을 삼키며 입술을 반듯하게 열었다.

"저는 초조하게 생각하지 않습니다. 후궁 하나가 더 생긴다고 해서 제게 없던 전하의 성총이 생길 것도 아니고 없어질 것도 아니니. 그저 저는 흐르는 대로 지켜보고 있습니다."

"속 편한 소리만 하십니다, 중전."

"투기를 부릴 만한 자리도 아니고, 제가 투기할 상대도 아닐 테니까요."

"용상에 앉은 뒤 중전과의 합방조차 매번 거부하던 주상입니다. 구중궁궐(九重宮闕)에 널리고 널린 여인들은 거들떠보지도 않던 주상에게 생겨난 첫 연정이지요. 그러다 덜컥 중전이 아닌 그 여인에게서 왕자라도 나게 된다면 그 일을 어찌 감당하시려고요?"

비수를 꽂는 이학수의 말에 그녀가 애써 지켜오던 평정심이 와르르 무너지고 말았다. 그녀는 손을 파르르 떨며 입술을 꾹 깨물었다. 빨갛게 달아오르는 그녀의 얼굴을 지그시 내려다보던 이학수가 자리에서 일어났다.

"더 말하지 않아도 알리라 생각합니다. 왕자는 나보다 중전께 더 필요한 것일 테니."

"……아버님."

"나는 그 소문 속의 여인을 반드시 입궐 전에 찾을 것입니다. 그러니 염려 놓으세요, 중전. 이 시애비만 믿고 있으면 됩니다."

"예, 아버님만 믿고 있겠사옵니다."

"한데 그 여인이 병판의 여식이란 말이 나돈다지."

움켜쥔 그녀의 두 주먹이 부들부들 떨렸다.

"예, 그것이 어찌……?"

"병판의 여식이 맞는 것도 같으나 아직 내가 눈으로 확인한 것이 아니라서 확신은 못 합니다만. 조만간 그 여인을 내 앞에 데려오라 했으니 병판의 여식이 맞는지, 아닌지는 곧 밝혀지겠지요."

중궁전을 나서는 이학수를 바라보는 중전의 눈동자가 불같이 타올랐다. 이를 가만히 지켜보고 있던 중궁전 나인이 중전 앞에 황급히 고개를 조아렸다.

"대원군 대감께 왜 말씀치 않으셨습니까? 병판 댁의 여식인 것을 마마께서는 알고 계시지 않습니까. 차라리 대원군 대감께 알리면 그 요망한 년의 입궐을 막을 수도 있음인데요."

그 말에 중전은 이를 악물었다.

"아니지. 병판 댁의 여식 정도면…… 빈(嬪)의 첩지를 받아도……."

"예?"

"그런 가문의 여식이 주상 전하의 총애를 받는 것이 알려지면, 아버님께선 오히려 나를 내치고 그 여인을 가까이 두려 하실 것이다. 자신의 사람으로 만들기 위해. 그러다 이 중궁전의 주인이 바뀔 수도 있음이지."

그녀의 얼굴이 붉게 달아오르다 못해, 목덜미까지 빨갛게 상기되고 말았다. 고개를 느리게 내젓는 그녀의 눈에 깊은 분노가 서렸다.

"아버님이 먼저 그년의 얼굴을 확인하기 전에 그년을 입궐시켜 내 사람으로 만들어야 한다."

"……마마의 사람이요?"

"내 발아래에 두고 내가 종용할 수 있는 사람으로 만들어야지. 그래야 일이 쉽게 풀리지 않겠느냐."

"하지만 쇤네는 대원군 대감의 도움을 받는 것이 더 수월할 것 같다는 생각이 듭니다."

나인은 의구심 가득한 얼굴로 중전을 올려다보았다. 하지만 그녀는 여전히 고개만 가로젓고 있었다.

"미월당을 보아라. 무엇 하나 내 뜻대로 되는 것이 있는가. 아버님의 사람으로 입궐해 후궁이 되고 난 뒤 그 방자한 년의 태도를 보면 병판 댁 여식도 그와 다를 것 없이 나를 잡아먹기 위해 호시탐탐 이 중궁전을 노릴 것이다."

그 말에 나인의 굳게 다문 잇새로 '아' 하는 짧은 탄식이 흘렀다.

"이미 왕의 여인이 된 그년을 그때야 은밀히 찾아 손을 쓰기는 어려울 것. 궐의 온갖 귀와 눈이 그년에게 향해 있을 것이며 전하 또한 그년을 애지중지 옹호할 것이니, 아버님께서 그년을 자신의 사람으로 만들기는 많이 버거울 것이다. 하니 어차피 입궐할 것이라면 아버님의 비호를 받는 후궁이 아닌 내 신하로 만들어야만 한다."

"해서…… 어찌하실 것입니까? 폐출(廢黜)이라도 시킬 것입니까?"

'폐출'이란 말에 중전이 조소했다. 그러곤 아무렇지 않은 얼굴로 당의 속에 손을 집어넣으며 고고하게 등허리를 폈다.

"이 궐에선 말이다, 대원군 대감의 보호를 받지 못하는 후궁과 그의 가문은…… 죽은 목숨이나 다를 것이 없지."

"예?"

"제아무리 성총을 거머쥔 왕의 여인이라 해도…… 궐의 여인은 모두 내명부의 법도를 따라야 하고, 내명부의 수장인 나의 신하다. 내가 죽으라면 죽어야지. 아니 그러겠느냐?"

그 말에 중궁전의 공기가 한시적으로 싸늘하게 얼어붙고 말았다.

"악!"

은설은 두 팔로 얼굴을 가린 채, 흙바닥 위에 털썩 주저앉아 외마디 비명을 지르고 말았다.

그녀는 가렸던 팔을 슬쩍 풀어 자신의 발아래를 바라보았다.

"이건 또 무슨 복장인 것이냐."

비단 갖신을 신은 한 사내가 그녀의 앞에 우두커니 서 있었다. 이내 귀에 익은 음성이 잔뜩 겁먹은 그녀의 귓전을 파고들었다. 그녀는 화들짝 놀라며 얼굴을 들었다. 그러자 도윤이 미소를 지은 채 그녀를 내려다보고 있었다.

"전하!"

그녀는 반갑게 그를 부르며 자리에서 벌떡 일어났다.

"소녀는 산짐승이라도 나타난 줄 알았습니다!"

그러곤 그에게 성큼 다가가기 위해 폴짝 뛰었는데, 그만 갖신 하나가 툭 벗겨지고 말았다.

"어라……?"

그녀는 벗겨진 갖신을 멀거니 바라보다 다시 신기 위해 손을 뻗었다. 그 순간 도윤이 그 갖신을 덥석 주워 들었다. 그러곤 한쪽 무릎을 꿇고 신이 벗겨진 그녀의 발을 쥐었다. 그녀가 화들짝 놀라며 도윤의 어깨를 짚었다.

"아니옵니다, 전하. 소녀가 하겠사옵니다."

그녀의 만류에도 그는 그녀의 버선발에 묻은 흙을 털어내며 손수 신을 신겨주었다. 은설의 볼이 빨갛게 물들어갔다. 도윤은 그런 그녀를 빤히 올려다보았다. 둘의 눈동자에 서로의 사랑스러운 모습이 담겼다.

"남장이라."

"아."

"너는 참 여러 가지 모습으로 나를 곤란하게 하는구나."

"그것이, 전하를 곤란하게 하려 한 것이 아니오라……."

"남장을 해도 이리 예쁘니."

"예?"

"내 심장이 너무 뛰어 곤란할 수밖에."

은설의 심장이 쿵, 쿵, 쿵, 요동쳤다.

어쩜 그런 말을 이렇게 아무렇지도 않게 하실 수가 있을까.

그녀가 뺨을 붉힌 채, 입술을 꼭 깨물었다.

도윤은 자리에서 일어나 은설에게 물었다.

"이제 연유를 들어볼까."

"……연유라시면."

"남장을 한 연유."

도윤이 뒷짐을 진 채 그녀를 빤히 내려다보았다. 허술하기 짝이 없는 남장이었다. 그 모습이 퍽 귀여워 그는 자꾸만 웃음이 나왔다.

"저번에 보니 소녀의 정체를 밝히려…… 대원군 대감께서 사람을 보냈다 하지 않았습니까."

"그래서 감시를 피하고자 남장을 하였다?"

"예. 어떻습니까? 제법 사내답습니까?"

그녀가 배시시 웃으며 한 바퀴 휙, 돌았다. 그러자 그는 품 웃음을 터뜨리다가 이내 헛기침을 하며 음성을 가다듬었다.

"남장을 해도 전혀 사내답지 않을 수 있다는 획기적인 사례를 보여주고 있구나."

"예, 예?"

"갓끈은 또 왜 그리 맨 것이야. 치렁치렁한 이 소맷단은 뭐고?"

그는 웃음을 삼키며 그녀에게로 다가갔다. 그러곤 그녀의 긴 소맷단을 곱게 접어주었다.

"아, 제가 하겠습니다."

그녀가 한 발 뒤로 물러났지만, 그는 그녀를 놓지 않았다. 양소맷단을 단단히 접어 흐르지 않게 한 뒤, 저고리 고름처럼 묶어놓은 갓끈을 풀어 다시금 매어주는 그였다.

그녀는 눈동자를 이리저리 굴리며 어찌할 바를 몰랐다. 하지만 그는 개의치 않는 듯 그녀의 갓끈까지 고쳐 매고 나서야 그녀를 놓아주었다.

그녀가 멋쩍은 듯 흠, 흠, 헛기침을 했다.

"오라버니 옷이라도 뺏어 입고 온 것이냐?"

"아……? 어찌 아셨습니까?"

"그래 보인다. 어찌 안 게 아니고."

그가 피식 웃음을 터뜨리며 앞서 걸었다. 그런 그의 뒷모습을 빤히 바라보던 그녀도 황급히 그의 뒤를 쫓았다.

"뛰지 말아라, 또 넘어지려 그러는 것이냐. 보아하니 신발도 커 보이는데."

"그래도 오늘은 안심하고 저잣거리를 다녀도 괜찮을 것 같아요. 그렇죠?"

"그래. 다 네 덕이구나."

뿌듯해하며 자신의 옷자락을 내려다보는 그녀가 앙증맞았다. 그녀를 바라보는 그의 얼굴에선 웃음이 가시질 않았다. 그렇게 나란히 흙길을 걷던 그녀가 별안간 무언가 생각이 난 듯, 손뼉을 치며 그를 돌아보았다.

"전하, 오늘은 전하와 꼬-옥 해보고 싶은 것이 있습니다!"

아이처럼 들뜬 모습이었다. 언제나 맑고 해사한 그녀의 모습이 꼭 어두운 자신을 밝혀주는 것만 같아 그녀와 함께 보내는 시간이 선물 같았다.

"말해보아라. 무엇이 하고 싶으냐."

그가 걸음을 멈추고 그녀를 내려다보았다. 그녀가 두 손을 모은 채, 눈을 반짝였다.

"기방요!"

'기방'이란 말에 그의 눈이 동그래졌다.

"기방이라니?"

"이리 사내같이 남장도 하였으니 기방에 꼭 가보고 싶습니다!"

절로 웃음이 났다. 어색한 선비 차림으로 기방을 가자니. 수년간 사내만 상대해온 기녀들의 눈엔 영락없이 남장한 규수로 보일 터였다. 그녀의 깜찍한 소원에 도윤이 미소를 지으며 그녀를 빤히 내려다보았다.

"그곳에서 무엇을 하려고?"

"기녀들을 가까이서 보고 싶습니다. 얼마나 예쁠지, 그리고 기방에서는 무슨 술을 마시며 무슨 이야기들을 하며 노는지."

"그다지 예쁘진 않을 것인데."

그가 턱을 만지작거리며 낮게 중얼거렸다. 그러자 그녀가 그의 팔을 쥐며 고개가 젖히도록 그를 올려다보았다.

"소녀는 단 한 번도 본 적 없는 곳이니 늘 궁금했어요. 술도 마셔보고 싶기도 하고…… 아직 한 번도 마셔본 적이 없거든요."

"그 차림으로 갔다간 기녀들에게 여인이 사내 행색을 하고 왔다며 혼쭐만 나고 올 것이다."

"왜요? 사내 같지 않습니까?"

"응, 전혀 사내 같지 않다."

"피……."

단호한 그의 말에 그녀가 입술을 삐죽였다. 조금 실망한 기색이 엿보이는 그녀를 바라보던 도윤이 말없이 그녀의 앞에 섰다. 그러곤 그녀의 작은 어깰 감싸며 허리를 굽혔다.

갓 사이로 둘의 시선이 맞닿았다.

"기방이라면 나도 가본 적이 없어 잘 모르지만, 그곳에서 무슨 이야기들을 하고 무슨 술을 먹으며 노는지는 내 익히 들어 잘 안다."

"예?"

"궁금하면 내가 너에게 기방 이야기를 들려줄 수도 있고?"

"……기방 이야기요?"

"그리고 술이라면 꼭 그곳이 아니더라도 마실 수 있으니."

"아."

"어떠냐. 나와 술 한잔해보겠느냐?"

술이란 말에 그녀의 동공이 커졌다. 그의 모습이 고스란히 비칠 정도로 맑고 투명한 눈동자였다. 그를 말없이 응시하던 그녀가 이내 배시시 웃음을 터뜨렸다.

"좋습니다, 전하!"

"또 전하께서 잠행을 나갔다 합니다."

중궁전 나인의 말에 중전 김 씨와 그 곁에 있던 주 상궁 모두 놀라고 말았다. 중전은 두 주먹을 말아 쥐며 어이없다는 듯 실소를 흘렸지만 주 상궁의 속은 바짝바짝 타들어갔다.

영광의 말대로 두 사람이 보통 사이는 아닌 듯했다. 적어도 군주의 마음은 걷잡을 수 없이 은설에게 향해 있는 것 같았다. 주 상궁의 얼굴이 딱딱하게 굳어버렸다. 이대로 가다간 돌이킬 수 없는 운명의 길을 걷게 될 은설이었다.

"아버님께서 사람을 붙이실 것이다."

"아무래도 그럴 것 같습니다."

"주 상궁."

"예, 중전 마마."

무언가 결심이라도 한 듯 중전이 주 상궁을 불렀다. 넋을 놓고 있던 주 상궁은 흠칫 놀라며 고개를 조아렸다.

"아버님 사병들의 얼굴을 익히 알고 있는가."

"전부는 모르옵고 가까이 두시고 일을 맡기는 몇은 아옵니다."

"혹시 모르니 자네가 저잣거리로 나가 그 무리가 전하의 뒤를 감시하는 것을 발견하거든 그년을 아버님께 데려가지 못하도록 막아라."

"예, 중전 마마."

중궁전을 나서는 주 상궁의 발걸음이 무거웠다.

원래대로라면 이 사실을 이학수에게 가서 그대로 전했어야 했지만 이번만큼은 그녀도 머뭇거릴 수밖에 없었다. 중궁전을 감시하라고 이학수가 그녀를 중궁전 최고 상궁 자리에 앉힌 것이었다. 그 사실을 모르는 중전은 입이 무겁고 발이 빠른 주 상궁을 의지하며 자신의 속내를 모두 그녀에게 드러냈다.

하지만 그녀는 이학수의 신임(信任)을 얻기 위해 모든 것을 이학수에게 고해왔다. 그 때문에 이학수는 주 상궁이 폐비 홍 씨의 사람이었음에도 단시간에 그녀를 믿게 된 것이었다.

중궁전에서 멀어지는 그녀의 얼굴이 어두웠다.

"지금은 이학수가 공주 마마의 얼굴을 알아서는 아니 된다."

이번만큼은 중전과 같은 길을 걸을 생각이었다. 이대로 두었다간 그녀가 은설의 후궁 교지를 무산시키기도 전에 이학수의 눈에 띄어 모든 것이 물거품으로 돌아갈 수도 있음이었다. 어떻게든 이학수가 은설의 존재를 모르게 막아야만 했다.

"마마…… 정녕 쇤네가 어찌하면 되겠습니까. 이 얄궂은 운명을 쇤네가 어찌 막아야 하오리까."

주 상궁은 품속에서 그간 고이 품고 있던 가락지를 꺼냈다.

그 가락지는 폐비 홍 씨가 탐라로 유배 가기 전에 은설을 잘 부탁한다며 주 상궁에게 건넸던 것으로, 선왕 전하와 정인의 증표로 나눈 가락지였다. 연꽃의 문양이 새겨진 그 가락지는 선왕이 직접 조선에서 제일가는 공예가에게 부탁해 만든 것이었다.

조선에 단 한 쌍뿐인 그 가락지 중 하나를 주 상궁이 지니고 있었던 것이다.

"마마…… 쇤네에게 방도를 알려주시옵소서. 마마와 공주 마마를 지키고, 지난 세월을 앙갚음할 수 있는 방도를 부디 알려주세요."

가락지를 손에 꼭 쥔 채, 주 상궁은 황급히 궐을 벗어났다.

❀

날이 저물고 저잣거리를 한참 구경하던 둘은 어느 주막 안으로 들어섰다. 쭈뼛쭈뼛 주막 안으로 들어서는 도윤과 달리 은설은 상기된 얼굴로 도윤의 손을 잡아끌었다.

"나리, 어서요."

주막 안에서는 이미 거나하게 취한 사람들이 분주히 사발을 부딪치고 있었다. 정겹고도 흥겨운 분위기였다.

"어서들 오셔요, 나리들. 어휴, 우리 나리들 인물들이 훤하시네."

주모의 말에 은설은 환하게 웃으며 도윤을 돌아보았다. 그녀는 들뜬 얼굴로 도윤을 향해 까치발을 들어선 귓속말을 했다.

"나리들이래요. 소녀도 이제 제법 사내 티가 나나 봅니다?"

그녀의 뜨거운 입김이 그의 귓불에 닿자, 순식간에 그의 목덜미가 홧홧하게 달아올랐다. 두근대는 심장을 진정시키며 이번엔 도윤이 은설에게 바투 다가서선 은밀히 속삭였다.

"어디 이런 행색으로 돌아다니는 규수가 흔한 일이냐?"

"예?"

"그러니 나리들이라 하는 것이지. 흠, 앉자."

그 말에 입술을 삐죽이는 은설 대신 평상 위에 먼저 자리를 잡고 앉는 도윤이었다. 그러곤 자신을 빤히 바라보고 있는 그녀에게 얼른 앉으라, 고갯짓을 해 보였다. 그녀가 그 앞에 앉자마자 주모는 몇 가지 찬을 내왔다.

"탁주 한 사발씩 드릴까?"

"탁주요?"

탁주란 말에 그녀가 도윤을 빤히 바라보았다. 그러자 도윤이 갓끈을 어루만지며 고개를 끄덕였다.

"내어주시게."

"정말 술 먹는 겁니까, 나리…… 아니 형님?"

은설과 도윤을 빤히 바라보는 주모를 의식한 듯, 그녀는 그를 '형님'이라 불렀다. 갑작스러운 호칭에 그는 당혹감을 감추지 못했다. 하지만 그녀는 한쪽 눈을 찡긋하며 배시시 웃었다. 자신만 믿으라는 눈치였다. 그녀의 근거 없는 자신감이 앙증맞았다.

"주모 그럼, 여기 탁주랑 안주는 뭐가 좋소?"

제법 사내답게 음성을 낮춘 채, 그녀가 주모를 향해 물었다.

"한바탕 비가 쏟아졌으니 파전 어떻습니까, 나리들? 오늘 파전이 인기가 좋다오."

"파전 어떻습니까, 형님?"

아무리 들어도 적응되지 않는 '형님' 소리에 그가 헛기침을 했다. 그 모습이 재미있어 은설은 픕, 웃음을 터뜨리고 말았다.

"그럼 여기 파전하고 탁주를 내어주시오. 시원한 것으로."

"예, 나리들. 조금만 기다리세요."

주모가 돌아가자 둘만 남겨졌다.

연신 들뜬 얼굴로 술을 마시는 사람들을 돌아보던 그녀가 도윤을 휙 올려다보았다. 힐끔힐끔 그녀를 훔쳐보고 있던 도윤은 흠칫 놀라며 그녀의 시선을 피했다.

"형님은 술 잘 드십니까?"

"그 형님 소리, 이젠 주모도 없는데 그만두지 그러느냐?"

"에이, 그래도 듣는 귀가 많은데."

곧 주모가 탁주가 든 병과 사발을 건넸다. 그러자 도윤이 그녀의 사발에 맑은 탁주를 콸콸 부었다. 그녀는 두 손을 모은 채, 눈을 반짝였다.

"우와, 이것이 탁주입니까? 꼭 맹물 같아요."

"투명한 것도 있고 쌀뜨물처럼 뽀얀 탁주도 있다."

"형님께선 궐에서 많이 드십니까, 이 술?"

"술 없인 밤을 지새우지 못한 적이 있었지."

"아……. 예."

그의 말에 그녀가 말실수라도 한 듯 얼굴을 붉히며 고개를 끄덕였다.

왕이 매일 밤 술에 취해 잠들기 일쑤라는 소문을 들은 적이 있었다. 불면증에 술이든 약이든 취하지 않고선 잠들지 못한다는 그 소문이 영 틀린 소문은 아닌 모양이었다. 괜한 질문을 한 것 같았다.

그녀는 쭈뼛거리며 술이 든 사발만 만지작거렸다. 그 모습을 바라보던 그가 피식, 웃음을 흘렸다.

"이젠 끊었다. 어느 여인이 준 '춘몽 방울' 덕분에. 자, 한잔하자."

그 말에 그녀가 쑥스러운 듯 얼굴을 붉혔다. 곧 그가 사발을 들었다.

"예? 아…… 예."

도윤을 따라 그녀도 머뭇거리며 사발을 들었다. 그러자 그 사발에 자신의 사발을 가볍게 부딪치곤 쭈욱 들이켜는 그였다. 반면 그 모습을 빤히 바라보던 그녀는 선뜻 사발을 들이켜지 못한 채 머뭇거렸다. 이맛살을 한껏 찌푸린 채, 사발이 닿을락 말락 입술만 부들부들 떨고 있었다. 그 모습이 우스워 그가 핏, 웃음을 터뜨리고 말았다.

"무엇 하느냐? 사발하고 입맞춤이라도 하는 것이냐?"

아무렇지 않게 그 말을 내뱉고 빈 사발에 탁주를 부으며 그는 아차, 싶었다.

입맞춤.

지난날, 물레방앗간에서 그녀와 나누었던 진한 입맞춤이 그만 떠오르고 만 것이다.

그는 탁주를 붓던 손을 멈추고서 그대로 굳고 말았다. 그녀역시 입술을 삐죽 내민 채로 굳어버렸다.

두 사람은 지금 같은 장면을 떠올리고 있는 것이었다.

어색하고도 민망한 공기가 흘렀다.

입술을 한껏 내민 채, 마치 입맞춤이라도 하는 모양새로 그녀가 굳어 있자 그 모습을 바라보고 있던 그의 얼굴이 붉게 달아올랐다. 그의 시선이 자신의 입술에 닿은 것이 느껴지자, 그녀는 그대로 술을 들이켜고 말았다.

"크으……!"

처음 맛보는 쌉싸래한 물이었다.

그녀는 저도 모르게 크윽, 소리를 내며 미간을 찌푸렸다. 그러곤 신비의 물이라도 발견한 양 눈을 동그랗게 뜨고선 빈 사발을 내려다보았다.

"어떠냐. 첫 술의 경험이?"

"오……! 맛있습니다! 생각했던 것보다 달콤합니다."

그녀가 환하게 웃으며 그를 향해 엄지를 척 내밀어 보였다. 그러곤 빈 사발을 도윤에게 내밀며 눈을 찡긋했다. 제법 술이 입에 맞는 그녀였다.

"큰일이구나. 이러다 술주정뱅이가 되는 것은 아닌지 모르겠다."

"에이, 그럴 리가. 한 잔 더 주십시오, 형님! 형님 것은 제가 따라드리겠습니다."

그녀의 애교 섞인 음성에 그의 마음이 사르르 녹는 것만 같았다. 그는 미소를 감추지 못한 채 그녀의 빈 사발에 탁주를 부었다.

'태어나 내, 형님 소리가 이리 보드랍게 들리긴 처음이다.'

"헤헤. 자, 받으시어요. 형님."

술을 주거니 받거니 하고 있던 그때, 노릇노릇하게 구워진 파전이 두 사람 앞에 놓였다.

고소한 기름 냄새가 진동했다. 그녀는 눈을 반짝이며 젓가락을 들었다. 그러곤 조심스럽게 파전 한 조각을 떼어 그를 올려다보았다.

"제가 기미를 먼저 하겠사옵니다."

그녀가 나지막이 속닥이며 파전을 입에 넣으려던 그 순간, 그가 그녀의 손을 잡아챘다. 그녀가 눈을 동그랗게 뜨고선 그를 바라보았다. 그가 느리게 고개를 젓고 있었다.

"관두거라."

"예?"

"너에게 기미를 명한 적은 없다."

"……하오나."

"너는 내 여인이지 내 신하가 아니다."

"아."

그 말을 하며 그가 작게 입을 벌렸다. 파전이 든 젓가락을 쥔 그녀가 그런 그를 신기하다는 듯 바라보았다.

"먹여……달란 말입니까?"

"턱 떨어지겠다."

그가 두 눈을 지그시 감은 채, 다시금 입을 벌렸다. 그 모습을 빤히 바라보던 은설의 입가에 배시시 미소가 번졌다. 들고 있던 파전을 그의 입에 쏙 넣어주는 그녀의 손끝이 작게 떨렸다. 그 마음에도 간질간질, 작은 진동이 일었다.

"맛이 있구나. 네가 준 것이라서."

행복이 있다면 바로 이런 것이 아닐까, 그의 가슴이 부푸는 순간이었다.

"끅!"

"인제 그만 먹자. 이미 코끝이 빨갛다, 은설아."

"한 잔만 더요, 따악 한 잔만!"

취기가 오르는 듯, 반쯤 눈이 풀린 그녀가 배시시 웃었다. 그러곤 딸꾹질을 하며 자꾸만 한 잔 더 먹자고 손가락을 하나 펴들고선 고개를 까딱였다. 그 모습에 그가 난감하다는 듯 이마만 만지작거리고 있었다. 아무래도 취한 모양이었다. 덥다며 벗어두었던 삿갓을 그녀의 머리에 얹으며 그가 갓끈을 꽁꽁 매주었다.

"일어나자. 더 마시면 집에 못 간다."

"아, 형님. 이런 날이 흔치 않잖아요. 예? 딱 한 잔만 더 하고! 두 번째 주막으로 갑시다!"

"나 원 참, 이미 취할 대로 취해놓고 두 번째는 무슨."

흐트러진 그녀의 옷매무시를 가다듬어주며 그가 그녀를 일으켜 세웠다. 그러자 그녀는 잔뜩 볼을 부풀렸다, '푸우' 하고 내뱉으며 눈웃음을 그렸다.

"에이, 못 마셔서 그렇구나? 이제 못 마시겠죠? 내가 더 잘 마신다! 그쵸?"

"본격적으로 마시지도 않았다. 정신 차려보아라, 은설아. 걸을 수 있겠느냐?"

"암요, 암요! 걷지요, 걷고말고!"

호기롭게 그 말을 내뱉으며 그녀가 그를 밀쳤다. 그러곤 혼자 갈 수 있다며 한 걸음 내디디다 그만 풀썩 주저앉고 말았다. 그녀의 작은 몸은 종잇조각이 구겨지듯 쪼그라들고 말았다. 화들짝 놀란 그가 그녀를 품에 안았다.

"은설아! 은설아!"

"음냐…… 음냐."

코끝이 빨개진 채로 축 늘어진 그녀는 두 눈을 지그시 감고 있었다. 그녀의 뽀얀 솜털이 보일 만큼 둘의 거리는 가까웠다. 안아 든 그녀의 몸은 불덩이처럼 달아올라 있었다. 아무래도 취기에 잠이 든 모양이었다.

그는 난감하다는 듯 한숨을 내쉬며 그녀를 안아 올렸다. 그녀의 작은 몸이 그의 단단한 가슴팍에 쏙 안겼다. 이내 곤히 잠든 그녀의 새근새근하는 숨소리가 그의 턱 끝에 닿았다. 보드랍고도 따스한 숨이었다.

도윤은 낮게 한숨을 쉬었다. 그러곤 자신의 품에 안긴 작고 예쁜 그녀를 빤히 내려다보았다.

"오늘 밤은 어쩔 수 없이 같이 보내야겠구나."

도윤이 방 안에 은설을 반듯하게 눕힌 뒤, 쭈뼛쭈뼛하며 방을 나섰다.

"주모, 같이 온 일행이 정신을 못 차려서…… 설탕물 같은 걸 좀 먹여야 할 것 같은데."

주막을 치우고 있던 주모는 걸레질하던 손을 멈추곤 손가락을 들어 어딘가를 가리켰다.

"설탕이요? 설당을 말씀하시는 건가. 그런 것은 여기 민가에는 없지요."

"……없다니?"

"그 귀한 것이 이런 주막에 있을 리 있습니까? 임금님이 잡수시는 걸 여기서 어찌 찾으신데요?"

주모의 말에 그가 흠칫 놀라며 갓을 깊게 눌러썼다.

"그럼 그 비슷한 것은 뭐가 있소."

"조청이요. 부엌은 저기에 있으니 마음껏 사용하셔도 된답니다, 나리."

무엇이 조청이고 무엇이 설탕인지 분간조차 할 수 없었지만 그는 무작정 부엌으로 들어섰다. 다 비슷비슷하게 생긴 세간에 혼란스러워진 그가 넋을 놓고 부엌만 바라보았다.

"하아…… 대체 뭐가 뭔지 모르겠네."

부엌을 보기는커녕 식사 수발을 받는 그의 눈엔 그곳은 그저 신비한 세간이 즐비한 공간일 뿐이었다. 그의 얼굴이 점점 더 난감하다는 듯 굳어갔다.

주모는 뻘쭘하게 서 있는 그에게 다가가 물었다.

"나리, 무엇을 찾으십니까?"

"아, 그것이⋯⋯."

갑작스러운 그녀의 등장에 그는 헛기침을 하며 다시금 표정을 굳혔다. 그러곤 근엄하게 뒷짐을 지며 주모를 바라보았다.

"조청을 찾고 있네만."

'조청'이란 말에 주모가 어렵지 않게 단지 하나를 건넸다.

"여기 있소이다."

도윤은 멋쩍은 듯 코끝을 어루만지며 주모가 건넨 조청을 받아 들었다. 그러곤 숟가락으로 조청을 듬뿍 떠서 냉수에 휘휘 풀었다.

태어나 처음 타보는 조청 물이었다. 그는 흐뭇한 얼굴로 은설이 누워 있는 방으로 향했다. 그녀에게 칭찬받을 생각에 그의 입꼬리는 연신 곡선을 그리고 있었다.

방 문을 열자, 언제 벗어젖힌 것인지 그녀의 저고리 앞섶이 풀어 헤쳐져 있었다. 아슬아슬한 그녀의 모습에 그는 화들짝 놀라며 곁에 있던 이불을 들어 그녀의 몸 위에 얹었다.

술에 취한 건 그녀였는데 어쩐지 그의 몸이 훅 달아오르는 느낌이었다. 조청 물을 먹여야 했는데 뽀얀 속살을 슬쩍 내놓고 있는 그녀를 깨우기가 난감했다.

"흠, 흠흠!"

크게 헛기침도 해보았지만, 여전히 곤히 잠든 그녀였다. 손을 뻗어 그녀의 어깰 꾹꾹 눌러도 보았지만, 미동도 하지 않았다. 곧, 그녀가 자신의 상체에 얹혀 있는 이불이 갑갑한 듯 손으로 이불을 휙 쳐냈다.

"앗……!"

그러자 다시금 그녀의 속살이 적나라하게 드러났다. 앞섶을 야무지게 풀어 헤친 탓에 그녀의 봉긋한 가슴을 아슬아슬하게 가리고 있던 붕대가 드러났다. 붕대로 단단히 여며져 있었지만 채 가려지지 않는 그녀의 부푼 가슴이었다.

저도 모르게 그것을 빤히 바라보고 있던 도윤은 귀까지 빨개진 채 흠칫 놀라고 말았다. 그래도 가려주어야 할 것 같아 그가 용기 내어, 그녀의 풀어 헤친 저고리를 슬쩍 쥐었는데…….

"가락지……?"

그녀의 목에 걸린 가락지 하나를 발견했다. 순간 그의 가슴이 철렁 내려앉는 듯했다. 끈에 매달아 목에 걸고 다닐 정도면 소중한 가락지일 것이다. 그의 눈동자가 요동치기 시작했다.

"정인이 있는 것이냐, 아님 있었던 것이냐."

못내 서운함을 감출 수 없는 그였다. 정인이 연모의 증표로 선물한 가락지일까. 그가 조심스럽게 그녀의 목에 걸린 가락지를 쥐었다.

"연꽃."

연꽃 문양이 곱게 새겨진 귀한 가락지였다.

한눈에 봐도 쉽게 구할 수 없는 물건인 듯했다.

보는 순간 시선을 앗아갈 만큼 황홀한 자태의 가락지였다.

그의 손끝이 조금 떨렸다.

아무것도 모른 채 새근새근 잠든 그녀를 바라보는 그의 눈동자가 어쩐지 먹먹해졌다.

"연꽃 가락지라……."

아무래도 정인이 준 가락지인 듯했다.

가슴 깊숙이에서부터 섭섭함과 서운한 감정이 일었다. 묘하게 투기의 감정도 피어나는 듯했다.

잠든 그녀를 바라보는 그의 눈동자가 뜨겁게 타올랐다. 그는 그녀의 저고리를 여며주며 반듯하게 이불을 덮어주었다.

❈

황급히 등을 돌리는 주 상궁의 얼굴이 딱딱하게 굳었다. 한 방에 나란히 들어선 도윤과 은설의 모습이 그녀의 가슴을 더욱 애태웠다. 믿을 수 없었다. 아니, 믿고 싶지 않았다. 두 눈으로 확인하고도 믿고 싶지 않아 그녀의 가슴이 찢기는 듯했다. 주막에서 함께 술잔을 기울이는 둘의 모습은 상상했던 것보다 꽤 다정했으니까.

주막의 담벼락에 등을 기댔던 그녀가 스르륵 주저앉고 말았다. 그 순간에, 하늘도 무너지는 것 같았다.

"공주 마마…… 어쩌시려고 마음을 주셨습니까."

그녀가 차오르는 눈물을 닦으며 다시금 둘이 머무는 방을 바라보던 그 순간, 저 멀리서 이학수의 살수들이 다가오는 것을 보였다.

"이 주막으로 들어가는 것을 보았다고 합니다."

"그럼 이곳에 지키고 있다 나서는 모습을 확인한 후 그 여인을 잡아 대원군 대감께 데려가라."

"예, 대장."

"오늘은 실수 없이 대원군 대감께 그 여인을 보여야 할 것이야. 대감께서 병판의 여식이 맞는지 반드시 확인하셔야 한다."

살기 어린 음성이 주 상궁의 귓가에 닿았다.

그녀의 가슴이 쿵, 쿵, 쿵, 요동쳤다.

어떻게든 막아내야만 한다.

움켜쥔 그녀의 주먹이 파르르 떨렸다.

이내 결심한 듯 그녀가 그 살수들을 향해 성큼성큼 다가갔다. 뜨겁게 흘렸던 눈물은 이미 말끔히 지워낸 지 오래였다.

가만히 벽에 기대 잠든 그녀를 내려다보기 시작한 지 반 시진이 지났을까. 가락지의 여운에서 벗어나지 못한 그가 입술을 뾰로통하게 내민 채, 그녀만 바라보고 있었다.

"정인일까?"

그 말에 그녀가 흐음, 작게 꿍얼거리며 몸을 뒤척였다. 그러다 이내 답답한 듯 그녀가 이불을 휙 걷어찼다.

"정인……이었겠지? 설마, 날 두고 다른 정인을 만나고 있는 것은 아니겠지."

그때였다. 다시금 저고리를 풀어 헤치려 옷고름에 손을 가져다 대는 그녀였다. 멍하니 그녀를 바라보고 있던 도윤은 화들짝 놀라며 그녀의 손을 제지했다.

"걸핏하면 벗으려 하다니, 내가 없는 곳에선 절대 술을 못 마시게 해야겠다."

그가 굳게 다짐하며 그녀를 밉지 않게 흘겨보았다.

"예쁘지나 말던가."

"우웅."

"세상 제일 예쁘면서 이리 술 취해 자는 모습도 어여쁘니 내가 어찌 안심하고 궐로 돌아갈 수 있겠나."

웅얼거리며 몸을 뒤척이는 그녀를 향해 그가 중얼거렸다. 그러다 핏, 웃음을 터뜨리며 턱을 괴곤 잠투정을 부리는 그녀를 바라보았다.

"한 잔만…… 따악 한 잔만 형님…… 우웅."

그녀의 빨간 입술이 아기처럼 오물거리고 있었다. 그 모습이 사랑스러워, 그는 저도 모르게 미소를 만개하며 그녀를 바라보았다. 그러다 손을 뻗어 그녀의 촉촉한 입술을 어루만졌다.

"아."

손끝에 머무는 그녀의 보드라운 온기가 그를 순식간에 달아오르게 했다. 그때처럼 그녀의 입술을 탐하고 싶단, 욕망이 치밀어 올랐다. 그는 벌떡 일어나 분주히 몸을 움직이기 시작했다.

"무슨 생각을 하는 것이냐. 이 짐승 같은 놈."

아무리 그래도 취해서 잠든 그녀에게 몰래 입맞춤을 하는 것은 사내로서의 도리가 아닌 듯했다. 달아오른 그의 가슴을 진정시키기 위해 그가 뜀박질을 시작했다.

"하나, 둘, 하나, 둘!"

한바탕 땀이라도 내면 부풀었던 욕망이 가라앉을 것 같았다. 그가 열심히 몸을 움직이고 있던 그때, 베개를 척 끌어안는 그녀의 바짓단이 홀러덩 올라가고 말았다. 헐렁한 바짓단과 버선 사이로 그녀의 뽀얀 종아리가 드러났다.

"하."

그 모습을 스치듯 바라보던 그는 또다시 화들짝 놀라며 황급히 등을 돌렸다. 그의 얼굴이 다시금 능금 빛으로 물들었다. 열기가 그의 목 끝까지 차올라 있었다. 그는 입술을 꾹 깨문 채 벽을 짚었다.

"하여튼 일어나기만 해봐라, 신은설. 혼날 줄 알아."

그가 두 눈을 꾹 감고서 등을 돌린 채 벽만 짚고 서 있던 그때였다.

"물…… 우욱, 물!"

그녀가 벌떡 몸을 일으켰다. 헛구역이 치미는 듯 그녀가 황급히 입을 틀어막으며 물을 찾았다. 등을 돌린 채 서 있던 그가 그녀에게 물 사발을 건넸다.

"술이 좀 깨는 것이냐. 여기 있다, 물."

그녀는 물 사발을 건네받자마자 꿀꺽꿀꺽 냉수를 삼켰다. 바짝바짝 타들어가던 속이 조금 풀리는 느낌이었다. 그제야 그녀가 무거운 눈꺼풀을 들어 주변을 살폈다.

"으윽…… 머리야. 여기가 어딥니까?"

깨질 듯한 두통도 밀려왔다. 그녀가 눈살을 찌푸리며 곁에 앉은 도윤을 휙 바라보았다.

"정신이 좀 드는 것이냐."

"……전하?"

"술주정뱅이 같으니라고."

"여긴…… 방?"

"그래, 네가 잠이 들어 방으로 데리고 왔다."

"허억!"

'방'이란 말에 그녀가 화들짝 놀라며 두 팔을 포개 가슴을 가렸다. 그러곤 황급히 자신의 차림새를 살폈다. 그녀의 어이없는 오해에 그가 피식, 바람 빠지는 웃음을 지으며 고개를 절레절레 저었다.

"무슨 상상을 하는 것이냐?"

"어찌 전하와 제가…… 한, 한방에! 한 공간에서 지새우는 처, 첫 밤?"

"그럼 네가 잠이 들었는데 널 업고 너희 집으로 가리?"

"아, 그것은 좀 곤란하옵고."

"아무 짓도 하지 않았으니 염려 말아라. 취한 여인을 취할 만큼 자제력 없는 사내는 아니니. 내가 가라앉히느라 얼마나 애를 먹었는데."

그의 말에 취기가 채 가라앉지 않은 그녀의 얼굴이 미묘하게 상기되었다. 스르륵 팔을 풀며 그녀가 망건을 두른 이마를 문질렀다. 지독한 두통은 쉽게 가시질 않고 있었다.

"죽는 줄 알았어요. 세상이 어찌나 빙글빙글 돌던지."

"기억은 다 나고?"

"그럼요!"

"네가 마지막에 무어라 말하며 잠이 든 줄은 아느냐?"

"아…… 으음……."

허를 찌르는 그의 질문에 그녀는 이리저리 눈동자를 굴리다, 이내 배시시 웃고 말았다.

"아뇨. 모르겠사옵니다. 소녀가 무엇이라 하였는데요?"

그녀가 멋쩍은 듯 입술을 살며시 깨물며 그를 바라보았다. 도윤은 그런 그녀를 뚫어져라 응시하며 바투 다가갔다.

"고백을 했다."

"……고백요?"

"나를 아주 많이 연모한다더구나."

"예? 미쳤나 봐!"

그의 짓궂은 장난인 줄 모르고 그녀는 그만 얼굴을 붉히고 말았다. 밀려오는 민망함과 창피함에 그녀는 손바닥으로 얼굴을 폭 가리고 말았다. 그러곤 발을 동동 구르며 '어떡해, 어떡해!'를 남발하고 있었다. 그 모습이 귀여워 그는 한껏 미소를 지은 채, 그녀의 머리를 쓰다듬었다.

"거짓이다. 고개 들거라."

"예? 거짓이요?"

"한 잔 더 하자 하더구나. 차라리 연모한다는 고백이었으면 좋았을걸."

그러다 태어나 처음으로 고군분투하며 조청 물을 타 온 것이 생각난 그가 그녀에게 조청 물이 담긴 사발을 건넸다. 그러곤 흐뭇한 얼굴로 코끝을 어루만졌다. 갑작스럽게 내민 사발에 그녀는 의문스러운 얼굴로 그를 올려다보았다.

"이것이 무엇입니까?"

"조청 물."

"조청 물이요?"

"숙취에 좋을 것이야."

그 말을 내뱉고 나니 괜히 멋쩍어 그가 머릴 긁적였다. 한 나라의 군주가 조청 물을 타다니. 그것도 여인을 위해. 놀라우면서도 황송함에 그녀는 말을 잇지 못했다. 사발에 담긴 조청 물만 빤히 바라보던 그녀가 이내 환하게 웃으며 다시금 그를 바라보았다.

"정녕 전하께서 직접 타신 것입니까?"

"그럼 내가 직접 탔지. 흠, 흠! 마시거라. 그럼 술이 좀 깰 것이다."

그녀가 아이처럼 기뻐하며 그에게 바투 다가갔다. 두 사람의 거리가 제법 가까워졌다. 순식간에 그녀가 다가오자 그가 흠칫 놀라며 뒤로 스르륵 물러났다. 그러자 그가 물러난 만큼 다시 다가서는 그녀였다.

"왜…… 왜 이러는 것이야."

"함께 마셔요!"

"……뭐?"

"이 귀한 걸 어찌 제가 혼자 마십니까?"

그녀가 배시시 웃으며 사발을 들었다. 도윤은 멍하니 그녀를 내려다보았다. 가까이에서 본 그녀는 또 예뻤다. 아니, 원래 어여쁜 그녀가 가까이 다가오니 미색이 극대화된 것인지도 몰랐다. 커다란 눈, 탐스러운 콧방울, 게다가 잘 익은 앵두 같은 입술까지. 복잡 미묘한 감정이 그의 가슴을 어지럽혔다. 하지만 그녀는 애석하게도 순수한 얼굴로 사발만 건네고 있었다.

"같이 마셔요, 전하."

같이 마시자니, 우선 그래야 할 것 같아 그가 슬쩍 고개를 끄덕이며 사발에 입을 갖다 대었는데, 그 순간…….

"아……."

그녀도 사발에 입을 가져다 대었다. 순간 두 사람의 이마가 맞닿고 말았다. 사발을 가운데 두고 두 사람이 아슬아슬하게 눈을 맞추고 있었다.

살과 살이 부딪히자, 저릿한 전율이 일었다.

닿은 이마와 눈…….

고스란히 전해지는 온기와 떨리는 숨결…….

그리고 한 뼘도 채 되지 않은 거리에 그녀의 탐스러운 입술이 있었다.

"대원군 대감의 명을 받은 것이오?"

한편, 주막 밖에선 또 다른 의미로 일촉즉발의 상황이 벌어지고 있었다.

이학수의 살수들에게 성큼성큼 다가선 주 상궁은 거침없이 그들을 막아섰다.

"주 상궁 마마님."

갑작스러운 그녀의 등장에 자리를 잡고 감시하려던 그들은 화들짝 놀라며 고개를 조아렸다. 알 수 없는 묘한 긴장감이 그들 사이를 메워나갔다. 주 상궁은 장옷을 걷어 팔에 걸며 그들을 찬찬히 훑었다. 이학수를 최측근에서 비호하는 살수들이었다. 빠른 행동과 독보적인 눈썰미로 이학수가 가까이 두고 중대한 일을 시키는 무리였다.

"예서 무엇을 하고 있소."

이대로 은설과 도윤이 주막을 나선다면 꼼짝없이 이들에게 당할 것이었다. 그녀의 얼굴이 짐짓 긴장감으로 굳어졌다.

"전하께서 이 주막 안에 드셨다 하옵니다."

벌써 냄새를 맡은 듯했다. 동요하지 않으려 애쓰며 그녀가 말문을 열었다.

"궐에 계신 전하께서 어찌 이곳에?"

"잠행을 나가셨단 전갈을 받고 뒤따르던 중, 전하께서 즐겨 입으시는 도포를 입은 사내 하나가 이 주막 안으로 들어서는 것을 보았습니다."

불행 중 다행일까. 도윤의 얼굴은 확실히 보지 못한 모양이었다. 그녀가 느리게 고개를 끄덕이며 살수 대장과 시선을 맞추었다.

"한데."

"혹, 전하께서 잠행을 나와 그 여인과 함께 이곳에 들지 않았을까 하여 저희가 감시를 하고 있던 중이었습니다."

"감시라면……."

"병판 댁의 여식이 맞는지, 오늘 밝혀내야 합니다."

그들은 작정한 듯 평소보다 더 근엄하고 진지한 모습들이었다. 그들을 살피던 그녀의 입꼬리가 미묘하게 일그러졌다. 그녀는 호흡을 가다듬으며 애써 담담하게 주막을 돌아보았다.

"전하께서 드신 것이 확실하오?"

여기서 조금이라도 빈틈을 보인다면, 왕과 공주는 위험에 처할 것이고 자신의 안위 역시 장담하지 못할 것이었다.

"거의 확실합니다. 한데 홀로 드신 것인지 아니면 일행이 있는 것인지는 저희도 잘 모르옵니다."

"확실치 않은데 괜한 소란을 피워서 일을 크게 만들면 아니 될 것이오."

"예, 마마님. 저희는 그저 전하와 동행한 여인이 있다면 대원군 대감마님 앞에 그 여인만 은밀히 데려갈 것입니다."

그녀의 눈앞이 아찔해졌다. 애써 담담하려 했지만, 손끝은 무자비하게 떨려왔다. 그녀는 음성을 가다듬으며 그들을 고고하게 바라보았다.

"그럼 차라리 장정들이 그 여인을 데려가는 것보다…… 내가 은밀히 데려가는 것이 모양새도 보기 좋지 않겠소?"

"예?"

뜻밖의 말에 그들의 눈빛이 반전되었다. 그러곤 머뭇거리며 서로 눈치만 보았다. 그때, 그들의 대장이 앞서 나오며 주 상궁을 향해 곤란하다는 듯 이맛살을 찌푸렸다.

"그것은 어려울 것 같습니다, 마마님."

"그 여인이 혹, 거세게 저항이라도 한다면 곤란하지 않겠소. 보는 눈들도 많은데 그러다 누가 관아에 고하기라도 한다면 일이 커질 것이오."

"은밀히 뒤따르다, 순식간에 낚아챌 것입니다. 염려하지 않으셔도 될 듯합니다."

"어차피 그 여인을 대감마님께 무사히 데려가기만 하면 되는 것이 아니오?"

"……그렇지만."

"그러다 전하의 눈에 띄거나 지금 이곳을 감시하고 있는 또 다른 눈이 있다면."

물러설 생각이 없다는 듯 그녀의 음성도 단호했다. 처음 보는 주 상궁의 고집스러운 모습에 그들은 더 말을 잇지 못했다.

"그땐 어찌할 것이오."

"하오나, 마마님."

"안에 전하와 동행한 이가 있는지 없는지 확실히 알지도 못하면서 경거망동할 순 없지. 운검(雲劍)이라도 지키고 있다, 그 모든 것을 전하께 고한다면…… 전하께서 가만히 있을 성싶소?"

고저 없는 차분한 음성이었다. 결코 흐트러지지 않는 그녀의 자태였다. 어떤 일이 닥쳐도 동요하지 않고 의중을 헤아릴 수 없는 모습으로 맞서는 것. 그것이 그녀가 가진 최대의 무기이자, 지난날 속내를 감추며 구밀복검(口蜜腹劍)으로 살아야 했던 처참한 삶의 결과물이었다. 주 상궁은 확고하게 대답을 하지 못하는 그들을 바라보며 다시금 입을 열었다.

"나를 믿지 못해 그러는 것이오?"

"아니옵니다. 어찌 마마님을 못 믿는다고……."

"하면, 어찌 머뭇거리는 것이오. 내가 직접 대감마님께 데려가겠다는데."

"당돌한 여인입니다. 마마님 홀로 감당하시기 벅차실 것 같아…… 하오면 이렇게 하는 것이 어떻겠습니까."

절대 권력인 이학수의 최측근인 주 상궁이었다. 이학수의 곁에서 오랜 세월 살신성인의 자세로 그를 보필한 그녀였기에 제아무리 이학수가 아끼는 살수라 해도 그녀의 말을 거역하긴 어려웠다. 그들의 대장이 조심스럽게 나서며 고개를 숙였다.

"저희가 그 뒤를 따르겠습니다. 마마님께서 그 여인을 데리고 대감마님의 사가에 무사히 당도할 때까지 뒤를 보고 있겠습니다. 혹여 모를 돌발 행동에 대비해서 말입니다."

더는 고집으로 맞설 수 없을 것 같았다. 그녀는 곤란하다는

듯 손끝을 어루만지며 다시금 주막 안을 돌아보았다. 저 안엔
분명히 은설이 있었다. 막을 방법이 무엇이 있을까, 생각하던
그녀가 조심스럽게 주막 안으로 들어섰다.

"마마님, 우선 밖에서 동태를 살피는 것이……."

"병판의 여식은 내 얼굴을 모르오. 소피가 마려워 그러니 측
간만 잠시 다녀오겠소."

그녀는 보란 듯이 장옷을 뒤집어쓴 채 주막 안으로 들어섰
다.

오른쪽에서 두 번째 방.

그곳에 은설과 도윤이 있었다.

아직 이 주막 안에 그들이 있는지 모르는 살수들은 주막 안
으로 들어서는 주 상궁을 대수롭지 않게 바라보다 시선을 거
두었다. 은설과 도윤이 머무는 방 앞에 슬쩍 멈춰 선 그녀가
호흡을 가다듬었다. 그러곤 주막 밖을 돌아보자, 살수들은 서
로 이야기를 하느라 정신이 팔려 있었다.

긴장감에 턱 밑까지 숨이 차올랐다. 장옷을 쥔 그녀의 손끝
이 파르르 떨렸다. 어떻게든 이 방 안에 있는 그들에게 살수들
의 존재를 알려야만 했다. 그러려면 자신의 존재부터 알려야
했다. '상궁'이 문 앞까지 왔음을 알린다면 눈치 빠른 도윤이
상황이 무언가 잘못되었음을 직감할 것이었다.

"하아."

실수는 없어야 했다. 무언가를 찾는 듯 연신 주위를 빠르게
훑던 그녀의 깊은 눈동자가 일순, 멈추었다. 은설과 도윤이 머

무는 방 앞, 날이 선 낫 하나를 발견하는 그녀였다. 그녀는 주저 없이 손을 뻗어 낫을 쥐었다.

"앗!"

은설이 소스라치게 놀라며 숙였던 고개를 들었다. 동시에 도윤도 그녀에게서 멀어졌다. 아슬아슬한 떨림과 주체 못 할 당혹감이 짙어졌다.

"하아……."

순식간에 열기가 그의 온몸을 휘감았다. 따뜻하고 부드러운 그녀의 도톰한 입술이 꼭 자신의 이마에 닿은 듯, 온 얼굴이 화끈했다. 그때, 사발을 쥐고 있던 은설이 이마를 어루만지며 입을 열었다.

"아무래도 소녀 혼자 먹는 것이 나, 나을 것 같습니다."

그녀는 양 뺨을 붉힌 채, 조청 물을 꿀꺽꿀꺽 삼켰다. 물이 코로 들어가는지 입으로 들어가는지 모를 순간이었다.

"흠, 흠흠……!"

도윤은 헛기침을 하며 쭈뼛쭈뼛 등을 돌렸다. 돌아선 그의 얼굴도 붉어져 있었다. 그는 티 나지 않게 떨리는 숨결을 고르며 가슴을 쓸어내렸다.

"맛, 맛이 좋습니다. 전하."

은설은 황급히 입가를 닦으며 어색한 웃음을 지었다. 진득한 달콤함이 입안을 휘감았지만, 당혹감과 놀라움에 그 달콤함마저 느끼지 못하고 있었다. 귀밑까지 후끈거려 그녀는 손부채질만 열심히 해댔다. 돌아선 도윤 역시 곤란하다는 듯 이마만 어루만지고 있었다.

"수, 술은…… 술은 깬 것이냐."

황급히 화제 전환을 하며 도윤이 그녀를 돌아보았다.

맞닿은 둘의 시선이 부자연스러웠다.

"예, 뭐…… 깨, 깼습니다."

정말이었다. 그와 얼굴을 맞댄 순간 거짓말같이 빙글빙글 돌던 세상이 멈추었다. 하지만 그보다 더한 두근거림이 그녀의 온몸을 집어삼키고 있었다. 은설은 조심스레 입술을 말아 물었다.

"전하……."

"아, 어. 그래."

혼란스러운 듯 땅바닥만 응시하고 있던 그가 그녀의 부름에 고개를 들었다. 잔상처럼 그녀의 볼에 빨간 그림자가 남아 있었다.

"가야겠습니다. 너무 지체되었어요. 전하께서도 얼른 환궁하셔야지요."

그녀가 갓을 쓰며 자리에서 일어났다. 그러곤 흐트러진 옷매무시를 가다듬으며 갓끈을 꾹 매었다. 도윤은 그녀의 목에 걸린 가락지가 떠올라 다시금 그녀를 바라보았다. 그녀가 움직일 때마다 언뜻언뜻 보이는 가락지는 왠지 선명하게 그의 시선에 닿았다.

"저."

도윤이 그녀를 불렀다. 두루마기를 입던 그녀가 멈추었다.

"예, 전하?"

그녀가 눈을 반짝이며 그를 돌아보았다. 어떤 식으로 물어야 자연스러울까. 투기를 한다 생각하지는 않을까. 도윤은 그녀를 불러 세웠지만, 머릿속이 정리되지 않았다. 헤집을수록 더욱 뒤죽박죽 섞여 혼란스러웠다.

"하실 말씀이라도 있으십니까?"

그녀가 조심스레 물었다. 그제야 그가 굳게 다물었던 붉은 입술을 열었다.

"목에 걸린 가락지를 우연히 보았다."

"······아."

"예쁘더구나."

"이거 말씀하시는 것이옵니까?"

'가락지'란 말에 그녀가 배시시 웃으며 목걸이를 꺼냈다. 그러자 좀 전에 보았던 그 가락지가 눈앞에 드러났다. 괜스레 그의 가슴이 쿵, 내려앉는 것 같았다.

"예쁘지요? 세상에 딱 하나밖에 없는 가락지입니다."

"그래?"

"여기 연꽃무늬가 참으로 예쁘지 않습니까?"

은설은 조금 상기된 얼굴로 그에게 바투 다가갔다. 그러곤 까치발을 든 채, 그 가락지를 그의 눈앞까지 들이밀었다. 그녀는 어여쁜 가락지를 자랑하기에 여념이 없었다. 그는 착잡한 마음으로 그 가락지를 내려다보았다.

"세상에 딱 하나 있는 문양인데 그 문양을 새긴 가락지라 합니다."

"누가 준 것인데?"

드디어 묻고 싶었던 질문을 입 밖으로 끄집어낸 것이었다. 아까부터 계속 가슴 언저리를 맴돌던 그 말이 불거져 나온 순간이었다. 그러자 그녀가 반색하였다.

조금 뜸을 들이던 그녀의 입술이 벌어졌다.

"세상에서 제일 멋있는, 그리고 제가 제일 은애하고 존경하는 분이 주셨습니다!"

그녀의 말에 애써 담담한 척 그녀를 바라보고 있던 그의 눈동자가 요동치고 말았다.

은애하고 존경하는 분.

은애하는 분.

은애…… 그 단어 하나만 유독 그의 귀를 짓궂게 파고들었다. 농담인 듯 진담인 듯 가볍게 그 말을 내뱉는 그녀였지만, 그의 가슴은 은근한 질투심으로 물들어갔다.

"은애하고 존경하는 분이라."

"얼굴도 얼마나 잘생기셨는데요?"

"뭐?"

그만 울컥, 투기가 치밀고 말았다. 눈치 없이 그의 앞에 가락지를 들이밀고 있던 은설은 화들짝 놀라며 물러나고 말았다.

다른 건 다 참겠는데, 잘생겼다는 말에 그의 이성이 탁, 풀린 것이었다.

그가 갑작스럽게 언성을 높이자 은설은 흠칫 놀라 눈만 깜빡였다.

"얼마나 잘생겼기에."

혼자 중얼거리던 그가 입술을 지그시 깨문 채 은설을 돌아보았다. 그녀는 고개를 조심스럽게 갸웃거렸다. 순간 차오른 질투심을 꾹꾹, 밀어내느라 그의 목울대가 크게 꿈틀대고 있었다. 그녀는 연신 눈만 깜빡이며 그를 올려다보았다. 순진무구한 그녀의 얼굴을 바라보고 있자니, 그의 가슴이 더욱 뜨겁게 타오르는 듯했다.

그 순간, 그는 자신도 모르게 지그시 그녀의 손을 잡았다. 그러곤 휙 돌려 세워 그녀를 벽 쪽으로 조심스럽게 밀착시켰다. 그 앞에 단단히 멈춰 선 그가 한 손을 들어 그녀의 오른쪽 벽을 슬며시 짚으며 고개를 숙였다. 그러자 그녀의 목덜미에 그의 열기가 빈틈없이 접촉했다.

"……전하."

흔들리는 그녀의 눈동자에 무색(無色)이지만, 뜨거운 그의 얼굴이 담겼다. 그녀를 놓아줄 생각이 없다는 듯한 과감한 눈길이었다.

가슴이 떨리는 것이 당연했다. 흐트러진 설렘이 그녀의 가슴을 덮쳐오자, 일정하던 그녀의 숨결도 흐트러지고 말았다.

다시금 아슬아슬한 거리를 유지한 채 둘은 마주하게 된 것이었다.

"묻는 말에 솔직하게 답하여야 할 것이다."

금방이라도 넘쳐흐를 듯한 질투심이었다.

"전, 전하."

"그 사내는……."

제법 진지한 얼굴로 그가 입을 열었다. 그 사내가 정인이냐고, 아니면 정인이었느냐고 묻고 싶었는데 차마 입이 떨어지지 않았다. 입안을 맴도는 그 물음을 밖으로 내지 못한 채, 그가 묵묵히 그녀만 내려다보았다.

"되었다."

과거 따위는 중요하지 않았다. 말간 그녀의 얼굴을 한참 바라보던 그가 내린 결론이었다. 지그시 쥐었던 그녀의 손을 놓으며 그는 다정히 그녀의 머리칼을 쓰다듬었다.

"이제 너에게 사내는 오직 나뿐이어야 한다."

달아올랐던 투기심을 모두 삭이지는 못했지만, 그는 묻어두기로 했다. 그녀의 입에서 자신이 아닌 다른 사내의 이름이 나온다면 그 투기심은 걷잡을 수 없이 불타오를 것 같았으니까.

그가 낮게 미소를 띠며 손을 풀었다. 그러곤 옷매무시를 추스르기 위해 도포 자락을 쥐던 그때…….

"아악!"

밖에서 들려오는 찢어지는 외마디 비명이 두 사람을 습격했다.

은설과 도윤의 날카로운 육감이 곤두서는 순간이었다.

주 상궁은 두 눈을 질끈 감은 채 그 낫으로 자신의 허벅지를 과감하게 베어냈다.

"윽!"

이루 말할 수 없는 고통과 함께 붉은 피가 그녀의 치맛자락을 적시기 시작했다. 꾹 깨물었던 잇새로 짧은 탄식이 흘렀다. 그녀는 낫을 자신의 허벅지 쪽으로 향하게 비스듬히 놓곤 주막 밖을 돌아보았다. 아릿한 고통이 삽시간에 그녀의 하반신을 에워쌌다. 식은땀이 절로 흘렀다. 하지만 버텨내야 했다. 아무것도 모른 채, 이 안에 있을 공주를 위해 그녀는 고통을 삼켜야만 했다.

주 상궁은 부들부들 떨며 힘겹게 몸을 돌렸다. 그러곤 자신을 바라보지 않는 그들을 향해 외마디 비명을 질렀다.

"아악!"

아니, 정확하게는 바로 눈앞에 있는 방 안에 있을 은설과 도윤에게 보내는 외침이었다. 그녀는 동시에 바닥에 주저앉고 말았다. 그녀의 찢어지는 비명에 주막 밖에 있던 그들이 황급히 다가왔다. 허벅지를 감싼 채 주저앉은 그녀의 발아래로 검붉은 피가 뚝뚝 떨어지고 있었다. 살수들은 놀란 얼굴로 그녀에게 다가왔다.

"주 상궁 마마님!"

"상궁 마마님!"

갑작스러운 상황에 살수들은 자신들도 모르게 '상궁'을 외치고 말았다. 그 소리에 문밖에 비치던 은설과 도윤의 그림자가 순식간에 사라졌다. 그것을 곁눈질로 지켜보던 주 상궁은 그제야 가슴을 쓸어내릴 수 있었다.

"아, 밤이라 어두워 낮이 있는 줄 모르고 지나치다 그만……아."

주 상궁은 한 손으로 상처 부분을 틀어막으며 자리에서 일어났다. 아릿한 고통이 하반신에 퍼졌지만, 그녀는 더욱 이를 악물었다.

"괜찮으시옵니까? 피가 너무 많이 납니다, 마마님."

"안 되겠소. 나 좀 부축해주시겠소?"

그녀는 살수 대장의 팔을 쥐며 절뚝거렸다. 그중에서 제일 야비하고 영특한 인물이었다. 그의 눈만 가린다면 이번 난관은 수월하게 벗어날 수 있을 것이었다.

"예, 마마님."

그녀의 뜻대로 한 치의 의심도 없이 그가 주 상궁을 부축하며 주막을 빠져나갔다.

그녀가 걱정스러움이 가득한 얼굴로 주막 안을 다시금 돌아보았다.

"나 때문에 일을 그르쳐서는 아니 되겠지. 가까운 의원에게 상처를 보일 테니 그대들은 여기에 남아 대감마님의 뜻을 받자와야 할 것이오."

자신의 뒤를 따르는 살수들을 향해 은밀히 이르는 그녀였다.

그녀의 치밀함과 냉정함이 빛을 발하는 순간이었다.

'이제부턴 공주 마마께서 하셔야 하옵니다. 부디 이 난관을 무사히 헤쳐나가시길 바랍니다.'

주막에서 멀어지는 그녀의 걸음이 자꾸만 더뎌졌다.

그녀의 치맛자락은 이미 피로 흥건히 물들어가고 있었다.

"상궁이라니……!"

주 상궁의 뜻대로 도윤과 은설은 황급히 몸을 숨겼다.

바투 붙어 있던 둘은 뜨거운 것이라도 닿은 듯 빠르게 벽 쪽으로 나란히 붙었다. 은설의 눈동자가 초조하게 흔들리기 시작했다.

찢어지는 비명과 동시에 들려왔던 '상궁 마마님'이란 말에 둘은 무언가 일이 잘못되었음을 직감했다.

"전하, 아무래도 밖에 궐의 사람들이 있는 것 같사옵니다."

"이를 어찌한담."

도윤 역시 갈피를 잡지 못한 채, 숨죽여야만 했다. 그는 불안한 듯 연신 밖을 살피는 그녀의 손을 지그시 쥐었다. 둘의 시선이 애처롭게 마주했다.

"달리 방법이 없을 것 같습니다."

한참 고뇌에 빠진 얼굴로 도윤을 응시하던 은설이 결심한 듯 몸을 일으켰다. 그러곤 그의 도포를 조심스럽게 쥐었다.

"전하, 송구하옵니다."

과감하게 그의 옷고름을 풀어 헤치는 그녀였다.

"은설아."

조금 놀란 그가 그녀의 손을 잡았다. 그녀는 떨고 있었다. 파리하게 질린 얼굴로 그녀가 얼굴을 들었다.

"매번 나의 옷을 벗기는구나."

"……송구하옵니다."

"나의 옷고름을 이리 직접 푼 여인은 네가 처음이다."

그의 말에 당황한 듯 그녀가 황급히 손을 뗐다. 그러곤 고개를 조아리며 입술을 꾹 깨물었다. 하지만 그는 이내 피식, 부드러운 미소를 입가에 머금은 채 다시금 그녀의 손을 잡았다.

"하나, 너에게만 허락한다. 내 옷을 벗겨도 좋다."

"전하."

그의 음성은 그 어느 순간보다 다정했으며 살가웠다. 이내 은설은 결심한 듯 과감하게 그의 옷고름을 풀었다. 그러곤 그의 두루마기를 벗겨 조심스럽게 바닥에 내려놓았다. 그는 그런 그녀를 말없이 응시했다.

"아무래도 감시를 당하고 있는 것 같습니다."

"내 생각도 그러하구나."

그의 말에 그녀는 꽤 다부진 음성으로 입을 열었다.

"전하의 겉옷이 아무래도 그들의 눈에 익은 상태일 겁니다. 어쩌면 제가 이곳에 있는지 없는지조차 분명히 알지 못하는 상태일 수도 있고요."

담담하게 말하고 있었지만, 갓끈을 고쳐 매는 그녀의 손은 부들부들 떨리고 있었다.

살을 에는 듯한 긴장감이 그녀를 엄습했다. 손바닥에 땀이 차, 갓끈을 자꾸만 놓치는 그녀를 말없이 바라보던 도윤이 그녀의 손을 잡았다. 그의 눈짓이 초조함에 젖어가는 그녀를 보듬었다.

"함께할 것이다."

"……전하."

"그러니 떨 것 없다."

그러곤 그녀의 갓끈을 정성스레 묶어주며 그가 안심하라는 듯 웃어 보였다. 그녀의 눈이 한없이 다정한 그를 온전히 응시했다.

"최대한 얼굴을 가려주세요, 전하."

그러자 도윤은 삿갓에 달려 있던 너울을 늘어뜨려 얼굴을 가렸다. 그녀는 호흡을 가다듬으며 주먹을 쥐었다.

"어찌할 것이냐."

"취한 척 연기를 하겠습니다. 전하께서 저를 벗인 것처럼 행동하시며 부축하여주세요."

"아무리 내가 널 벗인 척 대한다고 한들, 눈치 빠른 저자들이 네가 여인임을 모르지 않을 것이다."

"최대한 비틀거리며 몸을 숨겨보아야겠지요. 이대로 나가면 손 한번 쓰지 못하고 들킬 것이어요. 그렇다고 뒷문이 있는 것도 아니옵고."

조금 상기된 얼굴의 그녀였다. 그런 은설을 빤히 바라보던 그의 얼굴이 어두워졌다. 자신 때문에 또다시 곤경에 처한 그녀에게 미안했다. 후궁 교지를 받고 입궐한다면 이보다 상황이 더 나아지진 않을까. 불편하게 남장한 채, 이리 은밀히 만나는 것조차 그녀에게 미안했는데 이젠 감시하는 눈까지 달아 그녀를 곤란하게 하고 있었다.

그의 가슴이 더욱 무거워졌다. 자신의 진심이, 그리움이, 그리고 연모가 그녀를 비참하게 만들진 않을까, 그 마음이 덧없이 처연해졌다. 그리고 그 생각이 곧 그를 무겁게 잠식해나갔다.

"전하."

그런 그의 마음을 헤아린 것일까. 그녀가 조심스럽게 고개를 들어 그를 불렀다. 젖어가는 그의 검은 눈동자가 그녀의 가슴 중앙에 닿았다.

"괘념치 마시옵소서."

"은설아."

"소녀는 전하가 걱정이옵니다."

이런 숨 막히는 삶을 살아왔을 그가 염려되었다. 그가 입었을 마음의 상처가, 그리고 그 상처를 견디고 또 견뎌내며 무뎌졌을 그의 감정이 안타까웠다.

그녀는 그를 바라보며 끝없이 위로했다.

긴박한 이 순간에도 둘은 서로를 걱정하고 있었다.

그 따스한 마음은 한 점 이탈 없이 서로에게 곧게 스며들고 있었다.

도윤은 말없이 미소를 지으며 그녀에게 손을 내밀었다.

"걱정할 것 없다. 네가 내 곁에 있지 않으냐."

"매 순간, 소녀가 전하와 함께해드릴 수가 없지 않습니까."

"꼭 같이 있어야만 닿는 연모의 마음이 아니다."

"전하……."

"멀리 있어도 나는 너를 은애하고, 널 은애한단 그 마음으로 나는 하루를 살아간다."

그의 음성에 애처로움이, 그리고 진심이 뚝뚝 묻어났다.

"하니, 꼭 같이 있지 않아도 나는 너와 함께 살아가는 것이 아니겠더냐."

그의 말이 맞았다.

잔잔한 감동이 그녀의 곁을 고요히 퍼져나갔다. 일촉즉발의 상황이었지만, 서로가 마주한 그 순간만큼은 고즈넉한 필애원 속을 거니는 것만 같았다. 말을 잇지 못한 채 하염없이 자신을 바라보는 그녀를 향해 그가 작게 미소를 지었다.

"자, 그럼 시작해볼까?"

두려웠지만 웃기로 했다.

둘은 서로를 바라보며 환한 웃음을 지었다.

곧 그의 커다란 손 위에 그녀의 작은 손이 포개졌다. 일순, 둘의 가슴이 약속이라도 한 듯 요동치기 시작했다. 그 순간 힘껏 문을 열어젖힘과 동시에 은설이 도윤의 팔에 대롱대롱 매달렸다.

"괜찮은 것이냐."

그러자 그녀를 황급히 부축하는 시늉을 하며 그가 큰소리를 냈다. 동시에 은설은 휘청이며 곁눈질로 밖의 동태를 살폈다.

주막 안은 고요했다. 시각이 지체된 만큼 와자지껄 주막을 메우고 있던 사람들도 모두 돌아간 듯 보였다. 찢어지는 비명이 들리던 곳에도 아무런 흔적이 없었다.

취한 척 비틀거리던 그녀가 슬며시 그의 팔을 쥐었다.

"전하, 아무도 없는 것 같사옵니다."

그녀가 은밀하게 속삭이던 그때…… 도윤은 흠칫 가슴을 떨며 그녀의 손을 굳게 맞잡았다. 주막 밖 울타리에서 수상한 움직임이 그의 눈에 들어선 것이었다. 그의 떨림에 은설 역시 소스라치게 놀라며 고개를 숙였다.

"주막 앞에서 지키고 있는 듯하다. 빠르게 지나갈 것이니 나를 단단히 붙잡아라."

그녀는 다시금 그의 팔에 얼굴을 묻고 축, 늘어지는 시늉을 했다. 도윤은 그녀를 단단히 붙들었다. 비틀거리는 은설과 그녀를 부축하는 도윤. 은설은 구부정하게 허리를 굽혀 도윤보다 한참 작은 자신의 체구를 슬쩍 가렸다.

엉겨 붙은 두 사람이 주막 입구를 빠르게 지나쳤다. 그 앞에서 대기하고 있던 살수들은 갑작스러운 두 사람의 등장에 흠칫 놀라며 몸을 숨겼다.

"왕이 입었던 도포와 다른데?"

"곁에는 사내가 아닙니까?"

예상 밖의 두 사람의 모습에 살수들은 당황하며 숙덕댔다.

은설은 도윤에게 더욱 달라붙으며 술에 취한 척 연기를 하기 시작했다.

"어이쿠, 형님!"

유독 '형님'이란 말에 힘을 주며 그녀가 털썩 바닥에 주저앉았다. 그러곤 제법 사내답게 굵은 음성을 내었다. 그 모습을 뚫어져라 지켜보던 살수들은 여인이 아닌 몸집이 조금 작은 사내의 모습에 의뭉스레 눈을 치켜떴다.

멀리서 자신을 감시하는 시선을 감지한 도윤은 주저앉은 은설의 몸을 거칠게 감쌌다. 최대한 자신의 얼굴도, 그리고 그녀의 얼굴도 가린 채였다.

"그러니 뭐라 하였느냐. 내가 적당히 마시라지 않았더냐. 무슨 사내가 탁주 한 병도 채 마시질 못해. 쯧쯧."

부러 들으라는 듯 도윤이 힘을 주어 말했다. 그러곤 널브러진 은설을 부축하며 빠르게 주막에서 멀어져갔다. 그 모습을 빤히 쫓던 살수들은 고개만 갸웃거렸다.

"전하께서는 분명 두루마기를 걸치고 계셨었는데."

"……여인이 아니라 사내와 함께 있다니, 말이 되질 않습니다."

멀어지는 둘의 모습을 바라보던 살수들은 황급히 주막 안으로 들어서 그들이 나온 방으로 들어갔다. 동시에 은설과 도윤은 잽싸게 달리기 시작했다.

주막 안으로 들어선 살수들은 왕의 두루마기로 추정되는 도포가 바닥에 가지런히 놓여 있는 것을 발견했다. 그제야 자신들이 속았음을 알게 된 살수들은 황급히 주막 밖으로 뛰쳐 나왔다. 그러곤 그들이 사라진 곳을 맹렬하게 바라보며 소리쳤다.

"당장 찾아야 할 것이다!"

도윤과 은설은 굳게 손을 맞잡은 채 병판의 사가를 향해 달음박질치기 시작했다.

"하아…… 하아……."

그들의 거친 호흡이 고요한 밤공기를 갈랐다. 목 끝까지 숨이 차오르자, 은설은 그만 멈춰 서며 숨을 헐떡였다.

"전하…… 소녀는 더 뛰지 못하겠습니다."

"여기서부터는 걸어가도 될 것이다. 아마 내 호위 무사들이 뒤에서 저들을 방해해줄 것이니."

"하아, 숨이 차서 걷지도 못할 것 같습니다."

가슴을 주먹으로 내려치던 은설이 바닥에 주저앉고 말았다. 온 힘을 다해 달린 탓에 헛구역마저 치밀었다. 도윤은 그런 그녀의 앞에 허리를 굽히고 앉아 등을 내 보였다. 커다랗고 단단한 그의 등이 그녀의 눈앞에 나타났다. 은설은 조금 놀란 얼굴로 그를 바라보았다.

"업히거라."

"전하……."

"달리지 못하겠다 하지 않았더냐. 내가 업고 뛸 것이니 업히거라."

"어찌 소녀가 감히 전하의 등에…… 앗!"

머뭇거리는 그녀를 과감하게 업는 도윤이었다.

　그의 온기가 그녀의 온몸에 닿았다. 그 순간, 그녀의 아찔한 몸 선이 그의 등허리에 밀착되었다. 그의 뺨이 붉은빛으로 번져나갔다.

　"무, 무겁지요?"

　주춤하는 그의 몸짓에 그녀는 멋쩍은 듯 헛기침을 내뱉었다.

　"제 사가로 향하는 길은 두 가지가 있사옵니다. 한 곳은 인적도 드물고 굽이굽이 돌아가는 길이라, 사람들이 잘 모르는 길입니다. 해서 그 길로 가면 조금 늦어지겠지만 저들의 눈을 피할 수는 있을 것입니다."

　"차라리 늦게 도착하는 것이 낫지 않겠느냐. 잘 알려지지 않은 길로 가야 할 듯싶다."

　"예, 아무래도 지금은 그 길로 가는 것이 좋을 듯합니다. 저들이 감시하고 있을 정도면 필시 제 사가로 향하고 있을 테니까요."

　그녀의 말에 그는 말없이 고개를 끄덕이며 그녀가 안내하는 방향으로 발길을 돌렸다.

　그렇게 묵직한 침묵이 이어졌다. 울퉁불퉁 굴곡진 흙바닥 위로 달빛이 고요하게 내려앉았다. 그 위로 여기저기 피어나는 풀벌레 소리만이 둘의 침묵을 헝클어놓고 있었다. 은설도 도윤도 모두 그 소리에 귀를 기울인 채, 앞만 바라보았다. 그때, 그의 등에 업힌 은설이 그의 단단한 어깨를 슬쩍 쥐었다.

　"그렇게 슬쩍 쥐었다간 떨어진다. 목을 바짝 끌어안거라."

그제야 그가 굳게 닫았던 입을 열었다.

"태어나 처음으로 해보는 것들은 죄다 너와 해보는구나."

"소녀 역시…… 사내의 등에 업힌 것은 처음입니다."

그녀가 볼을 붉히며 말했다. 그러자 그는 피식, 미소를 지으며 그녀를 돌아보았다. 두 사람의 얼굴이 꽤 가까워졌다.

"그렇지만 다른 사내가 준 가락지를 목에 걸고 내 등에 업힌 것은. 내게 너무하다고 생각하지 않느냐?"

"아, 사내라뇨?"

"네가 조금만 더 무거웠어도 여기에 확 놔두고 혼자 가버릴 것인데, 가벼우니 참고 가는 것이다."

그의 말에 그녀의 눈이 동그랗게 변했다. 그러다 자신의 가락지를 두고 하는 소리인 것을 깨달은 은설이 웃음을 터뜨리며 그의 목을 더욱 감싸 안았다.

"설마 질투하시는 것이옵니까?"

"설마. 나는 질투를 하는 그런 사내가 아니다."

근엄한 목소리로 그 말을 내뱉던 도윤이 다시금 걸음을 옮겼다. 하지만 그 음성엔 설핏 어리광도 묻어났다. 은설은 참지 못하고 피식, 웃음을 터뜨리며 그의 목덜미에 얼굴을 묻었다.

"왜 웃는 것이냐."

"질투도 하실 줄 아시옵니까? 몰랐습니다. 전하께서 그리 솔직한 감정을 쉬이 드러내실 줄은요."

"질투가 아니래도? 그냥 궁금해서 물은 것이다."

그 말에 터지는 웃음을 참을 수 없는 그녀였다. 그녀는 좀 전보다 더욱 세게 그의 목을 끌어안으며 슬쩍 그의 등에 얼굴을 묻었다.

"정인이 준 것이 아니옵니다."

"……하면?"

"사내는 맞지만, 정인은 아니옵니다."

누구냐고 더 묻고 싶었지만, 그것으로 만족하기로 했다. 그제야 그의 가슴에 은근히 남아 있던 잔해가 조금은 해소되는 기분이었다.

"한데 누군지는 말해주지 않을 것이냐."

"그저 궁금해서 묻는 것이라 하지 않으셨습니까? 투기가 아니라?"

"당연하다. 그리고 그다지 궁금하지도 않았다."

그의 말에 그녀가 재미있다는 듯 키득거렸다. 꼭 투기를 부리는 듯한 그의 낯선 모습이 재미있으면서도 퍽 귀여웠다.

그렇게 티격태격하다 보니, 어느새 병판의 사가에 다다랐다. 둘은 조심스럽게 집 주변을 살피며 집 앞이 아닌 짙은 어둠이 내려앉은 모퉁이에 멈추어 섰다.

예상대로 이학수가 보낸 살수들이 병판의 집 앞을 기웃거리고 있었다.

그 모습을 바라보던 둘의 얼굴이 굳어갔다.

"내려주세요, 전하."

도윤은 그녀를 조심스럽게 내려주었다. 그러곤 어둠 속에 바짝 몸을 숨기고는 그들의 동태를 살폈다. 다행히 집 주변을 어슬렁거리던 그들은 별다른 감시 없이 돌아섰다.

"오늘도 미안하구나."

도윤이 조금은 지쳐 보이는 그녀를 돌아보았다. 그러자 그녀는 황급히 손사래를 쳤다.

"어찌 전하께서 미안하단 말씀을 하시옵니까."

"언제쯤 널 편안하게 마주할 수 있을까, 이럴 때마다 나는 너와 함께 한 공간에서 하루를 온전히 보내길 갈망한다."

"전하."

"하면 너의 안위를 조금 더 살펴줄 수 있지 않을까. 편안히…… 다른 생각 없이 서로만 바라보며 행복할 수 있지 않을까."

그의 말에 그녀가 낮은 미소를 머금었다.

은은한 달빛에 반사된 그녀의 얼굴은 어둠 속에서도 해사하게 빛났다. 깊은 달빛에 그녀의 아찔한 속눈썹이 길게 그림자 졌다.

당장이라도 그녀를 품에 안고 싶단 욕망이 그를 위태롭게 했다. 하지만 그는 그녀를 안는 것 대신, 그녀의 작은 손을 보듬는 것으로 이 밤을 만족하기로 했다.

"다음 밤이 우리에게 존재한다면 그땐 이대로 널 보내고 싶지 않다."

은밀하고도 깊숙한 그의 음성이었다.

"너와 뜨겁고도 아찔한 밤을 원한다."

그 말이 닿은 그녀의 귓전이 뜨겁게 달아올랐다.

곧 그와 반듯하게 마주 선 그녀가 조심스럽게 그의 손을 잡았다.

손 하나를 마주 잡았을 뿐인데, 어찌 마음이 이토록 절절할 수 있을까.

그녀가 애써 희미하게 미소를 지었다.

"아, 전하. 사흘 뒤 다시 만날 수 있습니까?"

"사흘 뒤라 하면."

"전하와 저잣거리를 다시 거닐며 바람을 쐬고 싶어서요."

그녀의 눈이 반짝였다. 덩달아 도윤의 가슴도 부풀어 오르는 듯했다.

사흘 뒤라면 폐비 홍 씨와 관련된 일로 잠행 나올 계획이 있는 날이었다.

그가 힘차게 고개를 끄덕였다.

"그래. 한데 그때도 남장을 하고 올 것이냐."

"예, 그리해야겠지요. 당분간은 소녀가 전하를 형님으로 모시겠습니다."

그러곤 배시시 웃는 그녀였다. 남장으로도 가려지지 않는 그녀의 해사한 미색에 도윤 역시 피식 웃음을 터뜨릴 수밖에 없었다.

"다음번엔 좀 더 신경 써서 남장하고 오너라. 감쪽같이."

"예, 전하. 기대해보십시오!"

오래도록 손을 맞잡은 두 사람의 위로 흐드러진 달빛은 오늘도 황홀했다.

"무어라? 놓쳐? 지금 그것을 말이라고 하는 것이냐!"

"죽여주시옵소서, 대감마님!"

이학수의 호통에 살수 무리는 바닥에 납작 엎드렸다. 형형하게 치켜뜬 그의 흰자엔 독기를 품은 핏발이 섰다.

"얼굴은, 얼굴은 보았느냐!"

"그것이…….."

"꾸물거리지 말고 고하라!"

"여인이 아니었습니다!"

여인이 아니었단 말에 호통을 치던 이학수가 그대로 굳고 말았다. 이것은 또 무슨 말인가 싶어 순간 멍해지고 말았다.

"여인이 아니라면."

"사내였습니다. 사내와 함께 있었습니다."

"……사내와 주막엘? 얼굴은 보았느냐. 어느 가문의 자제였느냐."

"그것까진 확인하지 못하였으나 함께 거나하게 술이라도 걸치신 듯 취기 어린 모습이셨습니다."

"주상이…… 저잣거리에서 사내와 단둘이 술이라?"

의문을 품을 수밖에 없는 조합에 이학수는 주먹을 움켜쥐었다. 그러곤 고심에 빠진 얼굴로 돌아섰다. 병판의 여식과 밀회라도 즐기기 위해 잠행을 나선 줄 알았는데 사내라니. 예상치 못한 반전이었다. 그는 낮게 한숨을 내쉬었다.

"중전과의 합방도 미루고…… 후궁들도 거들떠보지 않은 주상이…… 잠행을 나서서는 사내와 단둘이 술을 마시고 그와 어울려 다닌다라."

그러다 조정 대신들의 눈에 띄기라도 한다면 자칫하다, '남색'이란 소문까지 나돌 수 있었다. 중전과의 합방도 매번 고사하고 왕의 자리에 오른 지 몇 해가 지났건만 여인을 가까이하는 모습을 단 한 번도 보인 적 없는 왕이었다. 그런 그에게 '남색'이란 소문은 영, 허무맹랑한 추문이 아닐 것이었다.

"사내라면 더욱이 감시하여야 할 것이다."

"예, 대원군 대감."

"내일부터 왕이 잠행을 나서는 그 순간부터 환궁하기까지의 일거수일투족을 토씨 하나도 빼놓지 말고 보고하여야 할 것이다."

"예!"

차라리 병판의 여식이었다면 마음을 놓을 수 있을 것이었다. 하지만 사내라면 이야기는 달라진다.

잔뜩 이맛살을 찌푸린 이학수는 도윤이 있을 궐 쪽을 세차게 노려보며 이를 악물었다.

제 11 장

후궁이 아닌, 나의 여인

"이것을 창가에 매어두어라."

궐로 돌아온 도윤은 바람이 잘 드는 창가를 바라보며 춘몽 방울을 꺼냈다. 낯선 물건에 상선은 눈을 동그랗게 뜬 채 그를 바라보았다. 근심도, 걱정도 모두 떨쳐낸 평온한 용안이었다. 낯선 그의 평온한 모습에 상선이 깊이 고개를 조아렸다.

"바람이 잘 드는 창가였으면 좋겠구나."

"전하, 이것이 무엇이옵니까."

"춘몽 방울이라는 것을 들어본 적 있는가."

상선의 호기심 어린 시선이 도윤에게 닿자, 그가 부드럽게 웃음을 지어 보였다. 아무래도 그에게 쉬이 가시지 못할 봄바람이 깊숙이 불어온 듯했다. 덩달아 흐뭇해진 상선의 입가에 잔잔한 미소가 어렸다. 그는 자신의 손에 쥐어진 부드럽고 어여쁜 춘몽 방울을 내려다보았다.

"좋은 꿈을 꾸게 해준다는구나."

"그것이라면 소인도 들어본 적이 있사옵니다."

"과인이…… 매일 악몽을 꾼다 하니 나를 생각해주는 고운이가 선물을 해준 것이다."

"참으로 고마운 분이십니다."

도윤의 입가가 절로 빙그레 솟았다. 슬픈 눈매가 너무도 서늘하고 냉랭한 군주였다. 그의 서늘한 용안이 꼭 그의 참혹했던 지난 삶을 대변해주고 있는 것 같아 그를 진심으로 아끼던 상선과 주환은 언제나 그가 가엾었다. 그런 그가 웃고 있었다.

'웃을 줄도 아는 임금이십니다.'

상선은 행복해하는 도윤의 낯선 모습이 반가워 함께 미소를 지었다.

"전하를 생각하는 마음이 깊으신 분인 듯합니다."

그 말을 하며 상선이 춘몽 방울을 바람이 잘 드는 창가에 매었다. 살랑살랑 늦은 봄바람에 푸른빛의 술이 바람결에 흩날렸다. 그것이 꼭 휘어지게 웃는 그녀의 눈꼬리인 것 같아, 곱게 올라선 입꼬리인 것만 같아, 그의 가슴이 콩닥콩닥 뛰었다.

이렇게 누군가를 애써 떠올리지 않아도 절로 눈앞에 그려지는 것은 처음이었다. 또한, 헤집는 것만으로도 가슴이 터질 듯 부풀어 오르는 것 역시 생경했다. 하지만 그 모든 것이 좋았다.

낯선 그 감정마저 그를 따스하게 위로하고 있었다.

"좋은 향이 난다. 꼭 그 여인에게서 불어오던 꽃 내음처럼."

"……여인이라 하시면."

"상선."

그가 결심한 듯 상선을 돌아보았다. 그 얼굴이 제법 근엄했다. 하염없이 바람에 휘날리는 춘몽 방울을 바라보던 그의 시선이 고개를 조아린 상선을 돌아보고 있었다.

"후궁이 아닌, 나의 여인. 나의 첫 여인으로 삼을 것이다."

갑작스러운 그의 말에 상선은 화들짝 놀라며 도윤을 응시했다. 그러다 놀란 기색을 황급히 감추며 다시금 고개를 조아렸다. 태어나 처음으로 불행한 이 사내의 마음을 열게 한 여인이었다. 폭군이라 무성한 소문이 나도는 이 슬픈 눈의 군주가 처음으로 연모의 정을 품은 여인이었다.

"태어나 처음으로 여인을 위한 선물을 샀다."

"전하."

"그 여인을 생각하며 그 여인에게 어울릴 것 같은…… 비녀를. 나는 그것을 주며 청혼할 것이다. 연모한다고."

"바라시는 것이 무엇이옵니까, 전하."

상선이 떨리는 음성으로 그를 돌아보았다. 그는 굳은 결심을 마음에 새기듯 눈을 지그시 감았다. 그때, 바람결에 휘날리던 노리개가 딸랑딸랑 작게 울어댔다. 그는 감았던 눈을 떠 춘몽 방울을 바라보았다. 그러곤 그 붉은 입매에 힘을 주었다.

"중전도 후궁도 아닌 그저 사내 이도윤의 여인."

"예, 전하?"

"언제 내쳐질지 모르는 이 위태로운 자리에 앉은 날 바라보며 살아가게 할 수 없다."

"전하 그 말씀은……."

"이 자리를 더 보전할 수 없게 될 만일의 일을 대비한다. 지금 내가 앉아 있는 이 자리는, 나는 물론이거니와 그 여인까지 위태롭게 만들 수 있는 자리다."

"어찌 옥좌를 포기하실 생각까지 하시옵니까."

상선이 안타까운 듯 그를 올려다보았다.

"포기가 아니다. 원래대로 돌아가는 것이다."

그는 이미 마음을 굳힌 듯했다.

"이미 왕의 여인이라는 걷잡을 수 없는 소문에 싸인 그녀를 홀로 궐 밖에 둘 순 없고, 궐에 데려와 내명부의 손이 닿지 않는 대전 가까이에 전각을 지어 지내게 할 것이다. 해서 내가 온전히 내 삶을 살 수 있고, 내가 가진 대의를 모두 이루고…… 모든 것이 제자리를 찾았을 때, 나는 그때의 내 자리에서 그녀를 마음껏 사랑해줄 것이다."

"전하, 하오나 그것은 너무도 어려운 일입니다. 대원군 대감의 뜻을 꺾을 수 없을 것입니다."

그것은 마음만으로도 그를 나락으로 떨어뜨릴 만큼 위험한 일이었다. 하지만 그는 물러설 생각이 없었다.

"처음부터 나란 사람은, 그리고 이 자리는 쉬운 것도…… 위험하지 않은 일도 없었으니, 개의치 않는다."

그 순간, 거짓말처럼 옥비녀로 머리를 틀어 올린 그녀의 선녀 같은 모습이 눈앞에 그려졌다.

그 눈, 그 코, 그 입, 그리고 그 뺨.

모든 것이 곱고 어여쁜 단 하나뿐인 그 여인.

"나는 그 여인과 그 여인의 가문을 지킬 것이다. 내 사랑이 그녀를 위험에 빠뜨릴 비극을 만들고 싶지 않다. 더는…… 잃지 않을 것이다."

✤

날이 밝자마자 중궁전으로 부원군이 들어섰다.

중전 김 씨의 갑작스러운 호출에 부원군의 얼굴엔 긴장감이 내려앉아 있었다.

"중전 마마, 부원군 대감 드셨사옵니다."

"뫼시어라."

밤잠을 설친 중전이 수척해진 얼굴로 부원군을 맞았다.

"어서 오세요, 아버지."

"이리 이른 시각부터 어찌 찾으셨나이까."

"상의드릴 것이 있어 연통을 드렸나이다."

부원군을 마주 보고 있는 중전의 눈동자에도 불안함이 스며 있었다. 부원군은 그녀를 지그시 응시했다.

"무슨 일입니까. 천금 같은 합방을 마마의 손으로 무르시고 이 아비를 다신 찾지 않으실 줄 알았는데."

비아냥거리듯 입을 연 그가 못마땅하다는 듯 슬쩍 옆으로 돌아앉았다. '합방'이란 말에 그녀의 가슴이 더욱 갑갑해졌다.

"내 뜻이 아니었습니다."

"뭐요? 마마의 뜻이 아니면 그것이 누구의 뜻이랍니까."

"전하께서 종용하신 것이지요. 합방이 이루어질 수 없게 내 손으로 무르라."

"그깟 종용에 그리 허망하게 절호의 기회를 버리십니까?"

"그깟 종용이 아니었습니다."

다시금 생각난 지난날의 굴욕에 그녀가 이를 악물었다. 욕망으로 가득 찼던 그 눈동자엔 어느덧 뿌연 눈물이 차올라 있었다. 억울하고 원통해 가슴이 찢기는 것만 같았다.

"협박을 당했지요."

"……협박이라니!"

"내 약점 하나를 잡아…… 아무것도 할 수 없게, 자기 뜻대로 움직일 수밖에 없게 제 숨통을 조였지요."

"중전 마마."

"예, 저의 실수입니다. 책잡힐 만한 행동을 한 것은. 하나, 거기서 그쳤어야 했습니다."

"그것이 무슨."

"후궁."

'후궁'이란 말에 부원군의 눈이 커졌다.

후사는커녕, 합방마저 제대로 치르지 못하고 있는 중전에게 궐에 널린 후궁은 부원군에게도 눈엣가시였다. 하지만 모두 이학수를 따르고 그를 위해 개처럼 일하는 대소 신료들의 여식들이었다. 그리고 부원군 역시 그들 중 한 사람으로 이학수에게 큰 신임을 얻어, 자신의 여식을 중전의 자리에 앉힐 수 있게 된 것이었다. 그랬기에 매번 후궁 교지를 내려라, 권고하는 이학수의 뜻을 거역할 수 없었다.

그것은 중전 역시 잘 알고 있었다. 자신의 아버지와 자신의 목숨 줄은 왕이 아닌, 이학수가 쥐고 있다는 것을 누구보다 잘 알고 있었다.

"후궁이라니요, 마마."

"내게 후궁 교지까지 원하시진 말았어야 했습니다, 전하께서."

"그 무슨 해괴망측한 소립니까. 후궁 교지라니!"

"소문은 들어보셨겠지요."

"혹, 왕에게 정인이 생겼다는."

"사실입니다. 병판의 여식이지요."

"……무어요?"

"병판의 여식 정도 되면 이 교태전을 위협하고도 남을 가문의 여식입니다."

"병판의 여식이라면……."

수년 전, 폐서인이 되었던 홍 씨의 절친한 벗의 가문이었다. 하지만 이내 홍 씨가 폐서인이 되고 선왕이 폐주가 되어 죽게 되자 죽은 듯 조용히 살던 병판이었다. 그랬기에 그에게 여식 하나가 있다는 것은 소문을 통해 알고 있었지만, 그 여식의 얼굴을 본 적도 그 여식을 마주한 적도 없었다.

그것은 부원군뿐만이 아닌 다른 대신들도 마찬가지였다. 단지, 폐비 홍 씨와 연이 닿았던 가문이라 몸을 사리는 것으로 생각하였었다. 그런데 이제 보니 병판이 다른 속내를 품고 있었던 것은 아닐까, 부원군의 눈이 커지고 있었다.

"있는 듯 없는 듯 조용히 살기에…… 내 경계 대상에서 그를 지워냈거늘. 이리 뒤통수를 치다니."

병판의 여식이 왕의 정인이란 말에 부원군도 적잖이 당황한 기색이었다. 중전은 초조한 듯 손톱을 잘근잘근 깨물며 목소리를 낮추었다.

"해서 아버지를 오시라 한 겁니다."

"어찌하려고요."

"후궁 교지는…… 이미 만들어놓은 상태입니다."

"마마! 어찌 그리 쉽게 후궁을 또 들이시려 합니까! 대원군 대감의 종용으로 이미 숱하게 많은 후궁이 궐에 존재합니다! 그들에게 그렇게 무시를 당하면서 지내시는데, 또다시 후궁이라니요!"

그가 호통치며 안타까움을 토해냈다. 그러자 중전이 느리게 고개를 저으며 몸을 낮추었다.

"아니요, 아버지. 이번엔 다릅니다. 제 뜻으로 교지를 내리는 것이니까요."

"……무어요?"

"전하께선 이미 그 여인을 후궁으로 들이시겠다, 마음먹은 상태입니다. 그 말은 내가 아니라도 대원군 대감이 나서서 그 여인에게 후궁 교지를 내리라 제게 명할 것이지요."

결심한 듯 주먹을 굳게 말아 쥐는 그녀의 얼굴엔 진지함이 한껏 묻어나 있었다. 그녀를 바라보는 부원군의 눈동자도 이글이글 타올랐다.

"위기를 기회로 바꿀 참입니다."

"마마."

"어차피 후궁으로 들여야 한다면 내 손으로 교지를 내려 나의 사람으로 만들어야지요."

"그 말씀은……."

"예. 대원군의 손아귀가 아닌 내 손아귀에 쥐겠단 말입니다. 그러니 아버지께서 도와주셔야겠습니다."

"……무엇을 어떻게 도울까요."

긴장감에 짓눌린 듯 부원군의 이마가 움찔거렸다. 중전은 좀 전보다 더 바투 그에게 다가갔다.

두 사람의 욕망이 순식간에 한 덩어리가 되는 순간이었다.

"내 손으로 직접 교지를 내려 나의 사람으로 만들고 후궁으로 입궐시키든, 아니면…… 아예 입궐하지 못하게 전하와 그 여인의 사이를 갈라놓든."

"아!"

"교지를 지체시킬 터이니, 아버지께서 그 여인과 전하 사이의 흠을 만들어주세요."

그녀에게서 여태 보지 못했던 열기가 뿜어져 나오고 있었다. 부원군도 처음 보는 여식의 모습에 흠칫, 가슴을 떨었다. 오랫동안 꾹꾹 눌러왔던 욕망과 갈증이 폭파하는 순간이었다.

"아버지도 나도…… 그리고 우리 가문도, 더는 이학수의 손아귀에서 놀아날 수 없습니다."

그녀의 검은 눈동자에 꾹꾹 묻어두었던 탐욕이 스멀스멀 기어 나오고 있었다.

"주상 전하 납시오!"

상참이 시작되자, 도윤은 뒷짐을 진 채 휘적휘적 편전 안으로 들어섰다. 오늘따라 용안이 더욱 밝아 보였다. 저번 상참 때 한바탕 논란이 있고 난 후 조정 대신들은 한껏 몸을 사리고 있는 중이었다. 하지만 왕의 심기를 어지럽힐 만한 상소 하나가 분명 왕에게까지 닿았을 것이었다.

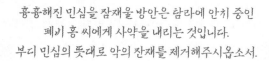

흉흉해진 민심을 잠재울 방안은 탐라에 안치 중인 폐비 홍 씨에게 사약을 내리는 것입니다. 부디 민심의 뜻대로 악의 잔재를 제거해주시옵소서.

그 상소를 분명 읽었을 그인데 어찌 용안이 저리도 밝을까. 상참에 참가한 대신들은 모두 그의 안색을 살피기에 여념이 없었다. 그 상소를 직접 올린 좌상은 오늘도 묵묵히 고개만 조아리고 있었다.

"요즘 일명 밤손님들이 판을 친다 하지요."

자리를 잡고 앉으며 도윤이 제법 가라앉은 음성으로 입을 열었다. '밤손님'이란 말로 운을 뗀 그를 조정 대신들은 힐끔거리며 바라보았다. 의외였다. 노발대발하며 폐비 홍 씨에게 사약을 내려달란 상소로 회의를 시작할 줄 알았는데, 그들의 예상을 빗나가고 있었다.

"밤손님이라 하시면……."

"그대들의 곳간을 털어 살림이 미천한 백성들에게 곡식을 나누어준다는."

"아."

"밤손님. 그들을 반기고 기다린다 하여 백성들이 친히 도적떼에게 밤손님이란 별칭까지 붙여주었다지요."

그 말을 하는 도윤의 입꼬리가 비싯, 틀어졌다. 언제나 근엄하고 반듯한 그의 얼굴이 짙은 냉소로 물들어가고 있었다. 어심이 흐트러지고 있음을 눈치챈 대신들은 입을 꾹 다문 채 고개를 조아렸다. 도윤은 꼿꼿하게 폈던 허리를 구부려 대신들을 싸늘하게 내려다보았다.

"어찌 한마디도 없으십니다?"

"……송, 송구하옵니다!"

"나의 호통이 어디로 향할지 다들 짐작하고 입을 다무신 겝니까?"

"전하."

"좌의정, 경의 사가는 무탈하시오?"

그의 비아냥거림에 말없이 고개를 숙이고 있던 좌상이 얼굴을 들었다. 그를 따라 이학수의 무리도 슬그머니 고개를 들어 왕을 올려다보았다. 역시나 의중을 헤아릴 수 없는, 건조하고도 싸늘한 용안이었다.

"간밤에 제 사가의 곳간도 도둑을 맞았습니다, 전하."

"그랬소? 한데 어찌 말 한마디 않으셨소."

"백성들이 얼마나 굶주리고 삶이 어려웠으면 그랬겠나 싶어, 관아에도 알리지 않았습니다."

좌의정은 마치 칭찬이라도 해달라는 듯, 희미한 미소마저 띤 채 고개를 치켜들었다. 그 모습을 빤히 바라보던 도윤은 다시금 피식, 냉소를 터뜨리고 말았다. 그러곤 말없이 자리에서 일어나 툭, 툭, 툭, 계단을 내려왔다.

"그러셨습니까."

"예, 전하."

"그대가 백성을 사랑하는 마음이 이 왕인 나보다 낫소."

그 말에 슬쩍 솟아 있던 좌의정의 입꼬리가 덜덜덜 떨리고 말았다. 이내 그는 황급히 바닥에 엎드리며 소리쳤다.

"황공하옵니다, 전하! 감히 소신이 어찌 전하보다……!"

"백성들을 사랑하는 그대들은 곳간이 미어터지도록 곡식과 재물을 쌓아두고 곳간 문을 꾹꾹 걸어 잠그고 있을 것이 아니라, 그대들 스스로 곳간 문을 열어 백성들에게 손수 나누어주셔야지요! 어찌 털릴 때까지 움켜쥐고만 있었단 말입니까!"

도윤의 호통에 대신들은 그대로 납작 엎드렸다. 좌상 역시 날벼락이라도 맞은 듯 파리하게 질리고 말았다. 지난 상참처럼 왕이 칼이라도 휘두를까, 지레 겁부터 나기 시작했다. 바짝 엎드린 좌상은 왕의 발끝만 응시하고 있었다.

"경들은 그래서 틀린 것이오! 백성들은 굶어 죽어가며 어떻게든 살아 보겠다, 자기들끼리 도적 떼라도 만들어 목숨을 내걸고 그대들의 곳간을 털며 전전긍긍 살아가고 있소! 한데, 한가로이 곳간이 털렸다, 도적 떼가 판을 친다, 이것은 필시 민심이 흉흉해져 반란이라도 일으킬 징조이니…… 탐라에 있는 폐비 홍 씨에게 사약을 내려라?"

그제야 '밤손님'이란 도적 떼 이야기로 말문을 연 그의 속내를 알 수 있었다. 납작 엎드린 대신들은 모두 당했다는 얼굴로 깊은 탄식을 내뱉었다.

도윤은 휘적휘적 앞으로 걸어가, 그 상소가 적힌 족자를 찾아 냅다 던졌다. 그러곤 싸늘한 눈으로 대신들을 향해 버럭 소리를 질렀다.

"폐비 홍 씨를 기억하는 백성들이 몇 될 것 같소!"

"……하오나, 전하. 악의 잔재가 남아 있어 하늘이 노하였기에 기근이 들고 민심이 흉흉한 것입니다!"

"그래서 그것이 모두 폐비 홍 씨의 탓이다?"

"전하 그것이 아니오라!"

"아님, 폐비 홍 씨에게 사약을 내리지 않은 내 탓입니까?"

"통촉하여 주시옵소서!"

그의 호통에 대신들은 하나같이 고개만 조아릴 뿐이었다. 그들이 기세를 꺾기엔 도윤은 너무도 위엄스러운 군주였다. 도윤은 터벅터벅 뒷짐을 진 채 편전 한가운데에 섰다. 그러곤 여유 있게 대신들을 내려다보며 그 반듯한 입술을 열었다.

"폐비 홍 씨에 대한 사약 상소를 또 한 번 올릴 시, 이 기근과 흉흉한 민심을 채 다스리지 못한 과인의 아둔함을 꼬집는 것이라 여길 것이오."

"전하, 통촉하여 주시옵소서!"

"또한! 민심은! 그렇게 다스리는 것이 아닙니다! 하늘이 노해 백성들이 굶주리는 것이다? 하면 하늘이 왜 노하였는지를 따져들 보세요! 백성들은 나 몰라라, 자기 곳간 불리기에만 여념이 없는 그대들의 흉측하고 포악한 탐욕과 조선 팔도 곳곳에 판치고 있는 탐관들 때문에 하늘이 노한 것입니다!"

"전하!"

표정 하나 변함없이 그 말을 모조리 내뱉던 그가 잔뜩 높였던 음성을 한층 낮추었다. 그러곤 다시금 반듯한 자세로 꼿꼿하게 서선 정면을 똑바로 응시했다.

"곳간들을 여세요. 그리고 베푸세요."

"……전하!"

"그대들이 내 말 한마디에 벌벌 떨며 고개를 조아리듯! 그렇게 백성들을 바라보고 민심을 다스리시란 말입니다."

"전, 전하!"

"그대들이 두려워하는 내가 제일로 두려워하는 것이 바로…… 백성들이니."

언제나 이 간신들을 상대로 승리를 거머쥐는 것은 왕, 도윤이었다.

제 12 장

전하는 남색(男色)?

사흘 뒤, 은설과 약속한 날이 밝자 도윤의 얼굴은 그 어느 때보다 밝았다.

"그래도 폐비 홍 씨께서 건강을 되찾으셨다 하니 다행이구나."

"전하께서 성심껏 보살펴주신 덕이 아니겠습니까."

"한데, 홍 씨의 오라비 소식은 아직인 것이냐."

"죽었다는 소문이 걷잡을 수 없을 만큼 커지는 걸 보니…… 정녕 청국에서 변을 당한 모양입니다."

그 말에 도윤의 얼굴이 딱딱하게 굳었다. 자신의 아버지인 이학수의 짓이 분명했다. 그 마음이 다시금 착잡해지고 말았다.

"그나저나 전하, 폐비 홍 씨의 사약 주청이 끊이질 않고 있다 들었사옵니다."

주환이 걱정스러운 얼굴로 용안을 살폈다. 하지만 그는 흔들림 없는 모습으로 정면만 응시하고 있었다.

"잊을 만하면 물고 늘어지는 그들이지. 폐비 홍 씨를 못 잡아먹어 안달인 이들이 어디 한둘이겠더냐."

"그들과 맞서 싸우면 싸울수록 전하께서 곤경에 처하실 것입니다. 한데, 전하."

주환의 음성이 그 어느 때보다 가라앉아 있었다. 아무래도 도윤이 듣기 싫어할 소리를 할 모양이었다. 문득 걷던 걸음을 멈춘 도윤이, 주환을 돌아보았다.

"이 일의 끝엔…… 무엇이 전하를 기다리고 있나이까."

말로 형용할 수 없는 슬픔이 다가왔다. 그 말을 하는 주환도, 그 말을 듣고 있던 도윤도 모두 슬픈 얼굴을 했다.

스치는 바람결이 꽤 날카로웠다.

"무엇이 기다리고 있을지는 모르겠구나."

"전하."

"용서를 받고 참회의 시간을 가지며…… 그제야 사람답게 살 기회를 얻을 수도 있겠고, 그것이 아니면 죽음이 날 기다릴 수도 있겠지."

"전하, 죽음을 쉬이 입에 담으실 만큼, 그를 보호하고자 하는 연유가 무엇입니까."

그 물음을 끝으로 저 멀리서 은설이 환한 얼굴로 달려오고 있었다. 거짓말같이 가슴이 무너지는 그 순간에, 그녀가 도윤을 향해 달려오는 것이었다. 여전히 어색하게 남장을 한 채, 갓신이 벗겨질까 허둥지둥 달려오는 그녀의 모습은 너무도 어여뻤다. 그만 그는 피식, 웃음을 터뜨리고야 말았다.

"죽는다고 해도 누군가는 참회해야 하고 용서를 구해야 한다. 그렇지 않으면 내 아버지와 내 가문에 의해 또 다른 폐비 홍 씨와 선왕이 생겨날 것이고, 비극은 끝날 수 없을 것이다. 고통받고 아팠던 그가 힘을 기르고 세력을 모아 내 아버지와 나의 가문을 끌어내리는 정의를 실현해야만 이 비극이 끝날 것이고 승자와 패자가 바로잡힐 것이다. 역사가 왜곡되지 않을 것이며…… 그것은 좋은 전례로 남아 다시는 그런 비극이 생기지 않을 것이니."

그때였다. 박꽃 같은 웃음을 머금은 은설이 도윤 앞에 다다랐다.

그녀의 고운 얼굴이 그에게 성큼 다가오는 순간이었다.

"그리고 그렇게 해야만……."

"전하."

"내가 사랑하는 사람을 부끄러움 없이 사랑할 수 있으니까."

은설이 이마에 맺힌 땀방울을 닦으며 피식, 웃음을 지었다.

"형님!"

또 헐렁한 차림새로 어색하게 '형님'이라 부르는 그녀였다. 슬쩍 올라섰던 그의 입꼬리가 속절없이 휘고 말았다. 그는 너울을 조심스레 거두었다. 그러곤 여전히 고개가 젖힌 채 자신을 올려다보고 있는 그녀를 내려다보았다.

"오늘도 너의 그 어색한 형님 소리를 종일 들어야 하느냐."

"당연하지요. 그래도 이 근사한 남장 덕에 살벌한 감시에서 벗어날 수 있지 않았습니까?"

남장으로도 가려지지 않는 그녀의 얼굴은 오늘따라 더욱 해사했다.

"근사까지는 아니고."

오늘따라 햇볕이 유난스레 반짝였다.

그래서일까, 기분이 더 고조되는 것도 같았다.

은설과 나란히 걷는 도윤의 발걸음이 가벼웠다.

"무어라? 또 사내와 함께 있다는 말이더냐?"

"예, 대감마님."

"이 무슨!"

왕이 잠행을 나가자마자 뒤따랐던 무사들은 곧바로 궐에 있던 이학수에게 도윤의 행적을 알렸다.

진노한 이학수는 저도 모르게 버럭 소리를 지르다 황급히 입을 다물었다.

"사내가 확실하더냐."

"어리고 몸집이 작았으나, 확실한 사내였사옵니다."

"그때 보았던 그 사내와 동일 인물인가."

"예, 그런 듯하옵니다. 호위대장까지 무르고 저잣거리를 다니고 있다 합니다."

기함하고 만 이학수였다. 하늘이 무너져도 이렇게 잔인하게 무너질 수는 없었다. 그때, 저 멀리서 중전이 고고한 자세로 이학수를 향해 오고 있었다.

"입궐하시었습니까, 아버님."

"예, 중전. 볕이 좋아 산보라도 나오셨나 봅니다."

일그러지는 얼굴 근육을 애써 다잡는 그였다.

그의 말에 중전은 기품 있는 미소를 잃지 않으며 여유롭게 고개를 조아렸다. 반면, 이학수는 부글부글 타오르는 속을 감추느라 애를 먹고 있었다.

"볕이 제법 따가운 것을 보니, 곧 여름이 시작되려나 봅니다."

"그러게요. 이런 볕엔 살갗이 상할 수도 있으니 조금만 걷다 들어가세요, 중전."

"예. 한데 아버님."

애써 건조한 얼굴로 돌아서려던 이학수를 중전이 불러 세웠다. 찬찬히 고개를 돌려 중전을 내려다보는 이학수의 눈빛에 어쩐지 살기가 감돌았다.

"흉흉한 소문이 대전 담벼락을 타고 궐에 퍼지고 있습니다."

"……흉흉한 소문이라니요."

"전하께서 잠행을 나가 사내와 어울려 다니신다는 해괴망측한 소문이요."

그러자 그의 얼굴이 노골적으로 일그러지고 말았다. 아차, 하는 섬뜩한 기운이 그의 목덜미를 훑고 지나갔다.

"사내라니요. 가당치 않습니다, 중전."

"한데, 그때 알아보신다던 병판의 여식은 어찌 되어가고 있는지, 안 그래도 아버님을 찾아뵙고 여쭤보려 하였나이다."

"알아보는 중이니 마음 놓고 기다리세요, 중전."

"예, 남색이라는 해괴망측한 소문까지 나도니 마음을 놓을 수가 없습니다, 아버님."

걱정스러운 듯 슬쩍 이맛살을 찌푸리는 중전의 얼굴이 어두워졌다. 그녀를 말없이 바라보던 이학수의 속은 까맣게 타들어 갔다. 어떻게든 소문을 막아야만 했다.

중전이 알고 있는 이상, 궐에 퍼지는 건 시간문제였다. 왕의 안위가 흔들린다는 것은 그가 앉은 옥좌는 물론이고, 그를 앉힌 이학수의 입지마저 송두리째 뽑힐 수 있는 위험한 일이었다. 그의 눈앞이 아득해졌다.

"소문은 소문을 만들고 불안은 불안을 만듭니다. 괜한 소문을 마음에 담아 불안을 만들지 마세요, 중전."

"예, 아버님. 그리하겠습니다."

"또한, 내명부의 수장으로서 그 소문을 잠재우기에 애쓰세요. 성총을 얻지 못한 후궁들 사이에서 흘러나온 투기 어린 추문일 수도 있으니."

"예, 아버님."

"이 소문으로 내명부의 여인들이 괜한 혼란을 일으켜 궐을 어지럽히지 않도록 중전께서 중심을 잘 잡아주셔야 합니다."

"여부가 있겠나이까."

정중하게 고개를 조아리는 중전을 이학수가 스쳐 지났다. 중전은 이를 악물었다.

"한데 남색이 확실한 것이냐?"

그러자 곁에 있던 나인이 중전에게 은밀하게 다가섰다.

"확실합니다. 대원군 대감께서도 이미 알고 계십니다. 대원군 대감의 사람이 지금 전하의 뒤를 밟고 있다 합니다."

"……어찌하면 좋을까. 하면 그 병판의 여식은 무엇이란 말이더냐."

"연막작전이 아닐까, 싶습니다."

"연막……? 그년을 보호하고자 남색임을 자처한다?"

"아니면 참으로 남색임을 숨기기 위해 그 여인을 방패 삼아 교지를 내리라 한 걸 수도 있고요."

중전의 머릿속이 뒤죽박죽되었다. 병판의 여식과 사내라. 그 사이에 숨겨진 비밀이 무엇일까, 돌아서는 이학수를 바라보는 그녀의 눈길이 뜨겁게 타올랐다. 어쩌면 남색이 더 나을지도 모를 일이었다. 자신을 거들떠보지도 않는 연유가 차라리 남색이라면 덜 억울할 것 같았으니까.

두 사람은 산속 계곡가에 자리를 잡고 누웠다.

선선하게 불어오는 바람도, 바람을 타고 흐르는 갖가지 풀냄새도 모두 좋았다.

한쪽 팔을 머리에 대고 하늘을 바라보며 누워 있던 도윤이 남은 한쪽 팔로 슬쩍 그녀에게 팔베개를 해주었다. 자신의 목덜미에 닿는 그의 손길에 은설은 감았던 눈을 떴다.

"한데, 남장이 불편하진 않으냐."

"괜찮습니다. 처음엔 좀 어색했는데 오늘은 편합니다. 이렇게 다리도 막, 올릴 수 있고."

그러면서 은설이 두 다리를 허공에 휘휘 저어 보였다. 그러다 둘은 마주 보며 웃음을 터뜨리고 말았다. 그때, 말간 하늘에서 빗방울이 툭툭 쏟아져 내렸다. 나란히 누워 있던 두 사람은 황급히 몸을 일으켰다.

"여우비가 내리나 봅니다."

"금방 그칠 것 같으니, 우선 저 큰 나무 아래로 몸을 피하자꾸나."

"예, 전하."

둘은 갓과 바구니를 그대로 둔 채, 서둘러 바로 앞에 있는 큰 나무로 향했다.

"돌부리가 많으니 조심해서 걷거라."

앞서 걷던 도윤이 울퉁불퉁한 돌길에 걱정스럽게 은설을 돌아보았다. 은설이 큰 옷자락을 꾹 쥔 채 열심히 그 뒤를 따르고 있었다. 한 방울, 두 방울 옅게 내리던 빗방울이 제법 굵어져 있었다. 그녀의 얼굴이 촉촉하게 젖어갔다. 그때였다.

"어, 어어……?"

발을 잘못 디딘 은설이 휘청이고 말았다. 그 순간, 앞서 있던 도윤이 잽싸게 그녀의 손을 잡아챘다.

"전하!"

도윤도 그만 중심을 잃고 그녀와 함께 물속으로 풍덩, 빠지고 말았다. 은설을 끌어안은 그의 손에 어마어마한 힘이 들어갔다. 혹여 그녀가 다칠까, 물속으로 빠지는 그 순간에도 그는 그녀를 자신의 품 안으로 잡아당기고 있었다.

"어푸! 어푸!"

놀란 은설이 허둥대며 계곡 물속을 헤집고 다니자, 먼저 중심을 잡고 일어선 도윤이 그녀를 안아 올렸다. 도윤에겐 허리춤까지 오는 계곡물이었다. 머리끝까지 홀딱 젖은 그녀가 숨을 헐떡이며 그의 목을 와락 끌어안았다.

"으악! 전하, 놓지 마셔요!"

은설은 저도 모르게 그의 목덜미에 얼굴을 묻은 채, 가쁜 숨을 몰아쉬었다. 덕분에 그녀의 열기와 흐트러진 숨결이 그의 가슴에, 얼굴에, 턱밑에 고스란히 닿았다. 그녀의 떨림이 닿은 곳곳이 달아올랐다.

도윤은 그녀를 더욱 움켜쥐며 침착하게 그녀를 달랬다.

"물을 무서워하는 것이냐."

"예, 전하. 헤엄을 칠 줄 모르옵니다."

"괜찮다, 내가 꼭 잡고 있을 것이니."

그녀는 두 눈을 질끈 감은 채, 아이처럼 그에게 안겼다. 지금이 순간만큼은 은설에게 도윤은 왕도, 정인도 아닌 자신의 위태로운 목숨을 구명해줄 은인과 다름없었다. 물을 무서워하는 그녀였기에 도윤의 손길은 동아줄과도 같았다.

"눈을 떠보거라. 괜찮으니."

흠뻑 젖은 옷이 그녀의 몸에 딱 달라붙어 적나라한 곡선을 그대로 드러내고 있었다. 아찔한 그녀의 자태에 그가 두 눈을 질끈 감았건만, 자신의 품속을 점점 파고드는 그녀 덕에 숨이 턱 끝까지 차올라버렸다. 부끄러움과 두근거림에 그의 명치 끝이 따끔거렸다.

"저기, 은설아."

그는 자신의 목을 꽉 끌어안은 채 놓을 줄을 모르는 그녀를 슬쩍 불렀다. 하지만 그럴수록 그녀는 그에게 더욱 밀착했다.

"무섭습니다, 전하. 못 내려가겠어요."

조금 더 굵어진 빗방울이 도윤을 더욱 적셨다. 하지만 그보다 더 뜨겁게 젖은 은설이 그의 가슴에 스며들었다.

"내가 이렇게 잡고 있을 테니, 발을 디뎌보겠느냐. 내게 허리까지 닿는 깊이니 네겐 가슴 정도 오지 않을까 싶은데."

그가 잔뜩 겁에 질린 그녀를 달랬다. 그러자 그녀가 파리하게 질린 얼굴로 그를 바라보았다. 소담한 그녀의 양 뺨 위로 햇볕도 빗방울도 흐드러지게 내려앉았다. 젖은 뺨이 따사로운 볕으로 반짝이기 시작했다.

"그럼 손을 놓으시면 아니 됩니다. 소녀가 놓으라고 할 때까지요."

그녀가 여전히 겁먹은 얼굴로 물을 내려다보았다. 도윤의 허리춤까지 찰방찰방 닿은 물을 내려다보는 그녀의 눈동자가 젖어 있었다.

"그래. 이렇게 꼭 붙잡고 있을 것이니. 나를 믿어보아라."

믿음직한 그의 음성에 은설이 그의 목덜미를 꼭 끌어안고 있던 손을 슬쩍 풀었다. 그러곤 그의 커다란 어깨를 쥔 채 살며시 그의 품에서 벗어났다. 그러자 도윤이 그녀의 허리를 단단히 움켜쥐고는 천천히 물속으로 그녀를 내려주었다. 하지만 발끝이 바닥에 닿지 않자 그녀가 잠시 허둥댔다.

"어, 어어?"

놀란 그녀가 또다시 그의 품으로 와락 안기고 말았다. 사고처럼 그녀가 그의 품에 뛰어든 것이었다. 도윤의 가슴이 녹아내리는 듯했다.

"두려워할 것 없다, 은설아. 내 눈을 보아라."

"전하⋯⋯."

"나를 믿느냐."

두려움에 잠긴 그녀를 다독이는 포근한 음성이었다. 은설은 고개를 들어 그를 올려다보았다.

계곡 위로 떨어지는 빗방울 소리가 일정하게 들려왔다.

주변은 고요하고도 평화로웠다. 그 나른한 고요함 속에서 서로를 응시하는 둘의 시선은 단단하고도 뜨거웠다.

"전하."

"나를 믿고 발을 디뎌보아라."

은설은 잔뜩 힘주었던 손을 풀었다. 그러곤 굳게 마음을 먹은 듯, 입술을 앙다물며 조심스럽게 그의 손을 잡았다.

점점 아래로 가라앉는 그녀의 작은 몸.

그때, 은설의 두 발이 계곡 속 돌멩이 위에 닿았다.

"허."

가슴까지 찰방찰방 닿은 물이었다. 가슴이 살짝 답답했지만, 이내 두 다리가 땅에 닿았다는 것만으로 그녀는 안심이 되었다.

"전하."

"그래, 생각보다 깊지 않은 것이지."

그 순간, 두 사람을 적시던 빗방울이 멎어가고 있었다. 은설이 어색하게 웃음을 지었다. 그녀는 도윤의 손을 꼭 붙든 채로 말간 하늘을 올려다보았다. 그녀를 따라 도윤도 하늘을 올려다보았다.

"여우가 울음을 그친 모양입니다."

고요한 산속에 두 사람의 웃음소리가 메아리가 되어 퍼져나갔다. 그 위로 어여쁜 무지개도 슬며시 피어났다.

"마마, 주 상궁이 무사히 당도하였나 봅니다."

한양에 당도한 주 상궁이 탐라의 홍 씨에게 밀서를 보내왔다. 홍 씨는 담담한 얼굴로 밀서를 읽어 내려갔다. 무사히 도착하였으니, 계획이 잡히는 대로 자신에게 일러달란 내용이었다.

그녀는 곧바로 밀서를 불에 태워 없앴다. 그러곤 뉘엿뉘엿 석양이 지는 하늘을 올려다보며 입술을 굳게 다물었다.

"이번에도 청국에서 비밀 자금을 보내왔다지."

"예, 마마."

"잘 숨겨두었다가 다음 생필품을 건네받는 날, 관리에게 은밀히 전해주어야 할 것이다."

홍 씨는 비밀 자금이 탐라에 당도할 때마다 미리 사주해놓은 관리에게 전해주었다. 그 관리는 왕이 되기 위해 은밀히 준비 중인 어린 종친이 있는 남해로 자금을 조달해주는 조달책이었다.

그곳에선 이학수를 치기 위해 홍 씨의 사병들도 몰래 숨어 세력을 키워나가고 있었다. 그곳은 홍 씨의 대의가 담긴 은밀하고도 핵심적인 장소였다.

"이럴 때마다…… 내 오라비가 살아 있으면 얼마나 좋을까, 그런 생각을 한다."

이제는 헤집는 것만으로도 아픔이 된 오라비와의 추억이었다. 홍 씨는 황급히 붉어진 눈가를 더듬었다. 그녀의 곁에 묵묵히 서 있던 김 상궁이 눈물을 훔쳤다.

"한데…… 마마. 비밀 자금은 정녕 청국에 남아 있는 대감의 세력들이 조달하는 것일까요."

"그들 말고 나를 도울 사람이 세상에 어디 있겠는가."

"하나 이상한 것이 있습니다."

김 상궁의 낮은 음성에 홍 씨의 얼굴이 굳어졌다.

"이학수가 대감을 죽이면서 청국에 있던 대감의 모든 세력을 소탕했다 하였습니다."

"그랬지."

"또한, 대감께서 청국에서 세력을 모을 때도 자금이 모자라

극심한 어려움을 겪었다 들었습니다. 한데 수장이었던 대감께서 척살 당하시고 그 세력들도 모두 뿔뿔이 흩어졌는데, 어찌 매달 그 많은 자금을 마마께 조달할 수 있단 말입니까."

김 상궁의 말은 꽤 논리적이었다. 홍 씨의 목울대가 작게 꿈틀댔다. 그녀 역시 매달 어마어마한 자금을 대주고 있는 비밀 세력에 대해 의문을 품은 적이 있었다. 하지만 오라버니의 세력 외에 홍 씨를 도울 사람은 조선 그 어디에도 없었다. 홍 씨는 주먹을 굳게 말아 쥐며 지그시 눈을 감았다.

"하지만 나의 대의를 꼭 이루었으면 하는…… 또 다른 세력이 혹, 있지 않겠느냐."

어렴풋이나마 그렇게 짐작할 뿐이었다. 그녀의 대의를 먼발치에서나마 응원하고 있을 또 다른 세력이 존재할 수도 있다고.

"그렇다면 그들이 바라는 것은 내가 악착같이 살아남아, 이학수의 목을 베는 것이겠지."

그녀의 가슴이 뻐근해졌다. 어디선가 그녀를 지켜보며 그녀의 복수를 응원하고 있을 그 세력 덕에 그녀는 지금까지 버틸 수 있었다. 감았던 눈을 떠 하늘을 올려다보는 그녀의 눈시울이 붉어졌다.

"전하, 바로 침소로 드시옵소서. 시각이 많이 지체되었나이다."

은설을 집에 데려다주고 환궁하는 길. 대전으로 향하는 도윤의 걸음이 바빴다. 평소보다 도윤의 환궁 시각이 지체되어 주환의 얼굴은 걱정으로 굳어져 있었다.

한 점 빛도, 소리도 허용치 않는 궐 안. 왁자지껄한 저자와는 상반된 분위기에 도윤은 묘한 이질감을 느꼈다.

"너도 얼른 쉬거라."

대전에 다다른 도윤이 그제야 안심하며 갓을 벗었다. 그러곤 뒤를 따르던 주환을 돌아보며 침소에 들어라, 말을 건네는 순간…….

"잠행이 제법 길어졌습니다, 주상."

굳게 닫혔던 대전의 문이 열리고, 뒤돌아선 이학수의 모습이 드러났다. 순간, 갓을 쥐고 있던 도윤의 손이 옅게 떨렸다. 겁에 질린 상선이 두 눈을 질끈 감은 채, 이학수의 곁에 서 있었다.

"이 늦은 시각…… 연통도 없이 어인 일이십니까."

도윤이 굳은 음성으로 입을 열었다. 그러자 등을 돌리고 있던 이학수가 빙그르르 돌아섰다. 그러곤 대전에 놓여 있던 검 하나를 순식간에 뽑아 들어 상선의 목에 겨누었다.

"지금 무엇하는 짓입니까, 아버지!"

"대체 상선은 전하를 어찌 보필하였기에 남색이란 추문이 따른단 말이더냐!"

"죽, 죽여주시옵소서, 대감마님!"

그대로 바닥에 무릎을 꿇고 마는 상선이었다. 그를 바라보고 있던 도윤의 눈동자가 불같이 타올랐다.

"그 칼을 거두십시오, 아버지!"

"해서 중궁전과의 합방도 매번 고사하였던 것이냐!"

"지금 무슨 말씀을 하고 계신 것이옵니까!"

호통치는 이학수를 향해 도윤 역시 지지 않고 소리를 질렀다. 주환을 포함한 대전 나인들은 모두 바닥에 납작 엎드린 채였다. 이학수는 분기를 삭이지 못한 듯, 거칠게 숨을 몰아쉬며 칼을 상선의 목에 바투 갖다 댔다.

"남색. 네 뒤를 따르는 추문이다."

'남색'이란 말에 도윤의 얼굴이 미묘하게 반전되었다. 아무래도 남장을 한 은설과의 밀회 때문에 나도는 소문 같았다. 아무런 대꾸도 하지 않은 채 묵묵히 서 있기만 하는 도윤의 모습에 이학수의 가슴이 철렁 내려앉았다.

"정녕…… 추문이 아니더냐?"

"칼부터 거두시지요. 소자의 은밀한 취향을 헤아리는 것이 어찌 상선의 소임에 해당하는 일이라 할 수 있습니까!"

"주상!"

어쩌면 잘되었다는 생각이 들었다. 남색으로 은설을 이학수의 눈에서 벗어나게 할 수 있을 것 같았다. 그의 알 듯 말 듯한 대답에 이학수의 얼굴이 잔뜩 구겨지고 말았다. 상선에게 겨누었던 칼을 슬며시 거두며 그가 세차게 이를 악물었다.

"그새 사람을 붙여 소자 뒤를 밟으셨습니까."

"그것이 중요합니까, 지금?"

"소자의 사생활을 그리 지켜보고 계셨다니 참으로 불쾌하니다, 아버지."

도윤의 입꼬리가 비틀어졌다. 담담하게 말을 하는 도윤의 얼굴을 세심하게 훑는 이학수의 눈길이 삼엄해졌다.

"뭐요? 사생활?"

"소자, 매번 경계하고 조심하였거늘 그런 소문이 그새 퍼졌다니, 황망할 따름입니다."

"정녕 네가 남색이라도 된단 말이더냐!"

눈앞이 노래지는 이학수였다. 결코 더럽혀져서도, 흠 하나 생겨서도 아니 될 옥좌에 남색이라니. 설마 했던 최악의 상황이 현실이 되고 있었다.

"인제 와서 남색이고 아니고가 뭐 중요하겠습니까."

"뭐?"

"이미 아버지부터 소자가 남색이라 그리 믿고 이리 따지러 오신 것이 아닙니까?"

"이도윤!"

"한데 소자가 남색이다, 아니다를 논하는 것은 궁색한 변명에 불과하겠지요. 아버지께서도 믿지 못하고 의심하고 두려워하는 진실이 이 자리를 노리는 다른 이들에겐 절호의 기회가 될 수 있음일 텐데."

빙글빙글 말끝을 흐리는 도윤의 얼굴엔 어쩐지 여유가 넘쳐흐르고 있었다. 가슴이 타들어가는 것은 이학수 쪽이었다. 도윤은 쥐고 있던 갓을 바닥에 내던지며 대전 깊숙이 들어섰다. 이학수를 스치고 지나가는 도윤의 어깨가 제법 단단했다. 휘청, 이학수는 옆으로 밀려나고 말았다.

"남색이라니. 네가 미친 것이냐?"

"소자 피곤해 오늘은 일찍 침소에 들고 싶으니, 그 일이라면 내일……."

"소문이 더 퍼지기 전에 병판의 여식을 후궁으로 삼아라, 명이다."

이학수의 말에 옷을 풀어 헤치던 도윤의 손이 멈추었다. 그는 이학수를 싸늘하게 바라보다 피식, 잔인하게 웃었다.

"명이라니요. 아버지, 소자는 이 나라의 왕입니다."

"……뭐?"

"한데 어찌 소자에게 명령을 내리십니까."

그 눈빛은 이루 말할 수 없을 정도로 차갑고도 삼엄했다. 그의 위엄에 순간 이학수의 말문이 턱, 막히고 말았다.

"그리고 어찌 얼굴 한 번 본 적 없는 병판의 여식을…… 이 일에 끌어들이려 하십니까."

"남색이란 소문을 잠재울 방도. 왕이 잠행을 나가 누군가를 만나는 것은 확실한데, 그 누군가가 명확하게 드러나지 않는단 말이지. 왕의 숨겨둔 정인이다, 해서 곧 후궁으로 입궐할 것이다…… 갖가지의 말들이 나돌고 있는 지금, 왕의 여인이 모습을 드러내지 않는다면, 남색이란 추문은 힘을 얻을 것이다."

어두운 대전 속에서도 초조함에 질려가는 이학수의 얼굴이 적나라하게 드러났다. 도윤은 피식, 냉소를 터뜨리며 옥좌에 천천히 앉았다. 그러곤 손을 들어 보란 듯이 옥좌를 손바닥으로 쓸어 보였다.

"병판의 여식을 병풍으로 세운다…… 남색이란 왕의 추문을
가리기 위해."

"스멀스멀 나도는 소문 속에 병판의 여식이 거론되고 있다.
그 가문이라면 우리와 척을 지고 있기는 하지만 후궁으로 들
여도 손색없는 가문이니 괜찮을 것이다."

"하면 소자가 얻게 되는 것은 무엇입니까?"

여유롭게 미소를 짓던 도윤이 이학수를 직시했다.

심복에 무엇을 담고 있는지 짐작할 수 없을 만큼 덤덤한 얼
굴이었다.

"그걸 지금 질문이라고 하는 것이야? 옥좌를 지킬 수 있지!
깨끗하게, 한 점 오명 없이 보전할 수 있음이지!"

소리치는 이학수를 향해, 도윤 역시 버럭 소리를 질렀다.

"그것이 어찌 소자가 얻는 것이라 할 수 있습니까! 그것은 아
버지의 옥좌를 지켜내기 위함이겠지요!"

"……뭐?"

"중궁전과의 합방도 매번 고사하고, 궐에 널린 후궁들의 손
끝 하나 건드리지 않는 왕이 감추고 있는 비밀이 무엇일까! 정
녕 조선 팔도의 기생들을 궐에 숨겨두고 매일 밤 여색을 즐기
는 것일까! 아니면 광증이 도져 여인 기피증이 생겨 궁녀들을
죽이고 있는 것일까!"

노기 한 점 서리지 않은 평온한 얼굴로 언성을 높이는 도윤
의 위엄에 이학수의 숨이 턱, 막히는 것 같았다.

"한데, 알고 보니 왕이 남색이더라! 해서 그랬던 것이구나! 옳거니, 이제야 말이 되는구나!"

"……뭐?"

"어쩌면 남색이란 소문이 그 허무맹랑한 잡음을 모두 잠재울 수 있는 강력한 비책이 되지 않겠습니까?"

그 말을 하는 도윤의 얼굴은 어쩐지 밝아 보였다. 반대로 그 앞에 선 이학수의 속은 타들어 갔다.

"네가 지금 그걸 말이라고……"

"하면 이렇게 하시지요. 아버지가 지키고 싶어 하는 이 옥좌를 지켜내기 위해 그 여인을 병풍 삼아 입궐시키겠습니다. 하면! 그 여인을 제게 주십시오."

뜻밖의 말에 이학수의 눈이 커지고 말았다. 그제야 감추었던 발톱을 서서히 드러내는 도윤이었다. 이젠 자신의 손으로 다룰 수 없을 지경까지 기세가 단단해진 군주였다. 그의 위엄에 이젠 이학수의 숨통이 턱턱 막히고 있었으니, 울화가 치밀었다.

"무어라? 궐 안의 후궁은 모두 네 여인이다! 한데 그 여인을 네게 달라니!"

"소자, 어쭙잖은 말장난을 하고 싶지 않습니다."

"뭐라?"

"이 궐에 있는 후궁들이 죄다 아버지의 사람인 걸 모르는 이가 있습니까? 하니 그 여인만큼은 온전한 나의 사람으로 입궐시켜 달란 말입니다."

묘하게 당한 것 같단 생각이 들었다. 이학수의 얼굴이 당혹감으로 일그러졌다. 그 모습을 바라보고 있던 도윤이 자리에서 일어나 터덜터덜 이학수의 앞으로 다가가 냉기 어린 미소를 지어 보였다.

"그 여인도, 또한 그 여인의 가문도 일절 건드리지 않은 채 소자의 사람으로 입궐시키십시오."

"……하."

"아버지의 손아귀에 놀아나는 가문이 아닌! 오롯이 나의 명에만 움직이는 나의 사람!"

"이도윤."

"소자의 은밀하고도 위험한 사생활을 가리기 위해 입궐하는 것이니 온전히 제 소유가 되어야 하지 않겠습니까?"

"네가 이제 이 애비에 맞서 권력을 취하겠다?"

싸늘한 대전에 이학수의 고함이 울려 퍼졌다. 하지만 도윤은 눈 하나 깜빡이지 않았다. 진노하는 이학수를 덤덤하게 바라보고 있다, 이내 빙그르르 돌아서서 옷고름을 풀어 헤쳤다.

"아버지께서 선택하시지요. 이 옥좌를 지키기 위해 그 여인을 병풍 삼아 입궐시키든지, 아니면 이 옥좌가 더럽혀지는 것을 두 눈으로 지켜보기만 하시든지요."

돌아섰던 도윤이 이학수를 응시하며 조소했다.

어떤 선택을 해도 이학수에겐 실(失)이 될 것이고, 어떤 결정을 내린다 해도 도윤에겐 득(得)이 될 상황이었다. 이학수는 분노를 삼키며 입을 열었다.

"앞으로 일절…… 그 여인과 그 여인의 가문에 관여하지 않을 것이다. 하니 너도 약조하거라. 더는 남색이란 추문이 내 귀에 들리게 하지 않겠다고."

어쩐지 이번에도 승기(勝機)는 도윤의 편에 다가선 듯했다.

"예, 소자 기꺼이 약조하지요."

다음 날, 날이 밝자마자 간밤에 이학수와 도윤이 대전에서 한바탕 설전(舌戰)을 벌였다는 것이 궐 곳곳에 퍼져나갔다. 궁인들은 상참을 위해 대전을 나서는 용안을 살뜰히 살피기 시작했다. 하지만 가벼운 발걸음과 밝아 보이는 용안은 간밤의 설전이 도윤의 승리로 끝났음을 보여주고 있었다.

"전하, 위기를 기회로 삼으셨습니다."

"은설이의 남장 덕분이 아니겠느냐. 은설이의 무사 입궐과 동시에 아버지의 눈에서 그녀를 보호할 수 있게 되었으니 참으로 잘된 일이지 않으냐."

"한데, 대원군 대감께서 정녕 아가씨와 아가씨의 가문을 건드리지 않겠습니까?"

주환이 걱정스럽게 묻자 도윤은 걷던 걸음을 멈추곤 붉은 입술을 열었다.

"권력은 언제든 그 기세가 대단한 쪽으로 기울게 되어 있음을 누구보다 잘 알고 계신 분이다. 잃을 것이 많은 쪽이 아버지시니 어떻게 해서든 이번 일을 덮으려 할 것이다. 그렇지 않

378

으면 손에 쥐고 있는 그 모든 것을 자신보다 더한 권력을 가진 이들에게 넘겨주어야 할 것이니."

마음이 제법 가벼워진 도윤이었다. 얼른 이 기쁜 소식을 은설에게 알리고 싶었다. 도윤은 은은한 미소를 머금은 채, 주환을 돌아보았다.

"은설이에게 밀서 하나를 전해주고 오거라."

"예, 전하."

그녀에게 다음 잠행 일시와 만날 장소가 적힌 밀서를 전할 계획이었다. 또 그 허술하기 짝이 없는 남장으로 나타날 그녀의 모습이 벌써부터 기대되는 그였다.

그때였다. 회의장으로 발걸음을 옮기던 도윤의 귓전에 날카로운 음성 하나가 박혔다.

"감히 뉘 안전이라고 고개를 빳빳하게 치켜드는 것이야! 이분은 중궁전 최고 상궁이신 주 상궁 마마님이시다! 예를 갖추지 못할까!"

도윤의 고개가 절로 돌아갔다. 그곳엔 상궁 복장을 한 궁인들이 나인 하나를 빙 둘러싸고 있었고, 그 뒤에 한 발짝 물러나 고고한 자세로 그를 지켜보는 주 상궁이 보였다.

"주 상궁이 아니더냐."

주 상궁을 바라보는 도윤의 눈동자에 묘한 증오심이 불타올랐다.

"주 상궁과 폐비 홍 씨의 접촉은 아직이더냐."

"예, 폐비 홍 씨께서 탐라로 유배를 간 후 주 상궁과 단 한 번의 접촉도 없었사옵니다."

"독한 여인이다. 참으로 배은망덕하기 그지없는 사람이지."

평생을 모시던 윗전을 배신하고 홀로 살고자 이학수의 개로 살아가는 주 상궁이었다. 어린 시절부터 도윤을 살뜰히 보살핀 그녀였지만, 어쩐지 도윤은 그녀가 싫었다.

그녀에게서는 묘한 살기가 뿜어져 나왔다. 그리고 이학수 못지않은 권력으로 여러 사람을 위험에 빠뜨리는 것도 꺼림칙했다. 사람으로서 마땅히 지켜야 할 도리마저 잊은 듯한 금수만도 못한 여인이었다.

그때, 이쪽을 바라보던 주 상궁과 도윤의 눈이 마주쳤다. 주 상궁은 예를 갖추어 그를 향해 고개를 조아렸다. 하지만 도윤은 싸늘하게 돌아섰다.

"은설이가 입궐하면 너는 저 여인이 은설이를 감히 쳐다도 볼 수 없게 저 여인으로부터 은설이를 지켜내거라."

"아가씨를 잘 감시해야 할 것이야. 혹 그 사내를 만나러 나가거든 나에게 바로 알리고."

사가를 나서던 영광은 몇 번이고 별채를 돌아보았다. 여주에게 신신당부했지만, 마음이 놓이지 않았다. 지난 날, 주 상궁에게 은설이 직접 모든 일을 털어놓을 수 있도록 시간을 달라 일렀지만 은설은 아직 병판과 유희에게 사실을 말할 준비가 되지 않은 모양이었다. 지난밤에도 왕을 만나고 돌아온 그녀가 안채 앞을 서성이는 것을 발견한 영광이었다.

선뜻 안채로 들어서지 못한 채 그 주위만 빙빙 맴도는 그녀의 얼굴은 걱정과 염려로 잔뜩 어두워져 있었다. 그녀의 갈등과 고민이 무엇인지 조금은 짐작할 수 있었기에 영광은 그녀를 다그칠 수 없었다. 그는 낮은 한숨을 내쉬며 사가를 나섰다. 그때, 웬 사내 하나가 그의 곁을 스쳤다.

"……운검?"

슬쩍 지나친 사내였지만 영광은 주환을 한눈에 알아보았다. 왕을 최측근에서 호위하는 운검, 주환이었다. 영광은 걷던 걸음을 우뚝 멈춰 서서 뒤를 돌아보았다. 대문 앞을 서성이던 주환이 여주를 발견하고는 은밀히 불러내고 있었다. 영광은 성큼 성큼 그에게로 다가갔다.

"이것을 아가씨께 전해……"

"무슨 일이시오. 운검께서."

"아."

여주를 향해 봉투 하나를 내밀던 주환은 갑작스러운 영광의 등장에 얼어붙고 말았다. 덩달아 여주의 얼굴도 파리하게 질렸다.

"도련님……"

영광은 직감했다. 왕이 은설에게 밀서를 보낸 것이라고.

"은설 아가씨께 전해드리란 명을 받았습니다."

"이 밀서는 은설이에게 닿지 않을 것입니다. 하니 윗전께 전해주시오."

"나리."

"다시는 그 연모의 마음으로 내 누이를 다치게 하지 말아달라고요. 내 누이를 살뜰히 생각하신다면 제발 여기서 멈추어달라고요."

그때였다. 대문 앞 소란스러움을 느낀 유희가 조심스럽게 대문을 열었다. 갑작스러운 유희의 등장에 주환도 영광도 모두 놀라고 말았다.

"무슨 일이 있는 것이냐?"

유희가 놀란 얼굴로 주환을 바라보았다. 처음 보는 낯선 이였다. 유희는 주환의 행색을 찬찬히 살폈다. 그러다 영광의 손에 쥐어진 봉투를 발견하곤 의문스러운 눈빛으로 그를 올려다보았다.

"손님이 오셨느냐? 그것은 또 무엇이고?"

그때, 마당을 가로지르던 은설이 대문 앞에 서 있는 유희를 발견하곤 반색했다. 치맛자락을 살며시 쥔 채 그녀에게 사뿐사뿐 다가가던 은설은 곧 대문 앞에 서 있는 주환을 발견하곤 파리하게 질리고 말았다. 그 곁에는 굳은 얼굴의 영광도 함께 있었다. 주환이 직접 이곳까지 방문한 것은 필시 어명을 전하기 위함일 것이었다.

"서찰인 것이냐."

유희가 영광의 손에 쥐어진 밀서를 쥐기 위해 손을 뻗었다. 그러자 은설은 두 눈을 질끈 감은 채 소리를 지르고 말았다.

"오라버니!"

갑작스러운 은설의 고함에 유희도 영광도 그리고 주환도 모두 손을 멈추고 그녀를 돌아보았다. 그 순간, 유희를 향해 무언갈 말하려던 영광은 입술을 질끈 물고 말았다.

"은설아……."

유희가 놀란 얼굴로 은설을 돌아보았다. 그러자 은설은 영광을 향해 함구해달란 뜻으로 고개를 가로저었다. 그 뜻을 읽은 영광이었지만 마음이 편치 않았다.

그 모습을 바라보고 있던 주환은 고개를 조아리며 물러났다. 은설이 나타났으니, 밀서는 아무래도 은설에게 잘 전해질 수 있을 것 같았다.

"그럼 실례가 많았습니다."

하지만 갑작스럽게 나타났다 사라지는 주환에게 의문을 떨치지 못하는 유희였다.

"저자가 누구냐. 영광이 네가 아는 사람이야?"

"제 벗이 보낸…… 서찰이었습니다."

"벗이라니?"

그녀를 대신해 거짓을 고해주는 영광이었다. 파르르 떨던 은설은 다행이라는 듯, 안도의 한숨을 내쉬었다. 그녀의 이마에 식은땀이 송골송골 맺혔다.

"오늘 약속 장소가 급하게 변경이 된 모양입니다."

"……그래?"

영광은 태연한 얼굴로 쥐고 있던 밀서를 소맷자락 안으로 넣었다. 다행히 눈치채지 못한 듯, 유희가 환하게 웃으며 돌아섰다. 여주도 유희를 따라 들어서며 대문을 굳게 닫아주었다.

영광과 은설, 둘만 남겨졌다. 그녀를 빤히 내려다보는 그의 얼굴이 걱정스러움과 속상함으로 일그러져 있었다.

"고맙습니다, 오라버니."

"……어쩔 생각이냐. 이젠."

"소녀가 어머니께 말씀드리겠습니다."

"그러면 모든 것이 해결되는 것이냐?"

그의 걱정 어린 음성에 은설이 얼굴을 들었다.

두 사람의 시선이 맞닿았다.

그리고 그 모습을 먼발치서 지켜보는 주환이었다.

"모두를 아프게 하지 않을 자신 있습니다."

"네 연모는 결코, 축복받지 못할 것이다. 하면 너와 그분이 다칠 것인데 어찌 모두를 아프게 하지 않을 자신이 있다 장담하느냐."

그의 말에 그녀가 느리게 고개를 저었다. 제법 눈부신 햇살이 그녀의 말간 얼굴 위에 곱게 내려앉았다.

"그래도 함께할 수 있으니까요. 지금보단 덜 아플 것입니다."

"은설아……!"

"조금만 더 시간을 주세요. 소녀를 믿고 기다려주세요, 오라버니."

"더 오래 끌지는 못한다. 중궁전 상궁 마마님께서 직접 나설 것이다."

영광의 말에 은설의 얼굴이 급격히 어두워졌다. 그러다 슬쩍, 평온하기 그지없는 병판의 사가를 올려다보며 한숨을 내쉬었다. 자신 때문에 저 평화로움이 깨질 것 같아, 벌써 마음이 아파왔다.

"그리고 작은 치수의 사내 옷을 사다놓았으니 다음부터 전하를 만나러 나갈 때는 그것을 입고 가도록 하여라."

"……오라버니."

그 말을 하며 영광은 주환에게서 건네받았던 밀서를 그녀에게 내밀었다. 순간, 은설의 눈동자가 커지고 말았다. 다 알고 계셨구나, 오라버니께서. 가슴이 철렁 내려앉다 못해 아릿해졌다. 자신 때문에 여러 사람이 애를 쓰고 있는 것 같아 마음이 무거워졌다.

"고맙습니다, 오라버니."

"그리고 어딜 가면 어딜 간다…… 여주에게 이르고 나가거라. 괜히 염려되어 네가 돌아올 때까지 저잣거리를 헤매고 다니니."

"알겠사옵니다."

그녀의 연모를 응원해주는 것은 아니었지만 그녀가 위험에 빠지는 것은 원치 않았다. 선뜻 발걸음을 옮기지 못한 채 그가 머뭇거렸다. 그런 그를 향해 은설이 나지막이 일렀다.

"소녀 이제 어린아이가 아닙니다, 오라버니. 하니 소녀에 대한 염려는 이만 내려두셔요."

그 말이 더 서운하게 들리는 그였다.

머뭇거리던 그가 얼굴을 슬쩍 묻은 채, 그녀에게서 멀어졌다. 그 뒷모습을 바라보던 은설의 가슴도 옅은 아픔으로 물들어가고 있었다.

❄

"대감마님, 이대로 내버려두실 겁니까."

"방도가 있느냐. 남색임을 숨기기 위해서라면 그게 무엇이든 해야지!"

"점점 궐에서 권세를 장악해나가는 군주십니다."

"하지만 난 아직 도윤이를 버릴 수 없다."

간밤의 설전이 내내 마음에 걸렸다. 하지만 이학수는 점점 머리가 굵어지는 자기 아들을 차마 내칠 수 없었다.

"도윤이만큼 영민하고 백성을 헤아리는 눈을 가진 재목은 없다."

"……대감마님."

"또한, 도윤은 대소 신료들을 두려움에 떨게 할 힘을 가지고 있다."

괘씸했지만 사실이었다. 인정하기 싫었지만, 그는 강력한 왕권을 쥐고 있었다. 그것은 이학수 자신이 만들어준 것도 아닌 도윤이 스스로 성립한 권력이었다.

"아직은 내게 도윤이가 필요하다."

"예, 대감마님."

"나의 아들이라서가 아니라 도윤이는 어마어마한 잠재력을 가지고 있지. 당분간 주상을 감시하는 눈들을 거두어라. 이 시점에 자신을 감시하는 것을 주상이 알게 되면 애써 얻어낸 남색의 추문을 잠재울 만한 기회마저 잃을 수 있으니."

그때, 이학수의 부름을 받은 주 상궁이 안채로 들어섰다.

"대감마님, 주 상궁 마마님 드셨사옵니다."

"왔는가."

장옷을 팔에 조심히 걸어둔 채, 주 상궁이 이학수 앞에 조심스럽게 앉았다. 곁에 있던 살수들이 물러났다.

"중궁전의 움직임은."

"별다른 움직임은 없사옵니다."

이학수의 얼굴이 더 구겨졌다.

"중궁전에선 왕의 정인을 눈치챈 듯싶으냐."

이학수는 주 상궁의 안색을 찬찬히 살폈다. 수년 전 자신의 사람이 되겠다, 직접 이 안채의 문을 열고 들어선 그녀였다. 지금은 폐서인이 된 홍 씨를 최측근에서 보좌하였던 중궁전 상궁이었다. 그런 그녀가 이학수를 찾은 것은 뜻밖의 전개였다.

그녀의 가문을 몰락시키고 그녀의 오라비마저 죽인 이학수였다. 복수하겠다며 고래고래 소리 지르던 그녀가 제 발로 이학수의 사람이 되겠다며 그를 찾아온 것은 이학수에겐 신선한 충격이었다.

고개를 조아린 채 벌벌 떨던 그녀의 입에서 나온 첫 마디는 가관이었다.

—살고자 대감마님을 찾아왔습니다. 부디 소인을 대감마님
　의 사람으로 거두어주시옵소서.

　그렇게 폐비 홍 씨가 사산한 공주를 빼돌리려 했던 정황을
그녀에게 전해 듣고 이학수는 폐비 홍 씨를 추포할 수 있었다.
어쩌면 주 상궁이 지금 이학수의 시대가 열릴 수 있게 밑거름
이 되어주었다고 해도 과언이 아니었다. 그것으로 모자라 지난
세월 동안 철저히 자신의 사람으로 살아온 주 상궁은 이제 그
에게 없어서는 안 될 수족이 되었다.
　"전혀…… 모르고 있사옵니다."
　중전 김 씨가 이미 은설에게 내릴 교지를 준비했지만, 그 사
실만큼은 숨겨야 했다. 그 말을 내뱉는 그녀의 표정은 역시나
평온했다. 이학수는 느리게 고개를 끄덕이며 찻잔을 쥐었다.
　"미리 알아봤자 좋을 것 없지. 적시에 병판의 여식을 후궁으
로 입궐시킬 것이다."
　그 말에 주 상궁이 조아렸던 고개를 치켜들었다. 어떤 말에
도 동요하지 않았던 그녀의 눈동자가 미묘하게 흔들리는 순간
이었다. 찻잔을 쥔 이학수의 손이 멈칫했다.
　"어째서…… 병판의 여식을."
　"걱정할 것 없다. 그 여식이 후궁이 된다고 해서 병판에게 권
력이 생기는 것은 아닐 것이니."
　"하나, 폐비 홍 씨와 선왕을 따르던 무리입니다. 그 여식이
후궁으로 입궐하게 되면 잠자코 숨어 기회를 노리고 있는 세력

들이 고개를 치켜들 것입니다."

어떻게든 막아야 했다. 은설이에게 후궁 교지가 내려져서는 안 될 일이었다. 주 상궁은 이를 악물었다.

"너에게만 말해주마, 그 여인을 입궐시키려는 연유."

그 말을 내뱉는 이학수의 음성이 참담하게 가라앉아 있었다. 주 상궁의 이맛살이 슬쩍 찌푸려졌다. 느리게 차를 마시던 그가 찻잔을 조심스럽게 내려놓았다.

"주상이…… 남색이다."

뜻밖의 말에 주 상궁은 놀라지 않을 수 없었다. 그녀의 눈동자가 갈피를 잡지 못한 채 흔들렸다.

"해서 그것을 가리기 위해 그 여인을 병풍 삼아 입궐시키려 하니, 그 여인과 그 여인의 가문은 어떠한 권력도 힘도 얻을 수 없을 것이다."

왕이 또다시 묘책을 펼친 것이었다.

주 상궁은 알고 있었다. 도윤은 결코, 남색이 아니었다. 필시 은설을 무사히 입궐시키기 위해, 그리고 그녀를 이학수의 눈에서 벗어나게 하기 위해 술수를 쓴 것일 터였다.

그녀가 나지막이 고개를 끄덕였다.

"하면 어찌하실 것입니까. 그 여인도 다른 후궁들처럼 대감 마님의 사람으로 만들 것입니까."

"아니, 굳이 만들 필요가 무엇 있을까 싶다. 내게 해가 되었으면 해가 될 가문이지. 권력을 주고 힘을 기르게 할 필요가 없는 가문이지 않으냐. 그저 남색이란 소문을 지워낼 수 있을 만큼만 이용하고 폐출시켜야지."

그의 말에 주 상궁은 저도 모르게 주먹을 말아 쥐었다. 그는 그 잔인한 말끝에 흡족한 듯 미소를 지었다.

"병풍. 딱 그만큼의 가치를 지닌 여인이니까."

역시, 잔인하고 흉악한 이학수였다.

그녀의 가슴이 뜨거워졌다. 심복 깊숙이 밀어 넣은 그를 향한 복수심이 다시금 활활 타오르기 시작했다. 그럴수록 그녀는 더욱이 고개를 조아리며 마음을 가다듬었다. 같은 곳에 있었지만 다른 곳을 바라보는 두 사람이었다.

"무슨 생각을 그리 골똘히 해?"

민주가 멍하니 걷기만 하는 은설의 손을 조심스럽게 맞잡았다. 그제야 정신을 차린 은설이 민주를 돌아보았다.

"요즘 이상해? 나랑 수놓기로 해놓고 매번 다른 약조가 생겼다고 미뤄놓고선…… 오늘은 연통도 없이 날 찾아오질 않나. 왜, 무슨 걱정거리라도 있어?"

민주가 걱정스럽게 은설을 살폈다. 그러자 그녀는 나지막이 미소를 지은 채, 고개를 내저었다.

"아니야, 그런 거. 그저 볕이 좋아 좀 거닐고 싶어서."

아무 일도 아니라는 듯 그녀가 언제나처럼 해사하게 웃어 보였다. 그때였다.

"앗!"

"조심하지 못합니까?"

은설의 안색을 빤히 살피며 걷던 민주가 가마 하나와 쿵, 부딪히고 말았다. 동시에 가마를 호위하던 무사들이 민주를 거세게 밀어 넘어뜨렸다. 덕분에 민주는 흙바닥 위에 고꾸라지고 말았다. 그 순간 그녀의 손목에 생채기가 났다.

"민주야!"

은설이 황급히 그녀를 부축했다.

"아, 미안하오. 내 다른 곳을 보고 걷다……."

어쩔 줄 몰라 하는 민주의 흙 묻은 치맛자락을 은설이 대신 털어내었다. 그때, 가마의 조그마한 창이 벌컥 열렸다.

"웬 소란이냐."

지체 높은 가문의 안주인이라도 타고 있는 듯했다. 은설과 민주가 한 걸음 물러나며 가마 안을 빤히 들여다보았다. 그러자 곁을 지키고 있던 여종이 버럭 소리를 질렀다.

"감히 뉘가 타고 계신 가마인데 빤히들 보시는 겝니까!"

"……예?"

반가의 규수에게 서슴지 않고 언성을 높이는 하인과 아무렇지 않게 밀치는 무사들이라니. 국모라도 탄 가마인 듯, 살벌한 비호였다. 그것을 바라보는 은설의 낯빛이 어두워졌다. 그러곤 이내 가마를 향해 한 걸음 더 다가갔다.

"제 벗이 실수한 모양입니다. 곡하게 생각하진 마옵소서."

그러자 가마 안에서 싸늘한 음성이 들려왔다.

"앞으론 똑바로 보고 걷도록 하세요. 지체 말고 가자."

그 말에 은설의 이맛살이 절로 구겨지고 말았다.

은설이 물러나려는 가마를 막아서자, 좀 전에 민주를 밀쳤던 무사들이 그녀를 에워쌌다.

"한데! 마님께서도 사과는 하셔야겠습니다."

제법 강단 있는 음성이었다. 그 음성에 가마가 바닥 위로 내려앉았다. 그러곤 가마 문이 조심스럽게 열렸다.

"무슨 사과를 말하는 게요."

냉기 서린 음성이 가마 안에서 흘러나왔다. 그러자 물러나 있던 민주가 황급히 나서며 고개를 조아렸다.

"저의 실수입니다. 하니, 그냥 이대로 물러가시지요."

"민주야! 너도 다쳤잖아. 그저 앞을 못 보고 걷다 가마와 부딪힐 뻔했다 하여, 사람을 그리 우악스럽게 밀치는 것이 말이 되오?"

"난 괜찮아…… 가자, 응?"

그제야 가마 안에 있던 여인이 모습을 드러냈다. 반듯한 차림새의 한 여인이 고개를 꼿꼿하게 치켜든 채 가마에서 내렸다.

"대체 무슨 사과를 하란 말이오."

고저 없는 음성은 싸늘하기 그지없었다. 그 순간 그 여인과 은설의 시선이 마주쳤다.

"제 벗도 다쳤습니다. 사과하시지요."

은설을 바라보는 여인의 눈동자가 크게 요동치기 시작했다.

이내 그 여인의 곁을 지키고 있던 무사들이 은설의 팔을 우악스럽게 잡아챘다. 그러자 여인은 버럭 소리를 질렀다.

"당장 그 몸에서 손 떼지 못할까?"

"······주 상궁 마마님."

'주 상궁'이란 말에 은설의 눈도 커지고 말았다. 그랬다. 그 가마를 타고 있던 여인은 이학수의 사가에서 막 벗어난 주 상궁이었다. 주 상궁이라면 은설도 아는 여인이었다. 이학수의 최측근으로 지난날 폐비 홍 씨를 모시던 중궁전 상궁이라 하였다. 병판과 유희, 그리고 영광과도 면이 있는 사이였다. 주 상궁은 이학수만큼이나 어마어마한 권세를 지닌 여인이었다.

은설의 몸에 함부로 손을 대려 하는 무사들을 향해 호통치던 주 상궁의 얼굴이 파리하게 질려갔다.

'공주 마마······!'

차마 그 말을 내뱉지 못하는 주 상궁의 눈동자가 젖어가고 있었다.

"쉰네가······ 사과드리겠습니다. 많이 다치셨습니까."

좀 전과 사뭇 다른 그녀의 모습에 은설이 입술을 말아 물었다. 고고한 자세로 사과는커녕 면박만 줄 것 같던 여인이 쉬이 사과를 건네고 있었다. 또한, 무사들이 민주를 우악스럽게 잡아채도 담담히 보고 있던 것과 달리 자신의 몸에 손이 닿으려 하자 기겁하며 소리치던 그녀의 모습도 의아했다.

"쉰네의 무사들이 거칠어서 많이 놀라셨을 텐데······ 앞으론 주의를 시키도록 하겠습니다."

천천히 그 말을 내뱉던 그녀가 고개를 조아렸다. 그러곤 돌아서서 자신을 의아하게 바라보고 있는 무사들을 향해 조용히 일렀다.

"병판의 여식이다…… 소란 피우지 말고 가자."

그렇게 가마에 올라탄 주 상궁은 참고 있던 눈물을 와락 터뜨리고 말았다. 이렇게 공주를 가까이에서 마주한 것은 처음이었다. 그 사실을 알 리 없는 은설은 멀어져가는 가마를 빤히 응시했다.

'참으로 이상하단 말이지…… 꼭 날 윗전 대하듯 하는구나.'

그 순간, 이상한 의구심이 그녀를 잠식해 나가고 있었다.

"은설아, 괜찮아?"

조금 굳은 얼굴의 은설이 걱정스러운 듯 민주가 돌아보았다. 그러자 넋을 놓고 있던 그녀가 느리게 고개를 저으며 입술을 살짝 말아 물었다. 자신을 대하는 태도와 민주를 대하는 태도가 달랐던 주 상궁의 모습이 이상하게 눈앞에 아른거렸다.

"난 괜찮아. 너는 괜찮은 것이야?"

"응……. 그런데 나 심장 떨어질 뻔했잖아. 네가 갑자기 주 상궁에게 달려드는 바람에."

아직도 심장이 벌렁거린다는 듯 민주가 가슴을 쓸어내렸다. 그 모습을 잠자코 바라보던 은설이 입을 열었다.

"주 상궁이…… 그렇게 대단한 사람이야?"

은설이 슬쩍 민주의 눈치를 보았다.

"그럼. 대원군 대감의 최측근이잖아. 궐에서 숨은 권력가라

394

고 내 아버지께서도 늘 말씀하셨는데?"

"……숨은 권력가."

"그리고 또 어찌나 안하무인인지 고개 한 번 숙인 적 없는 상궁이래. 그럴 만도 한 것이 그 무자비한 대원군 대감의 수족이니…… 권력이면 권력, 돈이면 돈, 모자란 것이 없는 사람이니까."

"그 정도란 말이야?"

은설의 음성이 허탈함에 물들어갔다. 그러자 주변의 눈치를 살피던 민주가 슬쩍 은설에게로 다가갔다.

"원래 탐라에 유배 가신 폐비 홍 씨를 모시던 중궁전 상궁이었잖아."

"맞아. 그건 나도 들어봤어."

"그런데 자기 혼자 살려고 폐비 홍 씨를 배신하고 대원군 대감 밑으로 들어가버렸대. 어떻게 사람이 그렇게까지 모질 수가 있을까? 어휴, 소름 끼쳐."

민주의 말에 은설의 이맛살이 슬쩍 찌푸려졌다.

"그런데 정말 이상하지?"

"무엇이?"

"너를 대하는 태도는 평소 모습과는 사뭇 달라서."

민주 역시 느낀 것이었다. 민주와 자신을 마주하던 태도가 조금은 달랐던 주 상궁의 모습에 은설의 가슴이 묘하게 뛰기 시작했다.

"어찌 다르다는 생각이 들어?"

떠보듯이 넌지시 물었다. 그러자 민주가 고개를 갸웃거렸다.

"원래 주 상궁이라면 고고한 자세로 호통만 쳤을 거야. 그런데 오늘은 우리에게 사과도 하고 그 무사들이 널 막 우악스럽게 잡아채려고 하니까 그러지 못하게도 하고. 아무튼 평소랑은 달랐던 것 같아."

은설의 가슴이 쿵쾅거리기 시작했다. 자기 혼자만 느낀 묘한 의구심이 아니었던 것이다. 은설은 주 상궁이 사라진 쪽을 돌아보며 주먹을 작게 말아 쥐었다.

"한데 뭐…… 달리 이유가 있어서 그리하였겠니? 너희 어머니와 아버지께서는 주 상궁과 면이 있는 사이라고 하셨잖아? 예전에 홍 씨 마마가 폐서인 되기 전엔 막역한 사이였다고 하셨으니, 그리하셨겠지."

민주가 대수롭지 않다는 듯 은설의 손을 맞잡았다. 머릿속이 뒤죽박죽 헝클어지고 있었지만, 민주의 말대로 달리 이유가 있어서는 아닐 것이라 마음을 다잡는 은설이었다. 하지만 이상하게 마음을 다잡는 그 순간에도 그녀의 가슴이 뻐근해졌다.

살기 어린 눈으로 민주를 내려다보던 그녀의 기세가 은설과 마주하자 미묘하게 꺾이던 것이 눈앞에 아른거렸다. 은설은 고개를 휘휘 저었다. 마음 쓸 일이 아니라고 자신을 다독였다.

"내 정신 좀 봐. 얼른 가자, 다른 규수들이 기다리겠다."

민주가 은설의 손을 잡아끌었다.

제 13 장

후궁 교지가 내려지다

"전하께서 출발하셨다 하옵니다."

이학수와 도윤의 '남색 설전'이 벌어지고 정확히 닷새 후, 잠잠하던 도윤이 오랜만에 잠행을 나섰다는 소식은 중궁전까지 빠르게 닿았다.

나인의 말에 무기력하게 앉아 있던 중전 김 씨의 얼굴이 급격하게 어두워졌다.

그 모습을 바라보던 주 상궁이 입을 열었다.

"이젠 마음을 놓으셔도 되지 않겠습니까. 들려오는 남색이란 소문이 영 터무니없는 소문은 아닐 텐데요."

주 상궁이 중전을 향해 정중하게 말하자 중전은 입술을 굳게 말아 물었다. 서안(書案) 위에 가지런히 펼쳐진 서책을 우악스럽게 덮는 중전의 눈매가 싸늘해졌다. 곧 그녀의 붉은 입술이 벌어졌다.

"전하께선 남색이 아니시다. 내가 바보인 줄 아느냐. 내게 그 병판의 여식을 후궁으로 삼으라, 먼저 명하신 것은 전하셨다.

이 교태전을 겁박하며 나의 안위를 쥐고 흔들어 얻어내셨던 후궁 교지다."

분기에 찬 중전의 음성이 파르르 떨리고 있었다. 태연하려 애쓰고 있었지만 노여움을 견디지 못한 듯 그녀의 양 뺨이 붉게 달아올랐다. 그녀를 바라보는 주 상궁의 눈이 깊어졌다.

"고작 남색을 가리자고 그렇게까지 나설 전하가 아니시지. 단순히 본인을 위한 묘책이 아닐 것이다. 간절히 원하고 갈망하던 용안이었다. 정말 은애하는 여인을 지키고자 하는 사내의 눈빛이었지. 그걸 내가 모를 성싶으냐."

남색이란 말이 나돌고 있지만, 중전 역시 알고 있었다. 아무리 생각해도 고작 남색임을 가리기 위해 입궐시키는 후궁에게 임금이 정성을 쏟을 이유는 없었다.

이학수를 종용해 후궁 교지를 하나 더 얻어내는 것은 결코 어려운 일이 아니었다. 그런데도 병풍과 다름없는 그 여인을 입궐시키기 위해 임금이 직접 나선 것이다.

남색과 병판의 여식, 그 사이에 숨겨진 진실이 무엇일까.

밤잠을 설쳐가며 고뇌했던 중전이 내린 결론은 그것이었다.

"기꺼이 남색임을 자처하면서까지…… 병판의 여식을 보호하려는 것이다."

중전의 검은 눈동자에선 투기를 넘어 증오심이 불타오르고 있었다. 그것을 바라보는 주 상궁의 가슴이 착잡해졌다.

먼저 타오른 불꽃이 제일(第一)로 스러질 것이라는 걸 주 상궁은 잘 알고 있었다.

"잘하면 둘을 갈라놓을 방도 역시 어렵지 않게 찾을 수 있을 것 같구나."

두 사람을 갈라놓을 수 있을 것 같단 중전의 말에 주 상궁의 호흡이 묘하게 흐트러졌다.

"불같이 연모하였기에 불같이 미워할 수 있을 것이다."

"마마."

"사랑하는 마음만큼 위험한 것도 없지. 둘의 애틋해 미칠 것 같은 그 연심을 이용해 둘을 갈라놓을 생각이다."

은설과 도윤. 주 상궁 역시 더는 마주해서는 안 될 둘을 떼어놓고 싶었다. 하지만 그 과정에서 은설이 상처 입는 것은 원치 않았다. 주 상궁의 머릿속이 복잡해졌다.

"사랑했던 것만큼 미워하고 증오하게 될 것이다. 내가 꼭 그리 만들 것이야."

이학수와 중전이란 거대한 산은 서로를 경계하며 더욱 몸집을 부풀리고 있었다. 그리고 그들의 욕망은 은설의 운명을 옥죄려 했다. 그것이 꼭 공주의 명운을 비극으로 몰아붙일 것만 같아, 주 상궁은 불안했다.

그녀는 잔인한 미소를 띠고 있는 중전을 물끄러미 바라보았다.

"오셨습니까, 형님?"

먼저 필애원에 와 있던 은설이 말을 타고 이쪽으로 오는 도윤을 발견하고는 말간 눈을 반짝이며 그에게로 달려갔다.

"오래 기다렸느냐."

도윤이 말에서 내리며 은설을 향해 환하게 웃어 보였다. 오늘은 제법 몸에 맞는 치수의 사내 옷을 입고 있었다.

"아니요, 저도 방금 왔습니다."

그녀의 앞에 다가선 도윤의 눈꼬리가 둥글게 휘었다.

"한데, 오늘은 어쩐지 옷이 딱 맞는 듯싶구나."

"이것은 오라버니의 옷이 아니라 제 옷이거든요! 어때요? 이리 몸에 맞는 옷을 입으니 제법 사내 같지요?"

하지만 여전히 그녀의 작고 여린 몸을 감싸기엔 많이 큰 사내 옷이었다. 도윤은 말없이 미소를 지으며 그녀의 어깨를 짚었다.

"옷의 크기는 중요치 않다. 남장으로도 가려지지 않는 너의 이 고운 얼굴이 문제지."

그의 말에 은설의 양 뺨이 붉게 물들어갔다.

"그런데 오늘은 웬 말입니까?"

은설은 도윤의 곁에 서 있는 말을 궁금하다는 듯, 올려다보며 물었다. 고삐를 쥐고 선 도윤이 곁에 있는 말을 다정하게 쓰다듬었다.

"너에게 말 타는 법을 가르쳐주려고."

"아, 소녀에게요?"

도윤의 말에 은설의 눈이 동그래졌다. 이내 은설도 호기심 가득한 얼굴로 말을 올려다보았다.

"그때 보니 말고삐도 제대로 쥐지 못하는 것 같아서."

산속에서 도윤의 도움으로 이학수의 무리에게서 도망쳤을 때를 말하는 것 같았다.

그때, 도윤의 앞에 앉아 말에 올라탔지만 사실 은설은 말고삐도 제대로 쥐지 못했었다. 은설이 멋쩍은 듯 어색한 웃음을 지으며 말 등을 쓸어 보였다.

"예, 아직 소녀가 말 타는 법을 알지 못해서……."

"가르쳐줄 테니 배워보도록 하여라. 말 타는 법을 알아놓으면 유용하게 쓰일 것이다."

도윤의 말에 은설의 얼굴이 기대감으로 밝아졌다. 그러곤 슬그머니 말 앞으로 다가가 말과 시선을 다정히 맞추었다.

"참으로 예쁘게 생겼습니다. 잘 부탁해. 언니가 승마는 처음이라 지금 되게 긴장되거든."

은설이 살갑게 말의 등을 쓰다듬었다. 그러자 도윤이 그 곁으로 다가서며 그녀의 손을 조심스레 쥐었다. 은설의 조그마한 손 위에 그의 커다란 손이 포개졌다. 조금 놀란 은설이 휙, 그를 돌아보았다.

"수말이다."

"아, 수컷이구나."

그의 말에 은설은 멋쩍은 듯 배시시 웃음을 터뜨렸다. 그 순간, 도윤이 한 손으로 은설의 허리를 감았다.

놀란 은설이 엉거주춤 상체를 뒤로 뺐지만, 그가 다시금 그녀의 허리를 힘 있게 잡아당겼다. 그녀가 머뭇거릴 새도 없이 그의 품으로 안겨들자, 둘의 숨이 동시에 멈추었다.

"전하……."

도윤은 긴장한 듯한 그녀를 지그시 내려다보다 피식, 미소를 지었다. 그러곤 나머지 한 손으로 그녀의 갓끈을 풀었다. 속절없이 풀어지는 그녀의 갓끈이었다. 동시에 갓에 가려졌던 그녀의 어여쁜 얼굴이 환하게 드러났다.

"함께 말에 올라타면 갓이 부딪힐 것 같아서."

나지막한 그의 음성이 은설의 귓전을 뜨겁게 자극했다. 그녀의 뺨이 다시금 능금 빛으로 물들어갔다.

"같이 올라서자꾸나. 홀로 중심 잡는 것이 어려울 것이니."

그가 은설의 갓을 벗겨 안장 끝에 매달았다. 그러곤 은설이 그랬던 것처럼 말과 시선을 맞추며 말의 머리를 쓰다듬었다.

"오늘은 이 야리야리하게 생긴 형님도 같이 탈 것이다. 생긴 거는 가벼워 보여도 꽤 무게가 나가니 놀라지 말거라."

"아, 전하."

도윤의 가벼운 농에 은설이 밉지 않게 그를 흘겨보았다. 그러곤 먼저 말 위로 홀쩍 올라서는 그를 넌지시 바라보았다.

"자."

이내 그가 커다란 손을 뻗었다. 은설은 망설임 없이 그의 손을 잡았다.

"앗."

그의 손을 잡고 은설 역시 성큼, 말 위에 올라섰다. 말 등에 올라타니, 눈앞의 시야가 탁 트였다. 땅에서 보던 세상과 말 위에서 보는 세상은 달랐다. 긴장감과 설렘으로 은설의 가슴이 쿵쾅거렸다.

"생각보다 높아요. 와……."

은설이 조금 긴장한 듯 침을 꿀꺽 삼켰다. 그러자 그녀의 뒤를 단단히 지키고 있던 도윤이 조심스럽게 말고삐를 잡았다.

"말과 교감을 나누는 것이 가장 중요하다."

"예, 전하."

"너에겐 이 고삐가 좀 길 듯하니, 이렇게 두 번 돌려서 쥐도록 하여라."

곧 은설이 그의 말대로 긴 고삐를 두 번 감아 바짝 쥐었다. 그 손을 조심스럽게 감싸며 도윤이 입을 열었다.

"잘 부탁한다, 오늘도."

그리 말하는 도윤을 따라 은설도 보조개 띤 얼굴로 말을 내려다보았다.

"나도 잘 부탁해."

그때, 도윤이 말의 옆구리를 가볍게 툭 쳤다. 그러자 신기하게도 말이 평보(平步)를 시작했다.

"우와, 움직입니다!"

말이 움직이기 시작하자, 은설의 얼굴이 딱딱하게 굳어갔다. 은설의 몸은 말의 걸음걸이에 따라 이리저리 휘청였다. 그러자 일직선으로 곧게 걷던 말도 은설을 따라 흔들리기 시작했다.

"어, 어어……?"

순간, 도윤이 그녀의 몸을 뒤에서 단단하게 받쳐주었다.

"안장 위에서 중심을 잡는 것이 우선이다."

"예."

"네가 흔들리면 녀석도 갈피를 못 잡고 흔들릴 것이다."

도윤이 안정감 있게 그녀를 받쳐주자 말은 거짓말같이 다시금 곧게 걷기 시작했다.

"녀석들은 불편하면 일어서는 버릇을 가지고 있으니 고삐를 너무 바투 잡아서도 또한, 말 옆구리를 세게 차서도 아니 된다."

"예, 명심하겠습니다."

긴장감으로 잔뜩 얼어붙었던 은설이 조금씩 말의 움직임에 편안히 몸을 맡기기 시작했다. 그제야 굳었던 그녀의 얼굴도 유하게 펴졌다.

"시선은 아래가 아닌 저 멀리, 녀석과 함께 바람을 느끼며 호흡하여라."

그 음성에 고개를 푹 숙인 채, 말의 머리만 바라보고 있던 은설은 고개를 들었다. 그러자 그녀의 눈앞에 탁 트인 시야가 펼쳐졌다. 장관이었다.

"하."

동시에 조금 갑갑하던 가슴이 시원하게 뚫리는 것도 같았다. 전혀 다른 세상을 마주하고 있는 듯했다.

"너무 시원해요. 말을 타고 힘차게 달리면…… 가슴에 응어리진 고민이나 근심이 한순간에 사라질 것 같아요."

"그래서 답답한 일이 있으면 말을 타고 산이든 강이든 한참을 달리곤 한다. 그 순간만큼은 다 잊을 수 있거든."

땅 위에선 볼 수 없었던 세상이 그려졌다.

다를 것 없던 세상은 바라보는 위치가 달라지자 전혀 다르게 다가왔다. 늘 느끼던 바람도, 그리고 늘 마주했던 나무들도 평소와 달랐다.

모든 것이 시선 아래에 닿는 듯하자, 그것들이 꼭 두 손에 담길 듯 가까워진 것 같았다.

은설의 가슴이 묘하게 뛰기 시작했다.

"꼭 다른 세상을 마주하고 있는 것 같습니다."

"바라보는 시선이 달라져서 그런 것이지."

"전하와 제가 바라보는 세상도 그렇게 다르겠지요?"

은설의 말에 도윤의 검은 눈동자에 설핏 물기가 어렸다.

도윤은 고삐를 바투 쥐었다. 그러곤 상체를 조금 기울이며 속력을 냈다. 그 순간, 찬찬히 걷던 말이 달리기 시작했다.

"전하."

은설이 놀란 얼굴로 도윤을 돌아보았다. 조금은 굳은 그의 얼굴이 어딘가 먹먹해 보였다. 그때, 굳게 맞닿아 있던 그의 붉은 입술이 조심스럽게 떨어졌다.

"이젠 맞춰볼 것이다, 네 시선에."

의외의 말이 그의 잇새로 흘러나왔다. 그녀의 가슴이 무자비하게 떨렸다.

"이렇게 위에서 함께 바라볼 것이고, 함께 내려가 마주할 것이다."

"……아."

"이젠 너와 함께 볼 것이다. 그것이 백성이든 세상이든, 우리의 앞날이든."

거친 호흡 속에 그의 진심이 묻어나 있었다. 은설은 앞만 보고 달리는 그를 돌아보다, 이내 정면을 응시했다. 그러곤 고삐를 쥔 그의 손을 다시금 맞잡으며 말없이 고개를 끄덕였다.

어느덧 필애원을 넘어 산 깊숙이 달리는 말이었다.

그 모습을 숨어서 지켜보던 주 상궁이 허탈한 듯, 주저앉고 말았다.

"더는 지켜볼 수가 없습니다, 공주 마마……. 흐르는 대로 두었다간 마마께서 끝없이 아파질 것입니다. 진심으로 은애하게 된 그분을…… 미워하는 것만큼 힘든 일은 없을 것입니다. 차라리 쇤네가 하겠습니다. 쇤네를 미워하세요. 쇤네를 원망하세요. 쇤네가 그 연모를 멈춰드리겠습니다!"

싱그러운 풀 내음과 보드라운 바람이 두 사람을 무수히 스쳤다.

둘은 말없이 달리는 내내 정면만 응시했다.

벚나무도 복숭아나무도…… 물가도 절벽도 끝없이 둘의 곁을 스치고 지났다. 여름에 성큼 다가선 듯 강렬한 볕이 두 사람의 머리 위로 내리쬐었다.

그렇게 한참을 달려 도착한 곳은 도성이 한눈에 들어오는 언덕이었다.

고즈넉한 언덕에 다다르자, 거침없이 달리던 말도 멈추었다.

"하아…… 하아."

두 사람은 거칠게 숨을 몰아쉬었다.

"이곳은……."

"도성을 한눈에 내려다볼 수 있는 곳이다. 종종 말을 타고 이곳까지 달려오곤 하지."

한양 안에서 위용(威容)을 한껏 뽐내던 커다란 궐도 그저 손바닥 하나로 가려질 만큼 작아 보이는 곳이었다.

은설이 작게 한숨을 내쉬었다. 도윤은 여전히 그녀의 뒤에 앉아 묵묵히 정면을 응시하고 있었다.

"이곳은 아까와는 또 다른 세상이다."

"……전하."

"그리고 저기 저곳."

도윤이 기다란 손가락으로 궐을 가리켜 보였다. 그 손가락을 따라 은설의 시선이 움직였다.

"부릴 수 있는 위용은 다 부리며 서 있는 저 궐도, 이곳에서 보면 겨우 한 손에 가려진다."

"아."

"아래에서 올려다볼 때와 또는 같은 시선으로 마주 볼 때와…… 이렇게 위에서 내려다볼 때 그 크기와 위엄이 모두 다르지. 내가 바라보는 시선에 따라 그것의 위치가 달라지고 상하 관계가 나뉘는 것이다. 어차피 같은 곳인데도 말이다. 그러니 죄다 부질없는 것이 아니겠느냐. 왕도 궐도."

도윤이 허탈한 듯 바람 섞인 웃음을 내뱉었다. 그 말을 담담히 듣고 있던 은설이 조심스레 그를 돌아보았다.

"전하의 말대로 그곳을 벗어나 내려다보면 한없이 작아지는 곳이지요. 하지만 전하께선 저희가 바라볼 수 있는 곳 중 가장 높은 곳에 올라서 계시지 않습니까. 결국 이렇게 궐을 내려다보는 이 순간에도, 이리 손바닥 하나에 가려지는 저곳의 주인은 전하이시지요."

그 말에 정면만 응시하던 그가 그녀를 바라보았다. 머리를 말끔히 틀어 올려 그녀의 새하얀 목선이 적나라하게 드러나 있었다. 그의 시선이 그곳에 깊숙이 닿았다.

"전하께선 백성들이 우러러보는 곳에 계십니다."

그녀가 넌지시 도윤을 돌아보자, 먹먹한 눈으로 자신을 바라보던 그와 시선이 마주쳤다.

"내가 앉은 곳은 높은 곳이 아니다. 높은 곳이라 착각하는 자들의 허영과 욕망이 만들어낸 자리지. 그 자리에 내가 앉아 있는 것이고. 그보다 높은 곳은 지천으로 널렸다. 하다못해 우리가 서 있는 이곳도 저곳보다 위에 있지."

슬퍼 보이는 그였다. 그의 한탄이 그녀의 가슴을 무너뜨리고 말았다. 그녀가 손을 뻗어 그의 커다란 손을 잡아주었다.

"자리가 사람을 만드는 것이 아니라, 사람이 자리를 만드는 것입니다."

"은설아."

"저희가 우러러보는 것은 전하께서 앉아 있는 자리가 아닌…… 바로 그 자리에 앉으신 전하이옵니다."

그녀의 진심 어린 위로가 그에게 깊숙이 닿았다. 그의 시선이 유약하게 떨렸다.

"부질없다. 내가 가진 모든 것은."

"전하."

"높지도 낮지도 않은 그 자리를 지키기 위해 아등바등 살아가는 나 역시 부질없는 사람이고."

"부질없는 것이 아니라…… 전하께선 각기 다른 시선을 헤아릴 수 있는 눈을 가진 것이지요. 백성을 기꺼이 보듬을 수 있는 넓은 품을 가지신 성군이십니다. 하니 그것이 부질없다 느끼시는 것이 아니겠습니까."

그녀의 진실한 눈빛이 그의 가슴에 내려앉았다. 눈물이 핑 돌았다. 그는 울지 않기 위해 이를 악물었다. 그러자 그녀는 그에게서 시선을 거두곤 눈앞에 펼쳐진 절경을 내려다보았다.

"함께하겠습니다. 전하께서 바라보고 계신 그 세상을…… 함께 바라보겠습니다."

그 말에 그가 가만히 그녀를 뒤에서 끌어안았다.

"너의 그 마음만으로도 나는, 저곳에서 버티며 살아갈 힘을 얻는다."

"전하."

"네가 무엇을 바라보든 내가 다 맞춰갈 것이다. 그러니 곁에만 있거라. 한 발자국도 흐트러지지 말고…… 온전히 나의 곁에."

산들바람처럼 보드랍고 구름처럼 포근한 음성이었다. 그보다 더 따뜻하고 편안한 그의 품이었다. 도윤의 품에 안긴 그녀가 지그시 눈을 감았다.

쿵, 쿵, 쿵.

무겁게 뛰는 그의 심장박동이 그녀의 가슴까지 고스란히 전해졌다. 도윤 역시 가만히 두 눈을 감은 채, 그녀를 더욱 으스러지게 끌어안았다.

"나와 같은 곳을 바라볼 사람이 너라서, 행복하구나."

주 상궁은 병판의 사가 앞에서 한참이나 머뭇거렸다. 숨을 제대로 쉴 수 없을 만큼 가슴이 요동쳤다. 그때, 굳게 닫혔던 대문이 열리고 외출 준비를 마친 유희가 모습을 드러냈다.

"아."

성큼성큼 계단을 내려오던 유희가 집 앞을 서성이고 있는 주 상궁을 발견했다. 두 사람의 시선이 허공에서 부딪혔다.

"주 상궁 마마님……?"

시선이 맞닿자, 주 상궁은 황급히 장옷을 여미었다. 혹, 이학수의 사람이 자신을 발견하면 곤란할 것이었다. 주 상궁을 알아본 유희가 헐레벌떡 그녀의 곁으로 다가섰다.

"주 상궁 마마님! 어쩐 일이십니까, 연통도 없이?"

갑작스러운 주 상궁의 등장에 유희는 화들짝 놀라며 그녀의 손을 맞잡았다. 그러다 혹 이학수의 측근들이 발견할까 싶어, 얼른 주 상궁을 집 안으로 들였다.

"오랜만입니다, 부인."

"어찌 연통도 없이 오시었습니까. 깜짝 놀랐습니다."

"지나던 길에…… 생각나."

그녀는 여전히 의중을 드러내지 않은 채, 은은하게 미소 지어 보였다. 하지만 유희는 알고 있었다. 아무런 연유 없이 그저 발길이 닿아, 그녀가 이곳까지 오진 않았을 것이었다.

유희는 그녀에게 더 묻지 않고 묵묵히 고개만 끄덕였다. 그러곤 그녀를 안채로 들이며 하인에게 다과상을 부탁했다.

"오랜만에 오시었으니 그동안 못다 한 담소나 나누고 가시지요, 마마님."

"예, 그리하지요."

그렇게 말하면서도 주 상궁의 눈길은 불안한 듯 떨리고 있었다. 말없이 그녀를 바라보던 유희가 조심스럽게 그녀에게 다가섰다.

"혹…… 탐라에 계신 마마께 무슨 변고라도 생긴 것입니까."

유희의 음성이 깊어졌다. 그녀의 반듯한 미간도 걱정스럽게 구겨졌다.

"그런 것이 아니라……."

유희의 염려에 주 상궁이 느리게 고개를 저었다. 그러곤 말끝을 흐리며 자리를 잡고 앉았다.

"편하게 말씀하세요."

복잡해 보이는 그녀의 마음을 헤아린 듯, 유희가 인자한 미소를 지어 보였다.

그녀를 가만히 바라보고 있던 주 상궁이 깊은 한숨을 내쉬었다. 그러곤 품 안 깊숙이 넣어두었던 서찰 하나를 꺼내 조심스럽게 유희에게 내밀었다.

"하면 돌려 말하지 않겠습니다, 부인."

"예?"

"그동안…… 쇤네가 공주 마마의 곁을 맴돌았습니다."

"그것이 무슨……."

"어떻게 해야 이 엉킨 실타래를 풀 수 있을까, 어떻게 풀어야 공주 마마께서 다치지 않으실까 무던히 고민하고 생각했습니다. 하나, 더는 지켜볼 수가 없었습니다."

"마마님."

"이대로 두었다간 공주 마마께서 끝없이 무너지실 것 같아."

파르르 떨리는 주 상궁의 음성에 유희의 간담이 서늘해지고 말았다.

"마마님, 그것이 무슨 말입니까. 공주 마마께서 어찌……?"

어렵사리 그 말을 내뱉으며 유희가 주 상궁의 안색을 살폈다. 언제나 표정 하나 변함없이 덤덤하던 그녀의 얼굴이 파리하게 질려 있었다. 순간, 유희의 가슴이 땅 아래로 곤두박질쳤다.

"중전 마마께서 교지를 내리셨습니다."

"교지라면?"

"후궁 교지요."

주 상궁의 말의 유희가 의문 섞인 시선으로 바라보았다. 그와 동시에 주 상궁이 은설의 이름이 적힌 서찰을 유희에게 내밀며 고개를 조아렸다.

"그 서찰 안에 이번에 후궁 교지를 받게 될 여인의 이름이 적혀 있습니다."

유희의 눈이 점점 커지기 시작했다. 설마 하는 불안한 예감이 그녀를 잠식해나갔다. 주 상궁이 건넨 서찰을 받아 든 그녀의 손이 파르르 떨렸다.

"열어보시지요, 부인."

하지만 차마 그 서찰을 열지 못한 채, 유희가 입술을 말아 물었다.

"마마님…… 어찌 이것을 제게."

서찰을 쥐고 있는 그 순간에도 유희는 갑작스러운 이 상황이 믿기지 않았다.

그렇게 한참, 서찰만 말없이 내려다보던 유희가 이내 마음을 굳힌 듯 얼굴을 들었다. 그러곤 떨리는 마음을 애써 추스르며 서찰을 열었다. 그 서찰 안에는 다름 아닌 은설의 이름이 적혀 있었다.

"아……!"

놀란 유희가 그만 앉은 자리에서 휘청이고 말았다. 주 상궁이 황급히 그녀를 부축했다.

"부인!"

"어찌…… 공주 마마께서……!"

주 상궁이 유희의 손을 단단히 맞잡았다.

"이 때문에 이학수와 중전 모두…… 공주 마마를 노리고 있사옵니다."

그녀는 제 귀를 의심할 수밖에 없었다. 주 상궁의 입에서 믿을 수 없는 말들이 쏟아져 나오고 있었다.

서찰을 쥔 유희는 사시나무처럼 벌벌 떨었다.

"아니지요?"

"부인."

"아니 됩니다. 이것은 절대 있을 수 없는 일입니다."

유희는 경악하며 음성을 낮추었다. 현실을 부인하는 그녀를 향해, 주 상궁이 비수를 꽂듯 말을 보탰다.

"있을 수 없는 일이…… 일어난 것입니다. 그 서찰에 담긴 공주 마마의 이름이 현실입니다."

그 말에 유희는 서찰을 갈기갈기 찢었다. 그것으로도 모자라 불에 태워버릴 요량으로 종잇조각을 움켜쥔 채 자리에서 벌떡 일어났다. 그러자 주 상궁이 그녀의 앞을 황급히 막아섰다.

"아니 될 일입니다. 그 금수만도 못한 이학수의 아들이 어찌 감히 공주 마마를 후궁으로……."

"고정하세요, 부인."

그대로 주저앉은 유희는 끝내 울음을 터뜨리고 말았다. 은설의 이름이 적힌 종잇조각을 움켜쥔 주먹으로 그녀는 가슴을 내리쳤다.

"아니 됩니다, 마마님……. 감히 누가…… 누구를 후궁으로 들인단 말입니까."

울분을 토하듯, 그녀가 소리쳤다. 그때 출타했던 영광이 안채로 향하다, 유희의 비명을 듣곤 그대로 멈추고 말았다.

"안에 뉘가 들어 계시냐."

"중궁전에서…… 상궁 마마님이 나오셨다 들었습니다."

하인의 말에 그 역시 경악을 감출 수 없었다. 그는 황급히 주위를 물리며 안채 문 앞으로 달려갔다. 그러곤 안으로 들어서기 위해 손을 뻗었는데…….

"일방적인 명이 아닙니다, 부인."

"그…… 그게 무슨?"

"공주 마마께서…… 원수의 아들을 연모하고 계십니다."

그렇게 지켜내려 했던 하늘이 무너지는 순간이었다.

다시 말을 타고 돌아오는 길. 석양빛이 곱게 드리워진 하늘을 바라보는 둘의 눈이 깊어갔다.

"참, 너에게 전할 기쁜 소식이 있다."

"기쁜 소식이요?"

"너의 입궐이 조금 더 수월하게 진행될 수 있을 것 같구나."

그의 말에 그녀가 눈을 반짝이며 그를 돌아보았다.

"그것이 무슨 말입니까?"

필애원으로 돌아온 두 사람은 말에서 훌쩍, 뛰어내렸다. 그러곤 자연스럽게 손을 맞잡으며 노을 아래를 다정히 걸었다. 하나가 된 둘의 그림자도 두 사람의 뒤를 총총, 뒤따르고 있었다.

"남색이라 소문이 났거든."

그의 말에 은설이 화들짝 놀라며 그의 손을 휙, 놓았다. 그러곤 성큼 한 걸음 물러나며 두 손으로 얼굴을 가렸다.

"전하……! 소녀 때문에!"

그 모습이 귀여워 도윤은 그만 풉, 웃음을 터뜨리고야 말았다.

"괜찮으니 이리 오거라."

그는 환한 얼굴로 그녀에게 손을 내밀었다. 그러자 은설은 고개를 휘휘 저으며 한 걸음 더 물러났다. 자신 때문에 남색이란 추문이 생긴 것이니, 은설의 마음이 한순간에 무거워지고 말았다.

사색이 되어 물러나는 그녀를 귀엽다는 듯 바라보던 그가 그녀에게로 성큼 다가섰다.

"아니 됩니다!"

그러자 그만큼 다시 물러나는 그녀였다.

"술래잡기라도 하자는 것이냐."

"그것이 아니오라…… 송구하옵니다! 멀쩡한 전하를 소녀가 남색으로 만들었습니다."

곧 울음을 터뜨릴 듯, 그녀의 커다란 눈동자에 물기가 어리고 말았다. 그러자 당황한 도윤이 그녀에게 성큼성큼 다가가,

걱정스레 그녀를 내려다보았다.

"어찌 그러느냐. 왜 울어."

"소녀 때문에 전하께서 곤란해지신 것이 아닙니까? 저의 괜한 남장 때문에."

그녀의 맑은 눈동자에 그렁그렁 눈물이 맺혔다. 도윤은 그런 그녀의 눈가를 다정하게 쓸어주며 그녀와 시선을 맞추었다.

"아니다. 오히려 너 때문에 내가…… 기회를 얻었다."

"예?"

"남색임을 숨기고자 병판의 여식을 병풍 삼아 후궁으로 입궐시키란 아버지의 명을 받았거든."

"……아?"

그녀가 그를 올려다보았다. 그는 젖은 눈으로 자신을 빤히 바라보는 그녀의 가느다란 목을 살며시 감쌌다. 그러곤 조심스럽게 그녀를 끌어당겼다.

"대원군 대감을 피해야 한다 하지 않았더냐."

"그것은……."

"너도 알고 있겠지만, 지금 궐에 있는 후궁들은 모두 대원군의 사람이다. 너 역시 교지를 받고 입궐하게 된다면, 내 아버지의 사람이 되어야겠지. 그것을 막고자 내가 남색이 되기로 했다. 남색을 숨기기 위해 병풍으로 널 입궐시키란 명을 받았거든. 그리고 난 그 조건을 받아들이는 대신 널 내 사람으로 달라 아버지께 청했다."

그녀를 위해 또한 그녀와 함께할 앞날을 위해 무던히 애쓰는 그였다. 그의 노력이 빛을 발하는 순간이었다. 그녀의 가슴이 먹먹해지고 말았다. 또다시 그녀의 눈가가 젖어들었다.

"또 왜…… 우는 것이냐, 은설아."

놀란 도윤이 자신의 시선을 피하는 그녀를 다시금 보듬었다. 그의 가슴에 얼굴을 묻은 채, 가만히 눈물을 흘리는 그녀를 따스하게 쓰다듬어주는 그였다.

"고맙고 송구하여서요."

"고마울 것도 송구할 것도 없다."

"……전하."

"내가 좋아서 하는 일이 아니더냐."

은설을 품에 안은 그가 흐뭇한 미소를 지었다. 그러다 그녀의 눈물을 닦아주기 위해 고개를 숙이자, 두 사람의 갓이 쿵, 부딪히고 말았다.

"아."

도윤이 그녀의 갓끈을 조심스럽게 쥐었다. 그러곤 고개를 비스듬히 숙여 그녀를 지그시 내려다보았다.

"갓을 벗겨도 되겠느냐?"

"전하."

갑작스러운 물음에 그녀가 눈물이 채 마르지 않은 얼굴을 들었다.

"아까 네가 너무 놀라 미리 말을 해줘야 할 것 같아서."

"아, 어찌 갓, 갓을 벗기시려는 것입니까."

"할 것이 있다."

418

그러자 순식간에 갓을 풀어 헤친 그가 그녀의 입술 위에 자신의 입술을 가볍게 맞추었다.

"이거."

"전하!"

놀란 은설이 토끼처럼 눈을 동그랗게 떴다. 그런 그녀를 그윽하게 내려다보던 그가 피식, 미소를 터뜨리고 말았다.

"방금은 예고였고, 진짜는 이제부터."

순간, 그의 커다란 두 손이 그녀의 작은 뺨을 감쌌다. 그러곤 순식간에 그녀의 입술을 격렬하게 탐하기 시작했다.

❀

"어찌…… 그런 일이 어찌 일어난단 말입니까."

입을 틀어막은 유희의 목구멍이 아렸다. 그녀를 마주하는 주상궁의 눈에서도 쉼 없이 눈물이 흘렀다.

"제 손으로 막을 수가 없어 이리 부인께 알리는 것입니다. 어찌하면 좋을까요."

넋이 나간 듯 눈물만 흘리던 유희는 입술을 꽉, 깨물었다.

어찌할 수 있는 일이 아니었다. 머릿속이 뒤죽박죽 복잡해졌다. 뿌옇게 차오른 눈물 때문에 눈앞이 흐려졌지만, 그 틈으로 폐비 홍 씨와 죽어가던 선왕의 얼굴이 스쳤다.

"서로…… 은애합니까. 왕의 일방적인 연모가 아닌, 공주 마마도 그분을 은애하고 있단 말입니까."

의미 없는 물음인 줄 알지만 유희는 되물었다.

　지금이라도 거짓이라고, 농이었다고 해주길.

　유희의 깊은 눈이 주 상궁을 향해 애원했다. 하지만 슬픔으로 일그러진 주 상궁의 입에서 흘러나온 답은 그녀의 애원을 짓밟았다.

　"서로 깊이, 연모하고 계십니다."

　유희의 얼굴이 고통으로 일그러졌다.

　그녀는 깊은 생각에 잠긴 듯 입술을 꾹 앙다물었다.

　몇 년 같은 몇 초가 흘렀다. 이내 그녀는 울음을 삼키며 입술을 열었다.

　"공주 마마의 혼처를…… 알아보아야겠습니다."

　"부인."

　"무작정 막는다고 해서 막아질 사이가 아니지 않습니까. 이미 두 사람은 그들의 연모가 위태로운 줄 알면서도 멈추지 못하고 있을 것입니다. 공주 마마께서도 납득할 만한 핑계를 만들어야겠습니다."

　유희는 손등으로 눈물을 훔쳤다. 그 말에 주 상궁이 말없이 고개를 끄덕였다.

　"탐라에 계신 마마께서도…… 홍 대감의 갑작스러운 죽음에 당장의 거사(擧事)가 불가해……."

　"아."

　"기약 없이 반정을 미루셨나이다. 해서, 공주 마마의 신분 복귀 또한 당장은 어려울 듯해 아직은 마마께서도 공주 마마께서 출생의 비밀을 아는 것에 대한 염려가 깊사옵니다."

"하면…… 공주 마마의 혼처 또한."

"예. 적당한 가문이라면 서둘러 혼사를 치러 차라리 이학수의 눈에 띄지 않게 출가(出嫁)를 시키는 것이 어떨까, 하시었습니다."

주 상궁의 말에 유희는 떨리는 숨결을 가다듬었다.

"마마께서 염두에 두고 계신 가문이 있사옵니까."

"아직은 아무 말씀 없으셨으나, 부인께서 마음을 굳히셨다면 쇤네가 마마께 밀서를 보내보겠나이다."

"서둘러주세요, 마마님. 교지가 내려지기 전에 혼사를 끝내야겠습니다."

주 상궁이 살짝 조아렸던 고개를 들어 유희를 응시했다. 그녀의 얼굴은 비통함으로 엉망이 되어 있었다. 그 이야기를 문밖에서 모두 듣고 있던 영광은 그대로 주저앉고 말았다.

은설의 혼기(婚期)가 찰수록 그의 마음도 조급해졌었다. 하지만 그녀의 혼례는 막을 수 있는 일이 아니었기에, 다만 그 시기가 늦춰지기를 바랐던 그였다.

때가 된다면, 정말 때가 되어 자신에게도 기회가 생긴다면 그녀에게 숨겨왔던 자신의 감정을 모두 털어낼 생각이었다. 하지만…… 그마저도 이젠 불가하게 되었다.

"은애한다고…… 그분보다 내가 먼저 공주 마마를 연모했다고 말조차 건네보지 못했는데."

정말 그녀를 다른 사내의 품으로 보내야만 하는 것이었다.

은설의 혼례는 영광에게도 큰 아픔이었다.

그는 부서진 가슴을 다잡을 새도 없이 자리에서 일어났다.

그녀를 이렇게 보낼 수는 없었다.

도윤과 헤어지고 집으로 향하던 그녀는 여전히 그의 온기가 남은 듯한 자신의 입술을 어루만졌다.

황홀하고도 달콤한 입맞춤의 여운이 가시질 않았다.

해죽해죽, 웃음을 매단 채 그녀가 집 앞에 다다랐다. 그러자 그녀를 기다리고 있던 영광이 황급히 그녀를 가로막아 섰다.

"오라버니."

어두운 얼굴의 영광이 깊게 한숨을 내쉬었다. 그의 눈은 평소와 달리 깊어져 있었다. 덩달아 은설의 얼굴도 어두워지고 말았다.

"무슨 일 있습니까? 소녀, 오늘은 여주에게 알리고 외출을 하였는데……."

"그것이 아니라, 은설아."

무슨 말을 하려 영광이 입술을 달싹이는 순간, 굳게 닫혔던 대문이 삐걱 열렸다. 그러곤 그 안에서 굳은 얼굴의 유희가 은설을 내려다보고 있었다.

"어머니."

남장을 하고 있던 은설은 갑작스러운 유희의 등장에 소스라

422

치게 놀라고 말았다. 그 뒤로, 더 파리하게 질린 얼굴의 병판도 모습을 드러냈다.

"아, 아버지."

"너, 그 차림이 다 무엇……."

남장을 한 은설의 모습을 발견한 두 사람은 억장이 무너지는 듯했다.

유희는 더는 말을 잇지 못한 채, 두 눈을 질끈 감고 말았다. 그 사이에 선 영광은 은설을 자신의 뒤로 황급히 숨기며 유희를 올려다보았다.

"어머니, 제가 잘 말하겠습니다. 하니……."

그 순간 유희가 털썩, 주저앉고 말았다. 은설이 화들짝 놀라 유희를 부축했다.

"어머니!"

"너 대체 무엇을 하고 다니는 것이냐. 대체 그 차림은 또 무엇이고……!"

유희의 주름진 눈가가 젖어가고 있었다. 은설은 할 말을 잃은 채, 입술만 꾹 깨물고 있을 뿐이었다.

"누가 볼까 겁난다. 들어오거라, 얼른."

평소와 달리 딱딱한 유희의 모습에 은설의 눈앞이 캄캄해지고 말았다.

싸늘한 그 말을 남긴 채, 유희가 휘청거리며 안으로 들어섰고 병판은 홀로 남아 은설을 바라보고 있었다.

그 얼굴엔 어쩐지 염려와 아픔이 뚝뚝 묻어났다.

"아버지."

알 수 없는 묘한 긴장감이 그녀의 가슴에 퍼졌다.

"영광이와 같이 들어오거라."

병판이 나지막이 그 말을 하며 돌아섰다.

"어머니……."

조심스럽게 안채에 든 은설이 화난 듯한 유희를 조심스럽게 내려다보았다. 먼 곳을 응시하고 있던 유희가 은설의 부름에 고개를 돌렸다. 그러곤 눈물이 그렁그렁 맺힌 눈으로 사내 행색을 한 은설을 올려다보았다.

"그 황당한 차림을 하고 어딜 갔다 온 것이냐."

"어머니."

"저번에 남해에서 당숙님들이 올라오셨을 때도 급한 일이 있다며 그 세찬 비를 헤치고 외출을 하였었지."

"그때는."

"변명할 생각 말아라, 여주에게 물어 다 들었다. 사내 복장을 하고 다닌 것도 이번이 처음이 아니라며!"

호통치는 유희 앞에 은설이 절망하고 말았다. 은설은 그대로 무릎을 꿇었다. 그 모습을 차마 보지 못하겠다는 듯 병판은 두 눈을 질끈 감았다.

은설은 잠시 갈등하다 이내 두 눈을 질끈 감았다. 모든 것을 사실대로 말하는 것이 나을 듯싶었다.

"실은 소녀가……!"

그때, 곁에 서 있던 영광이 무릎을 꿇으며 소리쳤다.

"어머니! 모든 것이 소자의 탓입니다. 은설이에게 몸에 맞는 사내 옷을 사다준 것 역시 소자입니다."

"오라버니!"

"며칠 전부터 은설이가 기방(妓房)이 궁금해, 가보고 싶다 소자를 졸랐습니다. 남장을 하고 기방을 다녀오겠다는 은설을 차마 말리지 못한 것도 소자입니다."

그의 말이 거짓이라는 건 유희도 병판도 모두 알고 있었다. 하지만 마냥 다그칠 수만은 없었다. 어쩌면 영광은 처음부터 모든 것을 다 알고 있었을 수도 있겠다 싶었다.

은설은 자신을 대신해 거짓을 고하는 영광을 애처롭게 바라보았다. 말문이 턱 막혔다.

영광은 그런 은설을 돌아보며 괜찮다는 듯 고개를 끄덕였다.

"혼내시려거든 소자를 혼내주시옵소서. 오라비로서 누이를 다그쳤어야 했는데…… 소자의 생각이 짧았습니다."

은설은 그만 고개를 떨어뜨리고 말았다. 바닥을 지탱하고 있던 팔이 후들후들 떨렸다. 영광은 그녀의 손을 꼭 잡아주었다.

"요즘 네 마음에 무슨 바람이 불어…… 평소엔 하지 않던 행동을 하는 것인지 모르겠지만."

유희는 물기 어린 은설의 눈동자를 외면했다. 억장이 무너졌지만, 마음을 다잡는 그녀였다.

"내일부터 너의 혼처를 알아볼 것이다."

"예, 어머니? 그게 갑자기 무슨!"

갑작스러운 유희의 말에 은설의 눈이 커졌다. 동시에 영광은 두 눈을 질끈 감고야 말았다.

"몇 해 전부터 계속해서 혼담이 들어왔었다. 아직은 때가 아닌 듯해, 혼담을 미루고 미뤘지만 더는 지체할 수가 없을 것 같구나."

"어머니! 갑자기 그게 무슨 말씀입니까. 혼담이라니요. 소녀에겐 단 한 번도 말씀하신 적이 없으셨잖아요."

"우리 가문에나, 또한 너에게 더할 나위 없이 좋은 가문들이다. 더 미루는 것은 그분들께 실례가 될 것이야. 네 아버지와 오늘 이야기를 마쳤다. 혼담이 온 가문 중 네 아버지와 심사숙고해 너의 혼처를 정할 것이니, 그리 알아라."

뜻밖의 말이 은설을 또 한 번 울리고야 말았다. 그녀는 눈물이 그렁그렁 맺힌 눈으로 유희를 올려다보았다. 하지만 유희 역시 차오르는 눈물을 억지로 삼키느라 애를 쓰고 있었다. 곁에 앉은 병판 또한 편치 않은 얼굴로 천장만 응시하고 있었다.

"어머니……!"

"이미 아버지와 이야기를 다 나눈 것이다. 번복할 일은 없으니 그리 알고 있어."

"아버지, 정녕이어요? 참말입니까? 어찌, 어찌 혼례를……."

울먹이던 그녀가 결국 입을 틀어막고 말았다. 그러곤 무릎걸음으로 병판에게 다가가 다시금 애원했다.

"너무 이릅니다. 혼례라니요…… 아버지 혼담을 미뤄주세요. 이렇게 갑자기는 싫습니다."

마음은 쓰라렸지만 병판 역시 은설의 애원을 외면할 수밖에 없었다.

"이렇게 할 수밖에 없는 우리를 이해해다오, 은설아."

그 말이 그녀의 금 간 가슴에 못이 되어 박혔다. 동시에, 힘 겹게 손바닥으로 몸을 지탱하고 있던 은설이 무너졌다. 그런 그녀를 황급히 부축하는 영광이었다.

침전으로 돌아온 도윤은 늘 그렇듯 창가에 매어진 춘몽 방울을 올려다보았다.

바람을 타고 좋은 향이 흘렀다.

도윤은 기분 좋게 눈을 감았다.

"전하, 소신이옵니다."

그때, 침전 밖에서 주환의 목소리가 들려왔다. 도윤은 지그시 눈을 감은 채, 뒷짐을 지었다.

"들라."

간단한 그의 말에 굳게 닫혔던 침전 문이 열리고 주환이 들어섰다.

"그래, 알아보았느냐."

"예, 대전에서 멀리 떨어지지 않은 곳에 빈 전각이 있습니다."

"그 전각을 허물고 새로 지으면 되겠구나."

도윤은 감았던 눈을 떠, 침전 저 너머를 바라보았다. 그곳에서 얼마 떨어지지 않은 곳에 지어질 은설을 위한 전각을 상상했다. 피어오르는 미소를 감출 수 없었다.

"전하. 후궁 교지가 내려지기도 전에 전각부터 짓는다, 조정의 공론이 들끓을 수도 있음입니다."

"별걱정을 다하는구나."

"지금 궐에 존재하는 후궁들의 처소는 전하께서 조금도 관여하지 않으셨는데, 이학수 대감의 눈을 거치지 않고 입궐한 후궁에게만 특혜를 준다는 잡음 역시 끊이지 않을 것입니다."

주환이 걱정스럽게 도윤의 안색을 살폈다. 하지만 개의치 않는다는 듯, 그는 느리게 고개를 저었다.

손을 뻗어 춘몽 방울을 조심스레 어루만지는데, 딸랑, 청아한 소리가 침전에 울려 퍼졌다.

"내 사비(私費)로 전각에 들어가는 재료와 인건비를 댈 것이다. 후궁 교지는 곧 내려질 것이고. 내가 내 여인을 위해 사비로 전각을 짓는다는데 그들의 왈가왈부(日可日否)까지 들어줄 필요가 무엇 있겠느냐."

"하나, 전하……."

"두려웠다면 시작조차 안 했을 것이며 그 두려움 모두를 잊게 한 것 역시 그 여인이다. 나는 그 여인과 이 연모를 지키기 위해 그 어떠한 것도 마다치 않고 할 것이다."

단호한 그의 어투가 강산보다 더 굳건할 그의 어심을 대변하는 듯했다. 그에 화답하듯 방울도 딸랑딸랑, 작게 울어댔다.

"네가 준 방울 소리가 너에게도 닿을 만큼 나와 가까운 곳에…… 너만의 전각을 지어줄 것이다."

필애당(必愛堂).

그가 그녀에게 하사할 전각의 이름이었다.

도윤의 부푼 가슴에 따스한 볕이 깃드는 듯했다.

차갑고 시리기만 했던 왕이 머무는 곳에도 기나긴 겨울이 끝나가고 있음이었다.

"한데, 전하."

주환의 음성이 급격히 낮아졌다. 도윤은 건조하게 그를 돌아보았다.

"아뢰옵기 황송하오나…… 오늘 아가씨의 사가에 주 상궁이 들었습니다."

"무어라."

그의 말에 도윤의 가슴에 분노가 치밀고 말았다. 고요하던 그의 눈동자가 세차게 요동쳤다.

"그것이 무슨 말이냐. 아버지가 보낸 것이더냐!"

"그것은 아닌 것 같았사옵니다. 주 상궁이 독단적으로 병판의 사가를 찾은 듯합니다."

"어째서, 왜."

그가 이를 악물었다. 그러자 그의 매끈한 목에 힘줄이 도드라졌다.

주환은 더욱이 고개를 조아리며 참담한 표정을 숨겼다.

"연유는 알지 못하지만, 중궁전의 명도, 대원군 대감의 명도 아니었습니다. 꽤 오랜 시간 병판의 사가에 머물다 환궁하였습니다."

도윤의 가슴에 기분 나쁜 냉기가 스몄다. 굳게 말아 쥔 주먹이 파르르 떨려왔다. 그는 입술을 악문 채, 고개를 절레절레 저었다.

"우려하던 일이 생기는 것일까. 어떻게 해서든 그자의 탐욕이 은설이에게만큼은 닿지 않길 바랐건만. 은설이를 서둘러 입궐시켜야겠다. 내일 밀서를 보내도록 하여라."

차오르는 괴로움에 그의 반듯한 이마가 일그러졌다.

염려했던 일이 현실이 되고 있었다.

춘몽 방울을 바라보던 그의 눈길이 위태롭게 흐트러졌다.

두려움보단 그녀가 그들의 탐욕으로 아파질까, 그것이 걱정되었다.

어둑해지는 하늘을 올려다보는 그의 얼굴이 더 어두워졌다.

은설이 스르륵 자리에 주저앉고 말았다.

"이제부턴 내게 말없이 은설이가 외출을 하는 일은 삼가여야 한다. 남장은 물론이고 외출을 할 땐 어딜 가는지, 무엇을 하러 가는지, 내게 꼬박꼬박 알려야 한다. 본격적으로 혼담이 오가면 행동거지를 조심히 하여야 하니, 네가 아가씨를 잘 보필해야 할 것이다."

"예…… 마님."

별채를 나서는 유희의 음성이 아득해졌다. 속상한 마음에 은설은 양 무릎을 끌어안은 채, 숨죽여 울기만 했다.

그때, 굳게 닫혔던 별채의 문이 열리고 영광이 걱정스러운 얼굴로 들어섰다.

"은설아."

무릎에 얼굴을 묻은 채 하염없이 흐느끼고 있는 은설이었다. 영광의 검은 눈동자가 슬픔에 일렁이고 있었다. 어떤 말로 위로를 건네야 할지 몰라, 영광은 말없이 그녀의 앞에 앉아 한참 울기만 하는 그녀를 바라보았다.

"그러다 쓰러진다. 어찌 울기만 하느냐."

이내 한없이 들썩이는 그녀의 여린 어깨가 안쓰러워 영광이 입을 열었다. 하지만 그녀는 역시 묵묵부답이었다.

별채 안은 그녀의 흐느낌으로 꽉 채워졌다.

영광이 조심스럽게 손을 뻗어 그녀의 작은 머리를 쓰다듬었다.

"은설아. 얼굴 좀 들어보거라."

그제야 은설이 묻었던 얼굴을 들었다. 고운 눈이 눈물로 퉁퉁 부어 있었다. 영광의 마음이 미어지고 말았다.

"도와주세요, 오라버니. 혼례라니요. 그분은 어찌하고요."

"……은설아."

"시간을 주세요. 어떻게든 제가 어머니와 아버지 마음을 돌려놓을 테니…… 시간 좀 주세요, 네?"

그 순간에도 은설의 커다란 눈동자에선 눈물이 또르르 흘러
내렸다. 덩달아 영광의 눈시울도 붉어졌다. 은설의 머릴 쓰다
듬던 그의 손이 툭, 아래로 곤두박질치고 말았다.

"널 아프게만 할 연모인데 어찌 놓지 않으려는 것이냐."

"오라버니."

"그 마음을 더 쥐고 있을수록 고통은 늘어날 것인데. 어째서
쉬이 포기하지 못하는 것이야. 차라리 지금 아프고 말자, 은설
아. 그 마음이 더 깊어져 감당할 수 없는 아픔에 휩싸이지 말
고 지금 하자. 응?"

영광의 말에 은설은 흐르는 눈물을 닦으며 한숨처럼 말을
내뱉었다.

"잊고 싶지 않아요, 오라버니."

"은설아."

"그러고 싶지가 않아요. 그분을…… 놓고 싶지 않습니다. 그
게 제일 큰 이유예요."

지친 얼굴로 은설이 느리게 고개를 저었다.

어떤 마음으로 연모를 해야 아플 걸 알면서도 놓지 못한다
하는 것일까. 끝이 뻔히 보이는 길임에도 은설은 기어이 가고
자 하고 있었다.

감히 영광은 헤아릴 수 없는 연심(戀心)이었다. 영광이 안타
까운 눈길로 그녀를 몇 번이고 어루만졌다. 하지만 그녀는 그
의 눈길을 외면했다.

"네가 놓아야 살 수 있다."

"목숨은 부지하겠지요. 하나 그분 없인 빈 껍데기로 살아갈 것입니다."

"마음을 다잡아야 한다. 이루어질 수 없다는 걸 너도 잘 알지 않느냐."

"시작도 해보기 전에 끝을 가늠해, 겁을 먹고 그 끝이 두려워 쉬이 마음을 접어버리기에는⋯⋯."

힘에 부치는 듯, 은설이 말끝을 흐리며 고개를 떨어뜨렸다.

"이미 그분을 많이 연모해버린 뒤입니다."

그동안 도윤과의 만남을 이어가며 그에 대한 마음을 키워갈 때도 그녀 역시 두려웠다.

자신이 사랑하는 사내가 남들과 다를 것 없는 평범한 사내였다면⋯⋯ 그것이 너무 큰 욕심이라면 차라리 도윤이 선왕들처럼 정당한 방법으로 선위 받은 군주였다면⋯⋯ 그랬더라면 마음 놓고 그분을 은애할 수 있었을 텐데. 아무런 고민도 머뭇거림도 없이 그분만을 향해 달려갈 수 있었을 텐데.

은설은 자신에게 닥친 현실을 몇 번이고 부정하고 싶었다.

무엇 하나 쉽게 다가갈 수 없는 곳에 존재하던 그였다.

그랬기에 은설은 자신을 향한 그의 마음을 끝없이 의심하여야 했고, 그를 향한 자신의 마음을 하염없이 늦추어야만 했다.

"돌이키고 싶지 않아요."

"은설아."

"후회하지도 않고요."

하지만 그럴수록 은설은 절감(切感)했다. 그런 고민조차 부질없게 만들어버리는 것이 도윤이란 사람이었기 때문이었다. 고민을 하는 그 순간에도 끝없이 자신을 향해 직진하고 아껴주던 도윤을 차마, 사랑하지 않을 수가 없었다. 은설은 힘겹게 고개를 들어 눈물을 닦아냈다.

"외로움과 고통을 삼키기만 하시는 분입니다. 그 속이 얼마나 다쳤을지 가늠할 수조차 없습니다."

"네가 걱정할 일이 아니다. 너는 너만 걱정하면 되는 것이야."

"그분의 아픔을 다독여주겠다, 먼저 마음먹은 것은 접니다."

"……은설아!"

"막으셔도 소용없습니다. 갈 것입니다, 저는. 그분에게요."

처음 보는 은설의 고집스러운 모습이었다. 하지만 영광은 그런 그녀를 원망할 수 없었다. 그녀의 마음을 모두 다 헤아릴 순 없었지만, 조금은 이해할 수 있을 것도 같았다. 사랑해선 안 된다는 걸 알면서도 멈출 수 없는 그 마음을 그 역시, 조금은 알 수 있었으니까.

"나는 네가…… 아프지 않길 바란다."

오랫동안 그녀를 홀로 연모해온 그의 마음이 그녀가 도윤을 향한 마음과 어쩌면, 조금은 닮았을지도 모를 일이었다.

"아파요, 지금도 너무 여기 이 마음이 아파서…… 숨을 쉴 수가 없어요, 오라버니. 흐윽."

그녀는 작은 주먹으로 가슴을 내리쳤다. 영광은 그녀의 손을 막았다.

'공주 마마께서 이렇게 아파하시면 소인도 무너지고 맙니다.'

그 말을 삼키며 영광이 은설을 끌어안았다.

두 사람은 같은 마음이었다.

하지만 그 마음은 결코, 서로를 바라볼 순 없었다.

그것은 야속하고도 잔인한 연심이었다.

제 14 장

내 여인의 정인(情人)

"밀서는 전해주었느냐."

"예. 그런데, 답신은 아직……."

벌써 열흘째였다. 그녀를 보지 못한 열흘이 십 년과도 같았다. 하지만 어쩐 일인지 주 상궁이 병판의 사가에 닿고 난 후, 은설은 모습을 드러내지 않고 있었다.

오늘은 밀서에 전한 대로 도윤이 잠행을 나가기로 한 날이었다. 유시(酉時)까지 필애원에서 보자는 약조가 담긴 서찰을 나흘 전부터 보냈지만, 도윤은 은설에게 답을 듣지 못하고 있었다. 무슨 변고라도 생긴 것일까, 못내 그의 가슴이 불안함으로 물들어갔다.

"주 상궁도 별다른 움직임은 없었습니다."

"혹 몸이 미령한 것일까."

대전으로 향하는 도윤의 발걸음이 무거워졌다. 뒷짐을 진 채 묵묵히 걷던 그가 별안간 걸음을 멈추고 주환을 돌아보았다.

"밀서를 누구에게 전해주었느냐."

"은설 아가씨의 여종이라는 여인에게 주었습니다. 한데 이번에도 그 여인이 말하길 답신을 기다리지 말라, 하였습니다. 무슨 일이 생긴 것은 아닌 듯했습니다."

"답신을 기다리지 말라…… 전해주지 않는다는 것일까. 아니면 답신을 할 마음이 없단 것일까."

도윤의 낯빛이 절로 어두워졌다.

"별다른 움직임은 없느냐. 아버지나 중궁전이나."

"예, 중궁전은 교지를 내리기 위한 모든 준비를 마쳤다 하였습니다. 또한 대원군 대감께서도 별다른 지시는 없었습니다."

주환의 말에 담담히 정면을 응시하고 있던 도윤의 눈길이 아래로 곤두박질쳤다.

이제 너만 오면 되는데.

모든 것이 다 끝나가는데.

"어째서 대답이 없느냐, 은설아."

그의 크고 넓은 어깨가 허탈함에 축 늘어졌다.

"전하."

도윤은 초점을 잃은 눈으로 정처 없이 걷기 시작했다.

"아가씨, 한 끼도 안 드시면 어떡해요. 뭐라도 좀 드세요."

밥상을 들고 별채 안으로 들던 여주가 놀란 얼굴로 상을 내려놓았다. 낮에 두고 간 밥상이 그대로였다. 수저 한 번 들지 않은 듯 밥과 찬이 고스란히 남아 있었다. 등을 돌린 채 누워 있는 은설의 모습 역시, 낮에 본 그대로였다. 여주가 울먹이며 무릎걸음으로 다가가 은설의 어깨를 살며시 쥐었다.

"아가씨, 이러다 쓰러지세요. 어제도 겨우 죽 한 숟갈 드셔놓고…… 어찌 오늘은 한 수저도 입에 대지 않는단 말이어요."

여주가 다시금 은설의 어깨를 작게 흔들었다.

"아가씨…… 정말 왜 이러세요. 열흘을 꼬박 이렇게 누워만 계시고, 쇤네 속상하게."

울먹이는 그녀의 음성에 은설이 겨우 고개를 들었다. 밤새 울어, 퉁퉁 부은 얼굴이 안쓰러웠다. 눈물이 그렁그렁 맺힌 얼굴의 여주를 바라보던 은설이 힘겹게 몸을 일으켰다.

"그분께…… 밀서가 온 것은 없었어?"

"아가씨, 또 그 소리예요? 백번을 물어도 쇤네는 아가씨께 드릴 말씀이 없다고 했잖아요."

"도와줘, 여주야. 그분께서 기다리실 거야, 응?"

은설이 다시금 눈물을 흘리며 여주의 손을 맞잡았다. 힘들어하는 그녀를 보는 것이 더 힘든 여주였다. 여주는 어깨를 축 늘어뜨리며 느리게 고개를 저었다. 그러곤 굳힌 마음을 풀 생각이 없다는 듯 입술을 굳게 앙다물었다.

"영광 도련님께 들었어요. 그때 그 나리…… 아가씨를 다치게 할 가문의 사람이라고 절대 아가씨를 그분과 만나게 해선 안 된다고요."

"……여주야."

그 모습을 말없이 바라보던 은설이 굳게 쥐었던 여주의 손을 놓았다. 그러곤 다시 이부자리 위에 누워 이불을 머리끝까지 뒤집어쓰고 말았다.

"차라리 잘되었어요. 이참에 혼례 치러서 그분도 잊고, 아가씨께서도 사랑받으면서 알콩달콩 사는 것도 좋을 것 같아요. 사람은 원래 사람으로 잊는 거랬어요. 그러니까 힘 좀 내요, 아가씨. 네?"

며칠 사이 수척해진 은설의 얼굴이 가엾었다. 여주가 다시금 은설의 야윈 어깨를 잡았다.

"그럼 이 서찰만이라도 그분께 전해줘."

은설이 눈물을 훔치며 품에서 밀서 하나를 꺼내 여주에게 내밀었다. 차마 거절하지 못한 여주가 망설이며 밀서를 받아 들었다.

"혹 다음번에 그분께서 사람을 보내시거든 내 밀서만이라도 전해줘. 부탁이야."

"이러면 쇤네 안방마님께 혼나요. 아가씨 아시면서 정말."

여주가 난감하다는 듯 밀서를 쥐었다. 울먹이며 애원하는 은설의 얼굴을 넌지시 올려다보는 여주였다.

"하니 너에게 부탁하는 것이 아니더냐."

절벽에서 마주한 동아줄이라도 되는 마냥 은설이 여주의 손을 놓을 줄 몰랐다.

"안방마님이나 대감마님께 들키면…… 나리께서 보내시는 그 사람도 더는 이곳에 발걸음하실 수 없을 것이어요. 그러다 진짜 아가씨께서 남장을 하고 그분을 만나러 갔다는 거 들키기라도 하면 더 큰일이잖아요."

여주는 곤란하다는 듯, 입술을 깨물었다.

"지금은 힘들겠지만, 훗날을 위해서…… 마음 단단히 먹으세요, 아가씨."

은설의 눈동자가 초점을 잃고 허공을 헤맸지만, 여주는 끝내 도윤에게서 받은 밀서를 은설에게 내밀 수 없었다. 하루가 멀다 하고 밀서를 보내던 그였지만, 여주는 그 밀서를 은설에게 차마 전해줄 수 없었다. 그것이 은설을 위한 일이라고 영광에게 신신당부를 들었기 때문이었다.

안타까웠지만 그녀를 위해 자신이 모질게 마음을 먹기로 했다. 여주는 울음을 삼키며 자리에서 일어났다. 그러곤 흐느끼는 은설을 남겨두고 힘겹게 별채를 나선 여주가 스르륵, 주저앉고 말았다.

"우리 아가씨 불쌍해서 어쩌누……."

그때였다. 은설을 따라 눈물을 훔치던 여주 앞에 굳은 얼굴의 영광이 나타났다.

"도련님."

"오늘도 그 나리께서 밀서를 보냈느냐."

"예……. 한데, 정말 이대로 두어도 괜찮을까요? 며칠째 밥 한 끼 제대로 잡수시지도 못하고 누워만 계시는데…… 가엾어서 못 보겠어요, 정말."

여주는 코를 훌쩍이며 도윤에게 받은 밀서를 건넸다.

"이것이 은설이를 위한 일이다. 힘들어도 가엾어도 어쩔 수 없단다. 너도 옆에서 은설이가 마음을 잘 추스를 수 있도록 도와야 할 것이야."

영광의 말에 여주는 더욱 코를 훌쩍였다. 눈물을 훔치며 터덜터덜 별채를 나서는 여주를 바라보는 영광의 눈이 깊어졌다. 이내, 잔뜩 흐린 하늘을 올려다보며 그는 다짐했다.

"그분께 보낼 수 없습니다. 어떻게 지켜온 공주 마마인데, 이리 황망하게 마마를 잃을 수 없습니다."

"너의 뜻인 것이냐, 아니면…… 다른 이의 뜻을 거스르지 못해 나올 수 없는 것이냐."

필애원엔 아무도 없었다. 하염없이 기다려도 오지 않았다. 끝내 홀로 필애원을 지키다 돌아서는 도윤의 발걸음이 느려졌다.

"전하."

그 모습을 먼발치서 바라보고 있던 주환이 도윤의 곁으로 조심스럽게 다가갔다. 시름에 잠긴 듯한 도윤은 주환의 부름에도 고개를 들지 않았다. 땅만 보고 묵묵히 걷던 그가 별안간 붉은 입술을 벌렸다.

"기다리는 것이 힘들지는 않다. 백 번이고 천 번이고 기다릴 수 있다."

"전하."

"하나, 나에게 오지 못하는 것인지, 오지 않는 것인지 그것을 알 길이 없어 답답하구나."

어둠 아래로 필애원의 나뭇잎이 무성했다. 바람에 부딪히는 잎 소리가 고요한 필애원을 사그락사그락, 울렸다.

"벌써 한 시진이 지났습니다."

쉬이 떨어지지 않는 발걸음이었다. 자꾸만 고개가 돌아갔다. 어둠 속에서 타박타박, 그녀가 달려올까, 헛된 기대인 줄 알면서도 그 마음을 놓을 수 없었다.

"환궁하셔야 하옵니다."

재촉하는 주환의 음성에도 도윤의 발걸음은 더디기만 했다. 실망한 기색을 숨기지 못한 채 느리게 걷던 도윤이 문득 발걸음을 멈추었다. 그러곤 갓을 깊숙이 눌러쓰며 너울을 늘어뜨렸다. 너울 위로 달빛이 쏟아졌다.

만월(滿月)을 올려다보는 그의 눈동자가 텅 비었다. 그 순간······.

"거기, 누구냐!"

어둠 사이의 풀잎이 작위적으로 움직였다. 풀숲을 헤매는 도윤의 눈동자가 분주했다.

"들짐승인 것 같습니다."

정말 주환의 말대로 들짐승인 듯 풀숲은 고요했다. 은설일지도 모른다는 일말의 기대감이 사라지자 그의 얼굴이 다시 굳어졌다.

"전하, 이젠 정말 돌아가셔야 합니다."

한 시진이나 기다렸는데 오지 않는다는 건, 한 시진을 더 기다려도 오지 않는다는 말과 같았다. 그 사실을 모르는 것도 아니면서 도윤은 자꾸만 뒤를 돌아보고 있었다.

"아픈 것은 아니겠지."

하지만 실은 그녀가 아픈 거였으면 좋겠다고 그는 생각했다. 아파서 오지 못하는 거라고. 아파서 답신도 못 하는 것이라고. 그래서 이렇게 자신을 찾지 못하는 거라고.

터덜터덜, 필애원을 벗어나는 도윤의 등 뒤로 그림자가 길게 드리웠다. 그리고 그 모습을 풀숲에서 바라보던 이가 성큼, 어둠 속으로 나섰다

"정말…… 군주라니."

영광이었다. 이리 가까이에서 용안을 본 것은 오늘이 처음이었다. 그의 가슴이 곤두박질쳤다. 필애원에서 기다리겠다는 그의 서찰을 읽고도 믿고지 않았었다. 하지만 어심은 은설에게 선명히 향하고 있었다. 영광은 느리게 고개를 저었다.

"절대, 전하께 공주 마마를 줄 수 없습니다."

꽉 쥔 그의 주먹이 파르르 떨렸다. 멀어지는 도윤의 뒷모습을 빤히 응시하는 그의 얼굴이 미묘하게 일그러졌다.

다음 날, 정오의 볕이 교태전을 따갑게 내리쬐고 있었다.

"중전 마마, 한데 이학수의 움직임이 이상합니다."

중전 김 씨와 독대하고 있던 그의 부친인 부원군이 의뭉스레 입을 열었다. 찻잔을 조심스레 쥐고 있던 중전의 눈이 희번덕 거렸다.

"마마의 명을 받들고 은밀히 이학수의 움직임을 살폈습니다 만."

"그런데요."

"전하의 뒤를 무던히도 밟고 살피던 이학수였지만, 병판의 여 식을 독대하거나 병판을 불러들인다거나 하는 일은 없었습니 다."

부원군의 말에 중전의 가슴이 고동쳤다. 동시에 그녀의 얼굴 이 미묘하게 일그러졌다. 그를 바라보던 부원군도 떨떠름한 기 색을 감출 수 없었다.

"무슨 일을 꾸미고 있는 것일까요, 아버지."

"알 길이 없어 답답할 뿐입니다."

"병판의 여식을 만나보겠다 큰소리치고 중궁전을 나선 것이 불과 며칠 전 일인데 왜 병판의 여식이 전하의 여인인 줄 알면 서도 움직이지 않는 걸까요."

그때였다. 한껏 몸과 음성을 낮춘 채, 은밀히 말을 이어가던 두 사람의 귓전에 날카로운 음성이 날아들었다.

"대원군 대감 납시셨나이다!"

화들짝 놀란 중전이 하마터면 쥐고 있던 찻잔을 떨어뜨릴 뻔 하였다. 부원군 역시 흠칫 놀라 구부렸던 등허리를 곧게 폈다.

"모시어라."

중전이 자리에서 일어났다. 그러자 곧 중궁전 문이 열리고 굳은 얼굴의 이학수가 저벅저벅 들어섰다.

"납시셨습니까, 아버님."

"오랜만에 뵙습니다, 대원군 대감."

조금은 창백한 부녀(父女)의 안색에 이학수가 가만히 그들을 바라보더니 이내, 억지 미소를 지었다.

"안녕하시지요, 부원군. 내 이래저래 일이 바빠 부원군과 술잔 기울인 지도 오래요."

"제가 찾아뵈었어야 했는데, 저 역시 경황이 없었습니다."

이학수와 부원군 사이에 어색한 인사가 오갔다.

"그러게요. 못내 부원군 대감께서 날 찾아오길 바랐는데 섭섭하였습니다."

퉁명스러운 그 음성엔 뜻 모를 노기(怒氣)도 어려 있었다. 긴장한 중전이 치맛자락을 꾹 쥐었다.

"아…… 그러셨습니까. 제가 너무 무심했나 봅니다."

"나의 근황이 궁금하였음, 직접 날 찾아와 안부라도 물으시지 그러셨소."

"예?"

"어찌 아랫것을 보내 나의 뒤를 살피라 하시었소?"

"대감……!"

그제야 이학수의 굳은 얼굴의 까닭을 알 수 있었다. 아차, 싶은 중전이었다. 동시에 부원군의 명치 끝이 뜨끔, 아렸다.

"그것이 무슨……."

변명이라도 늘어놓을 요량으로 부원군이 사람 좋게 웃어 보였지만 이학수에게 그런 구차함은 통하지 않았다.

"후궁 교지를 어찌해야 하나, 중전 마마께서 궁금하셨던 모양인데. 하면 이 시애비에게 직접 연통을 넣지 그러셨습니까."

이학수가 눈짓으로 중전을 가리켰다. 그러자 중전의 고개가 절로 조아려졌다.

"아랫것을 붙여 안부를 묻는 것은…… 중전 마마와 부원군답지 않은 행동이 아닙니까?"

그 말은 늘 지켜오던 그 선을 넘지 말란 이학수의 경고였다.

굳은 얼굴의 이학수가 부녀를 번갈아 쳐다보았다. 중전도 부원군도 아무런 말도 하지 못한 채, 입술만 꾹 다물고 있을 뿐이었다. 그것을 담담히 바라보고 있던 이학수가 느리게 입을 열었다.

"자중지란(自中之亂)이라지요. 같은 패 안에서 싸움이 일어나는 것."

그가 험상궂게 일그러진 이맛살을 더욱 일그러뜨렸다.

"자중지란이라니요, 아버님. 오해십니다."

당황해하는 부원군을 대신해, 중전이 입을 열었다.

"그럴 시간이 없지 않습니까?"

이학수의 얼굴이 차게 식었다.

"중전과 내가 힘겨루기를 해, 이룰 것이 뭐 있습니까?"

"아버님."

중전에게 '마마'란 호칭을 꼬박꼬박 붙이던 이학수가 돌연

'마마'란 호칭을 뗀 순간이었다.

중전은 그것의 의미를 잘 알고 있었다. 중전에게 불만이 있을 때마다 이학수는 눈빛부터 사납게 바꾸었다. 그리고 은근히 중전을 아랫사람 대하듯 무시하는 태도를 보였다.

그것은 제아무리 국모라고 해도 자신의 신하라는 것을 일깨워주려는 듯했다.

"병판의 여식에게 후궁 교지를 내리세요."

"……아버님!"

"정2품 소의."

"소의라니, 대원군 대감!"

'소의'라는 말에 부원군이 칠색 팔색을 했다. 하지만 그럴수록 이학수의 얼굴은 더욱이 냉정하게 굳어갔다.

"무슨 문제라도 있소, 부원군 대감?"

"간택 후궁은 대부분 숙의(淑儀)부터 시작하였습니다! 한데 어찌 병판의 여식에게 소의를 명하신단 말입니까!"

황망하다는 듯, 부원군이 소리를 질렀다. 그러자 이학수의 부르튼 잇새로 피식, 비소(誹笑)가 터졌다.

"미월당 최 소의. 간택 후궁으로 입궐해 숙의 품계를 받고 시작했던 최 소의도 소의 품계에 오르지 않았소?"

어찌하여 이 일과 무관한 최 소의를 끌어들이는 것일까, 중전의 머릿속이 빠르게 굴러가기 시작했다.

"왕의 총애를 입은 것도 아니요, 그렇다고 해서 주상의 씨를 품은 것도 아닌데. 나 이학수의 사람이라 하여 소의 품계를 받앗지. 아니, 내가 그리하라 종용하였지."

"대원군 대감."

"하나, 여전히 소의 자리에 올랐어도 용안을 뵙고 문안 인사
한번 여쭙지 못한 채 독수공방하는 신세라……."

이학수가 부원군의 주변을 빙글빙글 맴돌았다.

최 소의라면 이학수가 부원군 다음으로 아꼈던 좌상의 여식
이었다. 영의정이었던 그가 이학수의 오른팔 노릇을 톡톡히 하
자, 이학수는 그의 여식을 중전의 자리에 앉혔다. 더불어 그다
음으로 이학수를 잘 따랐던 좌상의 여식을 소의 자리까지 앉
힌 것 역시 이학수였다.

그 사실을 잘 알고 있는 부원군과 중전이었기에 이학수의 다
음 말이 두려웠다.

"해서 이제부터 나는 내게 득(得)을 주지 못하는 패는 기꺼
이 버릴 생각이오."

그 말은 비단 후궁에게만 국한된 말이 아니었다. 거기엔 중전
도 포함되어 있었다. 중전과 부원군의 안색이 하얗게 질려갔다.

"최 소의는 경각심을 가져야겠지. 같은 품계를 가진 후궁이
나타난다면, 더군다나 그 후궁이 자신이 마음껏 바라보지도
못하는 군주의 총애까지 거머쥔 여인이라면, 이것은 내 권력이
최 소의를 비롯해 아무런 성과도 내지 못하는 후궁들에게 주
는 경고요. 하니 중전께선 그에 걸맞게 교지를 준비해 내려야
할 것입니다."

중전의 눈에 눈물이 핑 돌았다. 그녀는 울지 않으려 애쓰며

이를 악물었다.

"명, 받들겠습니다. 아버님."

분기에 몸서리치며 애써 중전이 반듯하게 고개를 조아렸다. 그 모습을 묵묵히 바라보던 이학수가 차갑게 등을 돌렸다.

"성총을 얻지 못하는 중전이시라면, 차라리 국모(國母)가 되세요. 만백성을 기꺼이 보듬는 인자한 어머니 말입니다."

"아버님!"

"왕의 여인이 될 수 없다면 그것이라도 해야지요. 민심이라도 쥐고 있어야 중전께서 이 교태전을 부지할 수 있지 않겠습니까."

그 말을 남기고 이학수가 중궁전을 나서자, 중전은 피를 토하듯 눈물을 쏟으며 무너졌다. 그런 중전을 묵묵히 바라보고 있던 주 상궁이 조심스럽게 입을 열었다.

"중전 마마, 병판의 여식과 관련해 드릴 말씀이 있사옵니다."

"전하, 주환입니다."

상참이 끝나자마자 활쏘기를 하던 도윤 곁으로 주환이 다가섰다. 하지만 도윤은 이를 꽉 악문 채, 활쏘기에만 집중했다.

아무리 머리를 비워내려 해도 비워지지가 않아, 숨이 막힐 지경이었다.

도윤이 거칠게 시위를 잡아당겼다. 팽팽하게 당겨진 시위를 놓자 화살이 날카롭게 허공을 갈랐다.

"명중이요!"

무서운 기세로 살이 과녁의 중앙을 뚫었다.

도윤이 거칠게 날숨을 내뱉으며 쥐고 있던 활을 바닥에 툭, 던졌다. 그제야 그가 곁에 서 있는 주환을 돌아보며 입을 열었다.

"밀서는 전해주었느냐."

"예, 전하. 한데…… 대원군 대감께서 중전 마마께 아가씨의 교지를 앞당겨라, 명을 내리셨다 하옵니다."

이학수마저 교지를 서두르고 있었다. 순간 도윤의 얼굴이 일그러졌다.

"교지를 앞당기라니."

"그것이 다가 아닙니다. 아가씨께…… 소의 품계를 내리라, 명하였답니다."

그의 사람도 아닌 가문의 여인에게 소의는 과분한 품계였다. 그저 늘 그랬듯, 숙의 그 이하의 품계를 논할 것이라 생각하였는데 이상하게 도윤의 예상을 빗나가는 전개였다.

"아버지께서 왜. 무슨 바람이 불어."

그의 매끈한 입술이 일그러짐과 동시에 그는 주먹을 굳게 말아 쥐었다.

"외람되지만 전하…… 혹 아가씨께서 몰래 대원군 대감과 내통이라도 하는 것이 아닐는지요."

주환의 말에 그의 눈길이 형형해졌다. 하지만 그는 동요하지

450

않았다.

"그럴 리 없다. 나는 그 여인을 믿는다."

"송구하옵니다, 전하."

도윤의 확고한 어심에 주환은 고개를 조아렸다.

"답신이 올 때까지 기다릴 것이다. 이젠 모든 것이 준비되었으니 은설이만 입궐해주면 된다. 내일이고 모레고…… 끊임없이 내 서찰을 전해주거라."

"전하……."

그는 굳게 입을 다물었다. 잇새로 불편한 신음이 흘렀다. 그러곤 다시금 바닥에 널브러진 활을 잡아챘다. 과녁을 노려보는 그의 눈길이 뜨겁게 타올랐다.

"신은설. 그 여인을 반드시 내 곁으로 데려올 것이다."

별안간 벌어지는 그의 붉은 잇새로 그녀를 갈구하는 그의 욕망이 터져 나왔다.

분기 어린 눈빛이 슬프게 이글거렸다.

한 마리의 성난 맹수 같았다.

다음 날, 안채를 나서던 유희가 여주를 불렀다.

"여주야."

"예? 아…… 마님."

"은설이 깨워서 채비시키거라. 오늘 대사헌 댁 자제와 만나기로 한 날이니."

"예, 마님."

"나는 대사헌 댁 부인을 좀 만날 것이다. 네가 직접 아가씨
를 모시고 대사헌 댁 자제와 만나고 오거라."

한껏 가라앉은 음성으로 그렇게 말하며 유희도 안채에서 멀
어졌다. 머뭇거리던 여주는 조심스럽게 별채 안으로 들어섰다.

"아가씨."

그러곤 시름에 잠겨 있을 은설을 작게 불렀다. 역시나 묵묵
부답의 그녀였다. 여주가 작게 입술을 말아 물었다.

"준비하셔야 해요…… 오늘 대사헌 댁 자제분하고 처음 만나
는 날이잖아요."

그 말을 전하는 여주의 억장도 무너지는 듯했다. 하지만 그
말을 고스란히 전해 들은 은설은 더 아플 것이었다. 여주가 슬
그머니 별채의 문을 열었다.

"아가씨."

어젯밤 마지막으로 보았던 그 모습 그대로였다. 하얀 야장(夜
裝) 차림 그대로 돌아누운 채였다.

여주가 은설을 작게 흔들었다. 그런데 슬쩍 만진 그녀의 몸
이 불덩이처럼 뜨거웠다.

"아가씨! 어머, 열나는 것 좀 봐! 아가씨 괜찮아요?"

놀란 여주가 은설의 이불을 들추자 밤새 흘린 식은땀으로
이부자리가 흥건히 젖어 있었다. 그제야 은설은 감았던 눈을
느리게 떴다.

"나 좀 도와줘, 여주야."

"아가씨……."

"그분께서 서찰을 보내셨지? 그것을 내게 보여줘…… 응?"

은설이 눈물이 그렁그렁 맺힌 눈으로 힘겹게 입을 열었다. 맑고 고왔던 그녀의 얼굴이 시름에 잠겨 수척해져 있었다. 그런 은설이 가여워 여주는 그만 울음을 터뜨리고 말았다.

"어째 이런대요, 진짜 속상하게!"

"부탁이야, 응?"

애원하는 그녀의 모습에 여주는 하는 수 없이 품에 간직하고 있던 밀서를 꺼냈다. 그러자 누워 있던 은설이 서둘러 몸을 일으키며 서찰을 쥐었다.

그 순간, 초점 없이 허공을 헤매던 그녀의 눈동자가 또렷해졌다. 여러 통의 밀서가 마치, 자신을 오래도록 기다렸을 그의 마음인 것만 같아 은설은 목이 메었다.

"쇤네는 이제 모르겠어요. 뭐가 아가씨를 위하는 건지…… 모르겠습니다, 하나도!"

여주가 눈물을 훔치며 뜨겁게 달아오른 은설의 손을 맞잡았다.

"하루도 빠짐없이 오셨어요. 안방마님이 무서워서…… 답신은 줄 수 없으니 기다리지 말라고 쇤네가 그분께 전했는데도…… 하루가 멀다 하고 밀서를 전해주시니."

은설은 서둘러 서찰을 펼쳤다. 그러자 가지런한 문체가 하얀 종이 위에 정갈하게 쓰여 있었다.

그것을 내려다보는 그녀의 눈앞이 뿌옇게 흐려졌다.

어디가 아픈 것이냐. 널 기다리는 것은 힘들지 않다.
한데, 네 소식을 들을 수 없어 애가 타는구나.
신시(申時), 필애원에서 기다리마.
네가 올 때까지 기다릴 것이다, 은설아.

길지 않은 문장에서도 은설에 대한 그의 염려가 뚝뚝 묻어
나는 것 같았다. 은설은 입술을 살며시 말아 물었다.

"많이 기다리셨구나, 그분께서."

여주가 다시금 그녀의 이마를 짚었다.

"대체 언제부터 아팠던 것이어요. 이래서 대사헌 댁 자제
분을 만나실 수 있겠어요? 안 되겠어요, 쉰네가 안방마님
께……."

"아니, 갈 수 있어. 채비 좀 도와줘."

오늘 신시, 필애원에서 기다리겠다는 그의 마지막 서찰이 눈
앞에 아른거렸다. 오늘이 아니면 영영, 도윤을 만날 수 없겠단
생각이 스쳤다.

"괜찮으시겠어요?"

은설은 불덩이같이 뜨거운 몸을 일으켰다. 며칠째, 열병을
앓으며 누워만 있었던 터라 눈앞이 흐릿했지만 그녀는 이를 악
물었다. 비단옷을 집어 드는 그녀의 손길이 분주해졌다. 그러

다 바닥에 놓인 도윤의 서찰을 바라보는 그녀의 눈동자가 깊어졌다.

"전하…… 많이 기다리셨겠지요. 기다려도 오지 않는 소녀를 많이 원망하셨겠지요."

은설은 땀에 젖은 옷가지를 서둘러 벗었다. 그러곤 도윤을 만나러 가기 위한 비책(祕策)을 생각하기 시작했다.

"혼담을 주고받던 가문이 있었다라……."

중전은 당의 안으로 손을 집어넣으며 대전으로 향하는 걸음을 서둘렀다.

─자세한 이야기는 모르나…… 병판의 여식에 대해 은밀히 알아보니, 이미 혼담이 오가는 가문이 있었습니다. 전하와 밀회를 즐기는 동안, 병판이 여식의 혼처를 살피고 있었던 것 같습니다. 서둘러 혼례를 준비하는 모양인데…… 아무래도 이 상황에서 교지가 내려진다면, 혼담을 깨고 후궁으로 입궐한 여인이라, 조정 대신들의 입방아에 오르내리지 않겠습니까.

은밀하고도 날카로운 주 상궁의 음성이 중전의 귓가를 맴돌았다. 모처럼 비구름이 걷힌, 맑은 날이었다. 중전의 칠흑 같은 속도 개는 느낌이었다.

"어찌어찌…… 잘해보면 그년의 입궐을 막을 수 있겠구나."

양껏 물을 마셔도 개운치 않던 오랜 갈증도 해소되는 듯했다.

"중전 마마."

대전 앞에 다다른 중전은 가쁜 숨을 몰아쉬며 입술을 질끈 깨물었다. 대전 상궁은 갑작스러운 중전의 등장에 화들짝 놀라며 고개를 조아렸다.

"고하시게."

명이 있기 전까진 대전 근처엔 얼씬도 말라는 도윤의 엄포가 생각났지만 지체할 수 없었다. 서둘러 이 사실을 도윤에게 알려야 교지를 거둘 수 있었다.

꼿꼿하게 허리를 편 채 대전 문을 바라보는 중전의 눈길이 삼엄했다.

"중전 마마, 지금 전하께선 도승지 대감과 독대 중이십니다."

"하면 기다리겠네."

상선의 낮고 차분한 어조에 중전의 입꼬리가 비싯 솟았다. 한편, 대전 안에서 그 음성을 모두 듣고 있던 도윤의 얼굴이 무자비하게 일그러졌다.

"전하, 중전 마마께서 납시었나 봅니다. 하면 소신은……."

그의 앞에 앉아 있던 도승지는 어쩔 줄 몰라 하며 자리에서 일어났다. 그러자 얼음장보다 더 차가운 음성이 도윤의 잇새로 흘렀다.

"앉으시오, 도승지."

"……전하."

"상선은 들으라! 도승지와의 독대가 길어질 것 같으니 그 누구도 대전 안으로 들이지 말거라!"

대전 문 앞에 우두커니 서 있던 중전은 황망하다는 듯, 코웃음을 치고 말았다.

그것은 중전에게 들으라, 호통치는 것이었다.

치맛자락을 꾹 쥐는 중전의 손이 부들부들 떨렸다. 그녀의 곁에 선 상선은 말없이 고개만 조아릴 뿐이었다.

"기다리겠습니다, 전하."

분기를 애써 삭이며 그녀가 입을 열었다. 상소를 쥐고 있던 도윤은 그 음성에 번뜩, 눈을 치켜떴다. 대전 문 하나를 사이에 두고 주고받는 말엔 냉기가 서려 있었다.

"연통이 있기 전까진…… 대전엔 발걸음 마시라, 그리 일렀습니다만."

한 자, 한 자, 힘주어 내뱉는 도윤의 목울대가 크게 꿈틀거렸다. 그 분기(憤氣)를 고스란히 받아내는 중전의 입가에도 작은 경련이 일었다. 지아비의 무심함과 냉대가 그녀의 가슴을 찢어 놓았다.

"급히 고할 것이 있습니다."

하지만 그녀는 끝까지 중전으로서의 위엄을 놓지 않았다. 고고하게 허리를 편 채, 한 점 흐트러짐 없이 대전 문을 응시하고 있었다.

"궁인들에게 일러 전할 것이지…… 어찌 체통 없이 직접 발걸음하신 것인지."

도윤은 느리게 고개를 저으며 다시금 상소로 눈길을 돌렸다. 곧 신시…… 은설에게 약조했던 시간이 다가오고 있었다.

"계속 말씀해보시오, 도승지. 해서 황해도 일대에 전염병이 또다시……."

중전을 무시한 채, 말을 이어가는 도윤이었다. 한계점에 다다른 듯, 중전은 두 눈을 꾹 감고 말았다. 그러곤 이를 악물며 목구멍에 힘을 주었다.

"전하! 병판의 여식의 실체를 고하러 왔나이다!"

그 순간, 도윤의 얼굴이 빠르게 굳어갔다.

"참으로 괜찮으시겠어요? 아직 열 기운이 가시지 않은 듯한데."

"괜찮대도……."

가마에 올라탄 은설은 손수건으로 식은땀을 닦아냈다. 그러다, 장신구가 든 보자기를 지그시 내려다보며 슬쩍 여주의 눈치를 살폈다.

"그래도 다행입니다. 아가씨께서 이리 마음을 고쳐먹으셨으니. 정말 사람은 사람으로 잊는 거랬어요. 하니, 쇤네의 말 속는 셈 치고 딱 한 번만 믿어보세요."

여주가 조금은 상기된 얼굴로 쉴 새 없이 떠들어댔다. 하지만 그 순간에도 은설의 머릿속엔 온통 도윤의 생각뿐이었다.

"한데 여주야."

"예?"

"민주한테 잠시 들렀다 갈 수 있을까?"

"……민주 아가씨 댁에요?"

갑작스러운 은설의 말에 여주가 의뭉스레 그녀를 돌아보았다. 그러자 은설이 가마 창으로 작은 보따리를 불쑥 내밀었다.

"민주 것인데…… 저번에 빌렸다가 못 돌려주어서. 급하다고 했는데 내가 앓아눕는 바람에. 어차피 가는 길이지 않으냐."

"아, 그럼 쇤네가 갖다드리겠습니다."

"아니…… 내가. 내가 갖다주고 올게."

여주가 그 보따리를 받으려 하자, 서둘러 손을 거두는 그녀였다.

"민주를 안 본 지도 꽤 되어서."

"아가씨, 서두르셔야 해요. 한가하게 담소 나눌 시간은 없을 건데?"

"오래 걸리지 않을 것이야. 조금이면 돼."

맑은 눈동자를 반짝이는 은설을 가만 바라보던 여주가 잠시 고민했다.

"그럼 아주 잠시만입니다? 첫 선 자리부터 늦으면 책 잡혀요. 아시겠죠?"

별 의심 없이 그러자고 고개를 끄덕이는 여주가 해맑게 웃었다. 은설 역시 그녀를 따라 웃으며 가슴을 쓸어내렸다.

"어찌 오셨습니까."

급하게 대문 안으로 들어서는 은설을 민주의 집 하인들이 수상쩍은 눈으로 바라보았다. 은설은 장옷을 벗으며 쥐고 있던 보따리를 그들에게 보였다.

"병판 댁에서 왔소. 이 댁 아가씨를 만나러 왔는데……."

"아, 은설 아가씨. 잠시만요."

다행히 은설을 알아본 민주의 여종이 반갑게 그녀를 맞았다. 여종을 따라 별채로 향하는 그녀의 발걸음이 분주했다. 때마침 별채를 나서던 민주가 은설을 발견하곤 눈을 동그랗게 떴다.

"어……? 은설아."

"민주야, 나 좀 도와줘!"

은설은 민주의 손을 맞잡으며 은밀히 속삭였다. 다짜고짜 도와달란 그녀의 말에 민주도 덩달아 주위의 눈치를 보기 시작했다. 처음 보는 그녀의 다급한 모습에 무슨 일이라도 생긴 걸까, 민주의 가슴이 철렁했다.

"무슨 일이야……! 일단 안으로 들어와."

민주는 은설의 손을 잡아끌어 별채로 들어서며 문을 꼭꼭 걸어 잠갔다.

한여름도 아닌데, 이마에 땀방울이 송골송골 맺힌 은설의 모습이 어쩐지 위태로워 보이기도 했다. 은설은 연신 밖을 기웃거리다, 옷고름을 풀기 시작했다.

갑작스러운 그녀의 행동에 민주가 화들짝 놀라며 그녀의 손을 제지했다.

"뭐 하는 거야, 갑자기?"

"나 좀 도와주라. 정말 급해서 그래……!"

어쩐지 민주는 눈물까지 글썽이는 은설의 모습이 안쓰러워졌다. 순식간에 저고리를 벗은 그녀는 다부지게 입술을 악물었다.

❀

"오셨어요, 아가씨? 서두르셔야 할 것 같아요."

느리게 하품을 하던 여주는 끼익, 열리는 대문을 돌아보며 기지개를 켰다. 그러자 장옷을 뒤집어쓴 은설이 고개를 끄덕이며 가마 안으로 들어섰다.

여주가 다시금 힐끗, 가마 안을 바라보았다. 조금 열린 창 틈새로 은설이 콜록콜록, 기침을 하고 있었다.

"아가씨, 아직 아프셔요?"

여주가 걱정스레 창을 열었다. 그러자 은설은 황급히 고개를 반대편으로 돌렸다.

"이래서 어째 신랑 되실 분을 만나러 가신다고…… 봐봐요, 다시 열이 나는가."

여주는 가마 안으로 손을 쑥 넣었다. 그러곤 슬쩍 시선을 피하는 은설의 이마를 짚었다.

"얼레? 고새 열이 쏙 내렸나 봐요?"

자신의 이마와 은설의 이마를 번갈아 짚던 여주가 다행이라는 듯 웃었다. 하지만 은설은 여전히 입을 꾹 다문 채, 아무런 말도 하지 않았다. 여주는 왠지 모르게 수상쩍은 느낌에 가마를 세웠다.

"잠시만요."

그러자 장옷을 더욱 여미는 은설이었다.

"아가씨, 나 좀 봐봐요. 아가씨? 우리 아가씨, 민주 아가씨랑 꿀을 나눠 먹으셨나. 왜 입을 꾹 다물고 아무 말도 하지 않으신대요?"

여주가 의뭉스레 눈을 치켜뜨며 가마 안으로 얼굴을 불쑥 집어넣었다. 그러자 화들짝 놀란 은설이 다시금 반대편으로 고개를 홱 돌렸다.

"아가씨……!"

여주는 노골적으로 자신을 피하는 은설의 모습에 황급히 그녀의 장옷을 쥐었다.

"아, 아가씨! 좀 보자니까요?"

그때였다.

"허?"

장옷을 뺏기지 않으려 안간힘을 쓰던 은설이 그만 여주의 힘에 못 이겨, 장옷을 뺏기고 말았다. 그런데……!

"악! 뭐…… 뭐야! 민주 아가씨!"

가마 안엔 은설이 아닌 민주가 울상을 지은 채 앉아 있었다.

여주는 귀신이라도 본 것처럼 화들짝 놀라며 그대로 발라당 넘어졌다.

"아니! 아가씨! 우리 아가씨는요?"

"그게, 여주야."

"우리 아가씨는 어디로 가셨어요? 무슨 일이야 이게?"

"그러니까 내가 설명을 해줄게. 은설이가 급한 일이 있다고 해서."

"내가 진짜 못 살아! 아, 아가씨이⋯⋯! 아가씨까지 이러시면 어떡해요! 우리 아가씨를 말려도 모자랄 판에 아가씨가 왜 우리 아가씨 옷을 입고 여기 앉아 있어요!"

흙바닥 위에 그대로 주저앉아 발을 동동 굴리는 여주였다. 그리고 그 순간⋯⋯.

"앗!"

민주와 옷을 바꿔 입은 은설이 호조 참판 사가의 담을 훌쩍 뛰어넘었다.

"왜 오시지 않는 거지⋯⋯?"

필애원에 도착한 은설은 초조한 얼굴로 주변을 살폈다.

공중으로 흩어지는 꽃잎들이 무성했다.

봄기운을 점점 지워내고 있는 필애원엔 짙은 녹색이 여기저기 솟아나고 있었다.

하지만 그는 모습을 드러내지 않았다.

왠지 모를 불안함에 그녀가 작게 몸을 떨었다.

도윤을 기다리며 필애원을 돌고 또 돌던 그녀의 눈에 부러진 복숭아 가지가 들어왔다.

"너는 어쩌다 이렇게 똑, 부러졌니?"

그녀는 발아래에 떨어진 복숭아나무 가지를 쥐었다. 그러곤 생긋 미소를 띤 채 시든 잎을 툭, 툭 떼어나갔다.

"오신다…… 오시지 않는다……."

나뭇잎 점을 보는 은설의 얼굴에 자못 긴장감이 내려앉았다. 나뭇잎을 하나하나 떼어낼 때마다 '오신다', '오시지 않는다'를 반복하며 그녀는 걷고 또 걸었다.

"오신다……."

툭, 툭, 나뭇잎을 떼어나가다 보니…….

"어라."

'오시지 않는다'를 말할 차례였는데, 애석하게도 꽃잎은 하나밖에 남질 않았다. 은설은 잔뜩 볼을 부풀렸다, 이내 푸우 내뱉으며 입술을 삐죽였다.

"정녕 오지 않으실 것인가……? 정사가 많이…… 밀리신 것일까?"

남은 나뭇잎 하나를 마저 떼지 못한 채 그녀가 머뭇거렸다.

기다려도 오지 않았던 저서, 오늘은 아예 발걸음을 하지 않는 것일까.

아니면, 그간의 답신을 제때 해주지 못해 그의 마음이 상하고 만 것일까. 보지 못하는 동안 애정이 식은 것은 아닐까.

찰나에 온갖 생각이 그녀의 머릿속을 헤집었다. 어지럽혀진 그녀의 마음 사이로 불안감이 은근히 피어올랐다. 숨길 수 없는 아쉬움과 초조함이 길게 늘어졌다.

"아직 제대로 된 대답조차 해드리지 못했는데……."

차마 마지막 잎을 떼지 못한 채, 그녀가 나뭇잎만 만지작거렸다. 애처롭게 가지에 붙은 잎 하나를 한참 바라보던 그녀가 입술을 살며시 물었다.

"정녕 오지 않으실 것입니까."

슬픈 눈길로 잎을 응시하다, 그녀가 '오시지 않는다'를 말하려 반듯한 입술을 살짝 벌렸다. 그런데…….

"오셨다. 여기."

거짓말같이 나타난 도윤이었다.

그녀가 소스라치게 놀라며 몸을 휙 돌리자, 도윤의 서늘한 눈매가 은설을 훑고 있었다. 너무도 아름다워 처연하기까지 한 그의 눈매. 사무치게 그리웠던 그의 얼굴에 은설은 그대로 입을 틀어막고 말았다.

대전을 돌아서는 중전의 얼굴이 빨갛게 달아올라 있었다.

"중전 마마……."

그녀의 분노에 중궁전 나인들은 황급히 고개를 조아렸다. 대
전을 돌아보는 그녀의 시선은 활처럼 날카로웠다. 움켜쥔 주먹
도 분을 못 이겨 파르르 떨리고 있었다.

무슨 일이 있어도 중궁전의 주인으로서의 위엄은 잃지 않으
려 했지만, 싸늘한 지아비의 말 한마디에 그녀는 처참하게 무
너지고 말았다.

─병판의 여식의 실체를 고하러 왔나이다!

호기롭게 외쳤지만, 돌아오는 대답은 그녀의 예상을 크게 빗
나갔다.

─중전께서 무언데 그 여인의 실체를 고하오.
─……예?

그 순간, 영원히 열리지 않을 것 같던 대전의 문이 벌컥 열렸
다. 짜증스럽게 구겨진 용안이 나타나자, 중전은 황급히 고개를
조아렸다. 한 번도 제대로 올려다본 적 없는 잘난 용안이었다.

고개 숙인 그녀의 머리 위로 도윤의 싸늘한 음성이 비수처럼
쏟아졌다.

─대체 누가 중전께 그 여인의 뒤를 캐라 명하였소.
─전하……!

―교지를 내리라 하였더니 왜 실체를 파헤쳐 내게 고하려 하
   냔 말이오!

그의 눈짓이 그녀의 가슴을 옥죄어 더는 말을 이을 수 없었
다. 중전의 눈가에 눈물이 그렁그렁 맺히는 것은 당연한 일이
었다.

―그 여인의 실체는 중전보다 내가 제일 잘 압니다.
―전하.
―하니 알고 싶지도 듣고 싶지도 않으니. 그딴 소리로 투기를
   부릴 요량이면 다신 내 눈앞에 나타나지 마시오, 중전.

그렇게 싸늘하게 돌아서던 도윤이었다.
다시금 그의 서늘한 눈길이 떠올라 중전은 휘청이고 말았다.
나인들은 그런 그녀를 황급히 부축했다. 하지만 그녀는 그 손
길을 세차게 뿌리쳤다.
"놓아라. 나는 무너지지 않는다."
그것은 무너지려는 자신에게, 더는 무너지지 말란 주문이었
다.
중전은 대전을 노려보던 눈을 거두었다. 그러곤 눈가에 잔해
처럼 남은 물기를 깨끗이 닦아내며 꼿꼿하게 허리를 폈다.
"나는 중전이다. 누가 뭐라고 해도…… 이 나라의 국모야."
대전을 허위허위 벗어나는 그녀의 뒷모습이 힘겨워 보였다.

"전하!"

도윤은 다정한 눈빛으로 은설을 응시했다. 그러자 그녀가 반색하며 깡충, 그에게로 다가갔다.

"매번 이렇게 틀리기만 하니 이것은 엉터리가 아니더냐."

도윤은 그 나뭇잎을 은설의 작은 손바닥 위에 살포시 얹으며 피식, 웃었다. 은설은 물기 어린 눈으로 도윤을 빤히 바라보았다.

"그간 아팠어요. 해서 나오지 못했습니다."

"어쩐지 얼굴이 수척해졌다. 지금은 다 나은 것이냐."

그녀의 말에 도윤이 걱정스레 은설의 이마를 짚었다. 여전히 열 기운이 남아 있는 것 같았다.

"봄을 보내기 아쉬워 밤이슬을 내내 맞았더니 열병을 조금 앓았어요. 한데, 지금은 괜찮습니다."

"다행이구나. 무슨 일이라도 생긴 줄 알았다."

그가 다정하게 그녀의 머리칼을 쓸었다.

"한데 전하, 혹 정사가 많이 밀려 늦으셨습니까?"

그 순간, 그녀가 그에게로 한 걸음 가까이 다가가며 눈을 반짝였다.

"나는 정사를 미루는 게으른 사람이 아니다."

"아님, 또 상선 어르신께서 잠행을 나가지 말라 막아서셨습니까?"

"나를 막을 자가 궐에 누가 있더냐."

도윤은 터져 나오는 미소를 애써 숨기며 부러 퉁명스레 대꾸했다. 그러자 저를 향해 생긋생긋 웃어 보이던 은설의 어깨가 축 늘어졌다.

저보다 훨씬 더 키가 큰 도윤을 올려다보느라 제 목이 한껏 젖힌 줄도 모른 채 그녀는 느리게 눈을 깜빡였다. 그는 참지 못하고 손을 뻗어 그녀의 탐스러운 뺨을 쓸었다.

"내가 널 매번 이리 기다리게 하는구나."

은설은 살며시 입술을 말아 물다, 자신의 뺨을 다정히 쓰다듬는 그의 커다란 손을 살며시 쥐었다. 동시에 그녀의 하얀 뺨 위에 홍조가 피어올랐다.

"그래도 좋습니다. 이렇게 뵈니."

그간 답신을 왜 주지 못했는지, 왜 전하를 보러 나올 수 없었는지, 은설은 아무런 말도 하고 싶지 않았다.

"나도 좋다, 네가."

그것은 도윤도 마찬가지였다. 왜 그간 답신을 주지 않았는지, 나를 보러 왜 이곳에 나오지 않았는지, 그는 아무것도 묻고 싶지 않았다.

그저 그 수많은 질문을 심복 깊이 눌러 담은 채 그녀만 바라볼 뿐이었다. 애틋한 눈길로 수없이 그녀를 쓰다듬던 그가 별안간 입술을 벌렸다.

"한데, 이젠 너에게로 오는 이 길이 너무도 멀고 힘들구나."

뜻밖의 말에 은설의 얼굴이 굳어지고 말았다. 도윤은 더 지

체할 수 없었다. 그녀와 닿지 못했던 그 열흘의 시간이 영겁의
시간만큼 길고 고달팠기 때문에 더는 그녀를 놓을 수 없었다.

"그러니 다음부턴 네가 입궐토록 하라."

예상했지만, 이렇게 듣고 나니 그녀의 가슴이 고동쳤다. 그녀
는 입술을 굳게 앙다물었다.

"널 궐에서 보고 싶다."

고스란히 전해지는 그의 애달픈 진심이었다. 은설은 절실한
진심을 차마 외면하지 못한 채, 말없이 입술을 말아 물었다.

"너와 함께 행복해보고 싶다는 이 욕심을, 도저히 내 힘으론
밀어낼 수가 없다."

도윤은 세상에서 가장 행복한 미소를 지은 채, 도포 자락에
서 어여쁜 옥비녀를 꺼냈다. 그러곤 놀란 은설 앞에 살며시 내
밀었다.

"이것이……."

옥비녀를 내려다보는 은설의 눈시울이 붉어졌다.

"은설아, 네가 머리를 올린 모습을 보고 싶구나."

그녀는 젖은 눈으로 차근차근 그의 얼굴을 훑어보았다. 반
듯한 눈썹, 가늠할 수 없이 깊고 아득한 눈동자, 곧추선 콧대,
그리고 붉고 탐스러운 입술. 하나도 놓치지 않겠다는 듯, 그녀
가 그의 얼굴을 눈길로 뜨겁게 훑었다.

"은애하옵니다, 전하."

이미 답은 정해져 있었다. 망설였던 지난 시간이 무색할 만
큼, 그녀 역시도 그를 갈망하고 있었다.

"나 역시 감히 너를 품에 안고 행복 해보고자 한다."

"전하."

"많이, 그리고 지독하게 연모한다, 은설아."

두 사람의 애정(愛情)은 고스란히 두 사람의 것이었다. 다가올 비극이 제아무리 처연하다 할지라도 이 순간만큼은 서로는, 서로를 놓고 싶지 않았다.

❀

"가야금도 타실 줄 아시옵니까?"

"그래. 다음에 기회가 되면 들려주마."

"예, 꼭 들려주시어요."

집으로 향하는 길, 두 사람은 도란도란 이야기를 나누며 집으로 향했다. 그러다 피식, 도윤이 웃음을 터뜨리며 그녀의 손을 잡았다.

"아니다. 그럴 것이 아니라 입궐하면 곧바로 네게도 타는 법을 알려주마."

벌써 혼인이라도 치른 듯, 신혼의 묘한 설렘이 피어오르는 것 같았다. 은설은 수줍게 볼을 붉히며 몸을 비비 꼬았다. 나란히 손을 잡고 거닐던 도윤이 슬쩍 그녀를 내려다보았다.

"입궐하기 전에 또 열병을 앓아…… 나를 만나러 나올 수 없게 되거든, 그땐 답신이라도 꼭 주었으면 한다."

그의 말에 그녀가 작게 고개를 끄덕였다.

"예, 꼭 그리하겠습니다. 많이 기다리셨지요? 소녀가 이번에 너무 무심하였습니다. 송구합니다, 전하."

"사정이 있어 그랬겠거니, 짐작은 했다. 하지만 기다리지 않았다고 하면 그것은 거짓이겠지."

그가 나지막이 미소를 지으며 은설의 머릿결을 쓰다듬었다. 집과 점점 가까워지자 그녀의 얼굴이 어두워졌다. 분명 유희가 은설이 없어진 것을 알아차렸을 것이다. 하지만 도윤에게 내색하고 싶지 않았다. 돌아서는 순간만큼은 환하게 웃으며 보내주고 싶었다.

"여기서부터는 소녀 혼자 가겠습니다."

"아니다, 집 앞까지 데려다주마."

"아니어요. 가다가 들를 곳도 있고. 오늘은 먼저 돌아가세요, 전하."

은설이 도윤의 손을 놓으며 살짝 고개를 조아렸다.

그런 은설을 가만히 바라보던 도윤이 살며시 그녀를 안았다.

"헤어지기 싫구나."

"전하…… 속히 입궐하겠습니다."

"은설아."

"하니 그때까지 밥 잘 챙겨드시고, 잠 잘 주무시고…… 또 아프지 마시고. 잘 지내셔야 하옵니다."

그녀의 말에 도윤이 살며시 그녀를 품에서 놓았다. 자신을 올려다보는 그녀의 눈길이 다정했다.

"어찌 마지막 인사처럼 들리는구나."

"그럴 리가요……. 그저 이리 잠시 떨어져 있어야 하는 것이 아쉬워 그러지요."

"그래. 그리하마. 너도 밥 잘 챙겨 먹고 아프지 말고…… 좋은 꿈만 꾸고."

"예, 전하."

그녀의 대답을 위안 삼아, 그가 그녀에게서 한 발짝 멀어졌다. 그래도 놓기 아쉬워 뜸 들이는 그였다. 그런 그를 달래듯, 은설이 환하게 웃어 보였다. 그렇게 도윤이 아쉬운 얼굴로 애써 등을 돌렸는데.

"은설아……! 은설아……!"

멀리서 그녀를 부르는 영광의 음성이 어렴풋이 들려왔다. 그 순간, 돌아서던 도윤이 발걸음을 멈추고 그녀를 돌아보았다. 그녀의 검은 눈동자가 위태롭게 흔들렸다.

마주친 둘의 시선이 묘하게 틀어졌다.

은설을 부르는 영광의 음성을 듣지 못한 것일까. 도윤이 다시금 미소를 지으며 그녀에게로 성큼 다가섰다.

"전……하!"

놀란 그녀의 입술에 그는 가볍게 입을 쪽, 맞추었다.

"이것을 잊은 듯하여."

"아."

"한 번의 입맞춤이면…… 그래도 열흘은 어찌 버텨볼 만하더라고."

"전하."

"그래도 너무 늦어서는 아니 된다. 그럼 입궐하는 대로 연통하마."

이내 미소를 짓던 도윤은 뒤돌아섰다. 사람들 사이로 사라지는 그의 모습을 바라보던 은설이 작게 한숨을 내쉬었다. 그가 자신의 온기를 은설의 입술 위에 남겨둔 채 멀어져갔다.

그때였다.

"너……!"

"오라버니."

영광이 은설의 어깨를 세게 돌려 세웠다. 땀범벅이 된 그가 거칠게 숨을 몰아쉬며 그대로 그녀를 와락 끌어안았다. 놀란 그녀의 눈이 동그래졌다.

"오라버니……!"

"얼마나 걱정했는 줄 아느냐! 필애원에도 없고 참판 댁에도 없고. 종일 널 찾아 헤맸다."

그녀를 끌어안은 영광의 몸이 뜨거웠다. 곧, 터져나갈 듯 그의 심장박동도 빨라져 있었다. 자신을 얼마나 찾아 헤맨 것일까, 그녀는 땀에 젖은 그를 걱정스레 올려다보았다.

"몸도 성치 않은 네가 대체 어디서 뭘 하고 있는 건지…… 쓰러지진 않았을까, 열 기운이 다시 돌아 어디서 아파하고 있진 않을까. 알 길이 없어 죽는 줄 알았다."

그제야 그의 눈빛에 안도감이 돌았다. 하지만 품에 안은 은설을 놓지 않겠다는 듯, 그의 얼굴은 그 어느 때보다 확고했다. 당황한 은설이 영광의 넓은 등을 토닥였다.

"걱정 끼쳐 미안해요, 오라버니."

그의 등을 다정히 어루만지는 그녀의 손길에 영광이 감았던 눈을 떴다.

"무사한 모습을 보았으니 되었다."

터져 나오려는 연모를 애써 삼키는 가슴이 따가웠다.

"어머니께서 많이 찾고 계시지요?"

그의 품에서 조심스럽게 벗어나며 그녀가 입술을 지그시 깨물었다. 그러자 영광이 작게 고개를 끄덕이며 그녀의 손을 단단히 잡았다.

"서둘러 가자. 네가 없어져서 집이 발칵 뒤집혔다."

"……혼날 일만 남았네요."

은설이 멋쩍은 듯 웃었다. 어쩔 수 없이 집으로 향하는 그녀의 발걸음이 무거웠다.

"긴말 필요 없고. 연유를 들어야겠습니다, 중전."

중궁전의 문이 열리고 여느 때처럼 덤덤한 얼굴의 이학수가 들어섰다. 바닥을 가르는 듯한, 그의 쿵쿵거리는 발소리에 중전이 벌떡 일어났다.

"납시셨나이까, 아버님."

중전을 응시하는 그의 눈이 사나웠다.

"교지를 마음대로 거두어 송구하게 생각하옵니다, 아버님."

"내 명을 거스른 이유가 무엇입니까."

"하…… 이 참담함을 어찌 아버님께 고하여야 할지. 그 여인에게 이미 혼담이 오가는 정인이 있다 하옵니다."

곧바로 그 말을 내뱉으며 중전이 어쩔 수 없었다는 듯 고개를 가로저었다. 이학수의 얼굴이 짜증스럽게 구겨졌다.

"뭐요?"

"그 여인이 처음부터 전하께 숨기고 만난 것인지, 아니면 다른 뜻이 있어 접근한 것인지는 모르겠지만, 교지를 내리기 위해 그 여인에 대해 알아보던 중, 우연히 알게 되었습니다."

"사실……이오?"

이학수의 음성이 옅게 떨렸다. 그런 줄도 모르고 그 여인에게 '소의' 교지를 내리라 하였으니, 그의 면이 뭉그러지는 순간이었다.

"요망한 계집이지요. 혼담이 오가는 가문도 있으면서 감히 전하를 속이고 궐을 넘볼 생각까지 하다니. 참으로 발칙한 여인이 아닙니까?"

"그것이 사실이라면…… 교지는 어렵겠군."

이학수의 눈동자가 빠르게 굴러가기 시작했다. 지금 이 상황에서 어떤 판단을 내려야 자기에게 득이 될까, 그의 머리가 사정없이 돌아갔다. 그 모습을 찬찬히 바라보던 중전의 입가에 잔잔한 미소가 흘렀다.

이학수가 자리에서 벌떡 일어났다. 그를 따라 일어나는 중전의 단정한 입가가 작게 곡선을 그렸다.

"걱정하지 마세요, 아버님. 교지가 무산되어 상심하실 전하는…… 제가 잘 보듬겠나이다."

뒤돌아서던 이학수가 발걸음을 멈추었다. 그러곤 싸늘하게 그녀를 돌아보며 거무튀튀한 입술을 열었다.

"걱정할 것이 무엇 있다고요. 후궁 교지 하나 그르쳤다 해서, 늘어날 고민이 무엇이 있겠습니까. 한데 중전께서는 그 마음을 숨기는 법부터 터득하셔야겠습니다."

반듯하게 고개를 조아리던 중전이 입술을 악물었다. 그녀의 입가에 작은 경련이 일었다.

"후궁 교지 하나 무른 것을 그리 크게 기뻐하면…… 어찌 그 자리를 부지할 수 있겠습니까."

"아버님, 기뻐하다니요."

"첫째도 의연, 둘째도 의연. 전과 다를 것 없이 의연하게 대처하셔야지. 쯧쯧…… 본디 국모는 그래야 하는 자리거늘."

"……아버님!"

"표정부터 감추세요. 다 보입니다. 중전."

다시금 그녀의 속을 뒤집고 나서는 이학수였다. 고개를 조아리고 있던 그녀가 싸늘하게 고개를 치켜들며 그의 뒷모습을 바라봤다.

"말로 해서는 아니 되는 것이야? 별채 문이라도 걸어 잠그고 널 밤낮으로 단속이라도 해야 그만둘 것이냐?"

호통치는 유희가 그만 휘청, 쓰러지고 말았다.

"어머니!"

영광이 황급히 그녀를 부축했다. 그 앞에 고개만 조아리고 선 은설은 그저 묵묵부답이었다.

"네가 어디서 무엇을 하고 왔는지는 중요하지 않다."

"어머니⋯⋯."

"그런다고 해서 그 혼사, 막을 수 있다고 생각한다면 그것은 네 착각이다."

"저는 할 수 없습니다. 이미 혼인을 약속한 정인이 있습니다, 어머니."

"누구 마음대로 혼인을 약속해. 이미 대사헌 댁과 이번 혼담의 갈무리를 지었다. 머지않아 적당한 기일을 골라 대사헌 댁에서 연통을 넣을 것이다."

겨우 정신을 붙잡은 유희가 은설을 직시했다. 유희의 눈길을 외면하는 은설이었다. 그녀는 툭 하고 건드리면 금방이라도 눈물이 뚝뚝 떨어질 듯한 얼굴로 바닥만 응시하고 있었다.

"아가씨 모시고 나가거라."

"⋯⋯예, 마님."

"그리고 오늘 같은 일이 또다시 일어난다면 내 은설이 네가 아닌 여주를 이 집에서 쫓아낼 것이니, 그리 알거라."

돌아서는 유희를 향해 은설이 힘없이 고개를 숙였다. 그러곤 터덜터덜, 안채를 나서다 그만 바닥에 고꾸라지고 말았다.

"아가씨!"

뒤따라 나오던 영광이 그녀를 부축했다. 은설은 입술을 질끈 악물며 영광의 손을 놓았다. 그가 그녀의 어깨를 단단히 붙잡았다. 하지만 그것마저 외면하는 은설이었다.

"혼자 있고 싶습니다."

그녀는 어깨에 힘이 빠져 축 늘어진 채, 안채를 벗어나 마당 한가운데를 가로질렀다.

"아⋯⋯!"

그 순간 마당으로 들어서던 누군가와 부딪힌 그녀가 뒤로 넘어져 엉덩방아를 찧고 말았다.

"아가씨⋯⋯."

넘어진 은설을 부딪힌 이가 황급히 부축했다. 그녀의 초점 없는 눈이 자신의 팔을 붙드는 그에게로 향했다.

"주⋯⋯ 상궁?"

주 상궁이 당황해하며 넘어진 은설을 재빨리 일으켰다. 그러곤 미안해하는 얼굴로 고개를 조아렸다.

"송구합니다, 아가씨. 앞을 잘 보고 걸었어야 했는데."

주 상궁과 은설의 시선이 교차했다. 묘하게 자신을 바라보는 주 상궁의 눈초리가 누그러져 있었다. 복잡한 은설의 가슴이 더 흐트러졌다.

"⋯⋯네, 괜찮습니다."

공손한 주 상궁의 태도에 곁에 있던 여주가 눈을 동그랗게 떴다. 주 상궁에게 꾸벅, 고개를 숙여 보이며 별채로 돌아가기 위해 걸음을 옮기던 순간, 은설은 아버지가 준 가락지가 바닥에 떨어진 것을 발견했다.

은설은 서둘러 가락지를 주워 소맷자락 안에 집어넣고 별채로 사라졌다.

"대원군 대감 드셨사옵니다."

막 곤룡포로 갈아입은 도윤이 상선의 음성에 피곤한 표정을 했다.

"오늘은 정사가 많이 밀려 곧 도승지와 독대를 해야 합니다. 돌아가시지요."

싸늘하게 그 말을 내뱉으며 도윤이 옥좌에 앉았다. 하지만 황망히 열리는 대전의 문이었다. 그의 눈길이 섬뜩하게 빛났다.

"대체…… 누가 왕이고 누가 대원군인지."

혼잣말로 중얼거리는 그의 낯빛이 지쳐 있었다.

"또 네 그 대단한 정인을 만나고 오는 길이냐."

"하실 말씀만 하시지요. 소자, 오늘은 아버지의 그 한가한 잔소리를 들어줄 여유가 없습니다."

도윤은 이학수에게 눈길도 주지 않은 채 말을 이었다. 건방지기 짝이 없는 그의 태도에도 이학수는 무슨 일인지 아무런 반응도 보이지 않았다. 그저 묵묵히 주먹만 쥔 채, 그를 노려보고 있을 뿐이었다.

"이제 어쩔 셈이냐."

"무엇을 말입니까."

"병판의 여식…… 신은설. 그년의 입궐이 어렵게 되었으니."

그제야 상소만 내려다보고 있던 그의 눈동자가 정면을 응시했다. 싸늘한 이학수를 바라보는 그의 눈이 더 처연했다.

"무슨 말인지 알아듣게 얘기하시지요."

애써 노기를 가라앉히며 말을 잇는 도윤의 음성은 처참하게 떨리고 있었다.

"너도 모르고 있었던 모양이구나. 그년에게 혼담이 오가는 집이 있었다 한다."

"혼담이라니요."

"정인이 있다…… 이 말이지."

"아버지! 어디서 그런 헛소문을……!"

"헛소문이 아니다! 사실이다! 내 방금 그년의 집에 사람을 보내, 알아보고 오는 길이다!"

"……뭐요?"

"대사헌 자제와 곧 혼례를 치를 것이라 하더구나!"

"그럴 리가 없습니다!"

'대사헌 자제'라는 말에 은설이와 헤어지던 길, 그녀를 품에 안던 영광이 떠올랐다. 도윤은 들고 있던 상소를 우악스럽게 던졌다. 상소는 대전 바닥을 처참하게 나뒹굴었다. 그 위로 그의 마음도 한 덩어리의 증오가 되어 나뒹굴고 있었다.

"사실이다. 병판의 여식은 곧 혼인할 것이다."

"아닙니다! 그럴 리가 없습니다!"

"이미 정인이 있는 여인이다! 한데 어찌 혼담을 깨고 후궁 교지를 내려 입궐시키겠느냐! 그것은 강상(綱常)에 어긋나는 짓이 아니겠느냐!"

어둠 사이로 도윤의 눈이 번뜩였다. 곧 그의 검은 눈동자에 뿌연 눈물이 서렸다. 짙은 어둠이 내린 탓에, 이학수는 미처 그의 눈물을 발견하진 못했다. 반듯한 입술을 지그시 악무는 도윤의 얼굴이 애처롭게 일그러졌다.

"정인이 있다…… 하였습니까."

"다른 대안을 찾아야 한다. 병판의 여식은 병풍으로도 쓸 수 없어. 소문으로 네 입지가 흔들릴 것이 염려된다면 신경 쓸 것 없다."

"아."

"발칙한 계집이 정인이 있음에도 군주를 속이고 궐을 넘보았다, 그리 또 다른 소문을 퍼뜨리면 되느니!"

"아니! 그럴 리가 없습니다…… 정인이…… 있을 리가 없습니다!"

제 15 장

가락지의 비밀

별채 화원에 다다른 은설이 깊게 한숨을 내쉬었다. 가만히 쪼그리고 앉아 좀 전에 주운 가락지를 가만히 내려다보았다. 그러자 자신에게 이 가락지의 출처를 물으며 은근히 시기하던 도윤의 얼굴이 떠올랐다.

"전하께서 이 가락지를 보고 정인이 준 거냐며 질투하곤 하셨는데."

피식, 미소가 터져 나왔다. 하지만 이내 그렇게 함께했던 나날들이 꿈이 되어버린 것만 같아, 은설의 마음이 미어졌다. 앞으론 추억을 헤집으며, 그 기억으로 버틸 수밖에 없었다.

단정한 그녀의 얼굴 위로 석양빛이 드리웠다.

벌써 도윤이 그리웠다. 오늘 일로 당분간 외출은 어려울 것이니, 교지가 내려질 때까지 기다리는 수밖에 없었다. 그가 밀서를 보내면 이번엔 어떻게 해서든 답신을 해줄 생각이었다. 가락지를 쥔 손을 쥐었다, 폈다를 반복하던 은설이 문득 자리에서 일어났다.

"목에 걸고 있던 게 왜 떨어진 거야…… 줄이 끊어졌나."

그러곤 가락지가 걸려 있던 목걸이를 만지작거리며 별채 안으로 들어서려 했는데.

"어?"

목걸이에는 가락지가 그대로 걸려 있었다. 놀란 은설이 황급히 주운 가락지를 내려다보았다.

"똑같은…… 건데?"

그녀의 머리가 새하얘졌다. 그녀는 후다닥 별채 안으로 들어가 경대를 찾아 자신의 목을 비추어보았다. 아버지가 준 가락지가 목걸이 줄에 그대로 걸려 있었다.

"그대로 있잖아."

혹시나 하는 마음에 경대로 목에 걸린 가락지와 주운 가락지를 비교해보았지만, 연꽃 한 잎 흐트러지지 않고 똑같았다. 그녀의 눈동자가 무자비하게 흔들렸다.

"어떻게 된 거지……? 세상에 단 하나뿐인 가락지라고 했는데."

말끝을 흐리는 그녀의 얼굴에 의구심이 피어올랐다. 세상에 가락지가 얼마나 많은데, 같은 것일 수도 있지. 그렇게 마음을 다잡아보았지만 어쩐지, 그럴수록 혼란 속으로 잠기고 마는 그녀였다. 가락지를 쥔 손이 작게 떨렸다. 마음을 가다듬으며 좀 전의 상황을 찬찬히 되짚어보았다. 그러자 주 상궁과 부딪혔던 것이 퍼뜩 떠올랐다.

"주 상궁 마마님…… 것인가?"

그녀의 곧게 뻗은 눈썹이 슬쩍 일그러졌다. 은설은 그대로 별채를 나섰다. 꼭, 매번 오가던 익숙한 길이, 오늘따라 낯설게만 느껴지는 듯했다. 길을 잃은 것 같았다.

✤

"그 말을 어찌 믿습니까."

도윤 역시, 길을 잃은 듯 혼란스러웠다. 이학수를 응시하는 눈동자가 점점 커졌다.

"믿고 말고가 어디 있느냐. 그것이 사실인데."

"누군가 계략을 꾸미려 헛소문을 퍼뜨린 것……"

"헛소문이 아니라 하지 않느냐! 오늘 그 계집이 대사헌의 자제를 만나러 길을 나섰다, 그 집 종이 직접 말을 하였다. 그리고 이미 병판과 대사헌이 혼담을 주고받았단 말까지 들었는데. 그것이 거짓일 이유가 무엇이 있겠느냐."

자꾸만 지워지지 않는 은설과 영광의 모습이었다.

하지만 이깟 말 한마디에 그녀를 놓을 순 없었다.

도윤은 더욱이 이를 악물었다. 그 어떠한 오해와 갈등 속에서도 지켜낸 그녀와의 연모였다.

이젠 그 결실만을 앞두고 있었는데, 정인이라니. 자신도 모르는 숨겨둔 정인이라니, 게다가 그와의 혼인이라니!

그는 믿을 수 없었다. 이렇게 쉬이 저버릴 연모였다면 시작도 않았을 것이다. 그의 지친 낯빛 위로 헛웃음만 일었다.

"물러가세요. 더는 듣고 싶지 않으니. 교지는 예정대로 내릴 것입니다."

"강행한다고 해서 될 일이 아니다. 나 역시 너의 남색을 숨기고 싶으나, 다른 인물을 알아보아야 한다."

"제 윤허가 있기 전까지, 그 교지! 누구도…… 절대! 무를 수 없습니다!"

소리치는 그를 애써 외면한 채 등을 돌리던 이학수가 중얼거렸다.

"왜 저렇게 그깟 계집 하나에 목을 매는 것이야. 적당한 다른 계집을 찾아 입궐시키면 되는 것을."

도윤의 성난 음성이 벼락처럼 허공을 갈랐지만, 어쩐지 그 얼굴은 담담했다. 이학수가 못마땅하다는 듯 혀를 차며 대전을 완전히 벗어나고서야 도윤은 쓰러지듯, 옥좌에 앉았다. 상선이 황급히 그를 부축했다.

"전하……!"

"이대로는 안 된다. 내가 어찌 지켜낸 여인인데…… 잃지 않으려…… 무던히도 애쓰며 움켜쥐어온 여인이다!"

열어둔 창틈으로 바람이 무수히 밀려 들어왔다.

그는 낙담하며 이마를 짚었다. 벼랑 끝으로 떨어지지 않으려 발버둥 치던 그가, 그에게 주어진 지푸라기 같은 춘몽 방울을 돌아보았다. 곤룡포를 풀어 헤치는 그의 손길이 거칠었다. 모든 것을 다 갈기갈기 찢어버리겠다는 듯, 그의 손가락 마디마디마다 노기가 가득했다.

"날이 밝는 대로 저 이야기가 사실인지 알아보라!"

"예, 전하."

"사실이 아니라…… 누군가가 지어낸 허구라면 기필코 그 거짓을 만들어낸 자를 발본색원(拔本塞源)하여 책임을 물을 것 이다!"

"……예."

"왕의 여인을 두고 헛소문을 내었을 땐, 필시 목숨을 걸었을 터. 그 대가로 명줄을 내놓으라 할 생각이니, 저 이야기의 진상 을 소상히 알아내야 할 것이다!"

이내 그의 맨가슴이 드러났다. 거칠게 숨을 내뱉을 때마다 그의 성난 가슴이 한껏 부풀었다. 고개를 조아리고 대전을 나 서는 상선을 바라보는 그의 눈길이 삼엄했다.

"사정이 있을 것이다. 그래야만 했던 사정…… 내겐 말하지 못했던 연유."

그녀에게 직접 듣기 전까지는 믿지 않을 요량이었다. 설령 그 녀가 모두 사실이라고 해도 그는 그녀를 놓을 수 없었다.

"너를…… 어찌해야 좋을까."

낮게 쉬는 한숨 속에 그 말을 섞어 뱉던 도윤이 지그시 눈을 감았다. 옥좌에 비스듬히 기대앉은 그의 매끄러운 잇새로 신 음이 흘렀다. 몰려오는 어둠이 비탄하기만 한 밤이었다.

한편, 대전 밖에서 명을 받잡고 나서는 상선을 바라보는 또 다른 눈길이 있었다.

"대사헌 자제의 혼담에 대해 소상히 알아보셔야 할 것 같소."

"전하께서 지시한 것입니까."

"그렇소. 전하께서 많이…… 혼란스러워하시오."

상선이 도윤의 명을 주환에게 전했고, 그것을 대전 나인이 은밀히 응시하고 있었다. 그 나인은 바로 대전에 심어놓은 간자(間者)였다. 주환이 돌아서자, 그녀도 곧바로 대전을 벗어나 서둘러 어딘가로 향하기 시작했다.

그녀를 비추는 달빛은 중궁전을 향해 있었다.

주 상궁이 안채를 나서기만을 기다리던 은설이 멍한 얼굴로 가락지만 내려다보았다.

'세상에 단 하나뿐인 가락지라고 아버지께서 그러셨어…… 은설이란 내 이름을 지어주며 내 목에 걸어준 가락지라고 했는데, 어찌 이리 똑같이 생겼을 수가 있지.'

그저 같은 가락지일 뿐이었지만, 이상하게 그녀를 감싸는 공기가 심상치 않았다. 하필이면 왜 자신과 똑같은 가락지를 주 상궁이 가지고 있는 것일까. 유희와 병판과 막역한 사이라고 했으니, 단지 우정의 증표로 나눈 가락지였을까. 갖가지의 생각이 그녀의 머릿속을 어지럽혔다.

그때였다.

"살펴 가십시오, 마마님."

안채를 나서는 주 상궁을 배웅하는 유희의 음성이 흘렀다.

"나오지 마세요, 부인. 몸도 성치 않으신데. 홀로 갈 수 있습니다."

"하면…… 밤길이 어두우니 속히 입궐하시옵소서."

은설은 서둘러 안채를 향해 달려갔다. 가슴이 쿵, 쿵, 쿵 요동치기 시작했다.

"예, 부인. 연통을 넣겠습니다."

주 상궁의 반듯한 음성이 제법 가까이에서 들렸다. 은설이 마른침을 꼴깍 삼켰다. 그때, 장옷을 뒤집어쓴 주 상궁이 모습을 드러냈다.

"마마님."

"……아가씨?"

갑작스러운 은설의 등장에 주 상궁이 흠칫 놀라며 장옷을 벗었다.

"실례가 안 된다면 잠깐…… 이야기를 나눌 수 있을까요. 잠시면 됩니다."

그녀의 말에 주 상궁의 눈길이 깊어졌다. 주 상궁은 안채로 들어서는 유희의 뒷모습을 빤히 바라보다 지그시 입술을 깨물었다. 언젠가 한번은 은설과 단둘이 이야기를 나누고 싶었던 그녀였다. 주 상궁의 가슴도 작게 뛰기 시작했다.

"예, 아가씨."

주 상궁이 다시금 장옷을 뒤집어쓰며 은설을 뒤따랐다. 은설은 서둘러 별채로 향했다. 그녀의 뒷모습을 바라보는 주 상궁의 가슴이 벅차올랐다. 탐라에 있는 폐비 홍 씨를 만나러 갈

때만큼 만감이 교차하는 순간이었다.

"마마님……."

그때, 별채에 다다른 은설이 주 상궁을 조심스레 돌아보았다. 주 상궁 역시 장옷을 벗으며 고개를 조아렸다.

"말씀하시지요."

무사히 장성한 그녀를 바라보는 것만으로도 주 상궁의 눈시울은 붉어졌다. 애써 울음을 삼키며 그녀가 은설을 응시했다. 거센 눈보라를 헤치고 피어난 한 떨기 매화처럼, 곱고 어여쁘게 자란 은설이었다. 감격한 얼굴로 그녀를 바라보고 있던 주 상궁의 앞에 은설이 가락지를 내밀었다.

"이것……."

차분하게 가라앉은 그녀의 음성에 주 상궁의 시선이 가락지로 향했다. 그 순간, 주 상궁의 눈이 커지고 말았다.

"아…… 어찌 이것이!"

그녀가 황급히 자신의 소맷자락 안을 더듬기 시작했다. 폐비 홍 씨가 주었던 가락지가 없었다. 그런 그녀를 가만 바라보던 은설이 주 상궁의 손에 가락지를 쥐어주었다.

"아가씨……."

"이 가락지가 마마님의 것입니까."

은설의 눈동자가 작게 빛났다. 주 상궁은 나지막이 고개를 끄덕이며 가락지를 품에 넣었다. 그녀의 대답에 이번엔 은설의 눈동자가 점점 커졌다. 차분히 내뱉던 숨결이 조금씩 흐트러지기 시작했다.

"가락지가…… 참으로…… 어여뻐서요."

"아, 네. 제가 소중히 생각하는 것입니다."

주 상궁의 눈치를 살피며 은설이 가락지에 대해 조금씩 질문을 하기 시작했다.

"소중한 분이 주셨나 봅니다."

그러자 주 상궁이 슬픈 얼굴을 했다. 언제나 반듯하고 근엄하던 그녀의 눈길이 흐트러지는 순간이었다. 주 상궁의 눈앞에 폐비 홍 씨의 야윈 얼굴이 그려졌다.

"한땐 제가 모셨던 분입니다."

그녀의 말에 은설은 묵묵히 주 상궁만 바라보았다. 제법 어둑해진 하늘을 올려다보는 주 상궁의 눈길이 무거웠다.

모셨던 분…….

은설은 그녀의 말을 입안으로 곱씹었다.

"윗전이셨습니다. 저의 목숨도 여러 번 구해주시고 또한, 저를 살뜰히도 보살펴주시고…… 제 식솔들도 돌보아주셨던 좋은 분이셨지요."

"……윗전이라 하시면."

"하지만 이렇게 언급을 하는 것조차, 이젠 송구함으로 남은 분입니다."

은설의 검은 눈이 요란하게 움직였다. 주 상궁의 말에 퍼뜩 떠오르는 이름 하나가 있었다.

"……혹, 폐서인 홍 씨를……."

그녀의 입에서 홍 씨가 언급되자 주 상궁의 가슴이 이상하게 아릿해졌다. 남 부르듯 하는 그 이름에, 하마터면 휘청 무너질 뻔한 주 상궁이었다.

"예. 그분께서 주셨습니다."

온 감정이 일었다. 자신이 배반했던 윗전이 준 물건을 여태 지니고 있다니. 그리고 그를 언급하며 이토록 슬픈 얼굴을 하다니. 소문 속의 그 냉철한 여인이 맞을까, 의문이 들었다. 하지만 그보다 더, 그녀를 굳어버리게 만든 것은 자신이 가진 가락지와 같은 가락지가 폐비 홍 씨의 것이라는 사실이었다.

"어찌, 아직 들고 계십니다."

"버려야 했는데, 예…… 아직 버리지 못하였네요."

잠시 흩어졌던 이성을 되찾으려는 듯, 그녀가 음성을 가다듬었다. 그런 주 상궁을 가만히 바라보던 은설이 떨리는 입술을 벌렸다.

"실례가 되는 줄 알면서도…… 그 가락지를 소상히 보았습니다."

"아, 그러셨습니까."

"연꽃이 너무 아름다워서요. 귀한 물건인 것 같아, 마마님께 꼭 찾아드려야 할 것 같아서 기다렸습니다."

"네, 감사합니다. 아가씨."

"한데…… 문양이 독특한 것이 사연이 깃든 가락지인 것 같기도 하고. 또 뭔가 흩날리는 연잎이 꼭 다른 가락지와 쌍을 이루는 것 같기도 하고…… 궁금했어요. 이 가락지에 대해서."

은설이 슬쩍 주 상궁을 떠보았다. 그러자 주 상궁의 얼굴에 다시금 슬픈 빛이 감돌았다. 주 상궁은 그런 은설의 의중은 헤아리지 못한 채 그저 자신의 친모인 폐비 홍 씨의 물건이라 은연중에 끌리는 것일까, 마음이 복잡해지고 있었다. 고민하던 주 상궁이 조심스레 입을 열었다.

"예, 아가씨의 말대로 이 가락지는 한 쌍입니다."

어째서였을까. 그 말을 듣는 은설의 가슴은 두 쪽으로 갈라지는 듯했다.

"쌍이라면, 그럼 나머지 가락지는 누구의……."

은설의 눈이 주 상궁의 반듯한 입술에 고정되었다. 세상의 모든 소리가 일순 거두어진 듯 짙은 적막이 내려앉았다. 그녀의 온 신경이 오로지 주 상궁의 입술을 향해 있었다. 곧 주 상궁의 단정한 입매가 벌어졌다.

"그분의…… 지아비 것입니다."

"지아비라뇨?"

놀란 은설이 그녀에게 되묻자, 그녀는 두 눈을 지그시 감은 채 고개를 조아렸다.

"선왕 전하께서 품에 지니고 눈을 감으셨을 것입니다."

"……선왕 전하!"

"이 가락지는 선왕과 폐서인 홍 씨가 국혼을 치르며 나누어 가진 증표입니다."

그 말이 그녀의 귓가에 닿는 순간, 몸속의 피가 뜨겁게 데워졌다.

"어째서……."

말을 잇지 못하는 은설을 주 상궁이 의문스레 바라보았다.

"왜 그러십니까, 아가씨?"

혼란스러웠다. 애써 맞춰놓은 조각들이 다시금 흐트러지고 있었다.

폐비 홍 씨, 그리고 그의 지아비 선왕.

그들이 증표로 나누어 가진 가락지와…… 주 상궁.

얽히고설킨 그것들 사이에 무언가 하나 빠진 느낌이었다. 그리고 더 이상한 것은 접점이 없을 것 같은 그들과 자신이 한 선상에 놓였다는 것이었다.

"이 가락지가…… 혹 흔한 문양의 가락지입니까?"

이해할 수 없는 이 상황을 그래도 이해시킬 수 있는 대답은 단 하나. 그렇다는 주 상궁의 대답뿐이었다. 어쩐지 제발 그녀의 입에서 그 대답이 나오길, 은설은 기대했다. 하지만 주 상궁은 애석하게도 그녀의 바람을 일그러뜨렸다.

"아니요. 하나뿐인 것입니다. 해서…… 아가씨의 시선을 압도하였나 봅니다."

"예?"

"이것은 조선에 단 한 쌍뿐인 가락지입니다."

"아니……그럼."

"선왕께서 폐서인 홍 씨와 국혼을 치르기 전, 직접 가락지의 도안을 고안하고 그려서 장인(匠人)에게 부탁한 것이라 들었습니다."

"아."

"해서 만들어진 가락지를 증표로 나누어 가진 것입니다. 하니 이 문양과 같은 가락지는 조선 팔도 어디에도 없습니다."

그럼 대체…… 자신이 지닌 가락지는 무엇이란 말인가.

─네 아버지께서 은설이란 이름을 지으며 네 목에 걸어준 가락지란다.

유희의 음성이 바람결에 흩어졌다. 하면 자신의 아비인 병판은 어째서 선왕의 가락지를 가지고 있단 말인가. 혹, 막역한 사이라서? 해서 죽기 전 유품으로 병판에게 넘긴 것일까. 온갖 생각으로 이 해괴한 상황을 종지부 찍으려 열심히 머리를 굴렸지만, 해답이 나오지 않았다.

"마음에 드십니까, 아가씨?"

혼란스러운 그녀의 마음을 알지 못한 채, 주 상궁이 은은하게 미소를 지었다. 선뜻 어떠한 대답을 올려야 할지 몰라, 은설이 머뭇거리고 있자 주 상궁은 다시금 품에서 가락지를 꺼냈다.

"저에겐 이젠 필요 없는 물건이니 아가씨께서 가지세요."

"이리 중요한 물건을 제가…… 어찌."

하지만 개의치 않는다는 듯, 주 상궁은 가락지를 은설의 손에 쥐어주었다. 은설의 가슴이 아릿해졌다. 반면, 잠시 스친 그녀의 온기에도 주 상궁은 속절없이 무너질 것만 같았다.

'마마…… 이젠 공주 마마께서 이리 장성하시었으니, 마마께서 주셨던 이 가락지, 공주 마마께 드려도 되겠지요? 어차피

이 가락지의 주인은 쇤네가 아닌 공주 마마시니까요.'

가락지를 전해주는 주 상궁의 눈길이 한층 애절했다. 하지만 은설은 달랐다. 가슴이 세차게 요동치다 못해 터져나갈 듯 뛰고 있었다. 누가 제발 이 상황을 자신에게 설명해주었으면 싶었다.

"마마님…… 한데, 제 아버지와 선왕 전하께선 각별한 사이셨습니까."

어떻게 해서든 이 미궁 속을 빠져나가고 싶었다. 그러나 그럴수록 더욱 깊숙이 가라앉고 말았다. 그녀의 물음에 주 상궁이 느리게 고개를 저었다.

"병판 대감과 선왕의 사이는 각별하다기보다는…… 충신이셨지요. 감언이설(甘言利說)보다는 고언(苦言)을 서슴지 않고 올리시던."

"혹 그럼 선왕께서 승하하시기 직전 그 가락지를 누군가에게 유품으로 주시지는……."

"그런 일은 없었을 것입니다. 병세가 워낙 심하시어 상선과 어의 외에는 그분 곁을 지키지 못하였으니까요. 또한…… 마지막까지 품에 지닌 채, 눈을 감으셨을 것입니다. 그분께도 이 가락지는 죽어서도 품어야 할 소중한 것이었으니까요."

주 상궁은 단순한 호기심이겠거니, 그녀의 물음들을 대수롭지 않게 여겼다.

"쇤네는 이만 환궁 시간이 지체되어……."

반듯하게 고개를 조아리며 돌아서는 주 상궁을 향해 은설이 나지막이 일렀다.

"혹, 마마님을 뵈려면 어디로 가야 합니까?"

그녀의 숨결이 어쩐지 떨리고 있었다. 돌아서던 주 상궁이 고개를 돌렸다. 자신을 응시하는 그녀의 눈빛이 참담했다.

"머지않아 마마님을 찾아뵐 일이 생길 것 같아 그럽니다."

이상하게 그 말이 주 상궁의 가슴을 시큰하게 울렸다.

"그랬단 말이지? 전하께서 그리 명을 내리셨단 말이지?"

"예! 대전 나인이 곧바로 일러왔습니다."

낙망의 빛만 가득했던 중궁전에 모처럼 활기가 돌았다.

침소의대(寢所衣襨)로 갈아입고 막 자리에 누우려던 중전이 촛불을 켰다. 길고 어두운 밤의 시작점에서 그녀는 다시금 어둠을 거두었다.

"날이 밝는 대로 그년의 필체와 비슷하다는 그자에게 서찰을 써서 준비하라 일러라."

"예, 중전 마마. 아, 그리고 부원군 대감께서도 연통을 넣으셨습니다."

"그래, 아버지께서 무어라고 하시더냐."

"대사헌 댁에서도 이번 혼담을 지체 없이 추진하겠다 약조하였답니다. 혼사를 무를 수 없도록 약점도 단단히 잡아놓으셨다면서, 마마께 걱정 말라 전하셨습니다."

"역시…… 나의 아버지시다."

중전은 흡족한 듯 미소를 터뜨렸다.

중전에게 있어 이 교태전은 삶의 이유이자, 지아비의 애정을 얻지 못하는 그녀의 삶을 버티게 해주는 뿌리였다. 잃어서도, 또한 조금이라도 흔들려서는 안 될 곳. 그녀는 오늘도 이곳을 지켜냈음을 스스로 자축하고 격려하고 있었다.

도윤의 사랑을 받지 못할수록 그녀는 엇나가고 있었다. 그리고 그 엇나간 연심은 독이 되어 도윤을 향했다.

별채로 돌아온 은설은 쉬이 잠들 수가 없었다. 어쩌면 당연한 일일지도 몰랐다. 모든 빛을 거둔 별채 안. 창 너머로 들어오는 달빛에만 오직 의존한 채, 그녀가 똑같은 문양의 두 가락지를 내려다보고 있었다.

"대체 이걸 어떻게 받아들여야 할까."

아무리 생각해봐도 이해가 되질 않았다. 선왕에게 있어야 할 가락지가 왜, 자신의 목에 걸려 있는 것인지. 중전과 나누어 가졌던 증표를 병판에게 유품으로 건넬 만큼 선왕과 막역한 사이는 아니라고 했다. 그럼 이 가락지는 어떻게 병판의 손에 들어간 것일까.

"아가씨, 주무세요?"

그때, 별채 밖에서 여주가 은설을 작게 불렀다. 은설은 가락지를 서둘러 품에 넣으며 이부자리 위에 몸을 뉘었다.

"아니, 아직…… 들어와."

여주가 이내 문을 열고 조심스럽게 별채 안으로 들어섰다.

들큼한 탕약 향이 훅 끼쳤다.

"아이고, 내 이럴 줄 알았어. 고뿔 기운이 채 가시지도 않았는데 창을 왜 이렇게 활짝 열어두셨어요."

여주가 잔소리하며 창을 휙 닫았다. 은설이 멋쩍게 미소를 지었다. 이내 초를 다시금 밝히며 여주가 은설의 앞에 탕약을 내밀었다.

"쭈욱 들이켜고 주무셔요. 또 밤새 열병 때문에 끙끙 앓으시면 아니 되니까."

"……놔두고 가."

"다 드시는 거 쇤네가 보고, 빈 탕약 그릇 들고 나가야 해요. 안방마님이 시키셨거든요."

"어머니께서?"

"네. 그래도 그렇게 혼쭐내시고 마음이 편치 않으셨는지, 내내 안방마님께서 달이신 탕약이에요."

유희가 달였다는 탕약을 내려다보는 은설의 눈이 무겁게 가라앉았다. 은설은 하는 수 없이 탕약을 한입에 털어 넣고 빈 그릇을 여주에게 내밀었다.

"자, 됐지?"

"참, 아가씨. 주 상궁 마마님하고는 무슨 얘기하셨어요?"

그릇을 받아 들며 여주가 은설을 돌아보았다. 은밀히 이야기를 나눈다고 한 것이, 여주에게 들켰나 싶어 은설의 얼굴이 딱딱하게 굳었다.

"아무한테도 얘기 안 했으니 마음 놓으셔요."

"……아, 보았구나."

"쇤네는 주 상궁 마마님만 보면 오금이 저리던데. 아가씨께선 어째 주 상궁 마마님하고 꽤 면이 있는 사이신가 봐요?"

"아니 뭐 꼭 그런 것은 아니고."

"아무튼 얼른 주무세요. 이불 꼭 덮고 주무셔야 해요?"

그릇을 챙겨 들며 일어서는 여주를 넌지시 올려다보던 은설이 작게 고개를 끄덕였다. 그러다 아까, 주 상궁의 단정한 태도에 의뭉스러운 눈을 하던 여주의 모습이 생각나 서둘러 그녀를 붙들었다.

"아, 여주야. 잠시 저…… 뭐 물어볼 것이 있는데."

일전에 민주와의 일도 생각이 났다. 자신에게만 유독 윗전 대하듯, 예를 갖추어 행동하던 주 상궁의 모습이. 또한, 그 모습을 자신과 마찬가지로 생경하게 바라보던 민주도. 무언가 주 상궁의 행동도, 이 가락지 일만큼이나 받아들이기 힘들었다.

"뭔데요?"

다시금 은설의 앞에 자리를 잡고 앉는 여주가 눈을 동그랗게 떴다.

"주 상궁 마마님에 대해 뭐…… 알고 있는 게 있나 싶어서."

"쇤네가 알게 뭐 있나요? 그저 뭐 중궁전 최고 상궁이시고, 이학수 대감의 수족이라는 거?"

여주가 대수롭지 않게 말하며 코끝을 문질렀다. 은설은 그런 여주에게 바투 다가갔다.

"저잣거리에서 주 상궁 마마님을 마주한 적이 있었거든."

"예. 한데요?"

"그런데 그때 민주가 실수로 주 상궁 마마님이 탄 가마와 부딪혔었어."

"어머! 민주 아가씨 살아 계시대요?"

여주가 어머어머, 호들갑을 떨며 손뼉을 쳤다.

"주 상궁 마마님한테 요만한 트집이라도 잡히면 신분을 막론하고…… 캑."

여주는 손 날로 자신의 목을 치는 시늉을 했다. 은설은 그 정도인가 싶어 아무런 말도 하지 못한 채, 그녀만 바라봤다.

"괜히 이학수의 개라고 불리겠어요?"

"……이학수의 개?"

'이학수의 개'라는 말에 은설의 명치 끝이 이상하게 쓰라렸다. 폐비 홍 씨 이야기를 하며 슬픈 낯을 하던 그녀의 얼굴이 떠올랐다. 소문과 묘하게 대조되던 그녀였다.

"이학수가 이 조선에서 제일 악명 높기로 소문났잖아요? 그 대감을 윗전으로 둔 주 상궁 마마님은 오죽하겠냐고요. 또 그 주 상궁 마마님은 홍 씨 마마까지 버리고 이학수 대감의 손을 잡은 아주 냉혈한 인간인데."

"아."

"민주 아가씨가 억세게 운이 좋았네요."

"그래도…… 호조 참판 댁 여식을 그리 막 대하겠어?"

"어휴? 호조 참판이 아니라 호조 참판 할아버지의 할아버지가 와도!"

흥분한 듯 침까지 튀기며 말하는 여주를 심각하게 바라보는 은설이었다.

"주 상궁 마마님은 눈 하나 깜빡 안 하십니다. 저번엔 지나가다 주 상궁 마마님 발 밟았다고 그 왜 의금부 대장 나리, 누구시더라? 암튼 그분 여식을 얼마나 호되게 혼내셨는지."

"고작 발을 밟았다고?"

"에이, 말도 마요! 저잣거리에 소문이 파다했어요. 까딱했다간 그분 주 상궁 마마님한테 뺨 맞을 뻔했다니까요?"

"설마…… 그렇게까지?"

여전히 믿기지 않는다는 듯 은설이 손사래를 치자, 여주는 기가 찬다는 듯 코웃음까지 치며 은설에게 바짝 붙어 앉았다.

"쇤네가 농을 하는 것 같죠? 참이라니까요?"

"어째서 그렇게까지 하는 것이야?"

"그분도 귀가 있고 눈이 있는데 자기를 두고 이학수의 개니, 중전을 배신한 상궁이니, 짐승만도 못한 인간이니, 이런 흉악한 소문들 못 들겠어요? 해서 더 그러시는 거지요."

"자기…… 방어 같은 거, 뭐 그런 건가."

"예. 뭐 쇤네도 주워들은 건데 일부러 더 그런다더라고요. 그렇게라도 하지 않으면 자기를 더 업신여기고 깔보고…… 더 흉측한 소문이 나돌 수 있으니까요. 또 그렇게 하지 못하도록 이

502

학수 대감께서 어쩌나 그 마마님을 끼고 도시는지. 이학수 대
감 무서워서 그 마마님을 더 피하는 것도 있고요."

여주의 말에 은설이 낮게 고개를 끄덕였다. 그녀의 기고만장
한 태도에 대한 궁금증이 조금은 풀리는 듯했다.

"권력이…… 그 여인을 그리 만들었구나."

"그러니 아가씨도 그 마마님하고 가까이 지내지 마세요. 악
한 기운 붙어요!"

"뭐 가까이 지낼 일이 뭐 있겠냐만은."

"한데 아까 보니 아가씨한텐 각듯하게 행동하시던데? 그게
조금 의아스럽긴 했지만…… 뭐, 우리 안방마님하고 절친했던
사이였으니까 그러시는 거겠지요?"

"아."

"쇤네는 이만 자러 가야겠어요. 아가씨도 서둘러 주무셔요."

그 말을 남기며 별채를 나서는 여주였다. 은설의 마음이 더
욱 심란해졌다. 여주의 마지막 말이 이상하게 가슴에 걸렸다.

나한테만 예를 갖추어 행동하는 주 상궁이라…….

쏟아지는 달빛을 바라보는 그녀는 수심에 잠기고 말았다. 무
언가 자신만 모르는 비밀 같은 것이 있는 것만 같았다. 그것이
무엇인지, 생각하고 더 깊이 파고들수록 어쩐지 그녀의 마음이
편치 않았다. 이불 위에 반듯하게 누운 은설이 다시금 쌍가락
지를 꺼내 들었다.

"대체…… 넌 어디서 온 거니?"

제 16 장

다시, 겨울

다음 날, 상참을 마치고 대전으로 돌아서는 도윤 앞에 주환이 멈춰 섰다.

심란한 마음에 어찌 상참을 마쳤는지도 몰랐다.

"전하, 드릴 말씀이 있습니다."

정신을 차리고 고개를 드니 굳은 얼굴의 주환이 서 있었다. 도윤은 대답 대신 그의 눈을 직시했다.

"하명하신 대로…… 소상히 알아보았습니다. 한데 사실이었습니다."

하지만 도윤은 무너지지 않았다. 웃지도 울지도 않은 채, 그저 묵묵히 주환만 바라보고 있었다. 의연한 그의 태도에 주환의 가슴이 철렁 내려앉았다.

"다시 고하라."

"……전하."

"무어라 하였느냐."

재차 묻는 도윤을 향해 주환이 참담한 얼굴로 고개를 조아렸다. 쉬이, 말이 나오지가 않았다. 군주가 얼마나 갈망하고 원하는 여인인 줄 알기에, 주환은 다시 대답을 올릴 수가 없었다. 그것은 그의 가슴에 비수를 두 번 꽂는 것이나 다름없었다.

"그런 얼굴로 고개만 숙이지 말고 대답을 하라."

"전하."

"무엇이 사실이란 말이더냐."

곁에 섰던 상선도 그만 탄식을 내뱉고 말았다.

"은설 아가씨께서…… 대사헌의 장자와 혼례를 앞두고 있다 하옵니다."

주환은 하는 수 없이 두 눈을 질끈 감고 고했다. 그제야 도윤은 그를 향해 버럭, 호통을 쳤다.

"감히 네가 뉘 안전이라고 거짓을 고하는 것이야!"

이번엔 부정이었다. 두 귀로 듣고도 믿을 수 없는 그의 말에 도윤은 그만 자신의 귀를 막고 있었다.

"전하……."

"비켜라. 그 여인에게 갈 것이니."

"전하!"

"어제까지만 해도 나를 보러 오기 위해, 열 기운이 채 가시지 않은 몸으로 달려온 여인이다!"

"……송구하옵니다, 전하."

"내가 직접 묻고 직접 대답을 들을 것이니 물러나라!"

거칠게 주환을 밀어내며 도윤이 휘적휘적, 대전을 향해 걸었다. 그런 그의 앞을 중전 김 씨가 가로막았다.

"그럴 것 없습니다."

"······뭐요?"

도윤의 형형한 눈빛이 중전을 쏘아보았다. 그러자 중전이 고고하게 도윤을 바라보다 이내 예를 갖추어 고개를 조아렸다.

"직접 물으실 필요가 없다, 하였습니다."

"중전."

"교지는 거둘 것입니다. 저 말을 믿지 못하시겠다면 대사헌과 병판을 직접 불러들이지요."

"······뭐요?"

"신첩. 강상(綱常)을 저버리고 혼담이 오가는 가문의 여인을 약탈(掠奪)하듯 입궐하라, 교지를 내릴 수 없습니다!"

"중전!"

"그것은 이 왕실의 체통을 저버리는 짓이며, 또한 저의 전부인 내명부를 욕되게 하는 짓입니다."

맞서 소리치는 중전에게 바투 다가간 도윤은 그녀의 손목을 거칠게 움켜잡았다.

"전하······!"

놀란 궁인들이 모두 고개를 조아리며 물러났다.

"그대의 짓이렷다."

"······놓아주시지요."

"내명부가 그대의 전부라 하였소?"

중전의 얼굴이 파리하게 질려나갔다. 자신의 손목을 우악스럽게 움켜쥔 군주에게서 살기마저 느껴지고 있었다. 하지만 중

506

전은 무너지지 않으려 이를 악물었다. 그럴수록 도윤의 눈길은
더욱 차갑게 식어만 갔다.

"한데 어쩝니까. 내 전부는…… 그 여인인데."

"전하!"

"나와 그 여인을 갈라놓으려 이딴 추잡한 짓을 꾸몄다?"

"꾸민…… 것이 결코 아닙니다…… 윽."

힘에 부치는 듯 중전의 잇새로 신음이 흘렀다.

"내가 그대를 용서할 성싶소? 기꺼이 내 증오의 끝을 보려는
것이오, 중전!"

증오의 눈길로 중전을 노려보던 도윤이 거칠게 그녀를 내팽
개쳤다. 그러자 얼굴이 빨갛게 달아오른 중전이 아릿한 손목을
감싸며 바닥 위로 고꾸라졌다.

"주환이만 따라오고 다들 물러가라!"

그 어느 때보다 신경질적인 그의 음성에 궁인들은 모두 고개
만 조아리고 있을 뿐이었다. 휘적휘적, 그가 대전 쪽으로 사라
지자 그제야 중궁전 나인들이 쓰러진 중전을 부축했다.

"중전 마마!"

다 잡은 승기였지만, 어쩐지 그녀의 가슴은 참담했다.

"……전하의 전부가 그 여인이라 하셨습니까?"

그녀의 커다란 눈망울에서 눈물이 뚝뚝 떨어졌다.

"그럼 그 전부를 오늘 잃게 해드리지요. 무엇하느냐! 부원군
대감을 당장 부르지 않고!"

악을 지르는 중전을 나인들이 황급히 일으켜 세웠다. 한편,

다시, 겨울 507

분기를 가라앉히지 못한 채 대전으로 향하던 도윤이 주환을 세차게 돌아보았다.

"어쩔 것입니까, 전하."

"나갈 것이다. 채비하라."

"한데, 아가씨는 아직 모르시지 않습니까."

"지금 당장 나갈 수 없으니 네가 전하거라. 오늘 유시까지 필애원에서 보자고. 반드시 나와야 한다고."

거칠게 대전의 문을 열어젖히고 옥좌를 향해 익선관을 집어 던지는 그였다. 그래도 가라앉지 않는 분기에 그가 고함을 질렀다. 주환 역시 황망한 듯, 이를 악물고 서 있었다.

"으아아악!"

이렇게 갑자기 혼담이 오갈 수는 없었다. 그날 은설을 끌어안던 그 사내가 못내 마음에 걸렸지만, 그거 하나만으로 그녀가 자신을 속이고 뒤에서 혼례를 준비했다고는 볼 수 없었다.

도윤은 믿었다. 자신을 바라보던 다정한 눈길, 자신의 손을 잡아주던 따스한 손길. 그리고 속히 입궐하겠다며, 좋은 꿈만 꾸라던 그녀의 음성. 모두 진실이었고, 그렇게 믿고 싶었다.

"아무도 믿을 수 없다. 그러니 네가 그 여인을 직접 필애원에 데리고 나와 함께 나를 기다리도록 하라."

"예, 전하. 분부 받잡겠사옵니다."

주환이 황급히 대전을 나섰다. 쓰러지듯 대전 바닥에 주저앉은 도윤이 굳게 주먹을 말아 쥐었다.

"나를 제발…… 자극하지 말란 말이다!"

"아버지, 계셔요?"

은설이 안채 문을 작게 두드렸다. 그러자 모처럼 집에서 서책을 즐기고 있던 병판이 반색하며 은설을 맞았다.

"은설이냐, 들거라."

병판은 서책을 덮으며 환하게 웃었다.

"어쩐 일이냐. 고뿔은 다 나은 것이고?"

"예…… 심려 끼쳐드려 죄송합니다."

"많이 야위었다. 끼니는 제때 먹고 있는 것이냐?"

"예. 당연하죠."

은설이 병판 앞에 조심스레 앉으며 그의 안색을 살폈다. 다행히 밝은 얼굴의 병판이었다.

"그래, 무슨 일로 찾아왔느냐?"

"저, 그것이. 궁금한 것이 있어서요."

"무엇인데? 어쩐 뜸을 들이는 것 같구나?"

병판이 서안을 옆으로 치워내며 은설의 손을 따스하게 잡았다. 하지만 가락지 얘기는 쉬이 입 밖으로 꺼내지지 않았다.

"그것이……"

"말해보라, 은설아."

"가락지…… 말입니다."

머뭇거리며 겨우 '가락지'라는 말을 내뱉었다. 그러자 병판이 고개를 갸웃하며 그녀를 빤히 바라보았다.

"아버지께서 주셨던 가락지 말입니다. 연꽃 가락지요!"

"아……. 그래, 그것."

그제야 병판이 슬쩍 고개를 끄덕였다. 하지만 어쩐지 그의 안색이 좋지 않았다.

"또 구할 수는 없나 해서요."

"그것은 어찌 묻는 것이냐?"

"민, 민주가 저번에 제 가락지를 보고 너무 예쁘다고 갖고 싶다 하여서요."

"……아."

은설이 황급히 둘러대며 활짝 웃었다. 그러자 그녀를 바라보는 병판의 입가에 씁쓸한 미소가 피었다. 그런 그를 응시하는 그녀의 눈길이 깊어졌다.

"그건 세상에 단 하나뿐인 가락지란다. 너에게 일전에 말하지 않았더냐."

차분한 그의 어조에 어쩐지 알 수 없는 흐느낌이 스며 있었다.

"단 하나……뿐이요? 모양이 독특해, 쌍으로 만들어진 가락지인 줄 알았습니다."

"이 아비가 직접 만든 것이니 세상에 단 하나뿐이지. 그것의 쌍은 없어."

"없다고요……. 그럼 아버지가 직접 이 문양을 모두 생각해 내시고 그리신 것입니까?"

조심스럽게 묻는 그녀를 가만히 바라보던 병판이 생각에 잠긴 듯, 허공을 응시했다. 그를 세심히 바라보는 그녀의 가슴이 여러 갈래로 찢기는 듯했다.

"네가 장성해 혼인하게 되면 끼워주려 했던 가락지다. 그런데 태어날 때부터 몸이 좋지 않은 네가 남해로 비접을 가게 되었을 때 꼭 살아서 돌아오라, 너에게 이 가락지를 걸어주었지. 너를 생각하며 내가 직접 만든 가락지다. 하니, 이 가락지는 조선에 단 하나뿐이고."

누군가 한 명은 거짓을 말하고 있었다. 은설의 머리가 바삐 굴러갔다. 주 상궁이 자신에게 거짓을 말할 리 없었다. 하지만 병판 역시 거짓을 말해줄 이유가 없었다. 주 상궁이 들고 있었던 것 하나, 병판이 준 것 하나. 쌍을 이루는 가락지를 두고 병판은 단 하나뿐이라 주장하고 있었다. 그것을 두고 주 상궁은 폐서인 홍 씨와 선왕이 나누어 가진 증표의 가락지라 했다.

"왜…… 그러느냐?"

그렇지만 이 가락지는 둘이었다. 그렇다면 두 명 중 거짓을 말하는 이는…… 병판이었다!

"아닙니다. 민주가 꼭 갖고 싶다 해서요. 아쉽지만 비슷한 것이라도 찾아서 선물해주어야겠습니다. 그럼, 아버지 쉬세요."

자리에서 일어나는 은설의 두 다리에 힘이 쭉, 풀리는 것 같았다. 하지만 휘청이지 않으려 애를 썼다. 아무렇지 않게 안채를 나서고 나서야 그녀가 바닥에 풀썩, 주저앉았다.

"아버지가 왜…… 거짓을 고하시는 것이지?"

미궁으로 빠지고 말았다. 병판을 찾으면 밤새 가라앉지 않던

이 의문을 잠재울 수 있을 것이라 생각했는데, 더욱이 무거워
진 물음이었다. 은설은 힘겹게 자리에서 일어났다.

자신에게만 유독 다른 태도를 보이던 주 상궁과 선왕의 유
품이라는 가락지, 그리고 자신에게 거짓을 말하고 있는 병판까
지……. 이젠 스스로 알아내야 했다.

은설은 입술을 앙다물며 휘청휘청 별채로 향했다.

"이보시오! 이보시오!"

그 시각, 누군가가 병판의 사가에 다다라선 대문을 쿵쾅쿵
쾅 두드리고 있었다. 외출하려 채비를 마치고 나서던 영광의
눈이 형형해졌다. 그때, 여주가 쪼르르 달려가 대문을 빼꼼 열
었다. 영광이 그를 놓치지 않고 가까이 다가섰다.

"무슨 일…… 어라, 또 오셨네. 찾아오지 말라고 했잖아요.
이러다 안방마님 아시면 우리 아가씨만 혼나요!"

주환이었다. 도윤의 명을 급히 전하기 위해 병판의 사가를
찾은 주환의 얼굴은 땀범벅이었다. 여주는 서둘러 주환을 돌려
보내기 위해 대문을 나섰는데, 주환은 그녀를 제지했다. 영광
은 그 모습을 뒤에서 면밀히 살폈다.

"잠시면 됩니다! 꼭, 제발 꼭 좀 아가씨를 불러주십시오."

"아니, 글쎄 안 된다니까요?"

"이대로 두 분을 못 만나게 하면 깊은 오해가 생길까 그럽니

다."

"오해는 무슨 오해를 말씀하시는 겁니까? 이러다 우리 아가씨만 안방마님하고 골이 깊어져요. 돌아가셔요, 얼른요."

주환의 등을 떠미는 여주의 손을 영광이 잡아챘다.

"무슨 일이냐."

"아, 도련님!"

그러자 주환은 영광을 향해 고개를 조아리며 서둘러 말을 전했다.

"제 윗전께서 아가씨를 급히 찾으십니다."

"무슨 일로 그러시오."

"아가씨의 혼담 때문에⋯⋯."

"대사헌 가문과 오가는 혼담을 말하는 것이오."

"아, 그것이⋯⋯."

"사실이니, 더는 은설이를 곤란케 하지 마시오."

냉정히 말을 전하는 영광을 주환이 직시했다. 그의 눈길이 간절했다.

"그 사실 역시 제 윗전께서 아십니다. 하지만⋯⋯ 직접 얼굴을 보고 이야기라도 나누어야 하지 않겠습니까. 오늘 유시까지 아가씨를 필애원에 모시고 오란 명을 받았습니다. 아가씨의 혼사를 감히 깨뜨릴 생각은 없으니, 부디 아가씨와 제 윗전의 만남을 성사시켜 주시옵소서. 소인이 간곡히 청을 드립니다."

그의 말에 영광이 깊게 한숨을 내쉬었다. 그러곤 말없이 여주를 붙들고 대문 안으로 들어섰다. 여주는 이미 두 눈에 눈물이 그렁그렁 맺힌 채였다.

"도련님…… 잠시라는데, 아가씨 모시고 올까요?"

"어머니께서 곧 돌아오실 시각이다. 한 번만 더 은설이가 그분을 만났다간 네가 쫓겨날 수도 있어."

"그깟 거, 그동안 벗처럼 살뜰히 저를 살펴주신 아가씨에 대한 마지막 보답이라 생각하고 쇤네가 기꺼이 책임지지요. 뭐! 우리 아가씨 불쌍해서…… 쇤네 가만히 못 있겠어요."

여주가 별채로 들어가 은설에게 고하기 위해 발걸음을 옮기자, 그런 여주를 제지하는 영광이었다.

"아가씨를 위한 일이다. 하면 내가 말하는 대로 하겠느냐."

"……예?"

여주를 바라보는 영광의 눈이 제법 삼엄했다. 대문 밖의 주환은 그저 은설이 나오기만을 오매불망 기다리고 있었다. 영광이 여주를 데리고 어딘가로 급히 향했다.

"왜 이러세요?"

"네가 은설이가 되어야겠다."

"예? 쇤네가요?"

"은설이의 옷을 입고 네가 대신 저자를 따라나서 나리를 뵙고 오거라."

"어찌, 쇤네가!"

영광의 말에 여주가 화들짝 놀라며 손사래를 쳤다. 하지만 그의 뜻은 강경했다.

"그저 저자를 따라나섰다, 나리를 뵙게 되거든 일의 전말이

514

이러하게 되었다, 소상히 전하기만 하면 된다. 아가씨가 정말 혼사를 치르게 되어 더는 나리를 만날 수 없다고 하니, 앞으론 아가씨를 찾지 말아달라…… 그 말만 전하면 되는 것이야."

"꼭 이렇게까지 해야 합니까, 도련님?"

"이렇게 하지 않으면…… 네 아가씨만 힘들어진다."

영광의 말에 잠깐 고민하던 여주가 이내 결심한 듯 고개를 끄덕였다. 그리고 잠시 뒤, 대문이 삐걱 열리고 살구 빛의 장옷을 뒤집어쓴 여주가 모습을 드러냈다.

"아가씨, 오셨군요."

주환이 반색하며 여주를 돌아보았다.

"앞, 앞장서시지요."

숨이 턱 막힐 듯한 긴장감이 몰려왔지만, 여주는 애써 견뎌 내고 있었다. 그녀의 말에 주환이 입술을 굳게 말아 물며, 앞장섰고 그 뒤를 조심히 따르는 여주였다.

그 모습을 먼 발치서 중전의 명을 받들고 숨어 있던 중궁전 나인이 빤히 응시하고 있었다. 그녀 역시 서둘러 부원군의 사가로 향했다.

"살구 빛의 장옷에 옥빛 치마를 입었습니다."

"속히 입궐할 것이니 너는 그년과 똑같은 옷차림을 하고 서둘러 그 뒤를 쫓아라."

중궁전 나인의 말에 부원군은 속히 입궐 채비를 하였다. 그는 입궐해 은설을 만나러 나서는 도윤의 앞길을 막을 생각이었다. 해서 시간을 지체시켜 주환의 눈을 따돌린 후, 은설과 중궁전 나인을 바꿔치기할 요량이었다.

"미리 그곳에 대사헌의 장자를 불러들였으니, 주상이 그곳에 나타나거든 그를 끌어안아야 할 것이다."

"예, 분부 받잡겠나이다."

"또한, 돌아서는 주상을 살피다 그의 호위대장에게 준비해둔 서찰을 전하는 것 역시, 잊지 말아야 한다."

오해를 만들 셈이었다. 자신의 눈앞에서 은설이 다른 사내를 끌어안는 모습을 본다면 도윤은 돌아설 수밖에 없을 것이었다. 그리고 쐐기를 박듯, 은설의 필체와 비슷한 이가 미리 써둔 서찰을 전할 것이었다.

'혼사를 치르게 되어 더는 만날 수 없다.'고 명백히 그녀의 뜻까지 전한다면 제아무리 군주의 깊은 성총을 받는 여인이라 할지라도 단번에 내쳐질 것이었다.

하지만 그녀와 혼사를 치를 사내가 대사헌의 장자이니 반은 거짓이지만 반은 맞는 셈이었다.

부원군이 흡족한 듯 미소를 지었다.

이내 부원군이 올라탄 보교(步轎)가 사가를 벗어나 궐로 향하기 시작했다. 그 모습을 빤히 바라보던 나인은 황급히 사가로 돌아가 은설의 행색과 같은 차림으로 환복하기 시작했다.

"이번엔 실수 없이 진행해…… 주 상궁을 밀어내고 그 자리에 오르고 말 것이야."

저고리를 벗어나가는 나인의 손이 분주해졌다.

높이 솟았던 해가 서산을 향해 비스듬히 기울었다.

❦

"비접을 갔었다…… 아무래도 거기에 비밀이 숨겨져 있을 것 같은데."

자신을 두고 어떤 일들이 벌어지고 있는지도 모른 채 은설은 그저 별채에서 가락지만 내려다보고 있었다. 어린 시절, 죽을 고비를 넘겼다는 유희와 병판의 말을 회상했다.

"내가 어디가 아팠다고 했지? 어디가 아파 남해로 비접을 갔다고 했지?"

기억이 없었다. 죽을 고비를 넘기고 돌아왔다고 해서 어린 시절부터 잔병치레가 많았다고 했지만, 은설의 기억 속에 자신은 건강한 모습뿐이었다.

가락지만 빤히 내려다보던 은설에게 지난날, 자신의 물음에 유희가 흘러가듯 했던 말이 떠올랐다.

―두창을 앓아 네가 죽을 뻔하였지…… 해서 남해로 비접을 보냈던 것이었다.

순간, 은설의 두 눈에 총기(聰氣)가 돌았다.

"두창. 그래 두창이라고 하였어······!"

두창(痘瘡)은 큰 역병이었다. 천연두를 달리 부르는 말로, 전염성과 치사율이 높은 괴병(怪病)이었다. 발병하면 열에 아홉은 죽는 무시무시한 병이었다.

은설이 후들거리는 다리로 자리에서 일어났다. 두창이란 큰 역병을 앓았다면 필시, 그해의 역병 환자들을 기억하는 의원이 있을 것이었다. 은설은 서둘러 별채를 나섰다.

"궁금해서 안 되겠어. 오늘은 꼭 알아내야겠다, 네 비밀을."

별채를 나서는 그녀의 손바닥엔 쌍가락지가 포개져 있었다. 그대로 사가를 나서서 저잣거리로 향하는 그녀의 발걸음이 분주했다. 곧 은설은 집에서 멀지 않은 의원에 당도했다.

"아재! 아재, 계시오?"

그녀는 자신을 어린 시절부터 봐오던 동네 의원 영감을 불렀다. 그러자 환자를 진찰하고 있던 영감이 그녀의 목소리에 얼굴을 드러냈다.

"왔느냐, 은설아?"

"아재, 바쁘시오? 나 물어볼 것이 있어 왔는데."

"어······ 어, 잠깐만 기다리거라."

은설의 가슴이 요란스럽게 고동쳤다.

"어찌 이리 오지 않으시는 건지."

필애원에 당도한 여주와 주환은 도통 기다려도 보이지 않는 도윤의 모습에 초조해지기 시작했다.

은설이 아니니 장옷을 벗어 상황을 살필 수도 없어 여주는 갑갑해 죽을 지경이었다.

"무슨 일이라도 생기신 건지. 안되겠습니다, 아가씨. 잠시 예서 기다리는 것이……"

주환이 여주를 돌아보며 고개를 조아렸다. 장옷을 슬쩍 벗어 숨을 쉬고 있던 여주는 화들짝 놀라며 고개를 조아렸다.

"예…… 예, 그러시지요."

그러자 주환이 서둘러 필애원을 벗어났다. 그 모습을 지켜보던 중궁전 나인과 부원군 패거리가 슬금슬금 여주에게로 다가갔다. 그 사실을 모른 채, 여주는 멀어지는 주환의 모습을 바라보며 슬그머니 장옷을 벗었다.

"하, 갑갑해 죽는 줄 알았네. 우리 아가씨는 이걸 어떻게 뒤집어쓰고 다니신대?"

그때였다.

"……뉘시오?"

갑작스럽게 나타난 부원군의 무리에 여주가 겁에 질린 얼굴을 했다. 그러자 순식간에 여주를 낚아채, 사라지는 그들이었다.

"으악! 이거 놓으시오! 살려주시오!"

그리고 그 순간…….

"하아…… 하아……."

아무래도 걱정이 되었던 영광이 방향을 돌려 필애원에 당도했지만, 그곳엔 아무도 없었다.

영광의 눈길이 자비 없이 흐트러졌다.

환자를 돌보고 나서던 의원 영감이 은설을 발견하곤 환하게 웃었다.

"우리 은설이 무슨 일이냐, 어디 아픈 것이야?"

그러자 은설이 조금은 경직된 얼굴로 고개를 돌렸다.

"아재, 바빠?"

"아니 이제 조금 한가하구나. 어디가 아픈 것인데."

의원 영감은 평상에 앉아 있던 은설에게 다가가 그녀의 머리를 짚었다.

"열 기운이 아직 안 가셨네?"

"아, 이건 괜찮아. 아파서 온 게 아니라, 뭐 좀 물어보려고."

"뭔데?"

"두창(痘瘡) 때문에."

"뭐? 두창?"

'두창'이란 말에 의원 영감은 화들짝 놀라며 은설을 돌아보았다. 그녀가 굳은 얼굴로 그에게로 은밀하게 다가섰다.

"아재, 두창 환자들은 다 죽어?"

"누가 두창에 걸렸느냐?"

전염성이 뛰어난 괴병이라, 마을에 두창 환자가 한 명만 생겨도 온 마을에 두창 환자들이 넘쳐나곤 했다. 그 병으로 인해 많은 이들이 목숨을 잃는 것을 봐온 의원 영감은 '두창'이란 단어에도 몸을 떨었다. 그의 눈동자에 두려움이 한껏 일었다.

"아니, 그런 건 아닌데…… 어떤 병인가 궁금해서."

은설이 아무 일도 아니라는 듯 어깨를 으쓱하며 평상에 앉았다. 그런 은설을 빤히 바라보던 의원 영감 역시 시답잖은 호기심이 생겼구나, 싶어 약재들을 분주히 옮기기 시작했다.

"무서운 병이지. 그래도 초기에 발견하거나 치료를 잘한다면 죽진 않아. 하지만 워낙 무서운 병이니 장담할 순 없다."

의원 영감의 말에 은설이 고개를 주억이며 슬그머니 그의 곁에 섰다. 그러곤 주위를 휘휘, 훑어보며 은밀하게 속삭였다.

"한데 말이야, 아재. 내가 갓난이 시절에 두창을 앓았었대. 그런데도 이렇게 멀쩡하게 살았잖아?"

"무어라?"

"나는 억세게 운이 좋은 사람인가 봐. 그렇지?"

의원 영감의 반응을 살피려 그녀가 아무렇지 않은 척, 웃었다. 그러나 은설을 바라보는 그의 눈이 심상치가 않았다. 묘하게 반전되는 그의 얼굴에 은설의 가슴이 철렁했다.

"두창을 앓다니? 누가?"

"내가 갓난이 시절 때 두창을 크게 앓아 거제로 비접 가 살다왔거든."

은설의 말에 의원 영감이 서둘러 그녀를 돌아보았다. 그녀를 바라보는 의원의 눈이 의뭉스레 커지고 있었다.

"은설이 네가 갓난이 시절이라면…… 내가 이 한양에서 의원 일 막 시작할 때일 텐데."

"응?"

"그땐 두창 환자가 없었다."

"그게 무슨 말이야?"

"내 기억엔 두창은 네가 태어나던 그해에 일어나지 않았어. 워낙 괴질이라 내가 기억하지 못하는 한양의 두창 환자는 없다."

의원 영감의 말에 그를 따라 약재를 옮기던 그녀의 손이 멈추고 말았다. 그녀는 그럴 리 없단 얼굴로 의원 영감을 물끄러미 응시하고 있었다.

"네가 태어나기 한참 전, 역병이 돌았다. 그때 두창이 삽시간에 번지며 한양이 아수라장이 된 적 있었지. 내 그 처참한 광경을 모두 지켜보며 의원의 꿈을 키웠지."

그 말은 그녀의 머릿속을 뒤죽박죽 헤집어놓았다. 혼란이 불쑥 솟았다.

"아니야, 아재. 난 두창을 앓았다고 했어. 그래서 갓난아기 때 비접을 보냈다 하였거든. 어머께서 나는 용한 무녀의 굿도 받고 여러 의원의 손길로 겨우 목숨을 되찾은 것이라고 했어. 다들 죽은 줄로만 알았다고…… 해서 가끔 문중 어르신들이 날 보시면 죽다 살아났으니 새로운 삶을 얻은 것이라, 귀하고 소중히 여기며 살아가라 하셨는데."

한데 헝클어졌던 어린 시절의 기억을 하나둘, 헤집어가기 시작하는 그녀였다.

자신을 보면서 언제나 죽다 살아난 아이라며 눈가를 훔치시던 문중 어르신. 두창을 앓았던 내가 다들 죽은 줄로만 알았다며 옛이야기를 하던 그들의 모습.

하지만 그 후에 잔병치레 없이 건강하게 자랐던 은설이었다.

"하."

혼란은 한꺼번에 일어났다. 그녀는 조금 어두운 얼굴로 어깨를 축 늘어뜨렸다. 그런 그녀를 바라보던 의원 영감은 그녀의 가슴에 불을 지피듯, 한마디를 덧붙였다.

"네가 잘못 알고 있는 것이겠지."

"아재."

"두창 환자는 그 흔적이 몸 곳곳에 남아 있다."

"······흔적?"

"하다못해 등허리에나마 곪았던 두창의 흔적이 남을 것인데 너는 깨끗하지 않느냐?"

그 말을 끝으로 단 한 번도 의구심을 갖지 않았던 자신의 삶이 새로이 보이기 시작했다. 출처를 알 수 없는 두려움과 합리적인 의심이 피어났다.

그것이 시작점인지도 모른 채 벌써 그녀의 가슴은 뜨겁게 달아오르고 있었다. 누가 이 불길하고도 께름칙한 구덩이에서 자신을 꺼내주었으면 싶었다.

"맞아······ 나는 두창을 앓았던 흔적이 없어."

"이거 왜 이러는 거요! 놓으시오! 놓으란 말이오!"

포대기에 싸인 여주가 음침한 곳간 바닥에 던지듯 놓였다. 장정들은 그녀를 칭칭 감고 있던 포대기를 풀어 그녀의 입과 손을 결박하기 시작했다.

바닥에 닿는 냉기가 섬뜩하기만 했다.

"이거 왜 이러는 것이오!"

겁에 질린 여주가 서둘러 주변을 훑었다. 집안 살림들이 먼지와 함께 겹겹이 쌓인 곳간이었다. 여기가 대체 어딘가, 곳간 안을 살피는 여주의 눈길이 분주해졌다. 하지만 눈을 가리고 끌려온 탓에 어디 곳간인지 도무지 알 수 없었다. 자신의 손과 입을 결박한 장정들이 서둘러 곳간을 나서자, 여주는 목이 터져라 소리를 질렀다.

"읍……! 으읍!"

하지만 입을 막은 탓에 여주의 비명은 멀리 나아가지 못했다. 힘이 빠진 그녀가 털썩, 가마니에 등을 기대자 곧 곳간 밖에서 두런두런 이야기를 나누는 소리가 들려왔다. 여주가 있는 힘껏 무릎걸음으로 기어가 문에 귀를 댔다. 웬 여자의 은밀한 음성이 들려왔다.

"안에 가두었소."

"잘하셨습니다. 대감마님 돌아오시기 전에 갈무리를 지어야 합니다."

"지금 출발하시면 될 것 같소."

"그곳으로 가지 않고 전하의 뒤를 은밀히 따랐다, 무방비 상태에 눈앞에 나타나려 합니다. 그럼 더 확신을 가지지 않겠습니까."

"아, 그리고 이것."

"이것이…… 전하께서 저 여인에게 받은 노리개입니까?"

"대전 나인이 말해준 걸 토대로 비슷하게 만들었소."

"이거면 충분하겠습니다."

대감마님은 누굴 말하는 걸까. 다시 풀어줄 거면서 이곳에 왜, 가둬둔 것일까. 또한 전하의 뒤를 따른다는 것은 무슨 말일까.

순간 여주의 동공이 위태롭게 흔들렸다.

슬쩍 벌어진 문 틈새를 여주가 낑낑대며 바라보았다. 그러자 자신과 똑같은 옷차림을 한 여인이 서둘러 발걸음을 옮기는 것이 보였다. 여주의 등골이 오싹해졌다.

'누구지? 누구길래 은설 아가씨와 똑같이 차려입었대?'

그녀가 그런 의문을 막 품었을 때, 돌아서던 의문의 여인이 곳간을 휙 바라보았다. 순간 여주와 그 여인의 눈이 마주쳤다. 다행히 여주를 발견하지 못한 듯, 여인이 굳게 닫힌 곳간 문을 한참 바라보다가 멀어졌다. 하지만 그 찰나의 순간 여주는 여인의 얼굴을 정확하게 바라보았다.

'왼쪽 뺨에 점이 있었어. 그리고 눈은 일자로 쭉 찢어졌고.'

장정들이 다시 곳간으로 들어서려는 움직임이 보이자, 여주는 황급히 원래 자리로 돌아갔다.

'어쩌면 아가씨 대신 내가 필애원에 나간 것이 다행일지도 몰라. 저 여인이 누군지…… 이곳을 벗어나는 대로 영광 도련님께 알려야겠어.'

그때, 곳간의 문이 열렸고 여주는 거칠게 숨을 몰아쉬며 장정들을 노려보았다. 그녀가 곳간 안에 잘 있는 것을 확인한 그들은 다시 문을 굳게 걸어 잠갔다.

"전하……!"

"네가 왜 여기에 있는 것이야, 은설이는!"

때마침 대궐을 나서던 도윤과 맞닥뜨린 주환이었다.

"필애원에 모셔두었습니다. 당도하실 시각이 되었는데도 전하께서 보이시지 않아 급히 와보았습니다."

"서둘러 가자. 궐을 나서는데 갑자기 부원군이 길을 막아서는 바람에."

"부원군…… 대감께서요?"

"별 시답잖은 소리를 늘어놓더구나. 서두르자, 은설이가 기다리겠다."

도윤은 너울을 늘어뜨리며 걸음을 서둘렀다.

한편, 그 뒤를 따르던 부원군의 무리가 선뜩한 냉소를 지으며 도윤을 바라보았다.

"부원군 대감께 전하거라. 주상이 그곳으로 향하고 있다고. 또한 중전 마마께도 알리거라. 곧 흡족해하실 만한 소식을 듣고 간다고."

도윤은 아무것도 모른 채 은설을 만나러 가기 위해 바삐 움직였다. 얼른 그녀를 붙잡고 자초지종을 듣고 싶었다. 그리고 그때, 그녀를 끌어안던 사내의 정체도 반드시 물을 것이었다. 도윤의 가슴이 벌써 요란스럽게 고동치기 시작했다. 그녀를 만난 것도 아니었는데 그의 머릿속에선 이미 그녀를 안고, 어루만지길 반복하고 있었다. 웃음이 피었다. 서둘러 은설을 마주하고 싶었다. 그리고 그 순간…….

의원을 막 나선 은설이 허탈한 얼굴로 도윤의 곁을 스쳤다. 음울함이 잔뜩 내려앉은 얼굴로 저벅저벅 저잣거리를 가로지르는 은설을 미처 발견하지 못한 도윤이 서둘러 지나치고 있었다.

두 사람의 얼굴엔 희비가 교차했다.

그리고 둘은 허망하게 엇갈렸다.

은설은 도윤에게서 그렇게 멀어져갔고, 서로는 서로를 알아보지 못한 채 스쳤다.

"전하 한데, 부원군 대감께서는 전하를 갑자기 왜 찾으셨나이까."

주환이 도윤을 돌아보며 물었다. 그러자 도윤은 느리게 고개를 저으며 주먹을 말아 쥐었다.

"중전과의 합방 때문에 찾아왔었다."

"갑자기 무슨 합방……입니까."

"마음이 급하겠지. 후궁 교지를 내리니 마니 하는 때가 아닌가. 중전의 입지가 흔들릴 것으로 생각한 모양이다."

그 순간, 두 사람의 눈에 필애원이 보였다. 서두르던 도윤의 걸음이 느려졌다. 그 얼굴에도 긴장감이 역력해 보였다. 주환은 열심히 도윤의 곁을 따르다 필애원에 가까워지자 그에게서 조금 물러났다.

"다녀오시지요, 전하. 소인은 이곳에 있겠습니다."

그 말에 도윤이 느리게 고개를 끄덕이고는 다시금 필애원으로 향하기 위해 걸음을 옮겼다. 하지만 그곳에 있어야 할 은설은 보이지 않았다. 도윤의 가슴이 철렁 내려앉았고 동시에 주환의 간담도 서늘해졌다.

"아니 분명, 아가씨를 여기에 두었는데."

놀란 도윤과 주환은 서둘러 필애원 안으로 들어섰다. 하지만 황망하게도 은설의 모습은 그 어디에도 없었다. 대신 은설이 서 있던 자리엔 서찰 하나가 가지런히 놓여 있었다. 왠지 그 서찰을 펼쳐보고 싶지 않았다.

"이게 뭐지……."

주환이 도윤을 대신해 그 서찰을 조심스럽게 들었다. 종이 한 장의 무게는 쇳덩이처럼 무거웠다.

"전하……."

주환은 도윤에게 그 서찰을 건넸다. 서찰을 펴는 도윤의 손이 무지막지하게 떨렸다. 담담한 척, 몇 번이고 호흡을 가다듬었지만 어려웠다. 그의 커다란 손이 하얀 서찰을 펼쳐 들었다.

주환은 차마 바라보지 못하겠다는 듯, 고개를 조아렸다.

> 흉중생진(胸中生塵)이라 하였습니다.
> 오래 만나지 못하면 마음에 먼지가 생긴단 뜻이지요.
> 소녀를 잊어주세요, 전하.
> 전하의 어심이 변하지는 않을까,
> 외로운 궐에서 나날이 전하만 기다리며
> 마음에 쌓여가는 먼지를 털어낼 자신이 없습니다.
> 소녀는 평범한 사내와 평범한 가정을 이루며 살겠습니다.
> 다신, 소녀를 찾지 말아주세요.

믿을 수 없는 말들이 적혀 있었다. 무너지지 않으려 온 힘을 다했지만, 도윤은 그대로 주저앉고 말았다.

"전하!"

놀란 주환이 휘청이는 그를 부축했다. 도윤은 허탈한 듯, 한숨처럼 말을 뱉어냈다.

"흉중생진이라. 너는…… 나를 기다리는 그 애틋한 시간을 먼지에 비유하는구나."

도윤의 깊은 눈에 눈물이 어느덧 뿌옇게 차올랐다.

"나는…… 너를 그리는 그 일각, 일각이 행복이었고 기쁨이었다. 나를 숨 쉬게 하는 숨이었고, 날 버티게 하는 힘이 되었다. 한데, 너는 아니었구나."

서찰을 내려다보는 도윤의 얼굴이 파리하게 질려갔다.

"내가 너를 욕심내었던 것이구나."

하지만 끝내 믿을 수 없었다.

도윤은 그대로 필애원에서 벗어났다.

"그 여인의 집으로 갈 것이다. 날 더러 이 종잇조각 하나에 마음을 거두란 말이더냐."

화를 억누르는 듯한 도윤의 얼굴은 이미 무자비하게 무너져 있었다. 병판의 사가로 향하는 그의 발걸음도 연신 흐트러졌다. 그런 도윤을 부축하는 주환의 마음도 무거웠다.

두 사람은 이내, 병판의 사가에 다다랐다. 은설이 남기고 간 서찰을 손에 쥔 채, 도윤은 허망하게 그 집을 올려다보았다. 그런데 도윤의 눈앞에 장옷을 뒤집어쓴 여인과 한 사내가 나타났다. 무심하게 바라보던 도윤의 눈빛이 선득해졌다.

"아……! 은설 아가씨."

그때, 곁에 있던 주환이 그 여인을 보고 은설이라 불렀다. 순간, 도윤의 숨이 턱 막혔다.

"은설……이라니."

"소인이 좀 전에 필애원에 모셔갔던…… 은설 아가씨입니다."

"확실한 것이냐."

"예……. 전하."

주환이 은설이라 하는 그 여인은 도윤에게서 등을 보인 채, 장옷을 벗었다. 그 뒷모습이 긴가민가, 혼란스럽기 시작한 도윤이었다. 때마침 한 사내가 그 여인을 와락 끌어안았다. 동시에 바라보던 도윤의 가슴도 부서졌다.

"어찌……!"

"전하!"

주환 역시 당황한 기색을 감추지 못한 채, 서둘러 도윤의 안색을 살폈다. 자신이 데리고 왔었던 은설이라 철석같이 믿고 있던 주환이었기에, 중간에 그녀가 바뀌치기 당했을 거라곤 상상도 하지 못하고 있었다. 그것은 도윤 역시 마찬가지였다. 황망함에 입을 다물지 못하는 그의 손이 툭 떨어지고 말았다. 동시에 그의 심장도 곤두박질쳤다.

"오래 기다렸느냐. 어머니와 혼사 이야기를 나누느라……."

어렴풋이 들려오는 사내의 음성 속엔 '혼사'라는 단어가 실려 있었다. 서로를 꽉 끌어안은 채, 따스하게 보듬는 둘에게선 슬프게도 애틋함마저 묻어났다. 도윤은 그대로 채 굳은 중궁전 나인에게서 눈을 떼지 못했다.

"은설……이 맞는 것이냐"

"전하, 이게 어찌."

"네가 데리고 나온 여인이 맞냐 물었다."

끌어안고 있는 두 사람에게서 눈길을 거두지 못한 채로 굳어 버린 그의 음성은 젖어갔다. 그녀를 빤히 바라보는 그 눈길에도 물기가 어렸다.

"예……. 소인이 모셔온 아가씨가 맞습니다."

주환의 대답에 도윤이 피식, 실소를 터뜨렸다. 이루 말할 수 없는 먹먹한 감정이 도윤을 흔들었다. 이대로 보고만 있을 순 없었다. 서둘러 저 여인에게 다가가 자초지종을 물을 요량이었다. 비통함을 가득 안은 채, 그 여인에게 한 발 한 발 조심스럽게 다가가고 있던 그때…….

"아."

도윤의 두 다리를 멈칫하게 한 노리개 하나.

"은설아……."

그 여인이 품에서 방울이 달린 노리개를 그 사내에게 건네고 있었다. 일전에 자신에게 준 것과 비슷한 색감과 문양의 노리개. 그리고 그녀의 작은 손짓에 달랑달랑, 예쁘게 울어대는 방울까지. 도윤은 그대로 무너지고 말았다. 이내 사내와 깊은 포옹을 나누던 은설은 장옷을 뒤집어쓰곤, 보란 듯이 그 사내의 손을 잡고 병판의 사가로 들어섰다.

은설의 행색을 한 중궁전 나인은 병판의 사가로 들어서선 서둘러 장옷을 뒤집어 입었다. 병판의 하인들이 자신을 이상하게 쳐다보았지만, 그녀는 태연하게 물 한 모금을 요구했다. 하지만 밖에 있는 도윤은 그 사실을 까마득하게 모르고 있었다.

그는 여전히, 그 여인이 은설이라고 믿고 있었다. 아니, 믿을 수밖에 없었다. 이젠 정말, 중전과 대원군의 말대로 그녀의 혼사를 믿어야 하는 상황이었다. 현실을 직시할 때가 다가왔지만, 도윤은 여전히 고개만 젓고 있었다.

"전하."

그녀가 놓고 간 서찰만 그의 손에 허망하게 들려져 있을 뿐이었다. 주환이 몇 번이고 그를 불렀지만, 도윤은 사라진 중궁전 나인의 뒷모습만 바라보았다. 산산조각 난 마음은 회생할 수 없을 것 같았다. 그의 몸이, 다시금 그 칠흑 같은 어둠 속으로 무지막지하게 끌려가는 듯했다. 억 소리를 낼 틈도 없이 그는 검은 세상으로 빨려 들어갔다.

"전하…… 마음을 헤아리는 것이."

"진심이겠지. 내 앞에서 저런 모습을 보이는 것으로도 모자라 이런 서찰까지 보낸 것이라면 진심이 맞겠지."

"전하."

"그래도 혹 피치 못할 사정으로 저리 해야만 하는 것은 아닐까. 아니면 함정에 빠진 것은 아닐까."

도윤은 끝없는 절망에 빠졌다. 손에 쥔 서찰을 다시금 들어 물끄러미 내려다보았지만, 자꾸만 눈앞이 뿌예져 몇 번이고 눈가를 더듬었다.

"마지막이다. 은설이의 필체를 알 수 있는 서찰을 구해, 이것과 비교를 해보아라."

"예, 전하."

"이번이 마지막이다……. 마지막으로 한 번만 더, 은설이 네 맘을 의심해보아야겠다."

돌아서는 도윤의 발걸음엔 허탈함이 뚝뚝 묻어났다. 하지만 돌아서서도 쉬이 발걸음을 옮기지 못한 채, 그녀가 사라진 곳만 되돌아보았다.

조금만 덜 좋아했었더라면, 너를 내가 조금만 덜 연모했었더라면, 이젠 그만하라는 네 말에 쉬이 널 떨쳐낼 수 있었겠지.

은설에게 닿지 못할 그 말을 속으로 수없이 삼키며 그가 너울을 늘어뜨렸다. 그의 눈앞에 짙은 너울이 드리웠다. 동시에 그에게 모처럼 스몄던 봄기운이 서서히 걷혀갔다.

또다시 겨울. 지독하게 외롭고 쓸쓸한 겨울이었다.

"중궁전 나인이 임무를 완수하고 궐로 돌아오고 있다 하옵니다."

"그래? 하하, 하하하!"

"전하께서도 막 환궁하여 대전으로 드셨다 하고요."

중전 김 씨는 흡족한 듯 호쾌하게 웃음을 터뜨렸다. 그 말을 전하는 주 상궁의 얼굴은 건조했다. 중전의 앞에 앉아 있던 부원군 역시, 만족스러운 웃음을 입에 매단 채 찻잔을 쥐었다. 중전의 얼굴에 만월이 드리운 듯, 환하게 반짝였다.

"이보다 더 기쁠 순 없습니다, 아버지."

"곧 교지를 거두란 전하의 어명이 있겠지요."

"큰일을 하셨습니다, 아버지께서."

"제가 한 일이 무엇 있습니까. 마마께서 결단력 있게 일을 추진하셨기에 가능했던 일이지요."

부녀는 서로를 마주 본 채, 목이 젖혀라 웃고 또 웃었다. 그때, 은설의 행색을 했던 중궁전 나인이 서둘러 중궁전으로 돌아왔다. 그녀의 등장에 부원군과 중전의 눈이 동그랗게 커졌다.

"그래, 갈무리는 잘하였느냐."

"예, 중전 마마."

"수고하였다. 너의 공이 크구나."

"아니옵니다. 마땅히 소인이 해야 했을 일입니다."

중궁전 나인은 샐쭉하게 고개를 조아리며 웃음을 삼켰다. 그 모습을 보고 있던 주 상궁은 마뜩잖은 얼굴로 묵묵히 입을 다물고 있었다.

"그래, 그년은 어찌하였느냐."

"제가 돌아오는 대로 잠시 기절을 시켜, 필애원에 던져놓고 왔습니다."

"전하께선."

"전하께서 입궐하신 모습을 보고 여인을 풀어준 것이니 염려하시지 않으셔도 됩니다."

중전이 고개를 주억거리며 흡족한 듯 나인과 주 상궁을 번갈아 쳐다보았다.

"내 너희의 공을 치하해주고 싶다."

"아니옵니다, 중전 마마."

"전하께서 교지를 거두란 명을 내리시면 내 너희의 노고를 인정해주려 하니, 갖고 싶은 것이 있거든 주저 말고 말하라."

중전이 찻잔을 놓으며 나인과 주 상궁을 바라보았다. 그러자 중궁전 나인은 더욱 고개를 조아리며 겸손을 떨었다.

"아니옵니다, 마마. 그저 소인은 평생 마마를 곁에서 보필할 수만 있으면 그것으로 족하옵니다."

그 말에 중전은 기분이 좋은 듯 웃음을 터뜨리며 고개를 끄
덕였다. 부원군 역시 그 나인을 지그시 내려다보며 나이에 맞
지 않게 충심이 그득한 것이 마음에 드는 듯, 눈을 떼지 못하
고 있었다.

  "당연히 평생 네가 내 수발을 들어야지. 녹봉을 올려주마."

  "마마!"

  "또한, 너의 승진 역시 내 고려해볼 것이니, 앞으로도 오늘처
럼 실수 없이 일을 처리해야 할 것이야."

  "중전 마마, 황송하옵니다!"

  중전의 말에 중궁전 나인은 황송하다는 듯 바닥에 납작 엎드
렸다.

  "여주야, 여주 너! 어디를 갔다 온 것이야!"

  "도련님!"

  정신을 차린 여주가 풀숲에서 힘겹게 몸을 일으켰다. 그러자
미친 듯이 저잣거리를 헤집으며 여주를 찾던 영광이 그녀를 발
견하곤 헐레벌떡 달려왔다.

  여주의 온몸은 흙투성이였다.

  "대체 어딜 갔다 온 것이냐!"

  "……도련님! 아가씨는요? 아가씨는 괜찮으십니까?"

  여주는 눈물을 글썽이며 영광의 옷깃을 쥐었다.

"아니, 그래도 네가 없어진 걸 알고 서둘러 집에 다녀왔다. 은설이는 별채에 있더구나. 이제 말을 해보거라, 이 몰골은 무엇이고, 대체 어디를 다녀온 것이야."

"아, 아가씨. 다행이다……."

"여주야!"

은설이 무사하다는 말에 여주는 그대로 풀썩, 주저앉았다. 영광은 그녀를 서둘러 부축했다.

"하. 다녀온 것이 아니라, 끌려갔다 왔습니다."

"끌려갔다 왔다니?"

"필시 아가씨를 노린 자들의 소행이었어요. 어디 곳간 같은 곳에 결박이 된 채 감금되어 있었던 것 같은데."

"누가…… 누가 그런 짓을 벌여!"

"쇤네도 잘 모르겠어요. 워낙 순식간에 벌어진 일이라."

여주가 눈살을 찌푸리며 더듬더듬, 기억을 헤집었다.

필애원에서 도윤을 기다리고 있던 자신을 갑작스럽게 덮친 무리와 눈을 뜨니 웬 사가의 곳간에 갇혔던 자신의 모습. 그리고 슬쩍 열린 문 틈새로 알 수 없는 대화를 주고받던 사람들.

여주는 희미해진 기억을 더듬으며 하나하나, 소상히 영광에게 알렸다. 그러자 영광의 얼굴이 딱딱하게 굳어가기 시작했다.

"대체…… 그자들이 누구란 말이더냐."

이리 멀쩡히 풀어줄 것이었으면 애초에 납치를 할 필요도 없었을 텐데. 그들이 얻고자 하는 것이 무엇이었을까.

영광의 가슴이 가쁘게 뛰기 시작했다.

"모르겠습니다. 한데…… 저와 똑같은 행색을 한 여인의 얼굴을 봤어요!"

"너와 똑같은 행색이라면."

"아무래도 은설 아가씨와 옷차림을 똑같이 하려고 한 모양이었어요. 혹…… 오늘 필애원에 아가씨가 납신다는 걸 알고 누군가가 미리 함정을 파놓은 것이 아닐까요?"

여주의 말에 영광은 수심에 잠겼다.

"은설이와 같은 행색을 한 여인이…… 필애원에 있던 널 납치하였다라."

그의 머릿속에 얼굴 하나가 퍼뜩 떠올랐다.

중전 김 씨.

그녀라면 그런 일을 벌이고도 남을 것이었다.

중전이 은설이에게 후궁 교지를 내리길 탐탁지 않아 한다는 걸, 주 상궁에게 얼핏 들은 적이 있었다. 해서, 영광이 애쓰지 않아도 중전이 나서서 은설의 후궁 교지를 무산시킬 것이라 하였다. 영광은 서둘러 필애원 주변을 살폈다.

"그 여인이…… 어찌 생겼더냐."

"눈이 일자로 쭉 찢어진 것이 굉장히 사납게 생기었습니다. 그리고 요기 요기, 왼쪽 뺨에 똥그란 점도 있었습니다!"

영광은 여주가 말하는 여인의 얼굴을 꼼꼼히 기억했다. 내일 날이 밝는 대로 주 상궁을 찾아, 오늘의 자초지종을 말할 참이었다.

어쩌면 여주가 은설을 대신해, 오늘 필애원에 모습을 드러낸 것이 다행이란 생각이 들었다. 혹, 그자들이 은설의 얼굴을 보았다면 일은 곤란하게 엉켰을 것이었다.

영광은 가슴을 쓸어내렸다. 그리고 누가 볼세라 서둘러 장옷을 뒤집어쓰는 여주와 약속이라도 한 듯 바쁜 걸음으로 필애원을 나섰다.

"오늘 일은 너와 나 둘만 아는 것으로 하자."

"예, 도련님. 저도 심장이 내려앉을 것 같아요. 제가 겪고도 믿을 수가 없어요."

날은 어둑해져갔다.

그녀를 지키기 위해 시작한 거짓말은 눈덩이처럼 불어나고 있었다.

영광의 마음이 그 눈덩이에 짓눌린 듯 갑갑해져왔다.

제 17 장

공주는 살아 있다?

혼자 끙끙 앓으며 고민하던 은설이 자리에서 벌떡 일어났다. 그러곤 굳게 마음을 먹은 듯, 유희를 마주하기 위해 안채로 나섰다.

대사헌 자제와의 혼담 이야기가 오간 후 은설과 유희의 사이가 급격히 냉랭해졌지만, 마냥 이 상황을 피할 수만은 없었다. 또한 대사헌 자제와의 혼담 역시 은설에겐 가당치 않은 일이었기 때문에 어떻게든 이 엉킨 실타래를 풀어나가야 했다. 자신이 대사헌 가문과 혼담을 주고받는 사이라는 것을 도윤이 알면, 그가 크게 낙담할 것이었다.

치맛자락을 꾹 쥐며 마당을 가로지르는 은설의 등 뒤로 그림자가 길게 드리웠다. 그때, 은설의 열 기운을 가시게 하기 위한 해열탕을 달이기 위해 안채를 나서던 유희와 은설이 마주쳤다.

"어머니."

자신을 부르는 은설의 잠긴 음성에 유희가 발걸음을 멈추었다.

"바람이 아직은 찬데 어찌 나온 것이냐."

"……드릴 말씀도 있고 하여."

유희는 은설의 말에 묵묵히 그녀를 바라보다, 이내 발걸음을 옮겼다.

"따라오거라."

유희는 달빛이 고즈넉하게 드리운 화원에 앉았다. 은설 역시 그 곁으로 가까이 다가갔다.

"그래, 무슨 말이 하고 싶은 것이냐."

유희는 은설을 바라보지 않았다. 그녀를 바라보면 마음이 저려, 왈칵 눈물을 쏟을 것만 같았기에 애써 은설을 외면했다. 머뭇거리던 은설이 유희의 곁에 앉았다.

"어머니를 원망하진 않아요."

"은설아."

"갑작스러운 혼사도 다 연유가 있을 거라 생각해요. 하지만…… 소녀는 은애하는 분이 있습니다, 어머니."

"또 그 소리를 할 요량이면."

"천천히 해요."

은설은 유희의 손을 맞잡았다. 무어라, 말을 하려 그녀를 돌아보자, 그녀의 검고 맑은 눈동자가 유희의 가슴을 할퀴었다.

'왜 하필, 그분을 은애하게 된 것입니까. 공주 마마.'

유희는 그 말을 삼켰다. 그러자 뜨거운 불덩이를 삼킨 듯 목구멍이 홧홧하게 타들어갔다.

"어머니의 마음을 헤아릴 수 있게. 또한 소녀의 마음도 어머니께서 헤아릴 수 있게…… 차근차근 하면 아니 되겠습니까?"

애원하는 은설의 말에 유희는 더 말을 잇지 못한 채, 고개를 돌리고 말았다. 복잡 미묘한 유희의 얼굴에 은설은 코를 훌쩍이며 그녀의 손을 더욱 끌어안았다.

"춥다. 어머니…… 손이 왜 이렇게 차가워요?"

"얼른 들어가. 겨우 내린 열이 밤새 다시 오르겠다."

"잔병치레 한 번 없었는데, 이번 고뿔이 꽤 오래갑니다. 그렇죠?"

은설이 해사하게 웃으며 유희의 어깨에 기댔다. 애교를 부리는 그녀의 모습에 유희는 언제 그랬느냐는 듯, 미소를 터뜨리며 그녀를 끌어안아주었다.

"열병은 나은 듯싶다가도 다시 차오르는 법이다. 방심하면 안 돼. 탕약 달여줄 테니 먹고 푹 자."

"예, 어머니. 아, 한데."

은설이 조심스럽게 고개를 들어 유희를 바라보았다. 품에 넣어둔 가락지가 생각나, 잠시 내려놓았던 근심이 피어왔다. 점점 굳어가는 은설의 안색에 유희가 걱정스럽게 그녀의 손을 잡았다.

"어디 아픈 것이야?"

"……그것이 일은 아닌데."

"말해보아라."

"소녀가 생각해보니……갑자기 막 열이 오르고 목도 바짝바짝 타는 것이, 단순히 고뿔이라고 하기엔 병세가 좀 지독한 듯

하여서요. 혹, 소녀가 어릴 때 앓았다던 그 병과 관련이 있는 건 아닐까 해서요······."

은설의 물음에 유희가 고개를 갸웃하더니, 이내 잠시 생각에 잠긴 듯 입을 꾹 다물었다. 그 표정을 놓치지 않고 세심히 바라보는 은설이었다.

"아닐 것이다. 그때 깨끗하게 완치되고······ 네가 한양으로 돌아온 것이니."

이내 얼버무리듯 그렇게 말하며 유희가 자리에서 일어났다. 은설은 그런 유희의 손을 꼭 잡았다.

"소녀가 무슨 병을 앓았다고 했지요?"

"그것이······. 두창이라 하지 않았더냐. 그건 어찌 묻는 것이야."

당황해하며 은설을 돌아보는 유희의 눈빛이 잔뜩 예민해져 있었다. 은설도 유희를 따라 자리에서 조심스레 일어나, 유희의 눈을 똑바로 응시했다.

"소녀가······ 참말로 두창을 앓았습니까?"

"그렇대도. 죽을 뻔하였어. 네가 태어나던 해, 한양에 두창이 발병했었다. 갓난이였던 네가 두창을 앓아 거제로 비접 갔다 완치되어 돌아온 것이라 하지 않았더냐."

"그게 정확히 언제였습니까? 한양에 두창이 발병했을 때가."

"하도······ 오래된 일이라 기억이 나질 않는구나."

얼버무리듯 말끝을 흐리며 유희가 등을 보였다. 은설의 가슴이 철렁했다.

"어머니…… 참입니까?"

그런 유희를 향해 은설이 마지막으로 물었다. 하지만 유희는 은설을 돌아보지도 않은 채, 서둘러 발걸음을 옮기려 했다.

"참이지, 그럼. 멀쩡한 네가 왜 거제로 비접을 갔겠느냐. 얼른 침소로 들거라. 바람이 차갑다. 여주에게 달인 탕약을 보낼 테니 마시고 자거라."

황급히 사라지는 유희의 뒷모습을 바라보며 은설이 이를 악물었다.

"그러게 말입니다……. 어찌 멀쩡한 저를 거제로 비접을 보내셨습니까, 어머니."

그 순간, 엉망진창이 된 그녀의 마음속에 '주 상궁'의 얼굴이 떠올랐다.

다음 날, 날이 밝자마자 은설은 주 상궁을 만나기 위해 대궐 앞에 섰다.

─소인을 만나시려거든 대궐 앞, 수문병에게 나를 찾으러 왔
  다고 말씀하시면 됩니다.

장옷을 뒤집어쓴 은설의 가슴이 바짝바짝 타들어갔다. 주 상궁을 찾으러 왔다 전한 은설은 주 상궁을 기다리며 초조한

마음을 애써 가라앉히고 있었다.

그녀는 병판과 유회가 왜 자신에게 거짓을 말하고 있는 것일까, 그에 대한 답을 찾느라 밤을 새웠다. 하지만 뜬눈으로 밤을 지새워도 그에 대한 해답은 찾지 못했다. 오히려 고민은 가중되어 그녀를 짓눌렀고 뜻 모를 불안감만 안겨주었다.

얼마 지나지 않아 주 상궁이 모습을 드러냈다.

"아가씨."

주 상궁이었다.

은설의 갑작스러운 부름에 무슨 일이라도 생긴 걸까, 그녀가 헐레벌떡 궐을 나섰다.

"마마님……."

자신을 부르는 주 상궁의 음성에 은설은 수심 가득한 얼굴로 그녀를 응시했다. 전보다 훨씬 더 파리해진 그녀의 안색에 주 상궁의 가슴이 철렁했다. 혹, 도윤과의 연(緣)이 흐트러져 마음을 앓은 것일까.

수척해진 그녀의 얼굴에 주 상궁의 심장이 시큰거렸다.

"무슨 일이 있으십니까. 안색이 좋지 않습니다."

"잠깐 이야기를 좀 나누었으면 하는데……."

"아, 예. 따라오세요, 아가씨."

주 상궁은 서둘러 궐 앞을 벗어났다. 혹, 이학수 무리의 눈에 띌까 싶어 주 상궁은 최대한 그녀를 가렸다. 두 사람은 궐에서 멀지 않은 곳에 있는 한적한 동산의 정자로 향했다.

산들거리는 바람이 불었다. 그녀의 어지러운 마음을 다독여주듯, 바람결은 어제보다 더 보드라웠다. 하지만 그녀의 흐트러진 마음은 도통 가닥을 잡지 못한 채, 더욱 헝클어지고 있었다.

"말씀해보세요, 아가씨."

두 사람은 정면을 바라본 채 나란히 앉았다. 은설이 선뜻 입을 열지 못한 채 머뭇거리자, 주 상궁이 은설을 묵묵히 기다려주었다. 단정히 입을 다물고 있는 은설의 눈이 어쩐지 슬퍼 보였다.

"마마님……."

"예, 아가씨."

그때, 은설이 조심스럽게 입을 열었다.

"선왕 전하와 폐서인 홍 씨에 대해 알고 싶습니다."

"예……?"

"조금 더…… 이야기를 들려주실 수 있습니까?"

핏줄이라 어쩔 수 없이 끌리는 모양이다 싶어, 주 상궁의 눈앞이 아득해졌다. 그녀의 가슴이 고동치자, 차분히 내뿜던 숨결도 그에 따라 흩어지고 있었다. 주 상궁은 주먹을 움켜쥐었다.

"그것이 어찌…… 궁금하십니까. 쇤네에겐 아픈 기억이고 헤집을수록 마음만 불편해지는 과거입니다."

은설이 그런 주 상궁을 물끄러미 바라보았다. 자신만큼이나 복잡한 그녀의 얼굴이었다. 은설이 느리게 고개를 끄덕이며 맑은 하늘을 올려다보았다.

"압니다. 마마님껜 마냥 아픈 이야기겠지요. 한데…… 실은 마마님께 그 가락지를 받고 난 후, 이상하게 제 마음이 쓰립니다. 처음엔 단순한 호기심이었는데 그 호기심의 무게가 점점 무거워집니다."

주 상궁의 속이 점점 울렁거렸다. 막을 수 없는 운명이 은설을 끝없이 흔드는구나 싶어 안쓰럽기까지 했다.

"아가씨와는 상관없는 분들이 아닙니까."

애써 열기를 짓누르며 주 상궁이 입을 열었다. 그러자 은설이 허탈한 듯 헛웃음을 터뜨리며 느리게 고개를 끄덕였다.

"그렇지요. 저와는 아무런 연(緣)도 없는 분들이지요. 한데 이상하게 궁금합니다. 아니, 궁금하다기보단…… 알고 싶습니다. 마마님께서 이야기를 들려주셨으면 좋겠습니다. 그분들의 이야기를 듣고자, 마마님을 찾은 것이어요."

솔직한 은설의 말에 주 상궁이 지그시 입술을 깨물었다.

"폐서인 홍 씨는 현명한 여인이었습니다. 이 조선의 마지막 왕의 혈통을 지키기 위해 마지막까지 애쓰신 분이시죠."

"……마지막 혈통이요."

"선왕과 정략혼인을 하였지만 두 사람은 진심으로 은애하였습니다. 언제나 서로를 위한 길을 가려 아픔도 감수했지요."

"애틋한 관계였군요."

더듬더듬 그 이야기를 내뱉는 주 상궁의 눈시울이 붉어졌다. 그녀는 황급히 눈가를 훔치며 입술에 힘을 주었다.

"물론 저 역시…… 살고자 저의 윗전이었던 그분을 배반하였지만, 그분에게 억하심정은 없습니다. 소문대로 저의 목숨을 부지하고자······ 스러져가는 그분을 버린 것이지요."

"그분께······ 자식이 있다, 들었습니다."

은설의 말에 주 상궁의 동공이 번뜩였다. 미세하게 떨리기 시작하는 그녀의 입가 근육이 작은 경련을 만들어내고 있었다. 이유를 알 수 없는 슬픔과 충격이 주 상궁을 흔들었다. 그녀의 눈앞이 아찔해졌다. 은설의 질문에 담대하게 답을 할 수 없었다. 아무리 덤덤한 표정을 지으려 해도 떨려오는 마음을 다잡을 수가 없었다.

"왕자 아기씨는 세자 책봉을 받던 날, 비명횡사하였다 들었습니다."

깊어진 주 상궁의 눈길이 무언가를 알고 싶어 하는 듯한 은설의 얼굴을 끝없이 살폈다.

"한데 그분께 공주 아기씨도······ 있었다 들었습니다."

은설은 알고 싶었다. 선왕과 폐서인 홍 씨에 관한 이야기를 파헤치다 보면 가락지에 대한 의구심도 풀릴 것 같았다. 또한, 자신과 비슷한 시기에 태어났다던 공주를 둘러싼 수많은 소문에 대해서도 주 상궁은 확실히 알고 있을 것만 같았다. 그들에 관한 이야기는 조선에서 점점 사라져갔지만, 단 한 사람, 주 상궁, 그녀만은 그 모든 이야기의 진실을 알고 있을 것만 같았다.

"죽었습니다."

"아······."

예상은 했지만, 단호하게 죽었다 말하는 주 상궁의 말에 은설의 가슴이 어쩐지 무너져 내리는 듯했다.

"아가씨와 같은 해에 태어났지요."

"한데 어찌…… 죽었습니까."

"홍 씨가 사산하였습니다."

그 말에, 은설은 어쩐지 얼굴 한 번 본적 없는 폐서인 홍 씨가 가엾단 생각이 들었다. 은설은 입을 꾹 다문 채 묵묵히 고개만 주억거렸다.

"슬픔이…… 컸겠습니다."

"그분을 지키기 위해 홍 씨와 선왕은 무던히 노력하였지만, 그런 비운을 안고 태어난 공주 아기씨인 것을 어찌겠습니까."

허망해졌다. 은설의 얼굴도 절로 일그러졌다. 그저 그들의 이야기가 궁금해 물었던 것이었는데, 생각했던 것보다 그들의 슬픔은 훨씬 더 컸다. 은설은 말없이 고개만 끄덕이며 바닥을 바라보았다. 그러자 주 상궁의 얼굴이 어두워졌다.

"여기까지가 알려진 이야기죠."

그 말에 수심에 잠겨, 초점을 잃었던 은설의 동공이 커졌다. 동시에 주 상궁의 심장도 빠르게 뛰기 시작했다. 알려주고 싶었다. 조금이나마 은설에게 그들의 마음을 전하고 싶었다.

탐라에서 그녀 하나만을 생각하며 지옥 같은 시간을 버티고 있을 폐서인 홍 씨를 위해, 그리고 숨이 끊기는 마지막 순간까지도 공주만을 생각하며 눈을 감았을 선왕 유준을 위해, 그녀는 조금이나마 은설에게 그들의 간절함을 전해주고 싶었다.

"그 말은…… 무슨."

"살아 있을 수도 있지요, 공주 아기씨께서."

"예?"

"살아 있다면…… 꼭 아가씨처럼 어여쁜 여인이 되셨겠지요."

어쩐지 그 말이 은설의 심장을 쿵, 쿵 때렸다. 은설의 고독한 얼굴이 파리하게 질려갔다.

"살아…… 있단 말입니까, 그분께서?"

"아무도 모릅니다."

"마마님."

"진실은…… 그분들만 알고 있는 것이겠지요."

의미심장한 그 말을 마지막으로 주 상궁이 자리에서 일어났다. 그러자 은설이 황급히 그녀를 따라 일어나며 입술에 힘을 주었다.

"혹, 마마님께선 공주 아기씨를 본 적…… 있습니까?"

혹시나 하는 마음에 물었는데, 주 상궁은 느리게 고개를 저었다.

"홍 씨가 출산하자마자 저는 산실청을 빠져나왔습니다. 죽었는지, 살았는지 모를 공주 아기씨를 손수 만든 배냇저고리에 꽁꽁 싸매던 모습을 마지막으로 저 역시, 홍 씨를 볼 수 없었습니다. 사산을 하였단 소식과 함께 죽은 공주를 다른 민가(民家)의 아이와 바꿔치기 하려 한단, 쇤네의 발고(發告)로 홍 씨는 폐서인되었고 탐라로 유배를 갔으니까요."

담담히 지난날을 회상하는 주 상궁의 얼굴을 살피는 은설의 눈이 분주해졌다. 하지만 주 상궁의 말은 반은 거짓이었다. 배냇저고리는 폐서인 홍 씨가 은설을 산사에서 조산(早産)하였을

때, 급히 유희에게 떠넘기듯 보낼 때 전해주었던 것이었다.

홍 씨는 손수 만든 그 배냇저고리를 항상 품에 간직하고 있었다. 태어나 처음 입을 공주의 옷만큼은 자신이 품고 싶다는 그녀의 뜻이 있었기 때문이었다.

하지만 그 사실을 주 상궁은 알지 못했다. 그저 산사에 있던 무명 배냇저고리를 은설에게 급히 입혀 보낸 것만 보았기 때문에 그 배냇저고리가 유희의 집에 있으리라고는 상상도 하지 못했다.

순간, 그 말을 듣는 은설의 눈앞에 어린 시절 유희의 방에서 본 적 있는 배냇저고리가 떠올랐다.

"배냇저고리를…… 중전인 홍 씨께서 손수 만드셨단 말입니까?"

두 손에 폭 가려질 만한 작은 무명천에 '은설(闇雪)'이란 자신의 이름이 붉은 실로 적혀 있었던 배냇저고리.

아련한 기억 속에 존재하던 그 배냇저고리를 겨우 떠올린 은설이 주 상궁을 돌아보았다. 그런데 주 상궁의 입에서 흘러나온 다음 말은 그녀를 충격에 빠뜨렸다.

"예. 공주 아기씨를 향한 사랑이 어찌나 애틋하셨는지. 원래 왕실에서는 아기씨가 태어나면 무병장수한 신하에게 옷감을 받아 배냇저고리를 짓고는 합니다."

"아, 네."

"해서 폐서인 홍 씨는 손수 그 신하에게 옷감을 받아 공주 아기씨의 무병장수를 기원하며 만삭의 몸으로 저고리를 지었습니다. 공주 아기씨가 태어나기 몇 달 전부터 선왕이 직접 이름도 지었고요. 그리고 홍 씨는 그 이름을 직접 붉은 실로 수를 놓았습니다. 일찍 비명횡사한 세자를 보며 공주 아기씨는 세상과의 연이 조금 더 깊어지길 바라면서요."

그 말이 은설의 귓가에 닿자, 그녀는 화들짝 놀라며 굳고 말았다. 주 상궁을 반듯하게 바라보던 그 시선이 파르르 떨렸다.

"이름……이요?"

순간, 은설의 얼굴이 딱딱하게 굳었다. 애석하게도 처참한 진실이 점점 그녀를 잠식해가고 있었다.

혼란에 빠진 그녀에게 쐐기를 박듯 주 상궁이 잔인하게 덧붙였다.

"예. 붉은 실로요. 이름부터 배냇저고리까지 손수 지으며 공주 아기씨만큼은 허망하게 세상을 등지지 말았으면 하고 두 사람은 무던히도 바랐습니다."

아무것도 모르는 주 상궁은 그대로 고개를 조아리며 은설을 돌아섰다. 얼결에 그녀를 따라 고개를 숙이는 은설의 얼굴은 좀처럼 평온을 찾을 수 없었다. 그저 요동치는 심장을 안은 채 돌아서는 주 상궁을 바라만 보았다. 이유 모를 눈물도 눈가에 맺혔다.

하지만 은설은 이제야 조금 알 것도 같았다.

"……공주가 아무래도 살아 있는 듯합니다."

눈보라 속에서도 지지 않는 눈꽃처럼 살아가란 뜻의 '은설'.

그 이름에 담긴 의미가 조금씩 그녀에게 닿기 시작했다.

"전하, 주환입니다."

도윤 역시 밤새 한잠도 이루지 못했다. 상참을 마치고 대전에 돌아와 상소를 살펴보는 동안에도 도윤은 갈피를 잡지 못하고 있었다. 자꾸만 다른 사내와 부둥켜안던 은설의 모습이 도윤을 괴롭히고 있었다.

"들라."

어제보다 더 창백한 얼굴로 도윤이 대전 문을 바라보았다. 그러자, 딱딱하게 굳은 주환이 대전으로 들어섰다. 마주 본 용안은 위태로울 정도로 상해 있었다. 그런 그가 안쓰러워 주환은 그의 눈을 제대로 바라볼 수 없었다.

"하명하신 대로…… 그 필체를 알아보았습니다."

주환이 고개를 조아리며 도윤에게 서찰 하나를 내밀었다. 도윤이 담담하게 그것을 받아 들었다.

"아가씨께서 병판의 탄신일에 손수 적은 서찰이라 합니다."

"어디서 구하였느냐."

"그 집 여종에게 부탁을 하였습니다."

도윤은 깊은 한숨을 내쉬며 보고 있던 상소를 덮었다. 주환에게 받아든 서찰을 펼치는 그의 손길이 미세하게 떨렸다. 서찰을 받아 펴는 그 짧은 순간에도 도윤의 가슴은 부서지고 무너지길 반복하고 있었다. 그는 조심스럽게 서찰을 펼쳐 들었다. 그런데…….

"똑같구나."

펼쳐 든 서찰과 저번에 여종에게서 건네받았던 서찰의 필체가 똑같았다. 도윤의 부르튼 잇새로 짧은 탄식이 흘렀다. 그대로 서찰을 접는 도윤의 얼굴이 무자비하게 일그러졌다.

"……전하."

어떤 위로라도 그에게 건네야 할 것 같아 주환이 힘겹게 그를 바라보았지만 그는…… 이미 위로도 필요 없을 정도로 무너져 있었다.

"전하."

이마를 짚은 채, 창밖을 바라보는 그의 눈은 젖어 있었다. 그의 뜨거운 눈물에 주환은 말을 잃었다.

"고작…… 그 서찰을 믿지 못해 그런 것이 아니었는데, 다시한 번, 그녀의 진심을 마주하면 바보 같은 내가 이 마음을 조금은 접을 수 있을 거라 생각하였거늘."

도윤의 젖은 눈은 여전히 창가에 매달려 있는 춘몽 방울을 헤집고 있었다. 그대로인데…… 내 마음도 이 방울도 모두 그대로인데…… 어찌…… 너만 오지 못한단 말이냐. 도윤은 몇 번이고 뜨거운 가슴을 쓸어내렸다. 하지만 슬픔에 달아오른 그 마음은 쉬이 진정이 되지 않았다. 도윤은 자리에서 일어나 창가로 향했다.

"내가…… 이제 어찌해주어야 하느냐."

손을 뻗어 방울을 쥐자, 은은한 향이 퍼졌다. 이 방울을 주며 좋은 꿈만 꾸라, 수줍게 말하던 그녀의 얼굴이 잊히지 않아

도윤은 괴로웠다. 애써 열었던 그 마음을 다시금 닫는 것은 또한, 그 지독한 외로움 속으로 또다시 젖어드는 것은 힘들지 않았다. 하지만 곁에 머물다 사라진 그녀의 빈자리를 받아들이는 것은 어려웠다.

"마음을 굳건히 하시옵소서."

그 간단한 말도 쉽게 받아들이지 못하는 바보가 되어버렸다. 도윤은 그대로 풀썩, 주저앉고 말았다.

"전하!"

그는 울고 있었다.

"여기가…… 여기가 너무…… 아프구나, 주환아."

손바닥으로 가슴을 내려치는 도윤의 얼굴은 이미 옥루(玉淚)로 처참하게 젖어 있었다.

그는 아팠다. 하지만 오늘만큼은 그 아픔을 애써 위엄으로 숨기고 싶지 않았다. 지금 이 순간만큼 그는 '이온(李溫)'이란 이름을 가진 임금이 아니었다. 연모하였던 여인을 잊지 못해온 마음을 다해 슬픔을 토하는 나약한 한 사내에 불과했다.

집으로 돌아온 은설은 넋이 반쯤 나가 있었다. 그녀는 황급히 안채로 들어가 배냇저고리를 찾기 시작했다. 문갑을 뒤지는 그녀의 손이 분주해졌다.

"이쯤에서 본 것 같았는데."

그때, 비단 보자기에 꽁꽁 싸인 배냇저고리를 발견한 은설은
그대로 굳고 말았다.

―붉은 실로 이름을 수놓았습니다.

주 상궁의 음성이 아득해졌다.
파르르 떨리는 은설의 손은 배냇저고리를 차마 펼치지 못한
채 비단 보자기 위만 헤집고 있었다.
그녀의 눈동자가 불안하게 흔들렸다. 그 가슴엔 수없이 금이
갔다. 누군가 툭, 건들기만 해도 그녀의 몸과 마음은 파스스
부서질 것만 같았다. 그녀는 지금 극도로 예민해져 있었고, 나
약해져 있었다.
"붉은 실."
주체할 수 없을 정도의 열기가 그녀의 속을 데웠다. 어렵사
리 호흡을 가다듬자, 그 열기는 날숨에 고스란히 묻어 나왔다.
은설은 두 눈을 질끈 감았다.
"……아!"
마음을 다잡고 풀어 헤친 보자기 속엔 배냇저고리가 곱게 개
어 있었다.
은설을 우악스럽게 쥐고 흔드는 붉은색의 '은설(闇雪)'이란
글자.
순간 위태롭게 내뿜던 뜨거운 숨이 턱, 막히고 말았다. 그리
고 터지듯 왈칵, 눈물이 쏟아졌다.

"어찌…… 어찌, 이것이……."

믿고 싶지 않았지만, 믿어야만 했다. 마주한 현실은 은설에 겐 끝없이 잔인하고 가혹했다.

"공주…… 공주는 그럼."

이제야 모든 것이 정리되었다. 하나씩 제자리를 찾아 떠나는 것 같았다. 하지만 그 모든 것을 감당해야 할 은설은 그 잔혹 한 세상에 홀로 남겨진 기분이었다.

배냇저고리를 더듬던 그녀의 손이 허망하게 바닥 위로 떨어 졌다. 애써 다잡고 있던 그 마음을 놓자, 미친 듯이 눈물이 흘 렀다.

"하나라던 가락지는 한 쌍이었고…… 두창을 앓지도 않은 날 비접을 보낸 것이었고, 또한 폐서인 홍 씨가 공주를 위해 손 수 지었다는 배냇저고리는…… 나의 것이었어."

하나씩 더듬어가며 지금까지의 일들을 찬찬히 헤아려보았 다. 며칠간 자신을 끝없이 괴롭혔던 그 모든 의문이 가리키는 해답은 단 하나였다.

"이 말도 안 되는 모든 것들이 가능할 수 있었던 건…… 내 가…… 공주였기 때문이야."

죽은 줄로만 알았던 선왕의 공주는 바로 자신이라는 것을 깨닫고야 말았다.

은설은 그대로 배냇저고리를 품에 넣은 채 안채를 뛰쳐나왔 다. 그곳에 더 머무를 수가 없었다. 심장이 터져나갈 것 같아 그녀는 이를 악물며 그곳을 빠져나왔다.

"전하, 어찌하실 것입니까."

주환이 걱정스럽게 도윤을 올려다보았다. 궐에 짙은 어둠이 내려앉자, 도윤은 겨우 대전 문을 열고 나섰다. 술과 약 없이 밤잠을 이루지 못했던 그때의 임금으로 돌아간 듯싶었다.

"내가 어찌할 문제가 아니지 않으냐. 나는 할 수 있는 것이 아무것도 없다. 내가 아무것도 할 수 없게 그 여인이 떠나버렸으니까."

그 말이 어쩐지 주환의 심장도 할퀴는 듯했다. 달빛을 따라 걷던 주환이 걸음을 멈추고 도윤을 바라보았다. 쓸쓸함이 다시금 그를 잠식하고 있었다.

"……짐작했던 것보다 훨씬 더 많이 고통스럽구나."

그 말에 주환이 깊은 한숨을 내쉬었다.

"괜찮으십니까, 전하."

"괜찮지 않아도 내가 지금 무엇을 더 할 수 있겠느냐."

주환이 그런 도윤을 조심스레 바라보며 비통한 얼굴로 입을 열었다.

"실은 오늘 아가씨의 필체가 담긴 서찰을 가지러 병판의 사가로 향했는데…… 혼사 준비에 여념이 없었습니다."

그게 아픔이 될 줄 알면서도, 분명 상처가 될 것을 알면서도 주환은 고해야 했다. 애석하게도 그것이 도윤을 위한 일이었다. 지워내지 못해 여생을 아픔 속에 살게 할 순 없었다. 주환은 꼭 자신이 도윤의 가슴에 날카로운 비수를 또 한 번 꽂은 듯해 고개를 푹 숙이고 말았다.

"한데 말이다, 나는 참으로 못난 사내라 그 여인의 행복을 빌어줄 수 없을 것 같구나."

도윤은 담담한 얼굴로 달을 올려다보았다. 그러곤 말없이 미소를 지었다. 그 위로 뜨거운 눈물이 다시금 포개졌다.

"교지를…… 거둘 것이다."

"전하."

"그러니 날이 밝는 대로 그리 전하거라."

내뱉은 말이니 지켜야 했다. 도윤은 그 말을 끝으로 짙은 어둠 속으로 몸을 숨겼다.

"그 여인이 행복하지 않았으면 좋겠다. 아팠으면 좋겠다. 차라리 날 버린 것을 후회했으면 좋겠다. 그래서 내게 돌아와주었으면…… 좋겠다."

그리고 어둠 속에 몸을 숨기고 나서야 마음껏 무너질 수 있는 그였다.

무너지지 않기 위해 버틸 힘도, 또한 그럴 의지도 없었기에 그는 어둠 속에서 하염없이 멍든 가슴을 내리쳤다.

〈2권에 계속〉

공주, 폭군을 유혹하다 1

초판 1쇄 인쇄 2021년 01월 25일
초판 1쇄 발행 2021년 01월 30일

지은이 진숙 ㅣ 펴낸이 강성욱 ㅣ 책임 기획 전주예 ㅣ 내지 디자인 장지은 ㅣ 로고 김미현 ㅣ 교정 서진영 류혜선
기획 편집 송진아 정종건 최예림 장현호 이진영 이상학 정송원 ㅣ 표지 디자인 디자인그룹 헌드레드
펴낸곳 테라스북 ㅣ 등록 제2020-000111호
주소 (05020) 서울특별시 광진구 동일로 116 제일빌딩 4층 403호 (화양동)
전화 070-4794-5826 ㅣ 팩스 0505-911-5826
블로그 http://terracebook.blog.me ㅣ 전자우편 terracebook@naver.com
ISBN 979-11-91257-03-8 (04810)
ISBN 979-11-970482-9-6 (SET)